《紅樓夢》子弟書賞讀

林均珈　編著

目　次

曾　序

　　中國文學一向是士大夫所創作的作品才會被重視，雖然歷代文豪，如白居易、關漢卿、李贄、袁宏道等莫不肯定來自庶民百姓的文學，明代更有馮夢龍的《山歌》、《掛枝兒》、《三言》和凌濛初《二拍》，將庶民百姓喜聞樂道的文學加工蒐集和提倡；但這種庶民百姓所喜聞樂道的文學真正被重視，並作為一門學問來研究，還是不久的事。如果從 1922 年 12 月北京大學歌謠研究會創刊《歌謠周刊》作為起點，則迄今才九十年，算是很「年輕」的學問。

　　可是這門學問儘管「年輕」，但如雨後春筍成長非常快速，不止名稱上有民間文學、俗文學、通俗文學的爭執，即其研究內容也已發展得族類繁多，舉凡俗語(諺語、歇後語、慣用語、口頭成語、秘密語)、謎語、對聯、遊戲文字、寓言、笑話、神話、仙話、鬼話、精怪故事、童話、傳說、民間故事、民族故事、歌謠、說唱文學(變文、彈詞、諸宮調、覆賺、評話、評書、南詞、弦詞、鼓詞、子弟書、快書、大鼓書、道情、竹板書、洋琴書等等)莫不是其範疇，研究的人也各競爾能，各立山頭，而蔚為奇觀。

　　吾友陳錦釗教授在 1970 年代與我共同整理中央研究院歷史語言研究所所藏俗文學資料，負責說唱部分，錦釗兄即以此研究而獲得博士學位，更獲得中山學術獎的榮譽。其弟子林均珈從中以「紅

樓夢子弟書研究」作為碩士論文題目。子弟書，（清）曼殊震鈞《天
咫偶聞》卷七云：

> 舊日鼓詞有所謂子弟書者，始創於八旗子弟。其詞雅馴，其
> 聲和緩，有東城調、西城調之分。西調尤緩而低，一韻縈紆
> 良久。此等藝內城士夫多擅場，而瞽人其次也。然瞽人擅此
> 者如王心遠、趙德壁之屬，聲價極昂，今已頓絕。

子弟書以七個字為一句，中間襯字不少。開端為〈詩篇〉，又稱
〈頭行〉。每二句協韻，每回換一韻。篇幅長的由數回以至二十餘回，
短者不分回。音調一板三眼，所以能極婉轉之能事。子弟書取材明
清小說和戲曲中故事。前者如《三國》、《水滸》、《西遊》、《紅樓》、
《金瓶梅》等書中的著名故事，後者如《琵琶記》、《還魂記》、《長
生殿》、《鐵冠圖》等傳奇，大抵演忠臣孝子者，音調較激昂；才子
佳人者較溫柔和緩，此即曼殊氏所謂之東西調也。

均珈既以子弟書之演唱《紅樓夢》者為研究範圍，於是《紅樓
夢》子弟書之流播、內容、思想、藝術等方面靡不詳加探討，即其
寫作背景、與小說戲曲之比較、所產生之影響亦皆所顧及。以故能
自成體系，斐然成章而為同行所稱述，可見其學術之價值，自有予
以出版之意義。不僅如此，均珈更董理「紅樓夢子弟書」，擇其佳篇，
予以賞析導讀，用以嘉惠後學；而倘能兩書並觀，則其完備可想。

均珈好學進取，獲政大碩士學位後，又考取北市教育大學博士
班，從余治戲曲與俗文學，擬踵繼前修，擴大研究論題，以「從紅

樓夢本事所衍生之清代戲曲、俗曲研究」為博士論文題目，本人相
信，書成之日必可與此二書相為輝映，其於俗文學研究，自是百尺
竿頭更進一步矣！

晨序於長興街台大宿舍
二〇一一年六月十六日

董　序

　　清朝乾隆年間，北京地區的八旗子弟創發了一種以七言詩篇為體，用演唱方式敘述故事，拿八角鼓來擊節的曲藝。此種曲藝歷經嘉慶、道光，直到光緒時代始漸趨沒落，盛行達一百五十多年之久。由於八旗子弟受到政府的特別照顧，生活優渥，在有錢有閒的狀況下，很注重娛樂享受，且講求頗為精緻，此種曲藝即因講求精緻，所以在文學藝術上的成就很高，成為中國俗文學史上重要的一環。

　　子弟書故事取材的來源甚廣，但自乾隆年間，被列為中國四大小說之一的《紅樓夢》問世後，以其情節曲折動人，立即受到子弟書作者的青睞，紛紛將其中精彩的部分編撰成書，成為子弟書創作的豐富泉源。據我的同事陳錦釗教授的考查，現存五百三十多種子弟書中，《紅樓夢》子弟書即多達三十二種，所占比例已成為子弟書故事的最大宗。這些作品以曲藝的形式表達，既加速了《紅樓夢》的傳播，也豐富了《紅樓夢》的藝術成分，可以說是《紅樓夢》的一大功臣。

　　現有《紅樓夢》子弟書三十二種，皆依據《紅樓夢》中較精彩的情節敷演而成。內容以寶黛(賈寶玉、林黛玉)故事為最多，其次為劉姥姥的故事，再其次為晴雯故事，另外如薛寶釵、花襲人、齡官、史湘雲、妙玉及柳五兒等人的故事亦皆有之。內容雖有不同，但各有其寄託的情感、思想，展現多樣的文學內涵。在形式上則包括詩篇、正文兩部分：詩篇以七言詩為主，偶爾混有一兩句雜言或整首

為雜言詩，但比例不高；正文則或不分回或分回，以不分回或分二回者為最多，其餘自四回至十餘回者皆有之。

現任教於新北市立永平高中的林均珈老師，原畢業於政治大學中文系學士班，嗣又進入政治大學中文系教學碩士專班進修，因對傳統戲曲具有濃厚的興趣，選擇《紅樓夢》子弟書作為研究對象，在陳錦釗教授的指導下，完成碩士論文《紅樓夢子弟書研究》，內容豐富精審，贏得口試委員的一致好評。對我們了解《紅樓夢》子弟書的性質、內容與成就極有助益，更對「紅學」的研究拓展了新的領域。萬卷樓圖書公司以其研究成果可觀，已為之梓行。我也站在欣喜暨期勉的立場，為該書的出版寫了序。

更屬難得的是，林均珈老師於完成《紅樓夢子弟書研究》後，又將其蒐集到的現有三十二種《紅樓夢》子弟書，選擇適當的版本，逐篇下了一番整理的工夫：首先是加上標點，其次是對生難詞語作注釋，最後則是對整篇作導讀。導讀部分用力尤多，舉凡各篇所據的是《紅樓夢》中的哪一回或哪幾回、各篇所描述的情節、文學藝術上的特點，以至情節相關各篇的比較……等，皆分別解析論述，以助讀者理解。林均珈老師自己喜愛傳統戲曲，為使大家對《紅樓夢》子弟書也能在其引導下一窺堂奧，不辭辛勞的撰作此書，蓋具有如孟子般的與眾同樂的深切用心，確實值得肯定、鼓勵，因而很樂意的為此書作序。

董金裕

於政治大學中文系
二〇一一年六月二十日

自 序

　　唐詩、宋詞、元曲、明傳奇不僅在各朝代獨領風騷，而且在中國文學史上占有極重要的地位。在清代，則是以戲曲和曲藝較為出色。《紅樓夢》是一部描寫賈府由盛而衰以及寶、黛愛情悲劇的長篇古典小說，在內容上它與《三國演義》、《水滸傳》、《西遊記》等截然不同，由於《紅樓夢》具有「詩」的本質，因此，它適合運用具有「敘事詩」特徵的子弟書來說唱表現。子弟書能夠多角度地表現《紅樓夢》中各種的人物與場景，反映更廣闊的生活內容。尤其是子弟書對於題材內容的處理，對於原著精神進行新的挖掘，皆能賦予新的意蘊。

　　清代人稱《紅樓夢》研究為「紅學」，由此可知《紅樓夢》在清代的影響極大。在清代所出現的有關《紅樓夢》各式各樣的紅學論著，如抄本、刻本、書上加的評點、序跋、專題評論、續書、仿作、外文翻譯以及戲曲、曲藝、詩詞、筆記小說等，更加豐富了紅學的內容。因此，關於「紅學」一詞，在狹義的範圍上，指的是對《紅樓夢》本身的研究而言；但在廣義的範圍上，它應該包含所有的「紅樓文化」。

　　《紅樓夢》是中國傳統文化思想和藝術的綜合，不僅反映當時現實社會的思想衝突，而且反映中華民族的審美觀點，值得我們從美學的角度來加以探討。清代紅學是以清代人對《紅樓夢》的研究或討論的作品為主，如脂硯齋批評、評點派批評以及評論雜著等。

然而，對於以《紅樓夢》故事為題材的曲藝部分則較少討論。《紅樓夢》這部百科全書式的書，需要許多人從各個面向作研究，而《紅樓夢》子弟書不僅為紅學界提供一份豐碩成果，而且在古典文學上也具有清新優美的作用。

現存《紅樓夢》子弟書的文本，包括：胡文彬《紅樓夢子弟書》、劉烈茂與郭精銳《清車王府鈔藏曲本・子弟書集》等所收錄、中央研究院歷史語言研究所、北京故宮博物院所珍藏等有關《紅樓夢》故事的子弟書共三十二種。其故事類別，包括：寶黛故事(十一種)、劉姥姥故事(九種)、晴雯故事(五種)、薛寶釵故事(兩種)、花襲人故事(一種)、齡官故事(一種)、史湘雲故事(一種)、妙玉故事(一種)以及柳五兒故事(一種)。子弟書，就音樂來論，它是一種說唱表演藝術；就文學來看，它的體製結構包括：詩篇、正文(含結語)兩部分。依據現存文獻資料，考胡文彬《紅樓夢子弟書》、劉烈茂與郭精銳《清車王府鈔藏曲本・子弟書集》、北京故宮博物院《故宮珍本叢刊岔曲秧歌快書子弟書》以及中央研究院歷史語言研究所《俗文學叢刊》等，不僅四者所收藏的曲目數量不盡相同，而且在詩篇數量與正文唱詞也不甚相同。今說明如下：

表一

傳本名稱	收錄《紅樓夢》子弟書之總數
胡文彬 《紅樓夢子弟書》	28 種
劉烈茂、郭精銳 《清車王府鈔藏曲本・子弟書集》	27 種

北京故宮博物院 《故宮珍本叢刊岔曲秧歌快書子弟書》	17 種
中央研究院歷史語言研究所 《俗文學叢刊》	26 種

　　上述四種傳本，以北京故宮博物院《故宮珍本叢刊岔曲秧歌快書子弟書》本收錄的總數最少，只有十七種，而胡文彬《紅樓夢子弟書》本收錄的總數最多，共有二十八種。胡文彬《紅樓夢子弟書》本與劉烈茂、郭精銳《清車王府鈔藏曲本‧子弟書集》本，雖然在總數上，劉烈茂、郭精銳《清車王府鈔藏曲本‧子弟書集》本比胡文彬《紅樓夢子弟書》本少一種，然而，經仔細核對，兩者所收錄曲目其故事內容相同但名稱略異者僅有二十五種。中央研究院歷史語言研究所《俗文學叢刊》本與劉烈茂、郭精銳《清車王府鈔藏曲本‧子弟書集》本，雖然在總數上，中央研究院歷史語言研究所《俗文學叢刊》本比劉烈茂、郭精銳《清車王府鈔藏曲本‧子弟書集》本少一種，然而，經仔細核對，兩者所收錄曲目其故事內容相同但名稱略異者僅有十五種。北京故宮博物院《故宮珍本叢刊岔曲秧歌快書子弟書》本與劉烈茂、郭精銳《清車王府鈔藏曲本‧子弟書集》本，經仔細核對，兩者所收錄曲目其故事內容相同但名稱略異者僅有十六種。

　　例如《寶釵代繡》此一曲目，首先，在詩篇方面，胡文彬《紅樓夢子弟書》本、北京故宮博物院《故宮珍本叢刊岔曲秧歌快書子弟書》與中央研究院歷史語言研究所《俗文學叢刊》本等各僅有一首詩篇，而劉烈茂、郭精銳《清車王府鈔藏曲本‧子弟書集》本卻有三首詩篇。其次，在正文方面，第三十六句和第四十句，胡文彬《紅樓夢子弟書》本、劉烈茂、郭精銳《清車王府鈔藏曲本‧子弟書集》本與北京故宮博物院《故宮珍本叢刊岔曲秧歌快書子弟書》

本、中央研究院歷史語言研究所《俗文學叢刊》本的曲詞差異極大。
雖然口頭說唱表演的藝術特質，往往因為時間、空間與演員等差異，
使得曲藝的文學腳本出現不同的傳本。然而，劉烈茂、郭精銳《清
車王府鈔藏曲本‧子弟書集》本「中東」轍和「江陽」轍等兩首詩
篇，以及胡文彬《紅樓夢子弟書》本與劉烈茂、郭精銳《清車王府
鈔藏曲本‧子弟書集》本在正文第三十六句和第四十句的訛誤，已
不是單純的傳本問題，這種分歧現象涉及韻文學理的範疇。今詳述
如下：

表二

傳本名稱	詩篇的數目與韻轍
胡文彬 《紅樓夢子弟書》	一首（「一七」轍）
劉烈茂、郭精銳 《清車王府鈔藏曲本‧子弟書集》	三首（「中東」轍、「江陽」轍、「一七」轍）
北京故宮博物院 《故宮珍本叢刊岔曲秧歌快書子弟書》	一首（「一七」轍）
中央研究院歷史語言研究所 《俗文學叢刊》	一首（「一七」轍）

表三

傳本名稱	正文第三十六句
胡文彬 《紅樓夢子弟書》	就走到茜紗窗下暗地偷窺

劉烈茂、郭精銳 《清車王府鈔藏曲本・子弟書集》	就走到茜紗窗下暗走偷視叶念時
北京故宮博物院 《故宮珍本叢刊岔曲秧歌快書子弟書》	就走到茜紗窓下暗去偷視平聲
中央研究院歷史語言研究所 《俗文學叢刊》	就走到茜紗窓下暗去偷視平聲

表四

傳本名稱	正文第四十句
胡文彬 《紅樓夢子弟書》	點手兒低聲對雲兒叶念倪
劉烈茂、郭精銳 《清車王府鈔藏曲本・子弟書集》	點手兒低聲叫雲兒叶念倪
北京故宮博物院 《故宮珍本叢刊岔曲秧歌快書子弟書》	點手兒低聲叫雲兒唱泥
中央研究院歷史語言研究所 《俗文學叢刊》	點手兒低聲叫雲兒唱泥

　　以北京故宮博物院《故宮珍本叢刊岔曲秧歌快書子弟書》本與中央研究院歷史語言研究所《俗文學叢刊》本來對勘胡文彬《紅樓夢子弟書》本與劉烈茂、郭精銳《清車王府鈔藏曲本・子弟書集》本，可以推知：

　　第一，胡文彬《紅樓夢子弟書》本第四十句的原句應該是「點手兒低聲對雲兒」，而「叶念倪」不是正文，這三個字是用

來標註曲詞末字「兒」字的唱音為平聲「倪」。

第二，劉烈茂、郭精銳《清車王府鈔藏曲本‧子弟書集》本第三十六句的原句應該是「就走到茜紗窗下暗走偷視」，而「叶念時」不是正文，這三個字是用來標註曲詞末字「視」字的唱音為平聲「時」。

第三，劉烈茂、郭精銳《清車王府鈔藏曲本‧子弟書集》本第四十句的原句應該是「點手兒低聲叫雲兒」，而「叶念倪」也不是正文，這三個字也是用來標註曲詞末字「兒」字的唱音為平聲「倪」。

如上所述，關於第三十六句與第四十句，在韻轍方面，「窺」、「時」、「倪」與「泥」皆合轍押韻，這是符合「十三道轍」的標準。[1]從劉烈茂、郭精銳《清車王府鈔藏曲本‧子弟書集》本第三十六句「叶念時」三字；胡文彬《紅樓夢子弟書》本和劉烈茂、郭精銳《清車王府鈔藏曲本‧子弟書集》本第四十句「叶念倪」三字中，皆可明顯看出唱詞標示有訛誤。筆者認為「叶念時」與「叶念倪」等字，應該是演唱者將原本提醒自己必須注意唱音之處的文字誤寫到曲本上，這和「郢書燕說」[2]似乎有類似之處。

值得一提的是，本書所引用的子弟書之文本，大致上是以北京故宮博物院《故宮珍本叢刊岔曲秧歌快書子弟書》以及中央研究院歷史語言研究所《俗文學叢刊》之傳本為主。又本書所引用的小說

---

1 「窺」與「時」皆屬於平聲「支」韻；「泥」和「倪」皆屬於平聲「齊」韻。雖然乍看之下，韻母不同，然而，清子弟書「十三道轍」的韻部不僅有目無詞，而且屬於寬韻，因此筆者推測「一七」轍的韻腳是涵蓋平聲「支」韻與平聲「齊」韻。

2 郢人在給燕相的信中誤寫「舉燭」二字，而燕相則解釋為尚明、任賢之義。後比喻為穿鑿附會之意。

《紅樓夢》之文本，是以馮其庸等校注《紅樓夢校注》(臺北：里仁書局，2000 年元月)為主。

筆者非常喜愛《紅樓夢》，尤其對於寶、黛愛情悲劇的故事，印象極為深刻。大學期間，雖知該書為中國古典文學的傑作，然對於該書所牽涉到的諸般問題，卻未曾深入研究。本書今日能夠付梓，筆者由衷感謝各位師長的提攜：謝謝董師金裕推薦母校國立政治大學成立中文系國文教學碩士班，讓我能在大學畢業十一年後，尚有機會再度拾起書本，重溫當學生的滋味；謝謝陳師錦釧的悉心指導以及提供許多資料，讓我對於子弟書稍有心得，進而撰寫碩士論文——《紅樓夢》子弟書研究；謝謝博士班曾師永義的諄諄教誨與全力支持，讓我在戲曲和俗曲等俗文學領域中找到未來的研究方向。最後，再次感謝國立政治大學、臺北市立教育大學的栽培以及諸位師長們的提攜，不勝感激！

筆者才疏學淺，故本書必有許多疏漏的地方和值得改進的空間，期盼各位先進不吝斧正與指教。

林均珈

序於新北市永和

二○一一年四月三十日

前言
優美的敍事詩

　　在清代，《紅樓夢》故事流傳各地的形式，主要包括戲曲與曲藝。《紅樓夢》戲曲與曲藝，以其獨特的美學思想和表現形式，卓然輝耀於中國藝術之林。戲曲、曲藝以及小說是三種截然不同的文學樣式：戲曲主要是表演給人看的；曲藝主要是吟唱給人聽的；小說主要是寫給人讀的。《紅樓夢》戲曲及曲藝的作者，既要能把握原著，突出主旨，又要不拘泥於陳框舊套，努力把那些潛台詞、幕後戲等，通過典型的情節和人物的刻畫挖掘出來，使故事情節更加曲折動人，使人物形象更加豐滿，達到推陳出新的目的。

　　關於子弟書的藝術成就的特色，關德棟、周中明說道：「敍事委婉曲折，情文並茂，這是子弟書藝術成就的特色之一。……寫景狀物富有詩情畫意，令人心馳神往，這是子弟書藝術成就的特色之二。……對人物內心世界的刻畫，嫵媚細膩，激情充沛，是子弟書藝術成就的特色之三。……語言的清新明麗，鋪陳排比，是子弟書藝術成就的特色之四。」他們對子弟書的藝術特色，可說是觀察入微，十分精闢。

　　又關於子弟書的文學價值，劉烈茂亦明白舉出六點：「一、從詩史角度看，清代子弟書的創作，帶有彌補敍事詩空白的特殊意義。二、從題材角度看，車王府子弟書是絢爛多姿、氣象萬千的敍事詩。

三、從改編角度看，車王府子弟書是再度創作、重鑄靈魂的說唱敘事詩。四、從反映時代的角度看，車王府子弟書是封建末世危機感應的敘事詩。五、從藝術角度看，車王府子弟書是節奏明快、情深意濃的敘事詩。六、從語言角度看，車王府子弟書是詞品佳妙、雅俗共賞的敘事詩。」他從多個角度切入，探討子弟書的文學價值，可說是詳盡透徹，面面俱到。

現存《紅樓夢》子弟書多是擷取《紅樓夢》故事中最精采的部分敷演而成，其思想內容仍以寶、黛故事為最多，其次為劉姥姥故事，再次為晴雯故事，其他故事諸如薛寶釵、花襲人、齡官、史湘雲、妙玉及柳五兒等人物，亦占不少篇幅。

其一，在寶、黛故事方面，有《會玉摔玉》、《傷春葬花》、《雙玉埋紅》、《黛玉埋花》、《二玉論心》（兩種）、《海棠結社》、《全悲秋》、《探病》、《石頭記》、《露淚緣》等十一種。子弟書作家認為寶、黛身上體現了要求個性解放，維護人的尊嚴，希望擺脫封建束縛的進步思想。

其二，在劉姥姥故事方面，有：《一入榮國府》、《二入榮國府》、《兩宴大觀園》、《議宴陳園》、《三宣牙牌令》、《品茶櫳翠庵》、《醉臥怡紅院》、《鳳姐兒送行》、《過繼巧姐兒》等九種。劉姥姥故事具有「微塵之中看大千」的作用，不僅詼諧幽默，而且越是寫劉姥姥的純樸，越是反襯出榮國府主子們的物質享受已達到令人吃驚的地步。

其三，在晴雯故事方面，有《晴雯撕扇》、《遣晴雯》、《探雯換襖》、《晴雯齎恨》與《芙蓉誄》等五種。子弟書作家認為晴雯表現了《紅樓夢》作家所追求的一種自然、純真的個性，因此晴雯故事具有時代的新氣息。

其四，《紅樓夢》裡眾多的藝術形象，其存在的形式是各不相同

的，而薛寶釵、花襲人、齡官、史湘雲、妙玉和柳五兒等人的藝術形象的思想內涵，亦具有其特殊的存在意義，故成為子弟書作家改編的對象。例如：以薛寶釵故事為主的子弟書，有《寶釵代繡》與《寶釵產玉》兩種；以花襲人故事為主的子弟書，有《玉香花語》一種；以齡官為主的故事，有《椿齡畫薔》一種；以史湘雲為主的故事，有《湘雲醉酒》一種；以妙玉為主的故事，有《雙玉聽琴》一種；以柳五兒為主的故事，有《思玉戲鬟》一種。

在清代的封建社會裡，子弟書往往被認為是微不足道的一種玩藝，因此大部分作者的姓名與事蹟久已湮沒不傳，我們僅能從子弟書的詩篇或結語中偶然發現作者的別號或書齋名。現存三十二種《紅樓夢》子弟書中，可確定作者的僅有十種，其餘二十二種作者不可考。目前已確定《一入榮國府》、《二入榮國府》、《寶釵代繡》、《芙蓉誄》、《露淚緣》等五種為韓小窗所作；《玉香花語》為敘庵所作；《議宴陳園》為符齋氏所作；《遣晴雯》為芸窗所作；《探雯換襖》為雲田氏所作；《二玉論心》(詩篇首句是「流水高山何處尋」)為竹窗所作。

《紅樓夢》子弟書的體製結構短小精緻，相當完整。最特別之處，即是每篇或每回的開端多有一首七言詩，多為八句，稱之為「詩篇」，是用來敘述作者的感悟緣由，寫作的動機，對人物的評論或總括內容的大意。在正文部分，句型也以七言詩為主體，多加襯字，每句的字數不一，最多可達二十餘字。此外，在正文結尾處有所謂的「結語」，大多為兩句，也有四句，這些具有感嘆意味的詞句，往往反映出作家們創作的旨歸、主觀的態度、對人物的評論或總結內容。又，《紅樓夢》子弟書大多符合「十三道轍」的規定，即每回詩篇與正文大多使用同一韻轍(詳見《紅樓夢》子弟書總表)。

《紅樓夢》子弟書與《紅樓夢》小說，兩者雖然是敷演同樣的

故事，但是，《紅樓夢》子弟書絕不是《紅樓夢》小說的複述或翻譯。兩者有極大的差異：前者是屬於「驚四起」的說唱曲藝，後者則是屬於「適獨坐」的書面文學。《紅樓夢》小說大多側重於敘述故事，在簡練的敘述中往往留下「敘述空白」，給讀者以想像的空間，引人深思。小說的人物形象刻畫栩栩如生，子弟書作家在這個基礎上發揮，常常利用內心獨白的設計及故事情節的增益，使得人物的形象更細膩。他們不僅在單純的故事中，藉由季節的循環與場景的襯托等筆法，凸顯出敘事詩的藝術美，使得景物的描寫更精緻，而且，由於《紅樓夢》子弟書是根據小說所改編的短篇韻文，基於敘事詩的性質，它的抒情意味更濃厚。

林均珈

謹識於新北市永和

二〇一一年四月三十日

一 《會玉摔玉》

[詩篇]

人世從來夢幻身，
興衰成敗等浮雲。
可憐綉戶深閨女，
也是紅塵償債人。
渺渺桑榆零落後，
煢煢[1]玉樹倚朱門。
《露淚緣》多少悲傷嗟嘆句，
怕淒涼反寫當初艷熱文。

第一回〈會玉〉

且說那如海林爺身臨外任，
他與那榮寧兩府本係姻親。
賈夫人惟生弱女名黛玉，
遭不幸，夫人仙逝閃孤根。
嘆黛玉舉眼無親，相倚老父，
年方七歲，撫育無人。
實出無奈投託舅氏，寄居賈府，

---

[1] 煢（ㄑㄩㄥˊ）煢　孤獨無依的樣子。

因此上，惹出悲金悼玉文。
林黛玉辭別老父登途路，
原有那賈府來接的僕婦們。
小丫鬟自幼跟隨名雪雁，
隔舟護送有業師雨村。
這一日，來至京師投賈府，
林黛玉從轎中舉目細留神。
見榮府氣象巍峨隆甲地，
莊嚴光彩耀庭門。
正中間，獸面金釘雙扉緊閉，
二角門花磚砌就兩邊分。
至門前，轎夫住步忙打杵，
換上了本府青衣²請轎人。
僕婦們步下跟隨朝裡走，
早有那回事之人先報聞。
來到了垂花門外，攙扶下轎，
與佳人整翠扶釵理繡裙。
這佳人玉體嬌嬈，姿容絕代，
端莊典雅別樣的超群。
年紀兒雖小心胸大，
舉止兒柔和情性溫。
今來到外祖家中，他心下自忖³，
說：「從今後，諸般自意要留神。

---

² 青衣　指古代地位卑下的人所穿的服裝，後來用為侍者的代稱，多指婢女而言。
³ 自忖（ㄘㄨㄣˇ）　自我忖量、思考。

少不得規模體統，重新學樣，
別惹的僕婦家人起笑唇。」
林黛玉心中自忖朝前走，
已來到賈母兩邊內二門。
轉屏風，院宇清幽花磚漫地，
兩廊下，金籠懸掛各樣鳴禽。
繡帘起處鶯聲細，
青鎖窗前笑語溫。
出來了許多的丫鬟僕婦，
一個個笑語融和接麗人。
齊說道：「姑娘來了，一路風塵身體泰？」
迎幾步，請安問好禮貌殷勤。
說：「老太太方才還把姑娘提念，
算行程，今朝一定到來臨。
娘兒們今朝見面真可喜，
省得老人家時常掛念每日懸心。
只說是姑娘幼小程途遠，
那是個自己跟隨托靠的人。」
林黛玉隨口答言將房進，
從裡面迎出年高史太君。
顫巍巍手持枴杖人扶定，
淚汪汪眼望佳人把話云。
說：「來了嗎？千里途程，你能有多大，
受這樣風霜兒呀，可疼死人。」
這黛玉知係外祖忙施禮，
老人家想起了親生愛女淚珠淋。

說：「起來罷，遠路初來，不必行禮」，

林黛玉輕搖玉體慢平身。

娘兒倆攜手相親將房進，

談往事，不由得含悲淚紛紛。

老人家暮景關心兒女情腸格外重，

嘆黛玉年輕孤苦溫柔嬌怯可人親。

太君說：「咱家的三個丫頭呢？今朝不必將學上，

他嬤嬤們怎不帶了來相見，好一起死人！」

說話間，探春姐妹將房進，

一一相見敘寒溫。

問午安，王氏夫人也來到，

見黛玉，不由一陣好傷心。

賈母說：「你甥女兒初來才坐下，

小人家歇歇兒行過去，舅母們別嗔⁴。」

王夫人方要答言，聞有人說話，

從後面說：「我接客來遲！」走進了玉人。

詩篇

春入鶯花別樣心，

繡窗兒女鬥天真。

繁華每羨當年景，

冷落還悲後日人。

富貴何曾前世種，

---

⁴ 嗔（ㄔㄣ） 生氣、發怒。

恩情總是孽緣深。

今一旦宿孽遭逢，雖言分定，

只恐怕償不了的相思兩淚淋。

第二回〈摔玉〉

林黛玉在賈母身旁斜身坐，

留神打量進來的人。

見他淡梳妝，珠花點翠籠雲鬢，

巧打扮，素襖沿邊拖綉裙。

柳葉眉，含情似蹙[5]原非蹙，

芙蓉面，細瞧宜喜也宜嗔。

別有那一種精神天然的性巧，

走進來，慢啟朱唇把話云。

走向前，兩手相攜林黛玉，

說：「來了嗎？妹妹一路受風塵。」

又細瞧了瞧說：「模樣兒和姑太太生前脫了個影，

好命苦的妹妹，能有多大就沒了娘親。」

說話間忙讓黛玉依舊坐，

也不免帕展秋波落淚痕。

忙回頭問：「姑娘的行李可安放好？

還不知道外面跟來有幾個人？」

賈母說：「可憐你妹妹年輕幼小，

就算是姑太太留下這條根。」

---

[5] 蹙(ㄘㄨˋ) 皺眉。

我見了他，如同見了親女兒的面，
他跟著我，他娘在九泉之下也安心。
我方才強止悲哀非別故，
皆因是你妹妹才來，他是個弱人。
你又來勾我的傷心，快別提了，
這如今，骨肉團圓該把樂尋。」
王熙鳳止悲變喜開言道，
說是：「呀，我真該打，糊塗到十分。」
向黛玉說：「別傷心了，這裡如同自家一樣，
好妹妹，從今諸事莫存心。
缺甚麼使用，告訴太太，
要甚麼東西，只管對我云。
就是丫鬟們不服使喚須管教，
切不可縱著他們，怕得罪人。」
林黛玉回答說：「知道，
姐姐的言辭我謹遵。
就只是今我來此年紀小，
諸般之事叫嫂嫂操心。」
熙鳳「哎喲」說：「妹妹才多大，
說這樣客套言詞慪死人。」
帘外邊有人傳話說：「寶玉回來了」，
只聽得環珮叮噹走進門。
這正是靈河岸上前身伴，
孽海池邊的舊主人。
則見他丰姿俊雅天然秀，
相襯著箭袖宮袍別樣新。

向賈母雙膝跪倒將安問，

復回身連忙施禮見娘親。

賈母說：「這是你姑媽跟前的林妹妹，

快來問好不是外人。」

林黛玉知係表兄名寶玉，

欠香軀雙垂玉腕站起身。

不慌忙二人相見頻施禮，

這寶玉身雖行禮兩眼出神。

恰好似久別重逢非同初會，

就便是平生素昧，意也相親。

忙說道：「妹妹的尊容，我好像曾會過，

不然時，怎麼一見就像熟人。」

賈母說：「但願如此才和氣，

也省得彼此不睦叫我懸心。」

見寶玉又問：「妹妹，可有玉？」，

這黛玉不知從何說起，「無的」話云。

兩旁邊許多僕婦皆帶笑，

探春姐妹也含春。

賈母說：「那件東西豈是人人有？

你妹妹新來乍到，問的真慪人。」

寶玉聞聽心不悅，

解絲縧，把玉摘來扔在塵。

說：「妹妹無有，我要他有何用！

難道說，獨我一人有孽根？」

王夫人一同熙鳳齊相勸，

嚇壞了跟隨寶玉的人。

王熙鳳機謀權變開言道，

說：「林妹妹也有此玉，你別鬧人。

皆因是姑媽去世帶了去，

至今此玉並無存。」

寶玉聞言方才罷了，

林黛玉見這般的光景起憂心。

自忖道：「今我初來，就這等吵鬧」，

回寢後，獨對銀燈拭淚痕。

作品導讀

　　寶、黛間的愛情故事不僅悲悽感人，而且反映當時的禮教觀。後人對賈寶玉的評價為：「寶玉之情，人情也，為天地古今男女共有之情，為天地古今男女所不能盡之情。天地古今男女所不能盡之情，而適寶玉為林黛玉心中目中、意中念中、談笑中、哭泣中、幽思夢魂中、生生死死中悱惻纏綿固結莫解之情，此為天地古今男女之至情。惟聖人為能盡性，惟寶玉為能盡情。負情者多矣，微寶玉其誰與歸！孟子曰：『伯夷聖之清者也，伊尹聖之任者也，柳下惠聖之和者也。』讀花人曰：『寶玉聖之情者也。』」在榮國府眾多的人物之中，作者以賈寶玉為中心，配以金陵十二金釵，並副以侍妾丫鬟等十二金釵副冊二十四美，足見賈寶玉是《紅樓夢》的中心人物。而後人對於林黛玉的評價為：「人而不為時輩所推，其人可知矣。林黛玉人品才情，為《紅樓夢》最，物色有在矣。乃不得於姊妹，不得於舅母，並不得於外祖母，所謂曲高和寡者，是耶非耶？語云：『木秀於林，風必摧之；堆出於岸，流必湍之；行高於人，眾必非之：其勢然也。』於是乎黛玉死矣。」由此可知，寶、黛愛情悲劇是在

性格和環境的雙重衝突中完成的。

　　《會玉摔玉》（全二回），作者不詳，現存有車王府鈔本等。各回有回目，依序為〈會玉〉及〈摔玉〉，亦均有詩篇，人辰轍（讀音類似「ㄣ」韻）。內容主要是根據《紅樓夢》第三回〈賈雨村夤緣復舊職　林黛玉拋父進京都〉改編而成，敷演林黛玉與賈寶玉初次見面，賈寶玉摔玉的情況。第一回〈會玉〉，敘述賈敏過世後，林如海同意賈母接林黛玉前往賈府之故事。第二回〈摔玉〉，敘述林黛玉到了賈府後，與賈寶玉見面之故事。

　　小說第三回描寫寶、黛第一次見面情形，林黛玉「心中想著，忽見丫鬟話未報完，已進來了一位年輕的公子：頭上戴著束髮嵌寶紫金冠，齊眉勒著二龍搶珠金抹額；穿一件二色金百蝶穿花大紅箭袖，束著五彩絲攢花結長穗宮縧，外罩石青起花八團倭緞排穗褂；登著青緞粉底小朝靴。面若中秋之月，色如春曉之花，鬢若刀裁，眉如墨畫，面如桃瓣，目若秋波。雖怒時而若笑，即瞋視而有情。項上金螭瓔珞，又有一根五色絲縧，繫著一塊美玉。黛玉一見，便吃一大驚，心下想到：『好生奇怪，倒像在那裡見過一般，何等眼熟到如此！』」又賈寶玉看林黛玉「態生兩靨之愁，嬌襲一身之病。淚光點點，嬌喘微微。閒靜時如姣花照水，行動處似弱柳扶風。心較比干多一竅，病如西子勝三分。寶玉看罷，因笑道：『這個妹妹我曾見過的。』」

　　而《會玉摔玉》則寫道：「帘外邊有人傳話說：『寶玉回來了。』／只聽得環珮叮噹走進門／這正是靈河岸上前身伴／孽海池邊的舊主人／則見他丰姿俊雅天然秀／相襯著箭袖宮袍別樣新／向賈母雙膝跪倒將安問／復回身連忙施禮見娘親／賈母說：『這是你姑媽跟前的林妹妹／快來問好不是外人。』／林黛玉知係表兄名寶玉／欠香軀雙垂玉腕站起身／不慌忙二人相見頻施禮／這寶玉身雖行禮兩眼

出神／恰好似久別重逢非同初會／就便是平生素昧，意也相親／忙說道：『妹妹的尊容，我好像曾會過／不然時，怎麼一見就像熟人。』／賈母說：『但願如此才和氣／也省得彼此不睦叫我懸心。』」如上所述，小說描寫寶、黛兩人相見，雙方皆認為彼此很眼熟，好像曾經見過。子弟書作者在小說故事情節的基礎上，把它改編成只有賈寶玉單方認為他曾會過林黛玉。此外，由於子弟書的體製規律是敘事詩，兩句一韻，具有聲情美，因此使得寶、黛的愛情故事更富詩情。

二 《傷春葬花》

詩篇

綠碎紅摧景暗遷，
東風薄倖[1]不留連。
痴兒妄冀榆錢[2]買，
債女空思芳塚全。
春去春來愁漠漠，
花開花謝恨涓涓[3]。
蛾眉始見真情重，
淚灑芳塵倍可憐。

第一回〈傷春〉

遮暮春歸又一年，
楊花無奈雪漫漫。
鶯狂燕俏香閨麗，
水軟風柔遊子歡。
無限豪華榮國府，

---

1 薄倖　薄情、負心。
2 榆錢　榆莢。因其外貌如錢而小，故稱為「榆錢」。
3 恨涓涓　愁恨如細水般慢慢地流著。

一般兒女大觀園。

遇著這淡蕩春光時芳景美，

一簇簇拈花鬥草各紛然。

蘅蕪院蘭芷生香凝座右，

秋爽齋芭蕉分綠上窗前。

稻香村麥浪翻風平疇縹緲[4]，

怡紅院海棠映日玉砌暄妍[5]。

花溆兩旁青莎嫩嫩，

菱洲一帶綠水灣灣。

恰正是春光到處韶華[6]滿，

說不盡樓榭亭台景物繁。

林黛玉無聊鬱鬱在瀟湘館，

想起寶玉恨難堪：

「為甚的一旦之間他心性改，

莫非是聽信旁人金玉言？

空教奴一念攸關千念切，

百般注意萬般憐。

實指望痴心相感同生死，

又誰知如夢無托秋扇捐。

方信道兒郎到底難深信，

可見我傾盡了真心是枉然。」

恨悠悠幾回搔耳摸雲鬢，

怔呵呵半晌抬身啟綉帘。

---

4 縹緲　高遠隱約的樣子。

5 暄妍　春天的景色，暖和美麗。

6 韶華　春天的風景。

亂紛紛竹影鋪階篩鳳尾，
一陣陣香花滿院透龍涎。
痴迷了戲耍的心腸無半點，
淚潸潸牢騷愁緒有千般。
意遲遲輕移玉體將行又止，
痴呆呆步出瀟湘館外邊。
悶懨懨懶玩園中景，
嬌怯怯不住蹙眉尖。
猛然見雙雙蝴蝶穿花過，
廝趕著行下行高遶面前。
林黛玉強打精神逐蝴蝶，
輕搖羅扇舞蹁躚[7]。
但見那飄飄粉翅來回遊蕩，
引得他盈盈秋水左右凝瞻。
顧不得脫落了十分齊楚的羅袂彩袖，
累得他散亂了千般綽約[8]的雲鬟風鬢。
霎時間，風飄蝶遠飛不見，
倒把個窈窕嬌娃喘了個難。
獨自個凝神停立周圍看，
大觀園風晴日暖更鮮妍。
榆錢兒繁密迷芳徑，
柳絮兒飄揚點翠衫。
繞池塘垂楊稍吐金絲兒裊，

---

[7] 蹁(ㄆㄧㄢˊ)躚(ㄒㄧㄢ) 舞姿旋轉的樣子。
[8] 綽(ㄔㄨㄛˋ)約 姿態柔美的樣子。

出粉壁紅杏放含綠葉兒尖。
嬌滴滴越顯紅白桃李笑，
唧喳喳自成腔調燕鶯喧。
猛聽得聲聲笑語在花間柳外，
遙望見簇簇人影在樓外庭邊。
離的又遠，分不出是姑娘啊是使女，
林黛玉也無心去相就，他獨步幽然。
仰面見碧湛湛青天晴而且霽[9]，
淡微微白雲幾片斷了還連。
蕩悠悠好鳥高飛如日下，
平穩穩紙鳶高寄在雲端。
又見那燕子將雛拂面過，
蜂兒戲蕊繞花旋。
無意中信步[10]來至山坡下，
呀！見落花成霞片片飛殘。
正所謂落花滿徑胭脂冷，
春末三分塵土淹。
一陣風來花翻萬點，
林黛玉儼然不亞如散花仙。
似嫦娥月明桂馥飄雲外，
凝神看似水點花飛在眼前。
立山坡，凝眸半晌一聲長嘆，
別一樣的婉轉嬌羞畫也難。

---

[9] 霽（ㄐㄧˋ）　明朗的。
[10] 信步　任意而行走，漫無目標。

詩篇

　　一夜風吹春早還，
　　朝來景物頓非前。
　　園中有卉皆紅減，
　　眼裡無枝不綠添。
　　山徑遙凝說法處，
　　池流猛訝避秦源。
　　嬌鶯應解惜花意，
　　銜取殘紅過畫欄。

第二回〈埋花〉

　　說：「花兒呀！怎麼零落如斯也？
　　天公呵！因何造化不周全？
　　既布春光把風物點，
　　為甚匆匆又喚轉還？
　　空教人奼紫嫣紅無意賞，
　　待等鶯期燕不成歡。」
　　探腰肢微舒玉指拾花片，
　　把那些敗落殘紅歸作了一攢。
　　回玉腕，簪髮金釵輕輕兒拔下，
　　屈香軀，也不顧塵漬污染衣衫。
　　弄金釵，纖纖素手翻春土，
　　埋花片，亭亭俏立暗傷殘：
　　「嘆花兒一旦之間凋零至此，
　　追想你濃豔鮮嬌才有幾天。

向東風放蕊弄香真可愛，

恰似那多情知趣有情的男。

今日個，仍是東風[11]將你斷送，

便似那薄倖子冷落了紅顏。

你那舊日的芳容往何處去也？

轉眼間便怎的這樣色退香寒？

人家是繫鈴驚鳥惜濃豔，

誰似奴撥土埋護落花殘？

恨東風等閒不與人方便，

不由奴不感物生悲意愴然[12]。

眼看這好花殘落嬌豔散，

便與娘這弱質雖存，要遲久難。

問花枝，花枝不語含愁態，

聽春鳥，春鳥悲啼怨景還。

曲欄辭春，春寂寞，

紅塵瀟灑淚悲殘。

古人云，韶光易過，紅顏易老，

到而今，黛玉方知是確談。

奴今何不把花兒埋葬？

不過略表痴情一念牽。

也省得裊娜[13]香魂隨塵飄落，

也省得輕盈芳質和土闌珊[14]。

11　東風　春風。

12　愴(ㄔㄨㄤˋ)然　悲傷的樣子。

13　裊娜　形容草木柔軟細長，隨風飄搖的樣子。

14　闌珊　逐漸減退或衰落。

也省得薄倖東風亂飄亂蕩，
也省得無情蠢物胡踐胡殘。
也為你媚態嬌姿與奴恰似，
也為你分淺緣薄和我一般。
今日個，你謝之時有奴葬你，
奴死後，知有何人把我來憐？
自回思鬘兒果是真薄倖，
憔悴奴蕭條似花片一般。
後事難期茫茫未準，
前途一望杳杳無邊。
何況這依人形景孤淒萬種，
竟像那細雨斜飛燕子孤單。
痛父母雙雙拋我歸泉下，
教孤兒望斷白雲相見難。
更有誰知心貼己把奴憐念？
無非是面皮兒上一點相觀。
怨天公空賦花月一般的模樣好，
倒教我梳妝對鏡自相憐。
更可恨這織錦的才華埋沒了，
尚不如花兒還有個豔陽天。
想到此，越逼人家千種恨，
況我這軟怯怯的身子兒也難。
倒不如也和花片隨風落，
也省得春感秋愁無限牽。」
痴情女思前想後添悲嘆，
不由得雙雙珠淚眼中含。

憂容兒如龍女牧羊[15]蓬雲鬢，
愁態兒似西施捧腹蹙春山。
恨難消徘徊花塚占詩句，
金釵兒信著手兒亂畫胡圈。
林黛玉悲慘正在出神處，
猛聽得寶玉的聲音到面前。

詩篇

文豹誠難一管看，
管中窺豹亦斑斕[16]。
因憐紅粉調鸚鵡，
學買胭脂畫牡丹。
當日丰神真可憶，
而今筆墨總難傳。
傷心夢逝紅樓杳，
弄玉臺空秦月寒。

第三回〈調禽〉

解語曾聞《大戴》篇，
身文性慧惹人憐。

---

15 龍女牧羊　洞庭龍女，名三娘，下嫁涇河小龍，飽受虐待，被貶到涇河岸旁牧
羊。書生柳毅路過涇河，見三娘哭泣，遂問其故，三娘和盤托出，柳毅深表同
情。三娘致信相托，柳毅千里傳書。經三娘叔父錢塘君火龍相救，三娘與柳毅
最後喜結良緣。

16 斑斕　花紋鮮麗的樣子。

上皇遙問林邱畔，
舊樂頻呼殿陛前。
吟偈語移妃子意，
喚茶聲代侍兒傳。
佳人別院歸來處，
低訝青衣未捲帘。
切碎牙兒蹙損山，
閨愁卻為阿誰銜？
佳人歸院調鸚鵡，
慧鳥能言弄舌尖。
言言語語喉嚨兒朗，
字字聲聲調弄得圓。
佳人點首說：「真真慧也，
怪不得書籍多將此鳥傳。」
又聽它學一回閒語叫一回侍女，
念幾句詞賦吟幾句詩聯。
多是前人得意的句，
半雜黛玉感懷的篇。
佳人帶笑說：「真可喜，
難為它靈心記得全。」
紫鵑說：「姑娘日誦它學會，
整天家絮絮叨叨[17]念也念不煩。」
猛然鸚鵡搧雙翅，
朗咏唐人詩一聯。

17　絮絮叨叨　形容說話繁瑣，嘮叨。

說：「愁懷望處春何限？

病眼開時月正圓。」

恰恰乎觸起佳人心內的事，

一聲長嘆雙鎖眉尖。

徘徊良久頻移玉，

默然不語自啟湘簾。

進房來，慵眠繡榻思宛轉，

倦扶鮫綃意黯然。

抱恨的佳人悲枕上，

負荊的公子到門前。

進院來，訕訕[18]的自語說：「竹真好，

實在清風勝渭川。」

又說是「主人閉門何深也！」

又說是「鸚鵡如何不報傳？」

簾兒裡，紫鵑猛見忙出迓，

說：「二爺麼？今日如何這等得閒？」

痴公子垂頸含慚無話對，

上階除低問「姑娘想午眠」。

侍兒未對，佳人問：

「紫鵑兒，你在簷下與誰言？」

紫鵑說：「二爺來看姑娘也」，

佳人說：「不許放入我門欄」。

敏侍兒笑瞅公子把簾輕啟，

痴公子羞羞愧愧步武遲延。

---

18 訕訕　很難為情的樣子。

進房來，見佳人斜臥頭朝裡，
鬢雲半綰上別著簪。
繡枕兒半按半彈纖手兒動，
柔氣兒半聞半隱嘆聲兒含。
杏眼兒半掩半開微微一顧，
淚珠兒半垂半轉點點相連。
身兒旁，羅帕兒上半帶涕痕半染淚，
手兒邊，繡枕兒畔半邊攤放半邊圓。
這公子忙向床前尊幾聲「妹妹」，
林黛玉半晌咳聲似怒如煩。
公子復問：「姑娘可好？
連日睽違貴體安？」
見佳人低遲微哂[19]說：「真無味，
賤體安否與公子何干？」
寶玉兒就勢兒趣笑說：「真何話，
無干連，我怎問著有干連？
所以才惡搶白不敢在心懷記，
志誠心黃昏清旦廢寢忘餐。」
黛玉兒一聞此言嬌聲兒屬，
說：「此為何語？你有了瘋痰！」

---

[19] 哂（ㄕㄣˇ） 譏笑、嘲笑。

詩篇

　　二八芳年[20]一小鬟，
　　妝臺日近美人前。
　　會心善得人頻愛，
　　解語能將意代傳。
　　翠鈿可為閨內友，
　　素英同是月中仙。
　　何人翻訐青衣賤？
　　一種狡獪自可憐。

第四回〈謔鵑〉

　　片言觸起佳人怒，
　　分雪全憑笑臉含。
　　公子說：「皆因前日得罪妹妹，
　　心如蓬舞地，意似絮漫天。
　　今日來，特意賠罪又失了口，
　　望姑娘豁達大度一併包涵。
　　要打呀，要罵呀，但聽尊便，
　　惟求妹妹意下釋然。
　　你只顧這般光景無關緊要，
　　反叫那些別人說你我變顏。」
　　林黛玉半晌說：「咳！這又是何苦？
　　我說了，永世再不敢傍台前。

---

20 二八芳年　指十六歲。

寶二爺不見黛玉，也不為缺典，

我若是不瞻丰度，反省些心煩。

人說只管由他說去，

況變臉是情真，何懼人言！

多謝你惡語兒傷甜話兒哄，

忽而天，忽而地，主子性兒叫人難。

甜哥哥，蜜姐姐，哪裡學會的屈勞兒態？

深知你花言巧語呆裡藏奸。」

寶玉兒笑著點首說：「我又多話，

這兩句可是何書上有的言？」

這黛玉被他問得紅了臉，

淚珠兒乾轉良久無言。

遲多會說：「沒說別望我說話，

一個女孩兒家曉甚書篇。

不過是兩句常說的話，

又是書上咧，字上咧，徹底窮源。

奴勸二爺回駕罷，

看再有不妨頭的話語冒犯尊顏。」

寶玉陪笑說：「又急了，

這裡成了秦國怎逐客還[21]？」

向床前輕輕坐下說：「姑娘撺！」，

佳人說：「少逞顏色只胡纏。

奉請速回春雪棹，

---

[21] 逐客還（ㄏㄨㄢˊ）　秦始皇曾下過逐客令，要驅逐從六國來的客卿。此句指主人下達趕走不受歡迎的客人。

莫非等念北詩山？」

公子說：「撞不動身，罵不犟嘴[22]，

責打願領，唾面自乾[23]。

想我動身，請息此念」，

佳人說：「找到家裡磨人太罕然。

要不然，我竟躲了你」，

寶玉說：「步步相隨不怕你嫌」。

黛玉說：「避君明日就歸鄉去」，

寶玉說：「也跟妹妹去回南」。

黛玉說：「莫非二爺磨定了我？」

寶玉說：「寶稞姑娘躲我難。」

黛玉說：「我若死時，看你怎樣？

難道還趕我到黃泉？」

寶玉說：「何苦又說這喪氣話，

好端端說話，說死忌諱也不嫌。

倘妹妹果有不諱，我便削髮，

乾淨淨一領袈裟了世緣。」

這佳人聽說，著腦方欲變臉，

見公子形容踖踧[24]動靜堪憐。

忍氣吞聲含慚露悔，

卑詞屈體無笑強歡。

心中不忍變為一哂，

說：「此話蹊蹺[25]其理難參。

---

[22] 犟(ㄐㄧㄤˋ)嘴　頂嘴、強辯。

[23] 唾面自乾　形容極度的寬容忍辱。

[24] 踖踧(ㄐㄧˊ　ㄗㄨˋ)　恭謹的樣子。

[25] 蹊蹺(ㄒㄧ　ㄑㄧㄠ)　奇怪，可疑。

幾曾見兄因妹死出家去？
況且你妹妹又不少更覺難。
死一個，出遍家，都死了怎處？
除非有分身的妙術，才可周全。」
痴公子明知說錯，料他必怒，
因見他反說些趣話，意外生歡。
隨趣笑說：「那個妹妹先亡故，
為他削髮便逃禪。
從來釋子²⁶無牽累，
那後死的任他死去，與我無干。」
佳人說：「原來是這等，
果然明澈見得寬。」
公子說：「無非一派糊塗想，
明澈如何惹妹妹嫌。」
不多時，紫鵑素手呈靈味，
有一盞白雪清香貯舜盤。
佳人說：「他不配喝茶，拿回去」，
紫鵑微笑說：「姑娘是何言？
雖則是孰不講理，理固可廢，
但二爺話久豈不舌乾？」
公子便讚說：「丫頭好，
可意的青衣正是此鬟。
我與你多情小姐同鴛帳，
怎捨得疊被鋪床待吾眠？」

---

²⁶ 釋子　僧徒的通稱，取釋迦子弟之意。

未說完又覺失了口，
呆呵呵半晌無一言。

詩篇

一幅綾綃越女縑，
江頭西子[27]手親浣。
嘗偎素手依紈扇，
偶傍菱花上繡奩。
杏臉半遮人入夢，
蓮塘倒影鯉凝黏。
淚痕點點因何透？
只為青娥有恨銜。

第五回〈擲帕〉

公子知非容似塑，
佳人著氣戰如綿。
惱盈俏臉桃花赤，
嗔透嬌眸杏子圓。
唬寶玉，怒聲似驚雨鶯急噪，
坐起來，弱質如因風柳乍翻。
嬌音帶顫說：「這是何話！」
柔體微篩氣咽又無言。

---

27 西子　指西施，春秋末年越國苧羅人。傳說有兩種：一說吳亡後，西施歸范蠡，
　　從遊五湖而去；一說吳亡後吳人沉西施於江，以報被吳王沉屍的伍子胥。

痴公子紅脹脹的面皮如銷萃體，
急煎煎的心緒若火炙肝。
暗想到：「原為湊趣招他笑，
豈意無心又失言。」
悔只悔九州鐵怎鑄一時錯？
千江水難滌滿面慚。
方欲說「妹妹恕我」，剛說到「妹妹」，
因自知失言太重，不敢說完。
見佳人一帕自拿時抹淚雨，
五丁再世難斷眉山。
恨難消，榴齒欲碎身忽探，
意難堪，春笋[28]微舒臂乍前。
向公子面上額邊急戳一指，
惡狠狠聲含怒意卻無言。
痴公子怨恨交集一心似醉，
悲愁攪亂五內如煎。
垂首無言頻舒襟褶，
滿眸灑淚直染衣衫。
漸漸的一滴滴似珍珠斷線，
越越的一行行若瀑布出泉。
欲擦時，怎奈來時忘記了帕，
不擦罷，無如滿面甚是難看。
無奈何捏起衣襟頻拭淚，
紗衫染透淚痕斑。

---

28 春笋(ㄔㄨㄣ ㄙㄨㄣˇ)　形容女子手指纖細美好。

林黛玉見他的形景心早悔，
又見他無物抹淚手捏新衫。
信手兒把手中羅帕擲在他身畔，
自己卻手抹秋波把珠淚彈。
這寶玉拾起帕來一聲長嘆，
暗想「他著惱如此尚知憐。
可見過錯全由我，
況妹妹素日厚意甚周全。
而且他身子常常的病，
我怎該冒犯越理無端。
前日個，一番暴躁就無知得緊，
方才的這句言語尤其胡言。
那一件不因我愚蠢起，
他一個女孩兒家的心性怎不煩難！」
公子越思淚珠兒越滾，
佳人一見，心兒裡一憐。
「想寶玉待我的情腸真懇切，
何時何事都盡讓周旋。
總是奴天生的傲性不容物，
一偏的拗見少包涵。
不但說起事多因奴的語刻，
就便是方才的光景，也叫他的心寒。」
這佳人千思萬想心中軟，
那公子淚眼愁眉意下煩。
兩個一般同悔恨，
二人四目共涕漣。

香閨頓化迴心院，

綉榻忽成垂淚山。

正所謂一腔心事無由訴，

紛紛紅淚落君前。

一個兒深思妹妹適來的意，

一個兒全恕哥哥已往的愆[29]。

一個兒體貼公子心無二念，

一個兒細想「佳人好有千般。」

一個兒想「前日的光景是奴暴躁」，

一個兒細想「方才話語是我失言。」

一個兒有話欲說，隨口怕錯，

一個兒懷情欲吐，啟齒覺難。

二人悲心相視處，

聽外面說一聲：「好了！」笑語紛然。

作品導讀

　　《傷春葬花》（全五回），作者不詳，現存有清鈔本等。各回有回目，依序為〈傷春〉、〈埋花〉、〈調禽〉、〈謔鵑〉及〈擲帕〉，亦均有詩篇，言前轍（讀音類似「ㄢ」韻）。內容主要是根據《紅樓夢》第二十六回〈蜂腰橋設言傳心事　　瀟湘館春困發幽情〉、第二十七回〈滴翠亭楊妃戲彩蝶　　埋香塚飛燕泣殘紅〉及第二十八回〈蔣玉菡情贈茜香羅　　薛寶釵羞籠紅麝串〉、第三十回〈寶釵借扇機帶雙敲　　齡官劃薔痴及局外〉部分情節改編而成，敷演林黛玉春天

29　愆（ㄑㄧㄢ）　過失。

感傷，埋葬落花，以及她與賈寶玉平時相處鬥嘴的生活細節。

　　第一回〈傷春〉，敘述林黛玉為金玉傳言所困擾，獨自在大觀園內漫步逐蝶之故事。第二回〈埋花〉，敘述林黛玉在大觀園內因見落花飄零，聯想到自己父母雙亡，感嘆身世孤獨之故事。第三回〈調禽〉，敘述林黛玉在瀟湘館調教鸚鵡吟詠詩詞，後來賈寶玉來訪之故事。第四回〈謔鵑〉，敘述林黛玉和賈寶玉兩人交談時，當紫鵑泡茶遞給賈寶玉，賈寶玉隨口表示若將來與林黛玉同鴛帳，怎捨得紫鵑疊被鋪床之故事。第五回〈擲帕〉，敘述林黛玉與賈寶玉爭吵，兩人皆傷心落淚，因賈寶玉忘記帶手帕，只好捏起衣襟拭淚，林黛玉見狀後，擲帕給賈寶玉之故事。

　　《紅樓夢》中提到「黛玉葬花」的情節共有三處：小說第二十三回〈西廂記妙詞通戲語　牡丹亭艷曲警芳心〉、第二十七回〈滴翠亭楊妃戲彩蝶　埋香塚飛燕泣殘紅〉，以及第二十八回〈蔣玉菡情贈茜香羅　薛寶釵羞籠紅麝串〉。其中，小說第二十七回主要是描述林黛玉夜訪賈寶玉，卻因晴雯不開門而生悶氣，獨自在大觀園悲泣〈葬花吟〉的情節。〈葬花吟〉的內容為：「花謝花飛花滿天，紅消香斷有誰憐？……爾今死去儂收葬，未卜儂身何日喪？儂今葬花人笑痴，他年葬儂知是誰？試看春殘花漸落，便是紅顏老死時。一朝春盡紅顏老，花落人亡兩不知！」小說作者描繪林黛玉深夜前往怡紅院尋找賈寶玉，吃了閉門羹之後，她不禁產生寄人籬下的傷感。加上，正值芒種花餞時期，飄零的落花恰巧映襯著飄泊的靈魂，更增添了她的悲悽。從字裡行間，可以明顯感受到濃烈的悲傷情調，不僅凸顯林黛玉細膩的聯想空間，而且突出她身世的孤單寂寞以及她在賈府中所受到的精神折磨。小說第二十八回主要是描述賈寶玉側耳傾聽林黛玉詠嘆〈葬花吟〉末尾幾句詩：「儂今葬花人笑痴，他年葬儂知是誰」、「一朝春盡紅顏老，花落人亡兩不知」等句後，引發

內心的悸動與共鳴，最後慟倒在山坡上。

　　子弟書描寫人物極具特色，例如第一回〈傷春〉描寫林黛玉：「想起寶玉恨難堪：／『為甚的一旦之間他心性改／莫非是聽信旁人金玉言／空教奴一念攸關千念切／百般注意萬般憐／實指望癡心相感同生死／又誰知如夢無托秋扇捐／方信道兒郎到底難深信／可見我傾盡了真心是枉然。』」子弟書作者站在林黛玉的立場，想像她當時的心理狀態，因此增加她的內心獨白來表達她對賈寶玉的怨恨，使得林黛玉的形象更豐滿。

三 《雙玉埋紅》

詩篇

絕世聰明絕代愁，
惜花人不為花留。
於今香塚埋芳草，
當日春風繞畫樓。
滿地落紅飛燦爛，
一林嬌鳥叫勾輈。
顰卿雅意誰能解？
只落得千古風流作話頭。

偏這日寶玉攜書在花下坐，
忽見那一天花雨落英稠。
真果是風翻碎錦飄紅紫，
亂灑雲霓彩片揉。
說道是：「必然林妹無情緒，
這落紅滿地少人收。」
他連忙置書石上把殘花掃，
用衣襟兜起送至清流。
猛回身，見曲欄杆外珊珊影，
見個人穿花度柳步芳洲。

寶玉說：「世間誰更痴於我？
你看那花外行人意甚幽。
分花拂柳飄逸得緊，
意態蕭然弱體柔。」
原來是黛玉輕妝花外立，
見他把纖腰緊束更風流。
手拿著花鋤花囊低玉頸，
又提著花籃花鏟把花收。
慢將那殘紅細掃在花囊內，
他向這太湖石畔作花丘。
下鋪著翠葉層層新綠滿，
上攤著落紅滿滿彩雲稠。
又取那堤邊淨土深深蓋，
為的是化成淨地免得蝶採蜂游。
這寶玉慢慢迎步呼稱林妹，
那黛玉偶聞呼喚便抬頭。
寶玉說：「妹妹收花何須用土？
倒不如拋向河中順水浮。」
黛玉說：「你只曉得園中水淨，
卻不知流出外面卻不清流。
倒不如直把殘花埋淨土，
作一個明妃¹青塚蘇小²墳頭。」

1　明妃　指王昭君。傳說漢元帝後宮人多，不能遍見，帝叫畫工先畫像，然後看
　　像選見。宮人多向畫工行賄而昭君不肯，所以昭君像被醜化，不得召見。匈奴
　　求親，元帝選昭君前去，臨行召見，方知昭君美，但已無法挽回，遂殺毛延壽
　　等畫工洩憤。

忽然見太湖上書一卷，

說：「那是何書？怎麼個根由？」

寶玉回言：「無可看，

不過是《詩》、《書》、《易》、《禮》和《春秋》。」

黛玉說：「別弄聰明又來賺我，

乖乖的拿來我看萬事全休。」

說的個寶玉無言將書遞：

「你看罷，這個文章絕世占頭籌。」

這黛玉接書便向石上坐，

寶玉說：「他這措詞典雅從何處搜求。」

姑娘一看是《西廂記》，

果然是言詞溫婉對句溫柔。

不一時把全集閱畢猶痴想，

真是餘香滿口如吮珍饈。

又翻一過要留心記，

這寶玉在姑娘的身後咂嘴[3]搖頭。

低聲說：「你是傾國傾城[4]；我便是多愁多病」，

這佳人聽罷登時滿面羞。

說：「你看了邪書拿我湊趣，

我成了爺們玩意兒逗笑兒的丫頭。」

一面說著一面就走：

---

2 蘇小　指蘇小小。藝妓蘇小小到滿覺隴賞桂，結識無力籌措盤纏赴京趕考的窮書生鮑仁，蘇小小慷慨贈銀百兩資助鮑仁。鮑仁中進士，專程前往西湖酬謝蘇小小，不料蘇小小因病香消玉殞。鮑仁得知，白衣白冠騎快馬來到西陵橋頭撫靈柩慟哭，並為蘇小小築墓。

3 咂嘴　用舌尖和上顎接觸，發出聲音，表示羨慕或讚美。

4 傾國傾城　形容城中和國中的人都為之傾倒的絕世美艷女子。

「去到那太太房內去講情由。」

這寶玉著忙復又賠不是,

說:「好妹妹,恕我言語不妨頭。

我從此竟把絕大烏龜化,

等妹妹百年之後葉落歸秋。

將妹妹賢德行書勒石上,

我替妹妹馱於背上萬載無休。」

林黛玉聽言不免嘆哧笑,

說:「呸!也是個『銀樣鑞槍頭』⁵。」

寶玉說:「這個也就該罰你,

我也到太太房內訴情由。」

黛玉說:「你當你能過目成誦,

還有個一目十行在後頭。」

他二人說說笑笑將花收淨,

這黛玉就穿花拂柳信步⁶閒游。

猛聽得笛韻飛聲飄來檻外,

細聽是梨香院內轉歌喉。

唱一聲「如花美眷」音多慘,

接一句「似水流年」意更柔。

八個字仰抑悠揚風送至,

不覺得百感纏綿滿腹愁。

又聽那「流水落花春去也,

人間天上兩悠悠。」

5 銀樣鑞槍頭　中看不中用的意思。
6 信步　見《傷春葬花》第一回〈傷春〉注「信步」條。

　　再搭上「落花流水紅閒愁萬種」，

　　真個把多情小姐淚來流。

　　這姑娘傷心慢步歸房去，

　　把一天哀怨上心頭。

　　想一回園中景況情堪斷，

　　玩一回詞中滋味更添憂。

　　調一回窗前鸚鵡學詩句，

　　作一回雨後新詩句更幽。

　　問一回貼己的丫鬟閒刺繡，

　　盼一回同心姊妹共妝樓。

　　嘆蘡卿無邊芳意深如海，

　　筆尖兒難畫佳人萬種愁。

作品導讀

　　《雙玉埋紅》（全一回），作者不詳，現存有清鈔本等。開端有詩篇，油求轍（讀音類似「又」韻）。內容主要是根據《紅樓夢》第二十三回〈西廂記妙詞通戲語　牡丹亭艷曲警芳心〉改編而成，敷演林黛玉在大觀園帶著花鋤、花囊及花帚，打算埋花，卻意外巧遇賈寶玉偷看《西廂記》的情節。

　　《紅樓夢》第二十三回寫道：「寶玉一回頭，卻是林黛玉來了，肩上擔著花鋤，鋤上掛著花囊，手內拿著花帚。寶玉笑道：『好，好，來把這個花掃起來，撂在那水裡。我才撂了好些在那裡呢。』林黛玉道：『撂在水裡不好。你看這裡的水乾淨，只一流出去，有人家的地方髒的臭的混倒，仍舊把花遭塌了。那畸角上我有一個花冢，如

今把他掃了，裝在這絹袋裡，拿土埋上，日久不過隨土化了，豈不乾淨。』」

　　而《雙玉埋紅》則寫道：「原來是黛玉輕妝花外立／見他把纖腰緊束更風流／手拿著花鋤花囊低玉頸／又提著花籃花鑱把花收／慢將那殘紅細掃在花囊內／他向這太湖石畔作花丘／下鋪著翠葉層層新綠滿／上攤著落紅滿滿彩雲稠／又取那堤邊淨土深深蓋／為的是化成淨地免得蝶採蜂游／這寶玉慢慢迎步呼稱林妹／那黛玉偶聞呼喚便抬頭／寶玉說：『妹妹收花何須用土／倒不如拋向河中順水浮。』／黛玉說：『你只曉得園中水淨／卻不知流出外面卻不清流／倒不如直把殘花埋淨土／作一個明妃青塚蘇小墳頭。』子弟書作家不僅增加林黛玉在外貌妝扮以及葬花動作等細節的描繪，而且增添明妃以及蘇小小的典故。此外，小說描寫賈寶玉聽了林黛玉說她想要葬花之後，說道：「待我放下書，幫你來收拾。」林黛玉說道：「什麼書？」賈寶玉慌張的回答：「不過是《中庸》、《大學》。」子弟書作家在小說的基礎上，增加了書籍的數目，將小說中賈寶玉所回答的話改編成：「不過是《詩》、《書》、《易》、《禮》和《春秋》」，更凸顯當時一般士子為了考取功名，熟讀四書和五經的現象。

四 《黛玉埋花》

詩篇

絕世聰明絕世愁，
惜花人不為花留。
於今香塚埋芳草，
當日春風遶畫樓。
滿地落紅飄艷雪，
一林嬌鳥效吳謳。
犖卿雅意誰能解，
只落得千古風流作話頭。

這一日寶玉攜書在花下坐，
恰正是一天紅雨落英稠。
這公子偶然高興把殘紅掃，
小意兒用衣襟兜起送付東流。
猛抬頭見黛玉輕妝花下立，
他比那畫兒上的麻姑更風流。
纖腰兒束緊把宮裙繫，
花囊兒掛在花鋤兒上頭。
一瓣一瓣的把殘紅撿起，
一朵一朵的裝入了花兜。

慢慢的轉過假山石後，

深深的鋤了一道溝。

先鋪上翠葉兒層層新綠滿，

纔放上殘花兒片片彩雲稠。

又取那堤邊淨土兒輕輕蓋，

堆成一座小花坵。

寶玉看罷不覺痴情動，

叫了聲妹妹冷不防頭。

黛玉說：「小爺呀！還是這麼孩子氣，

嚇的我心中亂跳不休。」

寶玉說：「我不是特意將你唬，

見你那等痴情我不自由。

我勸你不必如此勞神力，

撿了那殘花都送付清流。」

黛玉說：「你只知道園中水淨，

到外面保不定不沖入陽溝。

倒不如將此花埋入淨土內，

作一個明妃青塚不玷溫柔。」

一抬頭見太湖石上書一本，

說：「你拿來我看看破破閒愁。」

寶玉忙說：「無甚可看，

都不過是五經四子聖賢留。」

黛玉說：「別弄聰明你來哄我，

乖乖的拿來我看看萬事全休。」

寶玉無奈將書遞過，

說：「請看罷！不過是文人筆墨逞風流。」

顰卿一看是《西廂記》，
果然是行行珠玉鳥媚花羞。
寶玉說：「姑娘的容貌是傾城傾國，
小生的賤體也是多病多愁。」
說的個顰卿紅了粉臉，
不覺的撲簌簌[1]珠淚盈眸。
說：「我成了爺們的玩意兒了，
和我說這話你這樣的胡謅[2]。
我到舅舅的跟前評評理，
你念誦的淫詞順著嘴流。」
一面說著一面就走，
唬的個寶玉忙喚不休。
好姑娘、好妹妹，叫了好幾十句，
說：「饒我這一次，你把好來修。
從今後再要是胡言亂語，
變一個烏龜馱你上蘇州。」
嘔的個顰卿噗哧笑了，
說：「呸！你也是個銀樣的鑞槍頭。」
寶玉說：「站著，你這不是《西廂》語？」
說的個黛玉起了嬌羞。
忙說道：「天下只你能過目成誦，
就沒個一目十行的仕女班頭？」
這黛玉一面說著一壁走，

----

1 撲簌(ㄙㄨˋ)簌　急速滾落的樣子。
2 胡謅(ㄗㄡ)　隨口亂講的空話。

你看他穿花拂柳信步閒遊。

猛聽得玉笛飛聲來檻外，

原來是梨香院內囀歌喉。

唱一聲如花美眷音多慘，

接一句似水流年韻更幽。

又想那落花流水春去也，

人間天上兩悠悠。

顰卿細玩詞中語，

一天哀怨上心頭。

無聊無賴歸房去，

不覺得百感攢心不自由。

嘆顰卿無限情思深如海，

我這筆尖兒也寫不盡佳人萬斛愁。

作品導讀

　　《黛玉埋花》（全一回），作者不詳，現存有清鈔本等。開端有詩篇，油求轍（讀音類似「又」韻）。內容與《雙玉埋紅》類似，詳見上文。現存敷演林黛玉傷春葬花故事的子弟書有《雙玉埋紅》、《黛玉埋花》兩種，兩者除詩篇相似外，部分曲文詞句亦十分相近，顯然關係密切。

　　關於寶、黛兩人在大觀園共看《西廂記》的故事，《雙玉埋紅》寫道：「這寶玉慢慢迎步呼稱林妹／那黛玉偶聞呼喚便抬頭／寶玉說：『妹妹收花何須用土／倒不如拋向河中順水浮。』／黛玉說：『你只曉得園中水淨／卻不知流出外面卻不清流／倒不如直把殘花埋淨土／作一個明妃青塚蘇小墳頭。』／忽然見太湖上書一卷／說：『那

是何書？怎麼個根由？』／寶玉回言：『無可看，不過是《詩》、《書》、《易》、《禮》和《春秋》。』／黛玉說：『別弄聰明又來賺我／乖乖的拿來我看萬事全休。』／說的個寶玉無言將書遞：／『你看罷，這個文章絕世占頭籌。』／這黛玉接書便向石上坐／寶玉說：『他這措詞典雅從何處搜求。』／姑娘一看是《西廂記》／果然是言詞溫婉對句溫柔／不一時把全集閱畢猶痴想／真是餘香滿口如吮珍饈。」

　　而《黛玉埋花》則寫道：「黛玉說：『小爺呀！還是這麼孩子氣／嚇的我心中亂跳不休。』／寶玉說：『我不是特意將你唬／見你那等痴情我不自由／我勸你不必如此勞神力／撿了那殘花都送付清流。』／黛玉說：『你只知道園中水淨／到外面保不定不沖入陽溝／倒不如將此花埋入淨土內／作一個明妃青塚不玷溫柔。』／一抬頭見太湖石上書一本／說：『你拿來我看看破破閒愁。』／寶玉忙說：『無甚可看／都不過是五經四子聖賢留。』／黛玉說：『別弄聰明你來哄我／乖乖的拿來我看看萬事全休。』／寶玉無奈將書遞過／說：『請看罷！不過是文人筆墨逞風流。』／顰卿一看是《西廂記》／果然是行行珠玉鳥媚花羞。」如上所述，《黛玉埋花》的曲文相對上比較淺顯，它應該是根據《雙玉埋紅》改編而成的。

五　《二玉論心》
（詩篇首句為「流水高山何處尋」）

詩篇

流水高山[1]何處尋，
茫茫天地少知音。
馬逢平路皆云善，
人到交深始見心。
勁節不隨寒暑變，
清操方耐雪霜侵。
此情自古稱難遇，
莫怨伯牙[2]摔碎琴。

第一回

赫赫榮寧舊國勛，
巍巍府第上連雲。

---

[1] 流水高山　比喻知己或知音。亦喻樂曲高妙。流水高山，亦作「高山流水」。
[2] 伯牙　指俞伯牙，楚國郢人，善彈琴。鍾子期，楚國樵夫，具音樂欣賞能力。
俞伯牙彈琴，心裡想著高山，鍾子期聽後說道：「善哉，峨峨兮若泰山！」伯
牙後來又想著流水，鍾子期聽後又說道：「善哉，洋洋乎若江河！」伯牙與子
期就此結為知己。鍾子期因病而死，伯牙悲痛欲絕，在子期墳前撫琴，祭奠時，
摔琴於地以悼知音。

金輝玉映繁華景，
翠繞珠圍富貴春。
榮禧堂前花似錦，
大觀園內月如銀。
說不盡園中姐妹人無數，
一個個國色天香[3]世罕聞。
薛寶釵穩重端方明大理，
薛寶琴溫柔典雅順親心。
史湘雲大說大笑精神爽，
刑岫烟守素安貧情性兒溫。
賈探春持家兒才調人難及，
小惜春俏筆的丹青[4]畫入神。
李宮裁放蕩奢華無半點，
王熙鳳風流瀟灑到十分。
侍妾中，襲人、平兒堪為首，
丫鬟內，鴛鴦、琥珀最超群。
還有個斷梗飄蓬的孤妙玉，
坐蒲團[5]自稱雲山檻[6]外人。
內有個絕代的佳人名黛玉，
他在那姐妹叢中奪盡了尊。
模樣兒捧心的西子[7]難相比，

---

3 國色天香　指容貌姣好的美人。
4 丹青　古稱繪畫藝術為丹青。丹是朱砂，青是石青，皆為國畫常用的色料。
5 蒲團　以蒲草編成的圓形墊具，僧、道人物打坐和跪拜時所用。
6 檻(ㄐㄧㄢˋ)　窗戶下或長廊旁的欄杆。
7 捧心的西子　此句比喻賈寶玉稱讚林黛玉貌美如花。捧心西子，指美女之病態，
　愈增其妍。

才情兒咏雪的文君[8]讓幾分。
卻只因雙親早喪無依靠，
外祖母接來膝下伴晨昏。
可嘆他人太聰明身子兒弱，
才惹得多病多愁雨淚頻。
又有個才貌雙絕的痴寶玉，
他比那黛玉的年庚長一春。
生成的脾氣兒乖張情性兒左，
常常的自言自語自傷心。
從不知經濟文章為何事，
他把功名富貴等浮雲。
終日家形骸放蕩無個拘束，
最喜和女孩兒們在一塊兒攪成群。
他倒說，男子們都是些個鬚眉的蠢物，
不過是乾坤的濁氣稟成人。
怎比那女孩兒們的身子清淨的很，
天地間，至尊至貴的到了十分。
自恨生前沒有造化，
為甚麼不向香閨脫化個身！
因此上，看著那些女孩兒們都如珍似玉，
終日家的為奴作婢效盡了殷勤。

---

8 咏雪的文君　此句比喻賈寶玉稱讚林黛玉才華出眾。咏雪，指才女。謝安問道：
「白雪紛紛何所似？」其姪子謝朗回答：「撒鹽空中差可擬」，姪女謝道韞則
回答：「未若柳絮因風起。」文君，指卓文君，西漢人，卓王孫的女兒，有文
才。司馬相如到卓府飲酒，剛好碰到文君新寡，司馬相如彈琴挑動了她的芳心，
她就跟著他私奔。後來，司馬相如打算聘茂陵女為妾，文君賦〈白頭吟〉，才
打消了他的念頭。

自從那黛玉搬在園中住，
他二人耳鬢廝磨分外的親。
若不是對景題詩憐皓月，
就便是焚香品玉賞花晨。
有時節，園林春曉同攜手，
有時節，夜雨幽窗共訴心。
雖然是親情姑表稱兄妹，
那一種投分投緣難細云。
自古道，情因愛切常如怨，
果然是話到情真反似嗔。
又兼那多病的佳人心太重，
偏遇著貪玩的寶玉欠留神。
有時節，言語參差失了照應，
勾起那佳人幽怨鬱難申。
頃刻間，肝腸痛斷無休息，
哭一個淚染鮫綃帶血痕。
他二人似此紛爭也非一次，
問起那根底情由無半分。
都只為終身未定離合的景，
往往的話語難明肺腑的心。
因此上，忽密忽親忽冷淡，
行說行笑又行嗔。
惹的個賈母著急常常的抱怨，
說：「沒見過這兩個不知好歹的冤家嘔死個人。」
從那日砸玉遭殃分手後，
兩個人又難不見又難親。

一個是似傻如呆的失了本性，
一個是無情無緒的減了精神。
一個在怡紅院淹成了病，
一個在孤館瀟湘痛碎了心。
說不盡那花陰冷落人悲月，
更可嘆是竹影蕭條月伴人。
這一日，寶玉來到了瀟湘館，
見佳人和衣睡臥悶沉沉。
好容易費盡了心機拿自話兒噴，
剛剛兒的萬轉千迴才念轉了心。
寶玉說：「咳，世間惟有心難料，
人要是沒一個知心可貴似金。」
黛玉說：「這個話含糊，我意不懂，
倒要你分析個明白細細云。」

詩篇

說不盡世上人心，世上人心似海深，
海雖深，深有底，最深還是世人的心。
從古來，有幾個流水高山、一心的至死不變？
世界上，都是些覆雨翻雲、交結來往盡是黃金。
有一朝黃金盡、貂裘敝、壯士無顏佳人老，
也不知埋沒了多少塞上的琵琶、爨下的音。

但有個效管鮑[9]、賽雷陳[10]、始終如一知心友，
我情願拜門牆、隨鞭鐙、赴湯蹈火樂追尋。

第二回

寶玉說：「我的心知道你的心，你的心如何不知我？
難道說你的心就知道你的心，不知道我的心？」
黛玉說：「你的心是你的心，我如何知道？
我的心又不是你的心，你如何知道了我的心？」
寶玉說：「我的心就是你的心，你如何不懂？
莫不成你的心是你的心，不是我的心？」
黛玉說：「一個人都是一個心我倒知道，
從沒見兩個人只一個心，一個人倒有了兩個心！」
寶玉說：「既然兩個人兩個心，如何我的心又知道你？」
黛玉說：「我的心是一個，想是你的心是兩個心。」
寶玉說：「你的心既然是一個心，我的心如何會有兩個？」
黛玉說：「我的心不像你的心，你的心不像我的心。」
寶玉說：「兩個人通共一個心，如何會有兩個不像？」
黛玉說：「一個心再湊兩個心，這不成了三個心？」
寶玉說：「誰是兩個心？誰是三個心？你倒要講講。」
黛玉說：「金有個心玉有個心，難道麒麟他就沒有個心？」

9　管鮑　比喻交情深厚的朋友。管指管仲，鮑指鮑叔牙，皆春秋時齊人。兩人相
　　知最深。故事源於《史記・管晏列傳》，管仲曾說道：「生我者父母，知我者
　　鮑子也。」
10　雷陳　比喻交誼深厚的朋友。雷指雷義，陳指陳重，皆東漢人。故事源於《後
　　漢書・獨行傳》，雷義與陳重為同郡人，兩人友好情篤，鄉人諺云：「膠漆自
　　謂堅，不如雷與陳。」

一句話說急了寶玉雙眼直瞪，
望佳人微笑咬朱唇。
說：「姑娘近日實在的改變，
說的話都古怪稀奇竟罕聞。
全不想你我從前是如何等樣兒的好，
更比那一乳同胞還勝幾分。
從小兒同起同眠同玩笑，
那樣兒不比別人分外的親？
到而今，人大心大把脾氣兒改，
動不動使性子墊摔拿冷臉子襯。
早知道人家的心腸兒不像我，
才不該妄想巴高錯用了心。
倒不如速死速完速閉了眼，
早離早散早脫了身。
到那時，恩怨皆空閒愁掃盡，
也免得到處招嫌得罪人。」
病佳人鼻音兒冷笑一聲：「啐！」
說：「可是呢！倒不如早些是一死免傷心。」
寶玉說：「我說的是我死，誰咒你，
何苦呢，無緣無故的寡生嗔。
我知道姑娘是嫌透了我，
不住的尋嗔欺負我上了門。
早知道人遭了敗運真沒趣，
還不及永遠在黃泉作個鬼魂。
省卻這耐苦擔愁遭孽的體，
免卻這抱愧含冤受罪的心！」

說著的個寶玉情難禁,

止不住腮邊滴下淚紛紛。

佳人一見,由不得笑,

說:「夠了,也少說些兒罷,仔細勞神。

難為你也是這麼大了,還不該知道個好歹,

為甚麼脾氣兒更比從前會嘔人?

說的話又不聰明,又不是傻,

聽了去,是一半兒明白,一半兒渾。

也有個見理不明也不去想想,

一味的拋卻了身心向外尋。

豈不知時時錯認了禪門的理,

終有這處處強分個意外的心。

但能夠妄念不失絕了外障,

自然就一心無掛,現了天真。」

寶玉聞言才要答話,

忽見那紫鵑帶笑走進了房門。

說:「二爺的貴步如何到此,

莫不是偶未留神認錯了門?

勸爺也該往別去處逛逛,

讓姑娘些須兒養養精神。」

黛玉說:「此時我也不覺睏,

倒是把那寬扉子拿開敞一敞心。

可將我前日的好茶快些兒煎去,

看仔細屈尊了大駕,得罪了貴人。」

寶玉聞言,噗哧兒的笑,

說:「何苦呢,這樣稱呼我怎樣的禁?

但能夠不攆出門就是造化，

怎麼敢生受姑娘這樣費心？」

黛玉說：「饒這麼小心著，還常有不是，

動不動就成月成年的不上門。」

說著話的個佳人又擦眼淚，

這寶玉忙又帶笑搭訕[11]把話云，

說：「今日天氣很好，何不同去走走？

到園中尋一尋姐妹，散一散心。」

黛玉聞言低頭頸，

意遲遲，半晌方才立起身。

向妝臺略整雲鬢，出了小院，

嬌怯怯輕扶雪雁踏芳茵。

說不盡花攢錦簇園中的景，

言不盡姐妹題詩筆下的春。

向竹窗寫了回淒淒切切的湘君[12]怨，

倒只怕一聲聲譜入那流水悲風不耐聞。

作品導讀

　　《二玉論心》(詩篇首句為「流水高山何處尋」)(全二回)，作者為竹窗，現存有清鈔本等。無回目，各回皆有詩篇，人辰轍(讀音類似「ㄣ」韻)。此篇與另一篇同名為《二玉論心》(詩篇首句為「本

11　搭訕　為了想接近他人或打開尷尬的局面而找話題說。

12　湘君　湘水之神。屈原根據楚地民間祭神曲而創作《九歌》，其中，〈湘君〉和〈湘夫人〉是兩首最富生活情趣和浪漫色彩的作品。〈湘君〉乃湘夫人因思念湘君，臨風企盼，久候不見湘君而產生感傷之詩篇。

是蓬瀛自在身」）的情節類似，同樣是敷演賈寶玉向林黛玉表明愛意
的故事。第一回敘述賈府之繁榮景象，以及縱然賈府中女眷們各具
特色，但賈寶玉卻鍾情於林黛玉之故事。第二回敘述賈寶玉來到瀟
湘館，林黛玉和賈寶玉兩人證心，爭論彼此的心跡之故事。

　　小說第二十九回〈享福人福深還禱福　　痴情女情重愈斟情〉
描繪賈母一行人到清虛觀打醮，張道士替賈寶玉提親，引發賈寶玉
和林黛玉兩人爭吵的導火線。小說寫道：「原來那寶玉自幼生成有一
種下流痴病，況從幼時和黛玉耳鬢廝磨，心情相對；及如今稍明時
事，又看了那些邪書僻傳，凡遠親近友之家所見的那些閨英閨秀，
皆未有稍及林黛玉者，所以早存了一段心事，只不好說出來，故每
每或喜或怒，變盡法子暗中試探。那林黛玉偏生也是個有些痴病的，
也每用假情試探。因你也將真心真意瞞了起來，只用假意，我也將
真心真意瞞了起來，只用假意，如此兩假相逢，終有一真。其間瑣
瑣碎碎，難保不有口角之爭。」寶玉心裡想的是：「別人不知我的心，
還有可恕，難道你就不想我的心裡只有你！你不能為我煩惱，反來
以這話奚落堵我。可見我心裡一時一刻自有你，你竟心裡沒我。」
林黛玉心裡想的是：「你心裡自然有我，雖有『金玉相對』之說，你
豈是重這邪說不重我的。我便時常提這『金玉』，你只管了然自若無
聞的，方見得是待我重，而毫無此心了。如何我只一提『金玉』的
事，你就著急，可知你心裡時時有『金玉』，見我一提，你又怕我多
心，故意著急，安心哄我。」

　　而《二玉論心》（詩篇首句為「流水高山何處尋」）則寫道：「寶
玉說：『我的心知道你的心，你的心如何不知我／難道說你的心就知
道你的心，不知道我的心？』／黛玉說：『你的心是你的心，我如何
知道／我的心又不是你的心，你如何知道了我的心？』／寶玉說：『我
的心就是你的心，你如何不懂／莫不成你的心是你的心，不是我的

心？』／黛玉說：『一個人都是一個心我倒知道／從沒見兩個人只一個心，一個人倒有了兩個心！』／寶玉說：『既然兩個人兩個心，如何我的心又知道你？』／黛玉說：『我的心是一個，想是你的心是兩個心。』／寶玉說：『你的心既然是一個心，我的心如何會有兩個？』／黛玉說：『我的心不像你的心，你的心不像我的心。』／寶玉說：『兩個人通共一個心，如何會有兩個不像？』／黛玉說：『一個心再湊兩個心，這不成了三個心？』／寶玉說：『誰是兩個心？誰是三個心？你倒要講講。』／黛玉說：『金有個心玉有個心，難道麒麟他就沒有個心？』／一句話說急了寶玉雙眼直瞪／望佳人微笑咬朱唇。」子弟書作家在小說的基礎上，將賈寶玉、林黛玉兩人隱藏於心的愛意，透過彼此的對話，更加清楚地呈現出來。

六 《二玉論心》
(詩篇首句為「本是蓬瀛自在身」)

詩篇

本是蓬瀛[1]自在身，
只緣情業降凡塵。
黛顰第一空偕玉，
國色無雙錯遇春。
血淚滴殘千載恨，
斷魂難捨才情真。
綠窗愁滿誠何日，
反作痴心抱歉人。

第一回

赫赫榮寧舊國勳，
巍巍府第尚連雲。
金輝玉映繁華景，
翠繞珠圍富貴春。
榮禧堂前花似錦，

---

[1] 蓬瀛　比喻人間仙境。蓬指蓬萊，瀛指瀛州，皆為古代傳說的仙山。

大觀園內月如銀。

說不盡園中姐妹人無數，

都是那國色無雙出眾的人。

內有個絕色的佳人名黛玉，

他乃是賈母嫡親女外孫。

模樣兒捧心的西子難為比，

才情兒咏雪的文君讓幾分。

都只為雙親早喪無倚靠，

外祖母接來膝下伴昏晨。

可嘆他人太聰明身子兒弱，

纔惹得多病多愁兩淚頻。

更有個才貌兼全的痴寶玉，

他比那黛玉的年庚長一春。

生成的脾氣兒乖張心地兒好，

情根兒太重性情兒真。

從不知經濟文章為何物，

他把那功名富貴等浮雲。

終日家形骸放蕩無拘束，

最喜在女孩兒們的跟前去盡心。

自從那大家搬在園中住，

他二人耳鬢廝磨分外的親。

正遇那時逢節序榴花放，

滿園中綠艾飄香插遍了門。

這一日清虛觀內辦設醮，

娘娘的御旨敬佛神。

鳳姐兒先稟了太君後約姊妹，

他每都一身無事樂紛紛。
府門前香車驕馬全停畢，
賈母圍隨人一群。
一路上齊齊整整排執事，
烈烈轟轟到寺門。
前呼後擁把山門進，
左右攙扶老太君。
張道士迎接伺候把佛恭畢，
見寶玉說哥兒近日更斯文。
說話間又與公子提親事，
他怎知寶林各自有私心。
一時間只知討好把殷勤獻，
他那知聽話的顰卿把肺腑焚。
無奈何支持勉坐強說笑，
又兼那一天炎熱到黃昏。
這黛玉萬語難申心已病，
到園中通宵不寐耗精神。
此夜中一盞孤燈千種恨，
滿腔幽怨一身沉。
床頭臥病服湯藥，
滿面珍珠灑淚痕。
說不盡百折柔腸皆寸斷，
真乃是芳心無主欲消魂。
林黛玉懨懨[2]臥病在瀟湘館，

---

2 懨懨　形容患病、精神疲累的樣子。

那寶玉痴怨難申恨又嗔。

一味的咬牙切齒罵張道，

說從今後再不見他這多事的人。

老禍害好模好樣的生波浪，

無緣無故的起煙塵。

這時節惹下是非全不管，

卻叫我神魂顛倒似火煉心神。

到次日早起親身來候問，

他們倆原是連心同病的人。

恰好是怡紅正對瀟湘館，

急忙忙腳步兒慌張到竹林。

進房來見佳人正在牙床坐，

到跟前察言觀色分外的情親。

笑吟吟和容滿面變著方兒哄，

搭訕著身邊貼坐軟意兒溫存。

說妹妹霍然[3]可大癒否？

我一夜無眠牽掛在心。

誰想他一旦所答非所問，

半晌道今朝勞駕是新文。

況今日是薛大哥的華誕日，

為何不赴席看戲又是賢主佳賓。

更有人用意經心陪著你，

你必是磕頭行禮盡誠心。

常言道不看僧面看佛面，

---

3 霍然　突然，很短的時間。

不敬兄來還敬好人。
何苦呢，屈志屈心來看我，
又惦著大家歡樂慶良辰。
這寶玉素日相投惟黛玉，
猛聽得話語差池[4]似針刺了心。
一時間戳得個肺腑難禁受，
望佳人微微冷笑咬朱唇。

詩篇

大海猶能測淺深，
最深難測是人心。
春風滿面真還假，
刀劍藏胸險又陰。
泛泛塵寰[5]失古道，
茫茫宇宙少知音。
試硯雙玉論交處，
萬古千秋豈易尋？

第二回

慘離離登時情意不能申，
急切切時刻也難將怒氣兒吞。
說這若是別人我還不惱，

4　差池　錯誤。
5　塵寰　即塵世。人間惡多如塵土，所以佛家稱人間為塵寰。

到你的跟前我加倍的嗔。
可嘆我往日的痴心隨流水，
今朝的相契等浮雲。
原想是地久天長同在一處，
認定了你合意知心永不分。
你今日惡語虧人全無個體貼，
豈不怕一旦薄情辜負了人。
他二人真處認真，真益切，
真乃是病中增病，病尤深。
一個是屈情萬種難分訴，
一個是苦意千般愧莫伸。
林黛玉滿腹嬌嗔紅粉面，
由不得一腔幽怨鎖愁雲。
說：「我又沒破了你的姻緣，你拿我煞氣，
何苦呢？你就會欺負我這無時少運的人。」
這寶玉一聞此語心都烈，
對佳人雙眉直豎動真嗔。
說：「我口口聲聲只有一個你，
時時念念並無兩個人。
誰知你心中竟無有我，
恨不能在你的跟前摘下了心。」
又說：「是我的心與你的心並非兩個兒也，
難道說你的心就不是我的心？
你知道你的心，如何不知道我？
我知道我的心，就知道你的心。」
黛玉說：「我是我的心，你如何知道？

我知道我的心不是你的心。」

寶玉說：「我的心就是你的心，你如何不懂？

豈不知你一個心，我一個心，並作了一個心。」

黛玉說：「一個人一個心，為何有兩個？

莫不成兩個人一個心，一個人倒有兩個心？」

寶玉說：「一個人一個心，我如何不知道你？」

黛玉說：「我只一個心，你的心想是兩個心。」

寶玉說：「你的心既是一個心，我的心如何有兩個？」

黛玉說：「我的心不像你的心。」

寶玉說：「兩個心是一個心，如何又分你我？」

黛玉說：「你與別人心不分，分是分的我的心。」

寶玉說：「別人是誰？你又來湊上」，

黛玉說：「誰知你暗地裡又湊成了幾個心？」

寶玉說：「幾個心說來，你倒要講講」，

黛玉說：「金一個心，玉一個心，麒麟他也有個心」。

三個心噎的個寶玉無言直瞪著眼，

望佳人咬牙摘玉下狠心。

說：「將他砸破就完了心病，

沒來由說甚麼金玉無雙永不存。」

小丫鬟著忙去把襲人覓，

立刻尋來跑入了門。

見寶玉怒髮衝冠眉眼變，

焦黃的顏色似失了魂。

黛玉說：「與其砸他，你來砸我，

何苦呢？無是尋非，恨在了心。」

襲人含笑忙解勸，

雙關兩意話語兒溫存。

向寶玉說：「你若把他砸壞了，

教林姑娘如何是好？怎麼禁？」

林黛玉暗思寶玉無情義，

可恨他反倒不及一襲人。

這佳人芳心一痛肝腸碎，

哭了個淚染鮫綃帶血痕。

服的那丸藥暑湯全吐了，

慌的那丫嬛侍女侍奉無門。

雪雁兒又是搥來又是怕，

紫鵑兒又是勸來又傷心。

林黛玉一壁裡啼哭，一壁裡吐，

一行兒氣湊，一行兒汗淋。

慧紫鵑一旁含笑將言勸，

說：「望姑娘也當保重自思尋。

倘若是一時病中增上了病，

豈不想貴體難勝？怎麼樣的禁？

那時節二爺如何過的去？」

不承望出言循理順人心。

一句話磞在寶玉的胸坎兒上，

暗思量說：「他比他姑娘還體貼人。

雖然說一時爭競難追悔，

我與他不能道及不能伸。

悔自悔，不該與他同較證，

怎麼就一時辜負了往時的心。

況且他弱體難憐，惟仗著我，

他現在一身無主，又靠何人？」

作品導讀

　　《二玉論心》(詩篇首句為「本是蓬瀛自在身」)(全二回)，作者不詳，現存有清鈔本等。無回目，各回皆有詩篇，人辰轍(讀音類似「ㄣ」韻)。內容主要是根據《紅樓夢》第二十九回〈享福人福深還禱福　痴情女情重愈斟情〉改編而成，敷演張道士為賈寶玉提親後，賈寶玉向林黛玉表明愛意的故事。第一回敘述賈寶玉和林黛玉兩人幼年生活，及張道士為賈寶玉提親，林黛玉吃醋之故事。第二回敘述自從張道士提親後，林黛玉和賈寶玉兩人吵架，賈寶玉怒極摔玉，而林黛玉傷心吐藥之故事。

　　現存敷演賈寶玉向林黛玉表明愛意故事的子弟書有《二玉論心》，共兩種，不僅書名相同，而且篇幅、版本以及用韻相同。此外，兩者的曲文，詞句相近，其「論心」一段文字，彼此也相差不遠。《二玉論心》，其一，首句為「流水高山何處尋」者有十六句，作者竹窗，時代不詳。其二，首句為「本是蓬瀛自在心」者則有二十六句，作者不詳。

　　《二玉論心》(首句為「流水高山何處尋」)寫道：「寶玉說：『我的心知道你的心，你的心如何不知我／難道說你的心就知道你的心，不知道我的心？』／黛玉說：『你的心是你的心，我如何知道／我的心又不是你的心，你如何知道了我的心？』／寶玉說：『我的心就是你的心，你如何不懂／莫不成你的心是你的心，不是我的心？』／黛玉說：『一個人都是一個心我倒知道／從沒見兩個人只一個心，一個人倒有了兩個心！』／寶玉說：『既然兩個人兩個心，如何我的

心又知道你？』／黛玉說：『我的心是一個，想是你的心是兩個心。』／寶玉說：『你的心既然是一個心，我的心如何會有兩個？』／黛玉說：『我的心不像你的心，你的心不像我的心。』／寶玉說：『兩個人通共一個心，如何會有兩個不像？』／黛玉說：『一個心再湊兩個心，這不成了三個心？』／寶玉說：『誰是兩個心？誰是三個心？你倒要講講。』／黛玉說：『金有個心玉有個心，難道麒麟他就沒有個心？』／一句話說急了寶玉雙眼直瞪／望佳人微笑咬朱唇。」

而另種《二玉論心》（首句為「本是蓬瀛自在心」）則寫道：「林黛玉滿腹嬌嗔紅粉面／由不得一腔幽怨鎖愁雲／說：『我又沒破了你的姻緣你拿我煞氣／何苦呢？你就會欺負我這無時少運的人。』／這寶玉一聞此語心都烈／對佳人雙眉直豎動真嗔／說：『我口口聲聲只有一個你／時時念念並無兩個人／誰知你心中竟無有我／恨不能在你的跟前摘下了心。』／又說：『是我的心與你的心並非兩個兒也／難道說你的心就不是我的心／你知道你的心，如何不知道我／我知道我的心，就知道你的心。』／黛玉說：『我是我的心，你如何知道／我知道我的心不是你的心。』／寶玉說：『我的心就是你的心，你如何不懂／豈不知你一個心，我一個心，並作了一個心。』／黛玉說：『一個人一個心，為何有兩個／莫不成兩個人一個心，一個人倒有兩個心？』／寶玉說：『一個人一個心，我如何不知道你？』／黛玉說：『我只一個心，你的心想是兩個心。』／寶玉說：『你的心既是一個心，我的心如何有兩個？』／黛玉說：『我的心不像你的心』／寶玉說：『兩個心是一個心，如何又分你我？』／黛玉說：『你與別人心不分，分是分的我的心。』／寶玉說：『別人是誰？你又來湊上。』／黛玉說：『誰知你暗地裡又湊成了幾個心？』／寶玉說：『幾個心說來，你倒要講講。』／黛玉說：『金一個心，玉一個心，麒麟他也有個心。』／三個心噎的個寶玉無言直瞪著眼／望佳人咬牙摘

玉下狠心。」如上所述，從《二玉論心》(首句為「本是蓬瀛自在心」)
的故事情節相對上比較詳盡以及用語比較淺顯來看，它似乎應該比
另種《二玉論心》(首句為「流水高山何處尋」)後出。

七 《海棠結社》

詩篇

玉露凋傷楓樹林，
嵐扉雲戶淡無痕。
秋色佳時梧桐老，
商音[1]乍到桂花新。
海棠吟咏逢蕭景，
荷花未謝待霜侵。
悶坐翻抄《紅樓夢》，
勞君教正這粗文。

第一回

且說那怡紅院中賈寶玉，
適從那王夫人處回園正換衣巾。
忽聽得帘櫳聲響凝眸看，
原來是翠墨前來送信音。
寶玉觀書喜出望外，說：「原來是為請詩社，
三妹妹到底是個文雅人。」
更衣換履一同前去，

---

1 商音　指哀傷的曲調。古時有宮、商、角、徵、羽五音。

見個婆子手拿字帖兒把話云。

說道是：芸哥兒請安在花園外，

說為避園中的姑娘們，未便他親來進園門。

這寶玉將字兒拆開，忙忙的看，

上寫著「父親大人金安[2]」，自稱是「不肖[3]男芸[4]」。

「仰蒙鴻恩認於膝下[5]，

日夜憂思孝敬心。

今奉上白海棠二盆，倒是新奇的種，

望父親視若親兒一樣，務祈收下莫沉吟。」

寶玉看罷微微笑，

說：「將海棠送去交與襲人。」

過了那沁芳亭畔，秋爽齋已到，

進門來，見筆硯輝煌色色新。

眾姊妹站起笑說：「又來了一個」，

探春笑說：「真有幸哉！難得群賢集我門。」

寶玉說：「我早有此心，可惜遲了」，

黛玉說：「也不可惜也不遲，你可忙叨死人。」

又說道：「這個詩社可別算我，

我不敢作詩，恐人看見可笑破了唇。」

迎春帶笑說：「你不敢，還有誰敢？」

忽聽得丫鬟們說：「大奶奶來了！」見李紈款步入齋門。

大家讓坐說：「今朝有趣」，

---

2 金安　書信的結尾問候語，大抵用於祖父母及父母。

3 不肖　不賢。

4 芸　指賈芸。

5 膝下　表示對父母的孺慕，並在與父母通信時，用為敬辭。

黛玉說：「既起詩社，把叔嫂姊妹的稱呼且莫云。」

李紈說：「俱起別號，我的稻香老農先占定」，

探春說：「我的秋爽居士倒也斯文。」

寶玉說：「居士、主人累贅到底不確，

倒不如指蕉桐起號似更顯著新。」

探春說：「我最喜芭蕉，就叫蕉下客了」，

說：「還有林丫頭，就以湘妃[6]滴淚也倒切其人。

別號就稱他個瀟湘妃子，

薛妹妹叫個蘅蕪君。」

寶玉說：「我的號兒還無有，

再要不起就急死人。」

寶釵笑道：「我送你一個，

無事忙的三個字很絕倫。」

大家說：「寶丫頭莫要取笑，就稱他怡紅公子，

到臨時出題限韻，也試試文人。」

寶玉說：「二姐姐、四妹妹也該起號」，

寶釵說：「二姐姐只借藕榭也切真。

四妹妹住的是紫菱洲內，

就以這菱洲為號倒也成文。」

李紈說：「從今起，尊我之令，我為社長，

副社長限韻出題菱洲一人。

謄錄監臨是藕榭的事，

6　湘妃　指堯帝的兩個女兒娥皇、女英，後嫁舜帝為妻。相傳舜帝南巡狩獵，且
　　為百姓辛苦治水，因勞累過度又中瘴癘之毒，駕崩於蒼梧之野九嶷山。娥皇、
　　女英聞此惡耗，千里尋至湘江之濱。二妃悲慟欲絕，撫竹而泣，血淚點點，淚
　　珠灑於竹木上而化為斑痕累累。

因我三人不能作詩，才將這幾件事分。」

迎春回手將詩本找，

展開一看，是七律詩文。

又命丫鬟來限字，

那小丫鬟正倚著門兒就說了個門。

迎春說：「就是門字韻十三元也」，

又要了韻牌匣子抽出一屜字迹真。

命丫鬟隨便兒拿出牌子四塊，

原來是十三元上的「盆、昏、痕、魂」。

又命侍書將香點，

香完三寸詩上青雲。

移桌列椅分次序，

墨濃筆飽字要均勻。

第二回

一時間，丫鬟忙亂把文房整，

各歸各坐提筆凝神。

霎時間，詩風布舞珠扉外，

驚得那鳥雀飛空寂無聞。

人人思索多一會，

文稿全清落款痕。

詩完先後來交卷，

李宮裁抖擻精神[7]留心校閱各詩文。

海棠正茂勝千金，

---

[7] 抖擻（ㄙㄡˇ）精神　奮發振作。

雅興詩文可愛人。

莫論春光雲飄渺，

堪誇秋景氣氤氳[8]。

偶逢麗日吟佳句，

乍送寒風賦正音。

才子佳人經濟展，

紛紛咏作染箋痕。

李宮裁接收詩文來評論，

詳加勘閱細留神。

探春首先來交卷，

上寫著：「海棠詩社」下寫詩文。

首句是：「斜陽寒草[9]帶[10]重門[11]」，

接連著：「苔翠盈鋪雨後盆。

玉是精神難比潔，

雪為肌骨易銷魂。

芳心[12]一點嬌無力，

倩影[13]三更月有痕[14]。

莫道縞仙[15]能羽化[16]，

---

8 氤氳（一ㄣ ㄩㄣ） 煙雲瀰漫的樣子。

9 寒草 經霜的衰草。

10 帶 連接。

11 重門 一層層院門。

12 芳心 比喻花蕊。

13 倩影 俏麗的身影。

14 月有痕 指白海棠在月光下映出的投影。痕，影子。

15 縞仙 白衣仙女。縞，白絹。

16 羽化 得道成仙。

多情伴我咏黃昏。」

大家稱賞多一會，

再看那寶釵詩句亦精神。

上寫道：「珍重芳姿晝掩門[17]，

自攜手甕灌苔盆。

胭脂洗出秋階影[18]，

冰雪招來路砌魂[19]。

淡極始知花更豔[20]，

愁多[21]焉得玉無痕？

欲償白帝[22]宜清潔，

不語婷婷[23]日又昏。」

李紈看畢猶稱讚，

說：「到底不同眾人文。」

說話間，看罷蘅蕪君之卷，

怡紅公子詩亦來臨。

上寫著：「秋容[24]淺淡映重門，

七節[25]攢[26]成雪滿盆。

---

17 珍重芳姿晝掩門　指薛寶釵借白海棠以自喻。此句極寫大家閨秀端莊矜持的儀態。

18 胭脂洗出秋階影　秋階之上映有洗去紅粉的白海棠淡雅的姿影。

19 冰雪招來路砌魂　露水未乾的臺階招來白海棠冰雪般素潔的精魂。

20 淡極始知花更豔　指薛寶釵以花自贊。

21 愁多　指薛寶釵諷刺賈寶玉、林黛玉兩人愁多。

22 白帝　司時之神。古人以百物配五行(金、木、水、火、土)，秋天屬金，其味為辛，其色為白，司時之神就叫「白帝」。

23 婷婷　原形容女子姿態窈窕美麗，此處則指白海棠花。

24 秋容　指白海棠素淡的姿容。

25 七節　形容海棠枝節繁多。

出浴太真冰作影[27]，
捧心西子玉為魂[28]。
曉風不散愁千點[29]，
宿雨還添淚一痕[30]。
獨倚畫欄[31]如有意[32]，
清砧[33]怨笛[34]送黃昏。」
寶玉說：「今日這詩稱他為首」，
手指著探春說：「就是此人。」
李宮裁終惟寶釵詩有身分，
寶玉見如此批評，也不好再云。
大家又看黛玉底稿，
不比尋常詩共文。
上寫道：「半掩湘帘[35]半掩門，
碾冰為土玉為盆。」
觀到其間大家讚美，
更有寶玉罕奇新。
又說道：「從何處尋思這等的妙句，

---

[26] 攢(ちメ乃ノ)　叢聚。
[27] 出浴太真冰作影　賈寶玉借古代美人比喻白海棠。太真，指楊玉環。
[28] 捧心西子玉為魂　賈寶玉借古代美人比喻白海棠。西子，指西施。
[29] 曉風不散愁千點　賈寶玉借以自況。
[30] 宿雨還添淚一痕　賈寶玉借以比喻林黛玉。
[31] 獨倚畫欄　賈寶玉把白海棠比喻為獨守空閨，思念情郎的女子。
[32] 如有意　像有所思慮。
[33] 清砧(ㄓㄣ)　清冷的擣衣聲。古時婦女為遠人作寒衣，多於秋夜將衣擣平，故砧聲多用以表達婦女秋夜擣衣懷念遠人的意境。
[34] 怨笛　哀怨幽咽的笛聲。
[35] 湘帘　湘妃竹做的帘子。

真令人搜索枯腸也想不到此文。」
看那下聯是：「偷來梨蕊三分白，
借得梅花一縷魂。」
大家看罷又喝采，
說：「此詩妙甚，大有精神！」
果然是新奇之句別開生面，
眾人重新看下文。
又寫著：「月窟[36]仙人縫縞袂[37]，
秋閨怨女拭啼痕。
嬌羞默默同誰訴？
倦倚西風[38]夜已昏。」
李紈重新來評論：
「第一是讓了蘅蕪君。
瀟湘妃子為第二，
怡紅公子壓尾，你尊與不尊？
從此後，詩社之期須定準，
按每月初二、十六為社日，俱赴稻香村。
倘有高興之人，只管另加日子擇所在，
就是那太太們知道，也不能嗔。」
寶玉說：「明日去接史大妹妹，
等我去回明老太太，再去接人。
他若來，豈不又多一個詩翁也？
更覺得熱鬧非常不同尋。」

---

36 月窟　指月宮。
37 縞袂　白絹做的衣服。
38 西風　指秋風。

眾姊妹議論規模方才畢，

略用些酒果，各自回家不必細云。

第二日，寶玉催逼賈母將湘雲接到，

從此後，詩社增輝又多了個才人[39]。

作品導讀

　　《海棠結社》（全二回），作者不詳，現存有清鈔本等。無回目，僅頭回有詩篇，人辰轍（讀音類似「ㄣ」韻）。內容主要是根據《紅樓夢》第三十七回〈秋爽齋偶結海棠社　蘅蕪苑夜擬菊花題〉改編而成，敷演賈探春、賈寶玉、李紈、林黛玉、薛寶釵等在秋爽齋裡籌建詩社，各人都起了別號，選出詩社正副社長。然後限了字，各人分別依字作七律一首，社長李紈評定優劣，最佳者推薛寶釵，林黛玉居次之故事。第一回敘述賈寶玉收到賈探春邀請詩社的信函，以及賈芸送來兩盆白海棠之故事。第二回主要描寫李紈校閱各詩文之故事。

　　小說第三十七回描寫林黛玉建議眾人起別號，因此李紈說道：「我是定了『稻香老農』，再無人占的。」賈探春笑道：「我就是『秋爽居士』罷。」賈寶玉認為「居士」兩字不恰當，賈探春於是笑道：「有了，我最喜芭蕉，就稱『蕉下客』罷。」林黛玉因古人曾說：「蕉葉覆鹿」而笑稱賈探春為一隻鹿，賈探春笑道：「你別忙中使巧話來罵人，我已替你想了個極當的美號了。」賈探春向眾人說道：「當日娥皇女英洒淚在竹上成斑，故今斑竹又名湘妃竹。如今他住的是瀟湘館，他又愛哭，將來他想林姐夫，那些竹子也是要變成斑竹的。

---

[39] 才人　即才子。

以後都叫他作『瀟湘妃子』就完了。」李紈替薛寶釵取別號：「我是封他為『蘅蕪君』了，不知你們如何。」賈寶玉說道：「我呢？你們也替我想一個。」薛寶釵笑道：「你的號早有了，『無事忙』三字恰當的很。」李紈說道：「你還是你的舊號『絳洞花主』就好。」賈寶玉笑道：「小時候幹的營生，還提他作什麼。」賈探春說道：「你的號多的很，又起什麼。我們愛叫你什麼，你就答應著就是了。」薛寶釵對賈寶玉說道：「還得我送你個號罷。有最俗的一個號，卻於你最當。天下難得的是富貴，又難得的是閒散，這兩樣再不能兼有，不想你兼有了，就叫你『富貴閒人』也罷了。」賈寶玉笑道：「當不起，當不起，倒是隨你們混叫去罷。」李紈說道：「二姑娘四姑娘起個什麼號？」賈迎春說道：「我們又不大會詩，白起個號作什麼？」薛寶釵說道：「他住的是紫菱洲，就叫他『菱洲』；四丫頭在藕香榭，就叫他『藕榭』就完了。」

　　而《海棠結社》第一回則寫道：「黛玉說：『既起詩社，把叔嫂姊妹的稱呼且莫云。』／李紈說：『俱起別號，我的稻香老農先占定。』／探春說：『我的秋爽居士倒也斯文。』／寶玉說：『居士、主人累贅到底不確／倒不如指蕉桐起號似更顯著新。』／探春說：『我最喜芭蕉，就叫蕉下客了。』／說：『還有林丫頭，就以湘妃滴淚也倒切其人／別號就稱他個瀟湘妃子／薛妹妹叫個蘅蕪君。』／寶玉說：『我的號兒還無有／再要不起就急死人。』／寶釵笑道：『我送你一個／無事忙的三個字很絕倫。』／大家說：『寶丫頭莫要取笑，就稱他怡紅公子／到臨時出題限韻，也試試文人。』／寶玉說：『二姐姐、四妹妹也該起號。』／寶釵說：『二姐姐只借藕榭也切真／四妹妹住的是紫菱洲內／就以這菱洲為號倒也成文。』」如上所述，子弟書作家在小說的基礎上，發揮創意並稍作修改，例如：小說描述薛寶釵的封號「蘅蕪君」是李紈取的，但子弟書作家則說是賈探春取的。小

說運用相當多的篇幅，以及利用對答的方式，描寫眾人起別號的情況。而子弟書作者竟能運用敘事的手法，將小說中繁雜的情節濃縮在簡短的詩句中，足見子弟書作家文字表達能力極佳。

八 《全悲秋》

詩篇

大觀萬木起秋聲，
香爐[1]燈昏夢不成。
多病只緣含熱意，
惜花常是抱痴情。
風從霞影窗前冷，
月向瀟湘館內明。
透骨相思何日了？
枕邊空有淚珠盈。

詩篇

孤館寒生夜色冥，
秋聲淒慘不堪聽。
人間難覓相思藥，
天上應懸薄命星。
病久西風侵枕簟[2]，
夢回殘月滿窗櫺。

---

[1] 爐（ㄐㄧㄣˋ）　火燒後所剩餘下來的東西。

[2] 簟（ㄉㄧㄢˋ）　供坐臥用的竹席。

玉人腸斷三更後，
漏永燈昏冷翠屏。

詩篇

一寸眉心恨幾重，
釵環慵整鬢蓬鬆。
黃花[3]都似形容[4]瘦，
秋雨不如淚點濃。
薄命凋零知有分，
相思解釋嘆無從。
斷腸最是瀟湘館，
露冷霜寒泣暮蛩[5]。

詩篇

一幅鮫綃[6]淚點盈，
痴心還是葬花情。
誰將恨海填胸滿？
只有愁天補不平。
鴻雁影中秋萬里，
寒蛩聲裡月三更。
綠紗窗下無窮怨，

---

3 黃花　指菊花。
4 形容　形體容顏。
5 蛩（ㄑㄩㄥˊ）　古稱蟋蟀。
6 鮫綃（ㄐㄧㄠ　ㄒㄧㄠ）　絲製手帕、手絹。

說與孤燈直到明。

[詩篇]

薄命從來離恨宮，
芳心不與世情同。
落花收入荒墳裡，
佳句拋殘烈炬中。
秋作淒涼穿戶牖[7]，
月將慘淡染簾櫳。
醒來人住瀟湘館，
淚勝湘妃一倍紅。

第一回

金陵春色美無窮，
黛玉的丰姿迴不同。
生成的傾國傾城人難比，
只無奈多病多愁體不寧。
更兼他秉性兒孤高心性兒冷，
舉止兒端莊心地兒聰明。
針黹兒熟習活計兒巧，
書卷兒博通詩賦兒能。
吃虧了模樣兒風流身體兒弱，
心思兒仔細氣質兒清。

---

[7] 戶牖(一ㄡˇ) 門戶與窗牖。牖，指壁窗。戶，指單扇門。

只落得形容兒瘦損情思兒倦，
茶飯兒慵餐病勢兒增。
漸漸的夢魂兒顛倒精神兒減，
粉臉兒香消衣帶兒鬆。
到秋來，時光兒蕭條柔腸兒斷，
風月兒淒涼愁緒兒縈。
可憐他早喪了高堂父和母，
又無有同胞的姐妹弟與兄。
接在這母舅家中扶養大，
外祖母愛似明珠掌上擎。
閒來時，或同姊妹談書史，
或共丫鬟習女工。
便與那表兄寶玉同居住，
從小兒不分姑舅似一母生成。
自從他大家搬入園中去，
瀟湘館緊對著怡紅小院中。
這寶玉嬌痴習慣多情愛，
脾氣兒一會糊塗一會明。
有時節，殷勤體貼過於留意，
有時節，憊賴歪纏又不近情。
嘔的人哭也不是來笑也不是，
譏的人惱不成來好也不成。
時逢正是深秋景，
氣爽天高萬里晴。

眼看著滿城風雨重陽[8]近，

這姑娘節氣兒交時病勢兒增。

漸漸的菱花兒怕對朱唇兒淡，

粉黛兒慵施鬢髮兒蓬。

好模好樣的眉頭兒皺，

無緣無故的眼圈是紅。

有一時，顧影[9]臨波還自言自語，

有一時，問著他十聲又九不應。

不知他終朝悶悶因何事？

誰曉得每日懨懨主甚情？

這一日，園中的姐妹未來造訪，

日光兒午後倒也清明。

林黛玉房中獨坐無情緒，

喚丫鬟：「隨我到門前略一行。」

說話間，紫鵑扶定輕輕走，

雪雁跟隨到院中。

主僕們慢慢步出了瀟湘館，

說：「呀！這一種的景物淒涼迥不同。」

蕭瑟瑟霜落天空風正緊，

靜蕩蕩雲收霧斂雨初晴。

顫巍巍三徑菊花開燦爛，

碧森森千竿竹葉顯菁蔥。

韻錚錚隔院秋砧[10]驚午夢，

8　重陽　即重九，指農曆九月九日，古代有登高避邪的風俗。

9　顧影　顧望形影。

10　秋砧　見《海棠結社》第二回注「清砧」條。

唿喇喇繞牆老樹起悲聲。
哭乾乾荷蓋翻波堆敗葉，
軟怯怯海棠憔悴剩殘莖。
香馥馥芬芳尚有岩前桂，
冷淒淒零落還留井上桐。
重疊疊山徑秋雨十分翠，
碧澄澄水共長天一色青。
急煎煎雲外歸鴉投遠岫[11]，
亂紛紛亭前落葉舞西風。
寂寞寞往來那有雙飛蝶，
靜悄悄上下不聞百囀[12]鶯。
一陣陣天際驚寒穿孤雁，
幾處處空庭應候叫秋蛩。
細條條數株衰柳無情綠，
叢簇簇一片楓林作意紅。

第二回

佳人對景頻嗟嘆，
身倚欄杆把愁緒增。
暗想道：「幼時讀過《秋聲賦》[13]，
果然的物老悲傷今古同。
眼前一派淒涼景，

---

11 岫(ㄒㄧㄡˋ) 山脈、峰巒。

12 囀 鳥鳴。

13 《秋聲賦》 作者為歐陽脩，作者認為人之衰老乃自然現象，與秋無關。人之
易老，是因為汲汲於名利，戕賊了本有的靈性以及強健的形魄。

似這等衰草寒煙好痛情。

纔知道歐陽[14]作賦文詞警，

怪不得宋玉[15]登臨感嘆增。

想三春鬱李夭桃濃豔豔，

流鶯舞蝶鬧轟轟。

到後來，牡丹兒開罷石榴兒放，

荷花兒謝後海棠兒紅。

又誰知韶華有限悠然去，

光景無多一旦空。

霎時間，秋來夏去繁華盡，

露冷霜寒草木零。

看起來，物有盛衰時有寒暑，

就猶如月有盈虧人有死生。

老天哪，生發長養為根本，

既然春夏又何必秋冬？

何不教日往月來人不老，

又何妨風吹雨潤草長青。

豈不是何思何處極樂世，

倒成了不凋不謝的廣寒宮。

為甚麼蕭瑟[16]的西風如利剪，

平空的霜氣似雄兵？

務必要秋聲兒一起群芳兒落，

---

14 歐陽　指歐陽脩，字永叔，號醉翁，晚號六一居士，宋吉州廬陵(今江西省吉安市)人。

15 宋玉　戰國後期楚國辭賦作家，相傳是屈原弟子。

16 蕭瑟　形容風吹樹木的聲音。

把那些萬紫千紅一掃兒空。

接連著雪花兒飄後堅冰兒凍，

直弄到地冷天寒氣不通。

怨只怨東君[17]一去全不管，

恨只恨青女[18]飛霜主甚情？

又想到氣到三春依舊暖，

花從二月又重生。

獨有這人生在世無多景，

老去何曾轉妙齡？

最可嘆逝水年華光冉冉[19]，

如梭歲月勢匆匆。

青春虛度難留住，

綠鬢消磨去不停。

黃泉一入就無歸路，

還不如草木逢春枯又榮。

似我這浮生好比花間露，

病體還如風裡燈。

回首紅顏能幾日，

已到了葉落歸秋途路窮。

漸漸覺得秋氣兒重來身體兒重，

時候兒更來顏色兒更。

這正是一朝春盡紅顏老，

---

17 東君　指春神。

18 青女　指天神。語出《淮南子‧天文訓》：「至秋三月，地氣不藏，乃收其殺，百蟲蟄伏，靜居閉戶，青女乃出，以降霜雪。」

19 冉冉　緩慢移動的樣子。

眼看著花落人亡兩不逢。

想春時，痴情是我悲花落，

把花片兒收來在塚內封。

那時節，我身一旦隨花殞，

未卜知秋林下送我是何人著土兒蒙？」

這佳人越想悲淒柔腸斷，

止不住嬌聲兒哽咽淚珠兒傾。

黛玉他羞花閉月[20]姿容絕代，

落雁沉魚[21]仙氣獨鍾。

只這一番哀怨淒涼悲秋的意，

感的那無情的景物也含情。

動搖搖樹枝兒輕顫如點首，

撲喇喇鳥雀兒高飛不忍聽。

猛然間，園中一陣西風緊，

吹得個林黛玉他氣喘吁吁把侍女憑。

急忙忙一同回轉香閨裡，

這佳人四肢無力倦支撐。

懨懨倒在牙床上，

不覺得神思困倦睡朦朧。

第三回

偏這日寶玉閒中來探病，

興匆匆步入瀟湘竹院中。

20　羞花閉月　形容女子之美麗。羞花閉月，又作「閉月羞花」。

21　落雁沉魚　比喻女子的容貌美麗。落雁沉魚，又作「沉魚落雁」。

進門來，見乳母與丫鬟廊下坐，
滿院中瀟瀟竹影翠陰濃。
紫鵑說：「姑娘散悶方纔睡，
請進去，二爺仔細莫高聲。」
痴公子點頭會意朝裡走，
雪雁兒輕輕揭起繡帘櫳。
進房來，珠圍翠繞言難盡，
另有那一種的幽香往鼻內沖。
暖閣中，佳人睡臥頭向裡，
房兒內，寂然[22]鴉雀不聞聲。
這公子床頭對面輕輕坐，
悄悄的留神細驗病形容。
見佳人頭邊斜倚著鮫綃枕，
身上輕搭著舊斗蓬。
柔氣兒一陣兒嬌吁一陣兒嗽，
細聲兒一會兒哎喲一會兒哼。
繡鞋兒一面兒遮藏一面兒露，
纖手兒一隻兒舒放一隻兒橫。
小枕兒一邊兒墊起一邊兒靠，
書卷兒一卷兒拋西一卷兒東。
烏雲兒一半兒蓬鬆一半兒綰，
骨拐兒一個兒白來一個兒紅。
真個是神遊洛浦三千界，
夢繞巫山十二峰。

---

22 寂然　沒有聲音的樣子。

病形兒捧心的西子差多少？
就是那妙手的丹青也畫不成。
不提防窗前的鸚鵡將茶喚，
房兒內酉正偏交六下鐘。
霎時間，佳人晝寢忽驚醒，
不覺的弱體兒輕舒把倦眼兒睜。
見寶玉無言獨自旁邊坐，
反惹得佳人意不寧。
本待要起身陪坐，腰肢無力，
枕兒上指頭兒輕按俏眼兒矇矓。
命紫鵑床上重新鋪坐褥，
喚雪雁案頭潔淨洗茶盅。
低聲道：「適才盹睡失迎候，
貴人哪，今日颳來是哪陣風？
昨日個清晨早起往何方去？
可是怎麼咧，要會會尊顏都不能？」
寶玉說：「連朝有事，未得看你，
我卻時時懸掛在心中。
今日個，擇了個工夫兒特來探問，
多有疏慢了莫怪愚兄。
這幾日午後的發燒可曾少止？
夜間的咳嗽可略略的輕聲？
身軀兒可比從前強與弱？
飯食兒或比先前減共增？
送來的茯苓服過了無有？
拿來的燕窩吃過不曾？

配的那丸藥可是哪一料兒好？

尋的那偏方兒到底是那宗兒靈？」

佳人說：「起動前來多承掛念，

我這病勢兒更比先前加倍兒增。

茯苓兒服過無其數，

燕窩兒吃了好幾封。

偏方兒試盡全無效，

孽病兒淹纏何日寧？

發燒時，五更以後方纔減，

咳嗽來，一夜何曾略住聲。

神氣兒焦勞成弱症，

夢魂兒顛倒作虛驚。

待要去觀花，我的心中又懶，

提起了吃粥，我的頭都是疼。

眼看著綠紗窗下奴將辭去，

病骨兒不日掩埋在黃土坑。

這幾年，園中的往事都不堪回首，

再想要和你們請社題詩可不能。」

佳人說到傷心處，

不由得眼淚兒撲簌[23]往下傾。

一雙雙恰似珍珠兒落，

一滴滴猶如秋雨兒零。

霎時間，斑斑點點無歇止，

把一條手帕兒浥濕了好幾層。

---

23 撲簌　見《黛玉埋花》注「撲簌簌」條。

這寶玉硬著心腸忙解勸，

意兒中，萬轉千回不勝情。

說是：「大勢無妨，何至如此？

你把那煩惱憂愁且暫停。

我勸你藥也要吃，病也要養，

為什麼自己熬煎把自己傾？

茶飯兒也要勉強著進，

身體兒也須扎掙著行。

早些兒歇下休熬夜，

厚些兒穿上莫著風。

想吃什麼東西說知璉二嫂，

要用甚麼東西告訴愚表兄。

園中的姐妹們跟前常去走走，

散散悶強如睡臥在房中。

只怕你睡壞了脾氣多添了病，

教我心中豈不疼？」

第四回

說話間，痴郎久坐憨情動，

不住的嘻嘻微笑眼眯縫。

一壁裡搭訕[24]說話朝前湊，

他把那玉腕雙攜不放鬆。

說：「外面的菊花都開遍了，

24　搭訕　見《二玉論心》(詩篇首句為「流水高山何處尋」)第二回注「搭訕」
　　條。

真個是紫配著黃來白配著紅。
咱們倆何不前行同玩賞？
也別辜負了秋芳太寡情。」
使性子的佳人忙躲閃，
登時間，嬌羞氣惱面通紅。
說：「起開罷，那邊給我斯文著坐，
方才我出去了，受不了外邊的風。
剛剛的睡醒，你又來纏我，
我知道你是我命中的小人魔難星。
似這般拉拉扯扯成什麼樣子？
也不管人家手腕子發酸骨節兒疼。
動不動有人無人來上頭上臉，
討人嫌更比從前說話兒瘋。
知道嗎，一年小，二年大，也該把那脾氣兒改，
何苦呢，傳出去，又惹的別人好說不好聽。
還有那一句言詞奉勸你，
二爺的話好歹[25]別當耳旁風。
誰像你終朝只在女孩兒們一處裡攪，
從沒見一個胭脂兒常沾在爺們的嘴上紅。」
一席話把那寶玉的高興全都掃，
數落得悶悶低頭不作聲。
半晌道：「姑娘近日特也高傲，
行動兒乾人冷似冰。
有一時，好意前來親近你，

---

25 好歹　不論如何。

誰想你每到其間和我生。

有一時，偶爾疏忽我若失照應，

你又說什麼狠心咧，無義咧，哭一個了不成。」

黛玉說：「本來你的心腸大比先前改，

自有那上好的人兒在你的意中。

甚麼金咧，玉咧，我全都不懂，

又是什麼冷咧，香咧，我也記不清。

請罷，二爺你可往那高處裡走，

何苦把有用的精神在此處扔。

耽延了時候兒倒屈尊了你，

反惹得好人兒埋怨，你也不得安寧。」

說的個公子情急只發怔，

他的那委屈煩難填滿胸。

「欲待要隱忍不言撂開手，

可惜我一片衷腸未得明。

欲待要分證幾句將情訴，

又怕他病久的人兒攬氣生。

罷罷罷，暫時躲避由他去，

等他的怒氣消時再來負荊[26]。」

主意兒一定將身起，

他這裡步出了瀟湘回轉了怡紅。

---

26 負荊　即負荊請罪，指背著荊條向人請罪。表示主動向對方認錯賠罪，請求責罰。語出《史記‧廉頗藺相如列傳》，描寫廉頗脫了上衣，露出臂膊，背負荊條，親自到藺相如家認錯的故事。

第五回

林黛玉見他不語揚長[27]去，
更覺得寂寞無聊怨氣生：
「我不過幾句兒頑話兒白嗷你，
怎麼就認起真來怒氣兒衝。
細想來，我的情意兒都依舊，
委實是他的心腸兒大變更。
莫不是從今真個丟開了？
天哪！怎麼一日之間就這樣的薄情？」
這佳人掩面悲啼聲哽咽，
直哭到黃昏以後秉銀燈。
忽聽得悠悠晚寺鐘聲起，
又見那淡淡窗櫺竹影橫。
佳人坐起推窗看，
要看一看今宵的月色明。
但只見斜月橫空光燦爛，
竹蔭滿地碎玲瓏。
金風[28]颯颯[29]霜華冷，
銀漢迢迢[30]夜氣清。
何處寒砧頻搗練？
誰家玉笛暗飛聲？
雲外秋賓千里雁，

---

27 揚長　丟下別人，高視闊步離去。
28 金風　秋風。古代以陰陽五行解釋季節的嬗變，秋屬金，故稱秋風為金風。
29 颯 (ㄙㄚˋ) 颯　風聲。
30 迢(ㄊㄧㄠˊ)迢　遙遠的樣子。

長空月主一天星。
階前唧唧[31]寒蛩兒鬧，
檐下悠悠鐵馬兒鳴。
對月的佳人又把愁勾起，
倚窗兒頻頻嗟嘆望蒼穹[32]。
說：「月兒呀！你往行天下千千載，
照見人間萬萬情。
你只該梨花院落添佳景，
楊柳池塘趁晚晴。
你只該舞席歌筵催進酒，
玉堂金屋帶懸燈。
似我這幽齋寂寞秋窗冷，
為什麼偏向愁人特地明？」
他這裡自言自語頻傷感，
身背後，走過了雙鬟問一聲。
紫鵑說：「遲眠貪看窗前月，
只恐怕坐久身招檐下風。
姑娘啊！夜氣侵人也須躲避，
倒還是閉嚴了門戶，放下了帘櫳。」
雪雁說：「藥兒也煎出，還有一劑，
粥兒也煮好，略進一盅。
從朝至暮還未沾水米，
再若是淘碌了身子可了不成。」

31　唧唧　鳥、蟲的鳴聲。
32　蒼穹(ㄘㄤ ㄑㄩㄥ)　指天空。蒼穹，又作「穹蒼」。

黛玉說:「吃什麼粥來服甚麼藥,

縱有那妙藥仙丹也不靈!

這病兒看看捱不到重陽也,

咱主僕分離在眼下阻幽冥。

有一件要緊的事兒托付你,

臨時休忘我叮嚀。

書案上抄成的一部詩詞稿,

我死後,你倆將來一火烘。

女子吟詩原非本分,

留著它,反惹俗人議論生。

不如焚去倒也乾淨,

我生平最厭人稱才女名。

更可憐世上伶仃[33]誰似我?

說起來,石人不免淚雙傾。

幼時節,慈母歸西拋弱女,

接連著先君[34]捐館[35]葬南京。

剩了個無倚無靠的煢煢[36]女,

一家兒死別生離一散兒空!

只落得孤身飄泊[37]投親眷,

到而今,無定的形踪似轉蓬[38]。

雖然說,外祖的家中如同自己,

33 伶仃　孤獨而完全沒有依靠的樣子。伶仃,亦作「零丁」、「伶丁」。
34 先君　稱已歿的父親。先君,亦作「先父」、「先嚴」、「先考」、「先君子」。
35 捐館　捐棄館舍,舊時對死亡的諱稱。捐館,又作「捐館舍」。
36 煢煢　見《會玉摔玉》第一回〈會玉〉注「煢煢」條。
37 飄泊　流離失所,猶如東西隨水漂流。
38 轉蓬　隨風飄轉的蓬蒿。

到底是異姓的人兒水上萍。
人見我足食豐衣居富貴，
誰知我暗中多少費調停？
行事兒須知深與淺，
說話兒須辨重和輕。
總有那煩難卻向何人訴？
也只是淚眼兒偷彈午夜中。
眼兒前誰是我同胞的姐與妹？
那是我一母同胞的弟和兄？
這屋裡，只有你們倆和乳母，
大夥兒甘苦同知著意兒疼。
實指望耳鬢廝磨常聚首，
又誰知西風送我入幽冥³⁹。
數年來，沒甚麼好處休埋怨，
你們的辛苦勤勞我豈不明？
再者呢，我死之後你們無倚，
也無非將來分落各房中。
這園中，那位姑娘是好說話兒？
呆丫頭還當是我嗎？那們發瘋。
少不得寧心耐性加謹慎，
還要你早起遲眠習女工⁴⁰。
不必時常思念我，
人生聚散似浮萍。

---

³⁹ 幽冥　佛家中指地獄及餓鬼道言。幽冥，又作「冥土」。
⁴⁰ 女工　婦女所做針繡方面的工作或成品。女工，亦作「女紅」。

盂蘭會[41]常把紙錢兒送，

清明節[42]多將黃土兒埘[43]。

有一時，月明人靜黃昏後，

你向那籬下花前喚我幾聲。

這便是主僕數載的恩和義，

我雖然死在黃泉目也瞑。」

二侍女一面悲啼一面勸，

說：「姑娘啊，為何說的這般凶？

夜氣寒涼安歇了罷，

這時候，譙樓也是打三更。

你把那閒愁撇卻寬心養，

為何把精神耗費損花容？

耐性兒調養終須好，

豈有你這樣的人兒沒後程？」

此一時，寧國府中人寂寂，

大觀園內月溶溶。

西院中，賈母年高安歇的早，

前邊的鳳姐歸房理事情。

藕香榭迎、惜賭勝棋聲兒遠，

秋爽齋探春觀畫夜燈兒紅。

蘅蕪院寶釵獨自拈針黹[44]，

---

41 盂蘭會　佛教儀式，每逢農曆七月十五日，佛教徒為追荐祖先所舉行的會，並
　　誦經施食孤魂野鬼。

42 清明節　指每年四月五日的前後，太陽到達黃經一五度時開始，有踏青、掃墓、
　　祭祖的習俗。

43 埘（ㄆㄥ╱）　棺柩下墓，以土埋之。

44 針黹（ㄓㆭ╲）　縫紉、刺繡等針線工作的總稱。針黹，又作「針指」。

　　稻香村李紈訓子把書攻。

　　梨花院女樂遙傳簫鼓韻,

　　櫳翠庵尼僧敲動木魚聲。

　　對門就是怡紅院,

　　他那裡一派的喧嘩笑語兒明。

　　只有這淒淒慘慘的瀟湘館,

　　主僕們愁眉淚眼對昏燈。

　　最可嘆寒蛩兒也似知人的意,

　　四壁裡唧唧和聲哭月明。

作品導讀

　　《全悲秋》(全五回),作者不詳,現存有清鈔本等。無回目,各回皆有詩篇,中東轍(讀音類似「ㄥ」韻)。內容主要是根據《紅樓夢》第二十七回〈滴翠亭楊妃戲彩蝶　埋香塚飛燕泣殘紅〉、第二十八回〈蔣玉菡情贈茜香羅　薛寶釵羞籠紅麝串〉及第二十九回〈享福人福深還禱福　痴情女情重愈斟情〉改編而成,敷演深秋時節,林黛玉遊覽大觀園,對景物嗟嘆,後因身體不適而返回瀟湘館。賈寶玉前來探望,林黛玉自覺病情日重而落淚,賈寶玉手拉林黛玉勸解,因林黛玉不快,賈寶玉怏怏告別。林黛玉埋怨賈寶玉變心,傷心悲啼,囑咐紫鵑在其死後將詩稿燒焚的情節。第一回敘述秋天時節,林黛玉感傷身世,想到與賈寶玉之情愫,不禁黯然落淚之故事。第二回敘述林黛玉對蕭瑟的秋景感觸頗深,看到落花即聯想到自己飄零身世之故事。第三回敘述賈寶玉前往瀟湘館探視林黛玉,噓寒問暖之故事。第四回敘述賈寶玉探視林黛玉,一時情急

拉著林黛玉的手，約她出外賞菊花，卻被林黛玉怒斥一番之故事。
第五回敘述林黛玉見賈寶玉生氣離去，哽咽傷心，對紫鵑交代在她
死後必須焚稿之故事。

　　小說第二十八回描寫王夫人見了林黛玉問道：「大姑娘，你吃那
鮑太醫的藥可好些？」林黛玉回答：「也不過這麼著。老太太還叫我
吃王大夫的藥呢。」賈寶玉說道：「太太不知道，林妹妹是內症，先
天生的弱，所以禁不住一點風寒，不過吃兩劑煎藥就好了，散了風
寒，還是吃丸藥的好。」王夫人提到她忘了大夫說了個丸藥的名字，
賈寶玉猜了幾個藥名都不是後，薛寶釵抿嘴笑道：「想必是天王補心
丹。」王夫人又說道：「既有這個名兒，明兒就叫人買些來吃。」又
小說第二十九回描繪眾人前往清虛觀打醮看戲，賈寶玉回家生悶氣
並說從今以後不再見張道士，而林黛玉則是因為回家又中了暑。小
說僅簡略提到：「寶玉因見林黛玉又病了，心裡放不下，飯也懶去吃，
不時來問。」

　　而《全悲秋》第三回描寫賈寶玉見林黛玉病了，因此前來探視。
曲文寫道：「寶玉說：『連朝有事，未得看你／我卻時時懸掛在心中
／今日個，擇了個工夫兒特來探問／多有疏慢了莫怪愚兄／這幾日
午後的發燒可曾少止／夜間的咳嗽可略略的輕聲／身軀兒可比從前
強與弱／飯食兒或比先前減共增／送來的茯苓服過了無有／拿來的
燕窩吃過不曾／配的那丸藥可是哪一料兒好／尋的那偏方兒到底是
那宗兒靈？』／佳人說：『起動前來多承掛念／我這病勢兒更比先前
加倍兒增／茯苓兒服過無其數／燕窩兒吃了好幾封／偏方兒試盡全
無效／尊病兒淹纏何日寧／發燒時，五更以後方纔減／咳嗽來，一
夜何曾略住聲／神氣兒焦勞成弱症／夢魂兒顛倒作虛驚／待要去觀
花，我的心中又懶／提起了吃粥，我的頭都是疼／眼看著綠紗窗下
奴將辭去／病骨兒不日掩埋在黃土坑／這幾年，園中的往事都不堪

回首／再想要和你們請社題詩可不能。』」如上所述，子弟書作家將
小說第二十八回由王夫人詢問林黛玉服藥情況，改編成賈寶玉關心
林黛玉的病情，殷情詢問她服藥的概況。此外，子弟書作家在小說
的基礎上，設想賈寶玉前來探病時，寶、黛兩人應該有一些交談，
只是小說沒有呈現出來，因此特別增加兩人對話的情節。

九 《探病》

詩篇

一寸眉心恨幾重，
釵環慵整鬢蓬鬆。
黃花都是形容瘦，
秋雨何如淚點盈。
薄命凋零知有分，
相思解釋嘆無從。
斷腸最是瀟湘館，
露冷霜寒泣暮蛩。

第一回

偏這日寶玉閒中來探病，
興匆匆步入瀟湘竹院中。
進門來，見乳母與丫鬟廊下坐，
滿院中瀟瀟竹影翠煙籠。
紫鵑說：「姑娘散悶方纔睡，
請進去，二爺仔細莫高聲。」
痴公子點頭會意朝裡走，
雪雁兒輕輕掀起繡簾籠。

進房來，珠圍翠繞言難盡，
另有那一種的幽香往鼻內沖。
暖閣中，佳人睡臥頭向裡，
屋兒內，依然鴉雀不聞聲。
這公子床頭對面輕輕坐，
悄悄的留神細驗病形容。
見佳人頭邊斜倚著鮫綃枕，
身上輕搭著舊斗蓬。
柔氣兒一陣兒嬌吁一陣兒嗽，
細聲兒一會兒哎喇一會兒哼。
繡鞋兒一面兒遮藏一面兒露，
纖手兒一隻兒舒放一隻兒橫。
小枕兒一邊兒墊起一邊兒靠，
書卷兒一卷兒拋西一卷兒東。
烏雲兒一半兒蓬鬆一半兒綰，
孤拐兒一個兒白來一個兒紅。
真個是神遊洛浦三千界，
夢繞巫山十二峰。
病形兒捧心的西子差多少，
就是那妙手的丹青也畫不成。
不提防窗前的鸚鵡將茶喚，
房兒內酉正偏交六下鐘。
霎時間，佳人晝寢忽驚醒，
不覺的弱體兒輕舒把倦眼兒睜。
見寶玉無言獨自旁邊坐，
反惹得佳人意不寧。

本待要起身陪坐，腰肢無力，

枕兒上指頭兒輕按俏眼兒矇矓。

命紫鵑床上重新鋪坐褥，

喚雪雁案頭潔淨設茶盅。

低說道：「適才盹睡失迎候，

貴人哪，今日刮來是那陣風？

昨日個清晨早起往何方去？

可是怎麼咧，要會會尊顏都不能？」

寶玉說：「連朝有事，未得看你，

我卻時時懸掛在心中。

今日個，擇了個工夫兒特來探問，

多有疎慢了莫怪愚兄。

這幾日午後的發燒可曾少止？

夜間的咳嗽可略略的輕聲？

身軀兒可比從前強與弱？

飯食兒或比從前減共增？

送你的茯苓服過無有？

拿來的燕窩吃了不曾？

配的那丸藥兒可是哪一料兒好？

尋的那偏方兒到底是那宗兒靈？」

佳人說：「起動前來多承掛念，

我這病勢兒更比從前加倍兒增。

茯苓兒服過無其數，

燕窩兒吃了好幾封。

偏方兒試盡全無效，

孽病兒淹纏何日寧？

發燒時，五更以後方纔減，
咳嗽來，一夜何曾略住聲。
神氣兒焦勞成弱症，
夢魂兒顛倒作虛驚。
待要去觀花，我的心中又懶，
提起了吃粥，我的頭都是疼。
眼看著綠紗窗下奴將辭去，
病骨兒不日掩埋在黃土坑。
這幾年，園中的往事都不堪回首，
再想要和你們講社題詩可不能。」
佳人說到傷心處，
不由得眼淚兒撲簌往下傾。
一雙雙恰似珍珠兒落，
一滴滴猶如秋雨兒零。
霎時間，斑斑點點無歇止，
把一條手帕兒溼濕了好幾層。
這寶玉硬著心腸忙解勸，
意兒中萬轉千回不勝情。
說是：「大事無妨，何至如此？
你把那煩惱憂愁且暫停。
我勸你藥也要吃，病也要養，
為什麼自己熬煎把自己傾？
茶飯兒也要勉強著進，
身體兒也須扎掙著行。
早些兒歇下休熬夜，
厚些兒穿上莫著風。

想吃什麼東西說知璉二嫂，
要用甚麼東西告訴愚表兄。
園中的姐妹們跟前常去走走，
散散悶強如睡臥在房中。
只怕你睡壞了脾氣多添了病，
教我心中豈不疼？」

第二回

說話間，痴郎久坐憨情動，
不住的嘻嘻微笑眼眯縫。
一壁裡搭訕說話朝前湊，
他把那玉腕雙攜不放鬆。
說：「外面的菊花都開遍了，
真個是紫配著黃來白配著紅。
咱們倆何不前行同玩賞？
也別要辜負了秋芳太寡情。」
使性子的佳人忙躲閃，
登時間嬌羞氣惱面通紅。
說：「起開罷，那邊給我斯文著坐，
方纔我出去了，受不得外邊的風。
剛剛的睡醒，你又來纏我，
我知道你是我命中的小人魔難星。
似這般拉拉扯扯成什麼樣子？
也不管人家的手腕子發酸骨節兒疼。
動不動有人無人來上頭上臉，

討人嫌更比從前說話兒瘋。

知道麼,一年小,二年大,也該把那脾氣兒改,

何苦呢,傳出去,又惹的別人好說不好聽。

還有那一句言詞奉勸你,

二爺的話好歹別當耳旁風。

誰像你終朝只在女孩兒們一處裡攪,

從沒見一個胭脂兒常沾在爺們的嘴上紅。」

一席話把那寶玉的高興全都掃,

數落得悶悶低頭不作聲。

半晌道:「姑娘近日特也高傲,

行動兒乾人冷似冰。

有一時,好意前來親近你,

誰想你每到其間和我生。

有一時,偶爾疏忽我若失照應,

你又說什麼狠心唎,無義唎,哭一個了不成。」

黛玉說:「本來你心腸大比先前改,

自有那上好的人兒在你的意中。

什麼金唎,玉唎,我全都不懂,

又是什麼冷唎,香唎,我也記不清。

請罷二爺,你可往那高處裡走,

何苦把有用的精神在此處扔。

耽延了時候兒倒屈尊了你,

反惹得好人兒埋怨你也不得安寧。」

說的個公子情急只發怔,

他的那委屈煩難填滿胸。

欲待要隱忍不言撂開手,

可惜我一片衷腸未得明。

「欲待要分證幾句將情訴，

又怕他病久的人兒攬氣生。

罷罷罷，暫時躲避由他去，

等他的怒氣消時再來負荊。」

主意兒一定將身起，

他這裡步出了瀟湘回轉了怡紅。

作品導讀

　　《探病》（全二回），作者不詳，現存有清鈔本等。僅頭回有詩篇，中東轍（讀音類似「ㄥ」韻）。內容主要是根據《紅樓夢》第二十九回〈享福人福深還禱福　癡情女情重愈斟情〉下半回改編而成，敷演林黛玉生病，賈寶玉前來瀟湘館噓寒問暖，言談中發生口角，最後賈寶玉離去之故事。

　　《全悲秋》第三回詩篇為：「一寸眉心恨幾重／釵環慵整鬢蓬鬆／黃花都似形容瘦／秋雨不如淚點濃／薄命凋零知有分／相思解釋嘆無從／斷腸最是瀟湘館／露冷霜寒泣暮蛩。」而《探病》第一回詩篇為：「一寸眉心恨幾重／釵環慵整鬢蓬鬆／黃花都是形容瘦／秋雨何如淚點盈／薄命凋零知有分／相思解釋嘆無從／斷腸最是瀟湘館／露冷霜寒泣暮蛩。」兩者除了第三句「似」與「是」，以及第四句「不」與「何」、「濃」與「盈」等有差異外，其餘文詞皆相同。

　　《全悲秋》第三回正文為：「偏這日寶玉閒中來探病／興匆匆步入瀟湘竹院中／……只怕你睡壞了脾氣多添了病／教我心中豈不疼？」而《探病》第一回正文為：「偏這日寶玉閒中來探病／興匆匆

步入瀟湘竹院中／……只怕你睡壞了脾氣多添了病／教我心中豈不
疼？」又《全悲秋》第四回正文為：「說話間痴郎久坐憨情動／不住
的嘻嘻微笑眼睐縫／……主意兒一定將身起／他這裡步出了瀟湘回
轉了怡紅。」而《探病》第二回正文為：「說話間痴郎久坐憨情動／
不住的嘻嘻微笑眼睐縫／……主意兒一定將身起／他這裡步出了瀟
湘回轉了怡紅。」曲文皆相同。如上所述，《探病》（全二回）實摘
自《全悲秋》第三、四回。

十　《石頭記》

詩篇

> 東風憔悴復西風，
> 春去秋來恨轉濃。
> 一片月明千里夢，
> 半窗花影五更鐘。
> 淒涼自覺芳心警，
> 婉轉誰憐密意同？
> 月地花天無限景，
> 牽纏情續一重重。

第一回

> 且說林黛玉賦性聰明心思兒細膩，
> 恰好似良工施巧琢透的玲瓏[1]。
> 逐處推敲時時留意，
> 博學辨問件件精通。
> 誰承望天公也妒傾城貌，
> 埋沒殺鍾靈秀氣無限的風情。
> 可憐他身軀兒多病聲氣兒軟，

1　玲瓏　形容物體製作精巧。在此比喻人聰明、靈活。

飲食兒清減妙藥兒無靈。

強打著精神，似葉底花兒渾不露，

同姊妹們依然歡笑若生平。

這一日，薛姨媽欲接寶釵和黛玉，

又囑咐相約寶玉一同行。

他三人見了太君，請安已畢，

承歡侍立笑語兒輕盈。

賈母問：「姐兒三個往何處去逛？

花朵兒一般配著簇新的衣服更鮮明。」

寶玉兒回道說：「姨媽請，

叫我們任性兒消遣，隨意兒閒行。」

賈母說：「這幾日，你林妹妹頗覺脾氣兒軟，

很該散散悶，足感姨媽美盛情。」

說話間，僕婦回說宮中有旨，

夏太監要在老太太的跟前稟事情。

賈母說道：「快些兒請！」

那夏太監把帘櫳掀起進房中。

正立著先代娘娘相問畢，

他請了安，一一細稟話語兒從容。

說：「娘娘命我來傳密旨，

很惦著寶二爺的青春已長成。

急欲給他聯配偶，

說林姑娘倒好呢，又碍著中表的俗傳不便行。

惟有寶姑娘端謹大方真淑女，

必能夠舉案齊眉²賽孟鴻³。」
他將那項圈如意⁴恭呈上，
說：「請太太即刻去求親莫暫停。」
賈母聽罷心中喜：
「怎麼娘娘的聖意就合著我這愚衷？」
忙回首說：「太太你還不快去！
命丫鬟們在耳房款待夏公公。」
不多時，王夫人回來說：「姨太太慨允」，
這賈母隨心恰意樂無窮。
那夏太監自去宮中覆懿旨⁵，
榮國府闔家兒歡悅喜氣兒盈盈⁶。
惟有那黛玉寶釵同寶玉，
他三人明明聽見這細膩的真情。
姊妹們各人自有縈懷處，
乜呆呆歡喜憂思各不同。
因此上，三人都不往姨媽家去，
次第回園意不寧。
薛寶釵羞答答悄覓宮裁閒敘話，
林黛玉他默默無言緩步兒行。
慢慢的回到自己瀟湘館，
他斜倚著牙床不作聲。

---

2 舉案齊眉　喻夫妻相親相敬。案，有足的托盤。《後漢書・梁鴻傳》：「妻為
　具食，不敢於鴻前仰視，舉案齊眉。」
3 孟鴻　指孟光、梁鴻兩人。傳說梁鴻妻有德無容，梁鴻為其取名孟光，字德曜。
4 如意　一種頂端呈靈芝形或雲形，象徵祥瑞的器物。
5 懿旨　舊稱皇太后或皇后的命令。
6 盈盈　笑容滿面的樣子。

紫鵑款款[7]將茶獻，

這黛玉勉強接來吃了半盅。

可憐他好事無成芳心失望，

向紫鵑總有那萬句衷腸也難話明。

他依舊的假作安閒強餐茶飯，

見寶玉時，倒添了些笑語共歡容。

寶玉他見此神情，更添了愁悶，

漸漸的積成憂鬱似癲瘋。

終朝只在怡紅院，

乜呆呆一腔心事倩誰憑。

有一時，癲狂花畔環香久，

有一時，寂靜窗前待月明。

到後來，咄咄[8]書室無人敢問，

更兼著心思兒紊亂脾氣兒縱橫。

他一味的覓是尋非損傷器皿，

找丫鬟們的嫌隙，鬧的人都頭疼。

麝月、襲人也都無了主意，

一個個藏藏躲躲往各處裡潛形[9]。

他找不見人時，就大聲的哭喊，

將一個怡紅院頓然變作了怨愁城。

---

7 款款　忠實誠懇的樣子。

8 咄(ㄅㄨㄛㄟ)咄　感嘆聲、驚怪聲。

9 潛形　形體隱藏，不暴露出來。

詩篇

蔓草荒煙泣野蚩[10]，

長林落葉疊重重。

秋風送雨幽窗冷，

旅雁穿雲素月溶。

石鏡空餘妃子迹，

琴棋淹沒美人踪。

悼今懷古情多少？

蕙損蘭凋兩不逢。

第二回

那怡紅院門兒緊對著瀟湘館，

林黛玉卻也深知那些個情形。

慢尋思等他來時加意兒勸，

這幾天他未曾到此話衷情。

見夕陽慢轉竹蔭兒碎，

暖閣旁酉正方交六下鐘。

命紫鵑去請二爺來敘敘，

喚雪雁向竹爐細細把茶烹。

說話間，見寶玉行來竹院將房進，

他乜呆呆獨坐無言淚珠傾。

林黛玉面帶春風忙稱賀，

說：「眼前你得偕伉儷[11]，真是美滿前程。

10　蚩　見《全悲秋》第一回注「蚩」條。

11　伉儷　通稱他人夫婦。尊稱他人夫婦時，常用「賢伉儷」。

卻因何六親先就不相認，
對著人委屈煩難主什麼情？」
寶玉著急道：「別人不曉我的衷腸事，
怎麼連妹妹也這樣的相熬？我心裡不明。」
佳人說：「你那樣兒不是還不歡喜，
寶姐姐德容工貌[12]真是難以形容。
可記得你自己常說是鬚眉濁物，
蠢笨得像楊柳椿子一樣同。
今配上如花似玉的真淑女，
你還不知福嗎？莫再尋人把閒氣生。」
寶玉答言說：「何嘗不是，
我有句言詞要請妹妹評評。」
因說道：「薰風[13]都愛嬌菡萏，
我卻是秋江獨愛俏芙蓉。
寶姐姐才貌兼全人難比，
卻不是我那肝腸陋影可意的芳容。」
佳人說：「你注意之人偏是有緣無分，
落絮隨波欲化萍。」
寶玉說：「失卻瓊瑤[14]千載恨，
我欲將這恨海愁天一抹平。」
佳人說：「上天注定循環的理，
怎能夠挽回造化[15]把缺陷填盈？」

---

12 德容工貌　泛指婦女的四種德性：婦德、婦言、婦容、婦功。
13 薰風　夏風。
14 瓊瑤　指美玉。瓊、瑤，皆美玉名。
15 造化　在此指幸運、福氣。

寶玉說：「這個雖然不能夠，
惟恨那良緣咫尺[16]竟難成。」
佳人說：「你那注意之人若得了，
自然是愛惜珍護比眾不同。
於今無分空翹首[17]，
也必有一段憐惜安慰的情。
怕將來春歸花謝遭風雨，
但愁你愛莫能助也難行。
今日個，事既無成莫空鍾私愛，
必須要愛人以德才是真情。
似這般鏡花未許輕澆灌，
水月誰能掩卻明？
只要你認真的珍重憐知己，
休被那無稽之語任意兒形容。」
寶玉猛省道：「妹妹說的很是，
為什麼言詞兒掩映，又不肯說明？
求妹妹快快言明，我的心已碎，
切莫含糊要盡情！」
說話間，紫鵑端過茶兩盞，
他二人默默接杯似啞聾。
這佳人沉吟了半晌長吁氣，
說：「我這性急的脾氣，怎肯將言語兒朦朧？
咱二人自幼兒彼此相憐愛，

---

16 咫(ㄓ∨)尺　比喻距離很近。
17 翹首　仰望，形容非常期待。

不比尋常一樣的情。

你眼內長留我薄命的影，

我心上長懷你俊俏的形。

遵禮節兄妹相依存大體，

心兒裡惺惺到底是惺惺惺。

我和你彼此痴情應自省，

切莫聽旁人議論污我的清名。

你往常間在侍女跟前還殷勤的留意，

況長我，你自必婉轉憐惜音至誠。

從此後，頤養[18]通靈成大禮，

且將這眼前的因果了今生。」

寶玉聞言忽然大悟，

就猶如醍醐灌頂[19]棒喝[20]愚蒙。

他站起身來連說幾個「是」，

鏡兒中，猶有憂思不勝情。

寶玉道：「今生既已無緣分，

惟願來生結蕙盟。」

黛玉說：「人到計窮期來世，

誰知來世亦虛冥。

現在纏綿皆自苦，

來生業果更無窮。

---

18 頤養 安靜的修養。

19 醍醐灌頂 佛教指灌輸智慧，使人徹底覺悟。比喻聽了高明的意見，使人受到
很大的啟發。

20 棒喝（ㄏㄜˋ） 本為佛家語，或用棒，或用喝，或棒喝交施，都在促使沉迷的
徒眾翻然覺悟。

再不必多生煩惱空貽笑，
莫把那情欲模糊了你的性靈。」
這寶玉省悟低頭無一語，
忽聽得蕭蕭[21]竹韻響西風。
紫鵑說：「夜深了，姑娘該安歇，
你聽那風度蒲牢已四更。」
寶玉站起說：「告退」，
這佳人抬身目送意無窮。
紫鵑他扶侍姑娘安寢畢，
嘆佳人懨懨難寐睡不寧。

詩篇

漫將聚散嘆浮生，
往事傷心若個評。
憔悴[22]潘郎[23]猶落拓[24]，
懵騰倩女自輕盈。
喜逢擲果空餘愛，
痴到離魂始謂情。
才子佳人千古恨，
此中意味欠人明。

---

21 蕭蕭　風聲。

22 憔悴　面色黃瘦，沒有精神的樣子。

23 潘郎　此處借指賈寶玉。潘郎，即西晉潘岳，字安仁，故又名潘安。他容儀秀美，少時曾佩帶彈弓到洛陽道上，婦人遇到他的，都牽著手環繞他，投果子到他車上，結果竟滿載而歸。

24 落拓　失意不得志。

第三回

且說那懸花結彩的榮國府，

預備著門前百輛盈。

闔府內錦簇花團[25]人濟濟[26]，

華堂中笙簫雅奏韻錚錚。

這無限的繁華休瑣贅，

可憐那瀟湘館內自空明。

更趁著竹韻搖風聲斷續，

那一種的景物淒涼可淚零。

林黛玉病體懨懨床上臥，

委實是香消玉殞[27]減卻了花容。

見紫鵑斜靠床邊頻泣淚，

這佳人強伸玉腕拉住了春蔥[28]。

緊緊的將他攥[29]了又攥，

軟怯怯傷心欲語淚珠兒傾。

說：「我和你名分雖然為主僕，

就如那姊妹的情腸一樣同。

我死後，望你逢時節常想念，

到墳前叫幾聲姑娘慰我的魂靈。」

這紫鵑聽著，不由得芳心兒痛碎，

25　錦簇花團　像花朵錦繡會合聚集在一起。形容燦爛華麗的樣子。簇，叢聚在一起。錦簇花團，又作「花團錦簇」。

26　人濟（ㄐㄧˇ）濟　許多人聚集在一起。

27　香消玉殞　比喻女子死亡。香、玉，皆用來比喻女子。

28　春蔥　形容女子纖細的手指。蔥，管葉狀，似人手指，春時尤纖嫩。

29　攥（ㄗㄨㄢˋ）　握住。

止不住淚珠兒撲簌簌往下傾。

說：「姑娘吓，你要好生將養身子，

從來道，吉人天相，病勢漸覺輕。

我願與姑娘終身一處長廝守，

服侍的你朱顏兒依舊，玉體兒康寧。」

佳人笑說：「傻丫頭，人生在世，誰能不死？

我倒是有福的，才能早一步兒行。

嘆塵寰[30]蒼狗白雲[31]頻變幻，

到頭來，電光[32]泡影[33]相皆空。」

又問道：「此刻新人過門否？」

紫鵑說：「彩轎方才進後廳。」

佳人不語將頭點，

柔腸兒婉轉暗傷情。

細思量：「寶姐姐今朝成大禮，

他自然是得意佳章賦〈采蘋〉[34]。

洞房中對對銀杯傾綠蟻[35]，

雙雙紅燭剪金蟲[36]。

裴航恰是雲英侶[37]，

30　塵寰　即塵世。人間惡多如塵土，所以佛家稱人間為塵寰。

31　蒼狗白雲　比喻世事變化萬端。蒼狗，猶「蒼穹」，指天空。蒼狗白雲，又作
　　「白雲蒼狗」。

32　電光　閃電所放之光。比喻轉瞬即逝，變幻無常。

33　泡影　佛教用泡和影比喻事物的虛幻不實，生滅無常。後喻落空的事情或希望。

34　〈采蘋〉　《詩經・召南・採蘋》，共三章，此乃歌詠將嫁女，采蘋藻以奉祭
　　祀之詩。

35　綠（ㄌㄨㄟˋ）蟻　酒面上的綠色泡沫，也作為酒的代稱。

36　金蟲　比喻燈花。

他兩個一對仙姿畫不能。
我薄命今夜欲辭塵世界，
羞從那羅浮夢裡覓相逢。」
命紫鵑：「將竹院門兒關閉上，
人來時，就說我才入夢兒中。」
這紫鵑正欲關門，見探春來到，
他將那吩咐之言細稟明。
探春說：「就是睡下何妨碍，
我欲瞧氣色看形容[38]。」
紫鵑進內將言稟，
佳人點頭說：「他卻可相容。」
那探春走進房來相問候，
林黛玉輕攜素手[39]淚盈盈。
說：「半夜三更你還來瞧我，
也不怕露冷苔滑蓮步兒難行。」
探春見他神情兒委頹聲氣兒軟，
也就慢慢的告退，還將話語兒叮嚀。
佳人說：「紫鵑哪！你預備香湯，我要沐浴，
這清淨的身心，必須要洗濯的晶瑩。」
紫鵑說：「今日有風天氣冷，
姑娘啊！你看仔細著涼，切莫勞形[40]。」

---

37 裴航恰是雲英侶　語出《太平廣記》，唐長慶年間，秀才裴航於藍橋驛機緣巧
　遇雲英，因其容姿絕世，裴航乃重價求得玉杵臼為聘，娶英為妻，最後裴航夫
　婦俱入玉峰洞中，食丹仙化，成為神仙眷侶。
38 形容　見《全悲秋》第一回注「形容」條。
39 素手　白細的手。
40 勞形　因事煩雜而致神態疲憊。

佳人搔頭說：「你哪裡知道，
回首時，必須玉潔與冰清[41]。
來時清淨，去也清淨，
從今消盡玉壺冰[42]。」
這紫鵑不敢相違，將浴盆端過，
奈佳人哪有氣力將皓魄兒滌明！

詩篇

溶溶逝水去無聲，
轉眼年華幾度更。
花到榮時偏馥郁，
月當盈處更光明。
痴心須向情中悟，
妄念都從幻境生。
艷魄有知能返本，
何妨百日[43]喚卿卿[44]。

第四回

紫鵑他忙代佳人輕浴畢，
穿好衣裳，披上了斗篷。
林黛玉喘吁了半晌難扎掙，

---

[41] 玉潔與冰清　比喻德行有如玉和冰一般純淨潔白。比喻人格高尚，品行高潔。
[42] 玉壺冰　比喻高潔清廉。
[43] 百日　人死後的第一百天，喪家多延請僧道誦經拜懺。
[44] 卿卿　古人對妻子或朋友的稱呼。

紫鵑他輕輕扶定玉芙蓉。

服侍佳人床上臥，

繡枕斜倚嗽不停。

這佳人凝神半晌將秋波轉，

說：「紫鵑哪，你將燈花兒剪卻，我還有話叮嚀。

我春天學描自己的小行樂，

記得收藏在樣本中。

尋出來，送與三姑娘，傳我的話，

說見畫就如同見我的形容。

還有那些書籍詩稿，我也看看，

又命他輕輕移進繡花檠[45]。

撿幾本李杜詩集在旁邊放，

說也要你親身交付與香菱。

對他說這是我給他留的遺念，

往常間，我深憐愛他的聰明。

外打進的工夫卻也好，

勤學去，將來怕不作詩翁！」

紫鵑說：「姑娘安歇罷，看傷著身子，

子初三刻已交了四更。

今夜精神雖勉強，

到明日，姑娘未免又勞形。」

佳人說：「且把那作成的詩稿攢[46]一處，

向火盆邊你一一焚盡了我的聰明。」

---

45 檠（ㄑㄧㄥˊ）　燈架。

46 攢（ㄘㄨㄢˊ）　聚集。

這正是落花流水空成夢，

苦雨淒風枉動情。

燒殘慧思知多少，

灰燼芳心恨幾重。

紫鵑不敢相違背，

將火盆兒輕輕挪近靠花檠。

把詩稿兒張張理過皆焚卻，

那紙灰兒飄飄盡落火盆中。

半晌燒殘詩百首，

忽見詩稿內半露芙蓉手帕兒紅。

紫鵑他連忙的遞與佳人看，

忽見詩稿綾帕兒隨同付丙丁[47]。

這佳人戰戰兢兢[48]伸玉腕，

接看時，止不住的傷心珠淚兒零。

原來是寶玉春間相贈物，

還有那自題的詩句墨猶濃。

不覺得一時傷感神思兒亂，

哽咽了半晌，才微嗽了一聲。

痛斷柔腸無一語，

遞與了紫鵑，猶自淚盈盈。

憊憊氣喘低聲兒道，

說是：「燒啊！」他悲透於中，欲話不能。

這紫鵑萬種傷心頻垂淚，

---

47 付丙丁　即付火。丙丁於五行屬火，故俗稱火為「丙」或「丙丁」。

48 戰戰兢（ㄐㄧㄥ）兢　畏懼戒慎的樣子。

百般淒楚不勝情。

他攙扶著玉體臨芳榻，

慢推綉枕倚輕盈。

林黛玉強闔杏眼溶溶淚，

迷離恰趁五更風。

紫鵑他哭泣了一回身子軟，

不由得心思兒魔亂倦眼兒矇矓。

乏透的身軀方入夢，

見他姑娘說：「你好好的看家我欲行。」

猛然驚醒一身香汗，

忙向床頭看玉容。

見佳人輕舒玉體雙闔眼，

早已的香消花謝豔魄兒飄零。

紫鵑他哭倒在床邊，聲氣兒啞，

說：「姑娘啊，你撇我一人也不願生。

似你這絕代佳人何處覓？

多應是魂歸離恨魄返虛靈。」

作品導讀

　　《石頭記》（全四回），作者不詳，現存有清鈔本等。無回目，各回均有詩篇，中東轍(讀音類似「ㄥ」韻)。內容主要是根據《紅樓夢》第九十六回〈瞞消息鳳姐設奇謀　洩機關顰兒迷本性〉、第九十七回〈林黛玉焚稿斷痴情　薛寶釵出閨成大禮〉及第九十八回〈苦絳珠魂歸離恨天　病神瑛淚灑相思地〉部分情節改編而成，

敷演賈元春傳密旨，命賈寶玉與薛寶釵聯婚。後來賈寶玉與林黛玉互訴衷情，並對林黛玉約誓來生。賈寶玉成親當日，林黛玉精神萎靡，傷心落淚，要求紫鵑備水沐浴，焚稿後，林黛玉即香消玉殞之故事。第一回敘述林黛玉、賈寶玉與薛寶釵三人向賈母請安後，忽傳宮中有旨，原來是娘娘傳密旨要賈寶玉與薛寶釵聯婚之故事。第二回敘述婚事已定後，林黛玉命紫鵑去怡紅院請賈寶玉前來，祝賀賈寶玉，同時也規勸賈寶玉此後兩人應遵循兄妹之禮之故事。第三回敘述賈寶玉與薛寶釵兩人成婚之日，林黛玉埋怨薛寶釵，感嘆淒涼身世之故事。第四回敘述林黛玉臨死前，傷心焚稿，向紫鵑交代後事之故事。

　　小說第九十六回描寫襲人向王夫人提及寶黛兩人互屬對方一事：「賈母正在那裡和鳳姐兒商議，見王夫人進來，便問道：『襲人丫頭說什麼？這麼鬼鬼祟祟的。』王夫人趁問，便將寶玉的心事，細細回明賈母。賈母聽了，半日沒言語。王夫人和鳳姐也都不再說了。只見賈母嘆道：『別的事都好說。林丫頭倒沒有什麼；若寶玉真是這樣，這可叫人作了難了。』只見鳳姐想了一想，因說道：『難倒不難，只是我想了個主意，不知姑媽肯不肯。』王夫人道：『你有主意只管說給老太太聽，大家娘兒們商量著辦罷了。』鳳姐道：『依我想，這件事只有一個掉包兒的法子。』賈母道：『怎麼掉包兒？』鳳姐道：『如今不管寶兄弟明白不明白，大家吵嚷起來，說是老爺做主，將林姑娘配了他了。瞧他的神情兒怎麼樣。要是他全不管，這個包兒也就不用掉了。若是他有些喜歡的意思，這事卻要大費周折呢。』王夫人道：『就算他喜歡，你怎麼樣辦法呢？』鳳姐走到王夫人耳邊，如此這般的說了一遍。王夫人點了幾點頭兒，笑了一笑說道：『也罷了。』賈母便問道：『你娘兒兩個搗鬼，到底告訴我是怎麼著呀？』鳳姐恐賈母不懂，露洩機關，便也向耳邊輕輕的告訴了一遍。賈母

果真一時不懂,鳳姐笑著又說了幾句。賈母笑道:『這麼着也好,可就只忒苦了寶丫頭了。倘或吵嚷出來,林丫頭又怎麼樣呢?』鳳姐道:『這個話原只說給寶玉聽,外頭一概不許提起,有誰知道呢。』」

　　而《石頭記》描寫賈寶玉、林黛玉與薛寶釵到賈母那裡請安,賈寶玉提及薛姨媽邀請他們餐聚一事。子弟書作家寫道:「說話間,僕婦回說宮中有旨／夏太監要在老太太的跟前稟事情／賈母說道:『快些兒請。』／那夏太監把帘櫳掀起進房中／正立著先代娘娘相問畢／他請了安,一一細稟話語兒從容／說:『娘娘命我來傳密旨／很惦著寶二爺的青春已長成／急欲給他聯配偶／說林姑娘倒好呢,又碍著中表的俗傳不便行／惟有寶姑娘端謹大方真淑女／必能夠舉案齊眉賽孟鴻。』／他將那項圈如意恭呈上／說:『請太太即刻去求親莫暫停。』」由此可知,子弟書作家改編了小說的故事情節,指出寶黛兩人的愛情悲劇主要是來自賈元春的命令,而非鳳姐的掉包兒。

十一 《露淚緣》

詩篇

孟春[1]歲轉艷陽天，
甘雨和風大有年。
銀旛綵勝迎人日，
火樹銀花慶上元。
訪名園草木迴春色，
賞花燈人月慶雙圓。
冷清清梅花只作林家配，
不向那金谷繁華結熱緣。

第一回 〈鳳謀〉

薄命紅顏[2]林黛玉，
他本是絳珠仙草降臨凡。
坐在那雲河岸上無人管，
多虧了神瑛侍者用心專。
每日把甘露瓊漿親灌溉，
才能夠修煉成形作女仙。

---

1 孟春　春季的第一個月，即農曆正月。
2 薄命紅顏　嘆惜美貌的女子多是命運坎坷。薄命紅顏，又作「紅顏薄命」。

只因為侍者深恩未圖報，
心兒中耿耿難忘這段緣。
恰遇著神瑛侍者該出世，
托生在賈府作了兒男。
絳珠仙女塵心動，
早來到警幻仙宮法座前。
說：「我受了侍者洪恩天樣重，
願托生美女去填還。
要將我常流不斷的痴心淚，
補報他甘露滋培幾萬年。」
托生在林府做了小姐，
和寶玉中表姻親骨肉連。
從小兒椿萱[3]早喪無依靠，
寄居在母舅家中倒也相安。
賈母心疼外孫女，
愛惜如珠在掌上懸。
叫他和表兄寶玉同居住，
他兩個寸步兒不離在一處玩。
後又來了寶釵薛氏諸姊妹，
再添上史湘雲與邢岫烟。
連本家迎春姊妹人三個，
又有那李紋、李綺隨著李紈。
自從寶玉搬到花園住，
眾人各占了一所好庭軒。

---

3 椿萱　比喻父母。

蒼天有意憐才女，
把一群國色天姿都聚在大觀園。
興起了海棠詩社輪流會，
美景良辰[4]樂事全。
這寶玉女孩兒隊裡偏和氣，
就是那婢子叢中也耐煩。
雖然和眾人情意好，
和黛玉相親相敬更相憐。
但只是天生左性終難改，
一會兒多情一會兒難纏。
那黛玉性又孤高面又冷，
心又多疑話又尖。
背地裡不知流了多少淚，
漸漸的形容瘦損病懨懨。
寶玉為失了通靈玉，
自言自語像是瘋癲。
賈母又把他搬到上房去，
要替他沖喜除災把姻事完。
想黛玉雖然有才又有貌，
只怕他福分輕微身子單。
不及寶釵行事好，
向姨媽當面求親禮數全。
選定了良辰並吉日，

---

4 美景良辰　景物美麗，天氣晴和。指美好的景致和時刻。美景良辰，又作「良辰美景」。

佳期不遠就在眼前。
花氏襲人是寶玉的妾，
心地明白見識兒寬。
見寶玉定下這親事，
老大的擔驚心裡為難。
沒奈何才向王氏夫人稟，
說：「求太太，恕我狂愚才敢進言。
太太看寶玉到底和誰好，
薛姑娘、林姑娘誰和他更有緣？」
夫人笑說：「我那裡知道？」
襲人說：「事到如今也不敢瞞。
他與林姑娘不是尋常好，
兩個人合意同心這幾年。
口裡不說心裡都有，
是二爺拿定的姻緣並蒂蓮[5]。
我是他貼身服侍的家生女，
有什麼參不透的巧機關。
恐怕他事不隨心添了病，
天大的干係叫我怎麼擔？」
王夫人當下也沒主意，
回明了賈母更心煩。
忙請了當家鳳姐來商議，
到底是他巧變靈機不費難。

---

5 並蒂蓮　並排長在一個莖上的兩朵蓮花，比喻感情深厚的夫婦。並蒂蓮，亦作
「並頭蓮」。

定下了一條換斗移星計，

趕寶玉病體痴迷正好瞞。

「此時只說是娶黛玉，

到臨時蓋頭遮住美紅顏。

照常拜堂[6]與合巹[7]，

還要借林妹妹的丫鬟是紫鵑。

叫他把新人攙扶定，

寶玉認的是他屋裡的大丫鬟。

只要一時將他哄過，

扶入羅幃兩團圓。

從不見銷金帳裡變了卦，

鴛鴦枕上又起波瀾。

況薛妹姿容不在林妹下，

他兩個向來情意也纏綿。

他再要往死裡追求這件事，

只說是老爺定下的姻親誰敢攔！

看來只有這一著穩，

包管他好事圓成不會翻。」

賈母點頭說是：「很好，

鳳丫頭詭計可瞞天。

就依他方法兒辦了去，

但只是不可洩漏這機關。

快吩咐各房侍女丫鬟輩，

6　拜堂　舊式結婚，夫婦交拜天地祖先之謂。

7　合巹（ㄐㄧㄣˇ）　古婚禮，新婚夫婦合巹而飲，後世因稱結婚為合巹之喜。合巹，亦稱作「喝交杯」。

叫他們把薛[8]字兒休提要謹言。」
安排要把公子哄，
主僕設計把他瞞。

詩篇

仲春[9]冰化水生波，
節近花朝天氣和。
輕暖輕寒時序好，
乍晴乍雨賞心多。
杏花村裡尋芳酒，
好鳥枝頭送雅歌。
怪只怪青青柳條兒偏多事，
無端的洩漏春光可奈何。

第二回〈傻洩〉

林黛玉痴心妄想成連理，
風聞的話語不甚明白。
不好在人前明打聽，
只落得腹中輾轉[10]暗顛奪[11]。
想我與寶玉同居這幾載，
相待的情兒也不薄。

8 薛　指薛寶釵。
9 仲春　春季的第二個月，即農曆二月。
10 輾轉　形容心有所思，反覆難眠的樣子。
11 顛奪　反覆斟酌。

任憑我冷言冷語全不惱，
我越挑嗔他越柔和。
必是前生種下良緣分，
這段姻緣定是無挪。
但不知舅舅舅母肯不肯，
老祖宗心下更如何？
既是疼他的心太盛，
自然要碰著他心兒叫他快活。
左思右想拿不定，
萬轉千回怎捉摸。
倒不如訪尋姊妹閒談敘，
還可以解散幽懷驅睡魔。
獨自一個出了瀟湘館，
小腳兒步步行來蓮瓣兒托。
轉過了沁芳亭又到了紅香圃，
忽聽得哭聲隱隱在山坡。
遙望見一個女孩兒在坡上坐，
嚎啕痛哭[12]淚雨兒滂沱[13]。
走近跟前仔細看，
面貌形容彷彿認得。
這不是老太太房中傻大姐，
生來心性蠢而拙。
為著何事在此哭叫？

---

12 嚎啕痛哭　放聲大哭。
13 滂沱　流淚很多的樣子。

就裡情由教我摸不著。

忙問道：「丫頭你哭因何事？

有什麼冤屈你對著我說。

莫不是主子生氣要責罰你？

莫不是大丫頭們把你挫磨[14]？」

那丫頭傻頭傻腦全不理，

說：「人家委屈你怎麼曉得！」

林黛玉又是可憐又是好笑，

說：「快快明言我替你撕羅[15]。」

傻大姐這才舉目抬頭看，

認得是林家姑娘才住了數落[16]。

說：「姑娘呀！你說叫人氣不氣，

這樣兒冤枉怎麼忍得？」

黛玉著急說：「你直說罷！

不必嘮叨又轉彎抹角。」

大姐說：「方才我是無心話，

和那些姐姐們淲閒嗑[17]。

我姐姐不犯就打我，

巴掌掄圓在臉上擱。

打的我火星直爆金花兒滾，

到如今，還是嘴巴子上生疼不敢摸。」

黛玉說：「你這丫頭真是傻，

---

14 挫磨　虐待。

15 撕羅　排解。

16 數落　不停嘴地列舉著說。

17 閒嗑　閒話，為當時的俗語。

到底是為什事情總不明白。
還只管冬瓜茄子胡拉扯，
嘔的我心煩誰和你耐磨。」
大姐說：「方才也不為別的事，
為的是二爺親事起風波。」
黛玉聞言唬了一怔，
連忙問：「二爺的親事怎麼著？」
大姐說：「我說薛大姑娘常叫慣，
過了門再叫姑娘使不得。
我姐姐聽見就打我，
還罵我多嘴又嚼舌。」
傻大姐言詞還未了，
把一個林黛玉登時著了魔。
又問道：「此時你聽見是誰講？
多咱的日子？誰是媒婆？」
大姐說：「老太太自去求親事，
親上作親何用媒妁！
看定了下月初三一准娶，
前日個過禮行茶還有大果盒。
收拾的洞房真好看，
畫落天宮景致多。
我前日跟了他們去逛逛，
見了個世面心裡快活。
到那時我帶姑娘去瞧熱鬧，
聽得說還有南來的小伴婆。
但只是那個爺們不娶媳婦？

那個姑娘不出閣？
忽喇巴兒[18]的不許人提一句，
弄鬼裝神不知為什麼？」
林黛玉聽一句來怔一句，
霎時間魄散魂飛氣要脫。
悶沉沉閉口無言咕嘟了嘴，
喘吁吁怒氣填胸噎項脖。
怔呵呵面目趣青無了人色，
撲騰騰心中亂跳顫哆嗦。
直勾勾兩眼無光天地暗，
鬧烘烘兩耳生風打旋磨。
惡狠狠滿腔怨氣高千丈，
軟怯怯一捻身軀往下矬。
恰便似一聲霹靂真魂喪，
就猶如亂箭鑽心把肉割。
一天好事成了畫餅，
幾載幽懷付與南柯[19]。
同林的鳥兒被風吹散，
比目的魚兒叫浪打脫。
傻大姐全無眼色觀風勢，
他還要絮絮叨叨把委屈說。
黛玉那裡還聽見他說話，

---

18 忽喇巴兒　即打耳光的聲音，為當時的俗語。
19 南柯　即「南柯一夢」，比喻一場大夢，或喻空歡喜一場。唐代李公佐的〈南
　　柯太守傳〉描寫淳于棼夢中到大槐安國做南柯郡太守，享盡榮華富貴，醒來才
　　知道這是一場夢。

一轉香軀把蓮步兒挪。

黛玉有言難出口，

只得腹內暗顛奪。

詩篇

季春[20]和煦正良時，

萬卉芬芳鬥艷奇。

溱洧[21]采蘭傳鄭女，

山陰修禊[22]羨羲之。

神女[23]生涯原是夢，

情人愛慕總成痴。

桃花流水依然在，

倒只怕劉阮[24]重來路已迷。

---

[20] 季春　春季的第三個月，即農曆三月。

[21] 溱(ㄓㄣ)洧(ㄨㄟˇ)　鄭國二水名，合於鄭城南，今謂之雙泊河。《詩經·鄭風·溱洧》，此乃青年情侶縱情遊樂之詩。

[22] 修禊(ㄒㄧˋ)　古時在陰曆三月上巳日臨水宴飲，以祓除不祥的禮俗，後來文人借此日做為薈萃文士，曲水流觴，把酒吟詩的雅事。語出王羲之〈蘭亭集序〉：「暮春之初，會於會稽山陰之蘭亭，修禊事也。」

[23] 神女　古代神話中的女神。語出李商隱〈無題〉：「神女生涯原是夢，小姑居處本無郎。」指巫山神女豔遇楚王的故事，原本就是夢幻一場。可憐的青溪小姑，一人獨處，只因為沒有心愛的情郎。

[24] 劉阮　指東漢劉晨和阮肇。語出南朝宋劉義慶《幽明錄》，相傳永平年間，劉、阮至天台山採藥迷路，遇二仙女，蹉跎半年始歸。時已入晉，子孫已過七代。後復入天台山尋訪，舊踪渺然。後用為游仙的典故。

第三回〈痴對〉

　　林黛玉無心中聽見錐心話，
　　萬種的思量真是沒處提。
　　一心只要尋寶玉，
　　也不覺自己是病身軀。
　　邁步如飛走的更快，
　　那裡管蒼苔滑倒路高低。
　　恰遇著紫鵑正把姑娘找，
　　遙見獨自一人苦奔馳。
　　體態形容真詫異，
　　神氣兒慌張行步急。
　　往常間輕盈弱體嬌無力，
　　還要我攙扶把蓮步兒移。
　　此時要往何方去？
　　這樣慌張果然稀！
　　忙叫道：「姑娘站住，我來到，
　　慢慢走，仔細提防路崎嶇。」
　　這黛玉一點真魂離了竅，
　　任憑他呼喚總不知。
　　一直撲到上房去，
　　紫鵑他連忙趕上喘吁吁。
　　「姑娘呀！何事情這等要緊？
　　也不怕勞碌了身子又生疾。」
　　誰知他不見不聞如同木偶，
　　全然不理走進了門閭。

正逢賈母睡晌覺，

兩廊下一群小婢是頑皮。

侍女站起說：「姑娘來了，

老太太方才躺下不多時。」

林黛玉那有心情問閒事，

直奔到寶玉房間進臥室。

此時寶玉將才睡起，

花襲人侍候在旁用玉手持。

見黛玉猛然掀帘將房進，

神情恍惚不似平時。

忙嚷道：「姑娘請進屋裡坐，

二爺方才正把你提。」

紫鵑在背後忙擺手，

花襲人心中輾轉暗尋思。

不知道這般為著何緣故，

又不好明言細問虛實。

見黛玉默默無言椅上坐，

眼瞧寶玉氣兒長吁。

只說道：「寶玉你為什麼病？」

寶玉說：「為的林姑娘誰不知？」

這一個沒精打采只發愣，

那一個似醉如痴笑嘻嘻。

對坐半日並無言語，

恰好似木雕泥塑兩神祇。

驚壞了旁邊雙侍女，

兩個人摸不著頭腦暗著急。

再若是停留半刻不回去，
還怕他說出不好聽的亂言詞。
襲人說：「今日外邊天氣冷，
我看你姑娘身上未添衣。
倘若是受了風寒添了病，
少不得服藥又延醫。
妹妹你不如服侍他回去罷，
也讓他養養精神好好的將息[25]。
要不然我就和你同送去，
怕二爺時常呼喚不敢輕離。」
紫鵑姐點頭會意說：「很是，
從早至今還未進飲食。
姑娘呀！咱們回家罷，
這時候你該午睡將養[26]身軀。」
這黛玉目不轉睛看寶玉，
也不寒溫也不告辭。
那寶玉也不強留也不送，
真成了一對痴人共著迷。
出房門，姑娘在前丫鬟兒在後，
腳不沾地尚嫌遲。
一直趕到瀟湘館，
紫鵑說：「夠了，也有到家時。」
一句話提醒了那林黛玉，

---

25 將息　調養休息。
26 將養　調養休息。

魂歸本竅定神思。

一跤趺在臺階上，

「哇」的一聲口吐鮮血紅染丹墀[27]。

粉面焦黃沒了顏色，

柳腰兒歪斜軟了四肢。

神思兒昏昏閉了二目，

悠氣兒剛剛剩了一絲。

紫鵑慌道：「這是怎樣了？

我那般苦勸總不依。

必要到這步田地方才罷，

想必是使盡了精神血氣虛。」

伸雙手要把玉體攙扶起，

怎奈我骨軟筋酥力不支。

更兼他軟癱熱化全不動，

手指著心頭一步兒也難移。

忙喚了雪雁同來攙扶定，

慢慢的輕挪進了內室。

掀開了錦被放下了綉枕，

牙床上睡臥了病西施。

只見他無語低頭流痛淚，

精神軟怯費支持。

叫著他不應問著他不語，

又像是明白又像是痴。

---

27 丹墀(ㄔˊ) 屋宇前面沒有屋簷覆蓋的平臺，因古時多塗成紅色，故稱為「丹墀」。古代凡塗地為墀，如今已引申作「謂地為墀」了。

紫鵑說：「人參煎好接接氣」，
雪雁說：「粥兒熬香醒醒脾。」
黛玉搖頭說：「我全不用，
從今後服藥煎參總莫提。」
眼看黛玉病體重，
雪雁紫鵑乾著急。

詩篇

孟夏[28]園林草木長，
樓臺倒影入池塘。
佛誕繁華香火盛，
名園富貴牡丹芳。
梅雨怕沾新繡襪，
踏花歸去馬蹄香。
就只是開到荼蘼花事了，
玉樓人對景傷情暗斷腸。

第四回〈神傷〉

黛玉回到瀟湘館，
一病懨懨不起床。
藥兒也不服參兒也不用，
飯兒不進粥兒也不嘗。
白日裡神魂顛倒惟思睡，

---

28 孟夏　夏季的第一個月，即農曆四月。

到晚來徹夜無眠恨漏長。
有時節五內如焚渾身熱，
有時節冷汗沾煎又怕涼。
瘦的個柳腰兒無一把，
病的個杏臉兒又焦黃。
咳嗽不斷鶯聲兒啞，
嬌喘難停粉鼻兒張。
櫻唇兒綻裂成了白紙，
淚珠兒流乾塌了眼眶。
孼病兒那堪連日的害，
身軀兒怎禁不時的傷。
自知道弱體兒持不住，
小命兒活在人間也不久長。
暗想道：自古紅顏多薄命，
誰似我伶仃孤苦更堪傷。
才離襁褓[29]就遭不幸，
椿萱見背棄了高堂。
既無兄弟亦無姊妹，
只剩下一個孤魂兒受淒涼。
可憐我未出閨門一弱女，
奔走了多少天涯道路長。
到京中舅舅舅母留下住，
常言道受恩深處便為鄉。
雖然是骨肉至親身有靠，

---

29 襁褓　負幼兒用的長布。比喻為幼兒。

究竟是在人簷下氣難揚。
外祖母雖然疼愛我，
細微曲折怎得周詳？
況老人家精神短少兒孫眾，
那裡敢恃寵撒嬌像自己的娘？
舅舅舅母不管事，
賓客相待也只平常。
鳳姐諸事想得到，
也只是碍不過臉兒外面兒光。
大嫂子為人正直無偏向，
改不了好好先生道學腔。
園中姊妹誰相好，
怕的是人多嘴雜惹饑荒。
丫頭婆子更難打交道，
饒是那樣的謙和還說是狂。
自尊身分才免人輕賤，
使碎心機才保得安康。
終日裡隨班唱喏[30]胡廝混，
還不知落葉歸根在那廂。
這叫做在人簷下隨人便，
只落得自己酸甜自己嘗。
更有那表兄寶玉常接近，
他和我從小同居在一房。

---

30 唱喏(ㄖㄜˇ)　　古人相見時，雙手作揖，口中唸頌詞之謂。後來只作揖，不
　　唸頌詞，亦稱之。喏，作揖致敬。

耳鬢廝磨不離寸步，
如影隨形總是一雙。
雖是他性情偏僻拿不定，
那些個軟款溫柔盡衷腸。
世間上那有這樣風流子，
易求無價寶難得有情郎。
我知他年庚比我大一歲，
就是評才論貌也相當。
口裡口外雖然不曾說破，
暗中彼此各個自參詳。
他也曾借古言今把衷腸露，
我也曾參悟禪鋒把啞謎藏。
我幾番變臉生嗔拿話堵，
他還是和顏悅色總照常。
我因此一點芳心注定他身上，
滿擬著地久共天長。
誰想他魔病迷心失了性，
事到臨頭沒主張。
聽了那傻大姐的一番話，
分明是一團火熱化作冰涼。
可憐我幾載幽情成逝水，
一場痴夢付黃粱。
欲待要和他親口質證，
問他為何負義昧天良！
話到舌尖難以開口，
女兒家最重的廉恥與綱常。

況他那瘋魔病體痴呆樣，
那能分別皂白共青黃。
事到臨頭休埋怨，
少惹旁人論短長。
寶姐姐素日空說和我好，
誰知是催命鬼又是惡魔王。
他如今鴛鴦夜入銷金帳，
我如今孤雁秋風冷夕陽[31]。
他如今名花並蒂栽瑤圃，
我如今嫩蕊含苞萎道旁。
他如今魚水合同聯比目，
我如今珠泣鮫綃淚萬行。
他如今穿花蛺蝶因風舞，
我如今露冷霜寒夜偏長。
難為他自負賢良誇德行，
生生的占了我的美鴛鴦。
有何面目重相見，
命不由人還要逞什麼強？
罷罷罷，我也不必胡埋怨，
總讓他庸庸厚福配才郎。
細想奴家惟有一死，
填完了前生孽債也該當！
林黛玉一夜無眠思量遍，

---

31 冷夕陽　使夕陽冷的意思。「冷」字是將形容詞活用成動詞的述語，故屬於轉品。

似這般萬緒千愁怎不斷腸。

千日相思成幻想，

一旦尋思夢一場。

詩篇

仲夏[32]薰風入舜琴，

女兒節氣是良辰。

忘憂萱草宜男佩，

如火榴花照眼新。

青青艾葉懸朱戶，

裊裊靈符插鬢雲。

汨羅江屈原[33]冤魂憑誰弔，

空留下《天問》、《離騷》與後人。

第五回〈焚稿〉

黛玉病體堪堪重，

紫鵑服侍甚殷勤。

也明知心病須將心藥治，

又不敢明言叫他動嗔。

一旁侍立低聲兒勸，

說：「姑娘呀！自從得病到如今。

---

32 仲夏　夏季的第二個月，即農曆五月。

33 屈原　名平，別號靈均，是戰國時楚國的大政治家、文學家。屈原雖忠事楚懷王，但屢遭排擠。懷王死後，又因頃襄王聽信讒言而被流放，最終投汨羅江而死。

精神兒漸短身軀兒瘦，
這些時水米何曾到嘴唇。
愁眉淚眼哭不夠，
就是那鐵石為人怎樣禁？
你不信自拿鏡子照照看，
模樣兒竟比當初另是個人。
又不知病根兒從何處起，
斷不是暑溫風寒外面侵。」
自家的心事誰能知道，
問著你半句全無只是出神。
黛玉說：「我並沒有關心事，
多應是年月逢災惡煞臨。
日深那裡還望好，
聽天由命捱過光陰。
活在世間也無趣味，
倒不如眼中不見耳無聞。」
紫鵑說：「姑娘說的什麼話！
你別要信口開河[34]嘔死人。
老祖宗何等疼愛你，
看你如同掌上珍。
若是有一差兩錯意外的事，
卻叫他白髮高年怎樣禁？
一家兄嫂和姊妹，
那個不為你張羅費盡心。

---

34 信口開河　不加思索，隨便胡亂發言，毫無根據。信口開河，原作「信口開合」。

更有那二爺寶玉著急的很，
每日裡請安問好不離門。」
黛玉聽見提起了寶玉，
由不得兜上心來把臉一沉。
說：「這些人兒都不必提起，
誰是我知疼著熱的親人？」
紫鵑說：「姑娘不可太執性，
自己的身子值千金。
況且是林門又無有後，
留下你還是血脈相傳嫡系人。
萬事皆輕一身為重，
姑娘呀！你原是讀書識字人。」
黛玉說：「你再休提起書和字，
那件東西最誤人。
念了書就生出魔障，
認了字便惹動情根。
古人說『窮乃工詩』原不錯，
又道是『書能解悶』未必真。
悔當初不該從師學讀句，
念什麼唐詩講什麼漢文。
想幼時諸子百家曾讀過，
詩詞歌賦也費盡苦心。
詩與書竟作了閨中伴，
筆和墨都成了骨肉親。
又誰知高才不遇憐才客，
詩魔反被病魔侵。

倒不如一字不識庸庸女，

他偏要鳳冠霞帔做夫人。

細思量還是不學的好，

文章誤我我誤青春。

既不能玉堂金馬登高第，

又不曾流水高山[35]遇賞音。

女孩家筆迹怎叫男兒見，

倒免的惹得旁人啟笑唇。

不如將它銷毀盡，

把一片刻骨銘心化作塵。」

一卷詩稿在桌案上，

叫紫鵑取在枕邊存。

勉強掙扎將身坐起，

細細翻閱墨迹新。

一篇篇錦心繡口留香氣，

一字字怨柳愁花漬淚痕。

這是我一生心血結成字，

對了這墨點烏絲怎不斷魂！

曾記得柳絮填詞誇俊逸，

曾記得海棠起社鬥清新。

曾記得凹晶館內題明月，

曾記得櫳翠庵中譜素琴。

曾記得怡紅院裡行新令，

---

35 流水高山　見《二玉論心》（詩編首句為「流水高山何處尋」）第一回注「流
水高山」條。

曾記得秋爽齋頭論舊文。

曾記得持蟹把酒把重陽賦，

曾記得弔古扳今《五美吟》[36]。

到如今奴身不久歸黃土，

它也該一律化灰塵。

又叫紫鵑將詩帕取，

見詩帕如見當初贈帕人。

想此帕乃是寶玉隨身帶，

暗與我珍重題詩暗寫心。

無窮心事都在二十八個字，

圍著字點點斑斑是淚痕。

這如今綾帕依然人心變，

回思舊夢似浮雲。

命紫鵑火爐之內多添炭，

把詩帕詩篇一概焚。

紫鵑說道：「這是真正可惜！」

黛玉說：「痴丫頭怎知我心。

我這聰明依舊還天地，

煩惱回頭認本真。

香匳豔句消除盡，

不留下怨種愁根誤後人。」

---

36 五美　指西施、虞姬、明妃、綠珠、紅拂。林黛玉自謂：「曾見古史中有才色
的女子，終身遭際令人可欣可羨可悲可嘆者甚多。今日飯後無事，因欲擇出數
人，胡亂湊幾首詩以寄感慨，……」恰被賈寶玉翻見，將它題為《五美吟》。

詩篇

季夏[37]炎威大火流，
北窗高臥傲王侯。
涼亭水閣紅塵遠，
沉李浮瓜暑氣收。
花影慢移清晝永，
棋聲驚醒夢魂幽。
愛蓮花高情雅韻同君子，
誤認作連理雙枝效並頭。

第六回〈誤喜〉

寶玉只說是娶黛玉，
暗中歡喜解了憂愁。
精神踴躍身子兒健，
心氣清明傻氣兒收。
瘋魔的怔病好去了一半，
數著日子盼河洲[38]。
想我這木石婚姻今已定，
再休提金玉聯姻賦好逑[39]。
看妹妹卻不是凡間女，
他是那絳珠仙子第一流。

---

37 季夏　夏季的第三個月，即農曆六月。
38 河洲　比喻男女愛戀。語出《詩經・周南・關雎》：「關關雎鳩，在河之洲，
　　窈窕淑女，君子好逑。」
39 逑　配偶。

看他那眉鎖春山含秀氣，

正配我細染霜毫如意鉤。

看他那眼橫秋水無塵垢，

正配我青眼[40]相看格外留。

看他那宜嗔宜喜多情態，

正配我惜玉憐香繞指柔。

看他那文成珠玉繽紛落，

正配我筆走龍蛇富唱酬。

我為他心事全憑詩帕贈，

他為我淚珠常傍枕邊流。

我為他似淡還濃不露意，

他為我欲言又止半含羞。

我為他溫家玉鏡留為聘，

他為我韓壽[41]聞香不許偷。

我為他未把琴心通卓女[42]，

他為我肯將簫韻引秦樓[43]。

這如今阿嬌[44]已向金屋貯，

---

40 青眼　黑色的眼珠在眼眶中間，青眼看人是表示對人的喜愛或重視。

41 韓壽　借稱美男子，多指出入歌樓舞榭的風流子弟。南朝宋劉義慶《世說新語
　　·惑溺》：「韓壽美姿容，賈充辟以為掾。充每聚會，賈女於青璅中看，見壽，
　　說之。」

42 卓女　指卓文君，西漢人，卓王孫的女兒，有文才。司馬相如到卓府飲酒，剛
　　好碰到文君新寡，司馬相如彈琴挑動了她的芳心，她就跟著他私奔。後來，司
　　馬相如打算聘茂陵女為妾，文君賦〈白頭吟〉，才打消了他的念頭。

43 秦樓　秦穆公為其女弄玉所建之樓。語出漢劉向《列仙傳》，相傳秦穆公女弄
　　玉，好樂。蕭史善吹簫作鳳鳴，秦穆公以弄玉妻之，為之作鳳樓。兩人吹簫，
　　鳳凰來集，後乘風，飛升而去。

不亞如新得佳人字莫愁。

人間樂事無雙美，

往日相思一筆勾。

這寶玉少年公子呆情性，

那知道換日偷天巧計謀。

那一日鳳姐進房來問病，

要探探他的口氣，試試他的心頭。

說：「連日兒病體可曾大癒，

好打起精神來配鳳儔。」

寶玉說：「托庇連朝身上好，

謝嫂嫂時常想念替擔憂。」

鳳姐說：「人逢喜事精神爽，

怪不得笑逐顏開樂不休。

把林妹妹娶來好不好？」

寶玉說：「窮秀才誰不想占鰲頭！

但是他怎麼連日不見面？

我要和他當面兒訴情由。

也叫他心生歡喜除了病，

他知道指日佳期定解愁。」

鳳姐說：「二爺的話兒真好笑，

到底是傻氣呆情尚未收。

誰家新婦肯見新郎面，

難道他貴體千金不害羞？」

---

44 阿嬌　在此處借指林黛玉。原指漢武帝幼時喜愛表妹阿嬌，武帝欲建金屋讓她
　　居住。

寶玉笑說：「我真是傻，
總因為話在心頭不自由。」
鳳姐說：「老爺要替你完親事，
又怕你瘋魔未退病根留。」
寶玉回說：「無妨碍，
這幾天心地寬舒少怨尤。
一個心已交給林妹妹，
要等他拿來還我把心收。」
鳳姐聞言忍不住笑，
說：「林妹妹來時你好和他求。
迎親過門就在明早，
你還是這樣的糊塗信口兒謅。
我有一言相囑咐，
到那時乖乖的少要鬧魔頭。
老太太年高老爺的事碎，
莫叫他喜裡又添憂。」
寶玉回言說：「知道，
聽憑你囑咐我怎敢牛。」
鳳姐回身去見賈母，
說：「這事兒繞手又撓頭。
看他病體雖然是見些好，
只提起林[45]字好像蜜裡油[46]。
有說有笑一團高興，

45　林　指林黛玉。
46　像蜜裡油　形容心情無比快樂與甜蜜，為當時的俗語。

進來出去像個活猴[47]。
雖然暫時將他哄過，
只怕當場要露了楦頭[48]。
打破燈虎[49]如何是好，
但恐怕一天好事變成愁。」
賈母說：「千思萬想沒好計，
全仗你應變隨機使智謀。」
鳳姐說：「老祖宗你寬心罷，
到臨時鵲巢裡面暗藏鳩[50]。
憑著我這張談天說地的口，
管叫他銀河織女[51]會牽牛[52]。」
到次日正是吉日良辰候，
這寶玉衣冠齊楚逞風流。
天未明時就盼花轎，
眼望巴巴問不休。
鳳姐說：「娶親原要時辰好，
選定了紅鸞天喜照秦樓。
昨日言詞須謹記，
作兒孫孝順當先是第一儔。
人世上不如意事常八九，

---

[47] 像個活猴　形容高興得不能自已，為當時的俗語。
[48] 楦頭　即露餡，為當時的俗語。
[49] 燈虎　即燈謎，為當時的俗語。
[50] 鵲巢裡面暗藏鳩　即「鵲巢鳩占」，比喻蠻橫不講理地強占別人的地位。鵲巢
　　鳩占，又作「鳩佔鵲巢」。
[51] 織女　織女星的俗稱。
[52] 牽牛　牽牛星的俗稱。

隨緣隨分莫要追求。
多生歡喜少生惱，
且落得自占便宜綬白頭。」
這鳳姐話中有話藏深意，
那寶玉聽不出來只點頭。
鳳姐叫林家的速來到瀟湘館，
喚紫鵑快來聽令莫遲留。

詩篇

孟秋[53]冷露透羅幃，
雨過天涼暑氣微。
七夕年年牛女會[54]，
穿針乞巧滿香閨。
海棠花濺佳人淚，
萬木秋生楚客悲。
最傷心是杜鵑[55]枝上三更月，
聽了那一派啼聲怎不皺眉。

第七回 〈鵑啼〉

紫鵑原是賈母隨身婢，
心腸向熱有能為。

---

[53] 孟秋　秋季的第一個月，即農曆七月。

[54] 七夕年年牛女會　相傳每年七夕天上的牛郎、織女二星，在天河鵲橋上相會。

[55] 杜鵑　鳥名，口大尾長，鳴聲淒厲，能感動旅客歸思。杜鵑，又名「子規」、「杜宇」。

後撥在黛玉房中聽使令，
主僕倆事事同心處處隨。
自從黛玉身染病，
留神仔細在暗中窺。
參透他心事為的是寶玉，
滿望著京兆揮毫代畫眉。
自那日春光泄漏回家後，
細看他形容景象竟全非。
病勢兒過了一日沉一日，
弱體兒哭了一回軟一回。
又不敢明言只好暗勸，
常將那保身養體善言規。
要把這光景稟知賈母，
偏是那邊有事不敢回。
那一邊為著寶玉娶親事，
人人都往熱灶上煨。
那有工夫來到瀟湘館，
要一個人影全無冷翠帷。
回想到當日姑娘身子好，
姐姐長妹妹短叫得不知誰是誰。
到如今一病堪堪人待死，
鶺鴒只揀亮處飛。
可見那面子情兒都是假，
好叫我怒氣填胸淚暗垂。
若提起寶玉二爺更可恨，
素常心事瞞得過誰！

我當初不過說錯一句話，
就惹得覆地翻天鬧了個黑。
這如今生巴巴的變了卦，
竟公然負義忘恩把心虧。
到那時更有何顏再來見我，
我看你怎生翠繞與珠圍！
紫鵑正自心傷感，
林黛玉一陣昏迷勢更危。
慌的紫鵑無主意，
這時候夜靜更深叫我告訴誰？
猛想起李紈為人好，
大奶奶心地公平沒是非。
況孀居定然不到新房去，
叫小丫鬟稻香村去請一回。
這李紈慌張張跑到瀟湘館，
見黛玉低聲相喚用手輕推。
他已是人事不知昏過去，
這眾人亂亂哄哄鬧成一堆。
正哭之時林家來到，
喚一聲：「紫鵑姐姐少傷悲。
二奶奶差我來叫你，
新人將到你相陪。」
這紫鵑又是悲傷又是氣，
哪裡還有好話回。
說：「二奶奶這又是何苦，
也不想想病人已是到垂危。

還只管趕盡殺絕往死裡擠，
一味的強梁霸道顯你施威。
我也估量著這裡難以久住，
只是他氣還未斷就來催。
只等他事情辦了就搬出去，
那時節分散存留任指揮。
況那裡又不少人侍候，
能幹的聰明的有一大堆。
巴巴兒指名來叫我，
我知道怎麼是叫合卺杯！
我若是傷天害理拋了他去，
你叫他洗面穿衣依靠誰？
實說罷！今朝斷不肯離此地，
就把我粉身碎骨也不皺眉。
我一輩子不會浮上水，
錦上添花[56]從不肯為。
別處的繁華富貴由他去，
我情願守這冷香閨。
想那邊椿椿高興人人樂，
加上我這不吉利的人兒也難奉陪。
要再相逼破著一死，
正好同姑娘往一處歸。
姑娘呀！你生來的命真真苦，
到這時節還把命來追。」

---

56 錦上添花　比喻美上加美。錦，美麗的絲織品。

這紫鵑想著黛玉把肝腸斷，
就是那鐵石人聞心也悲。
林家的說：「奉命差遣不由己，
姑娘的言語叫我怎敢回！」
那李紈用手指著叫林家的看，
說：「你瞧瞧這般光景也太堪悲。
這裡除了他還有誰可靠，
也怪不得心裡著急萬事灰。
我看他倆竟像個親姊妹，
說什麼主僕名分有尊卑。
難為他赤膽忠心單為主，
讓他把大事完成把心願遂。
這才是歲寒方知松柏茂，
隆冬始顯傲霜梅。
正氣真堪羞粉黛，
忠誠直可愧鬚眉。
我有方法兩全其美，
何不叫雪雁替她走一回。」
林家的說：「這事奴才擔不起，
大奶奶吩咐怎敢違。
我先帶了雪雁去，
二奶奶跟前將此情由細細回。」

詩篇

　　　仲秋[57]十五月輪高，
　　　月下人圓樂更饒。
　　　金莖玉露空中落，
　　　桂子天香雲外飄。
　　　嫦娥[58]應悔偷靈藥，
　　　弄玉[59]低吹引鳳簫。
　　　怕只怕龍鍾[60]月老[61]將人誤，
　　　兩下裡錯繫紅絲惹恨苗。

第八回〈婚詫〉

　　　林家的把雪雁帶來見鳳姐，
　　　少不得將瀟湘館的光景又重描。
　　　說：「林姑娘病勢已到垂危候，
　　　大奶奶說那裡無人把夜熬。
　　　紫鵑姐難以分身來此地，
　　　只好叫雪雁前來替一遭。」
　　　鳳姐說：「到底不如紫鵑兒好，
　　　也罷了，今日權將他代庖[62]。」

---

57 仲秋　指秋季的第二個月，即農曆八月。
58 嫦娥　古代帝王后羿的妻子，相傳因偷吃靈藥而飛升月宮成為仙女。
59 弄玉　秦穆公女，名弄玉。語出漢劉向《列仙傳》，相傳秦穆公女弄玉，好樂。
　　蕭史善吹簫作鳳鳴，秦穆公以弄玉妻之，為之作鳳樓。兩人吹簫，鳳凰來集，
　　後乘風，飛升而去。
60 龍鍾　行動不方便的樣子。
61 月老　「月下老人」的簡稱，主管姻緣的神。

吩咐些攙扶新人小心的話，
雪雁答應偷將洞房瞧。
只見那珠絡銀燈光色爛，
香焚寶鼎篆煙飄。
五彩懸門多喜氣，
紅毡鋪地一條條。
賓相插花披紅錦，
樂工擊鼓奏笙簫。
真個是富貴人家新氣象，
等候那織女牛郎渡鵲橋。
進房來留神看寶玉，
但見那無邊喜色上眉梢。
面容兒紅潤精神兒爽，
笑語兒香甜意氣兒豪。
暗想道：他和我姑娘何等好，
他怎麼就得了新人忘舊交。
痴心女子負心漢，
古語原來不錯半分毫。
不多一時花轎到，
鼓樂喧闐男女嘈嘈。
侍候的女人將轎帘掀起，
雪雁兒手扶新人緩步毡條。
先拜天地後拜祖，
喜的個老太太樂滔滔。

---

62 代庖(ㄆㄠˊ)　代替廚師的工作，比喻替代別人做事。

公婆跟前行了大禮，

新人交拜把琴瑟調。

這寶玉偷眼忙把新娘看，

偏碍著蓋頭罩定美人嬌。

見旁邊服侍丫頭怎麼是雪雁？

心內躊躇[63]不住拿眼瞧。

為何不見紫鵑姐？

那是他心腹的人兒漆共膠。

平時不肯離一步，

因何迴避在今朝？

莫不是因他原為吾家婢？

莫不是屬相逢沖不許瞧？

行禮已畢扶入綉戶，

少不得是坐帳交杯把熟套學。

寶玉說：「妹妹身子可曾大癒？

只怕今朝行禮又煩勞。

待我把蓋頭與你輕揭去，

也省得氣悶熱難熬。」

眾人聞言唬了一跳，

鳳姐說：「暫且消停莫要心焦。」

寶玉性急那裡忍得住，

連忙的揭去紅羅看阿嬌[64]。

呀！好奇怪，不是林家妹妹同羅帳，

---

63 躊躇(ㄔㄡˊ　ㄔㄨˊ)　猶豫不決的樣子。

64 阿嬌　見《霞淚緣》第六回〈誤喜〉注「阿嬌」條。

分明是薛家姐姐在藍橋[65]。

猛然見了這一驚不小，

說：「林妹妹呢？我怎麼找不著！」

鳳姐說：「老爺在外間坐，

莫要胡說把氣淘！」

這寶玉驚疑不止沒主意，

把襲人拉到裡室問根苗。

說：「床上坐的是誰？你告訴我」，

襲人笑說：「你也太嘮叨！

成日家耳鬢廝磨天天見面，

為什麼今日不認得這丰姿標。

寶姑娘，二奶奶，都是他人一個，

你不信再去移燈仔細瞧。」

寶玉說：「原說娶的是林妹妹，

為什麼平空就掉了包？」

襲人說：「老爺的主意誰敢阻擋，

嫌林姑娘命短又福薄。

不如寶姑娘福分大，

兩姨姐弟做了鳳鸞交。」

寶玉聞言驚破了膽，

恰好似一聲霹靂[66]震雲霄。

登時面上變了顏色，

65　藍橋　原為情人相逢之意，此處比喻男女成親。源於《太平廣記》，唐長慶年
　　間，秀才裴航於藍橋驛機緣巧遇雲英，因其容姿絕世，裴航乃重價求得玉杵白
　　為聘，娶英為妻，最後裴航夫婦俱入玉峰洞中，食丹仙化，成為神仙眷侶。

66　霹靂(ㄆㄧ　ㄌㄧˋ)　又急又響的雷聲。

怒氣沖天萬丈高。
果然又犯了瘋狂病,
亂語胡言信口兒嘲。
一聲聲要到瀟湘館,
一心心要把妹妹瞧。
又說是:「我病為他,他病為我,
俺兩個性命相連在這遭。
這事兒若被他知道,
又不知怎樣哭嚎啕。
妹妹呀!想來總是我誤你,
任憑你咒罵與我怎敢逃!
倒不如叫我和他見一面,
辯明心迹兩下裡開交。」
又說:「我也不久於人世,
一點真魂早已消。
不如也把我送到那邊去,
同病相憐也好訴心苗。
就是你們照看服侍也容易,
到將來一雙枯骨同葬荒郊。
這是我傾心吐膽的真實話,
你們要把我的遺言謹記牢。」
他這裡洞房花燭生奇變,
不料那瀟湘館內魂魄兒飄飄。

詩篇

　　季秋[67]霜重雁聲哀，

　　菊綻東籬稱雅懷。

　　滿城風雨重陽近，

　　一種幽香小圃栽。

　　不是淵明[68]偏愛此，

　　也只為此花開後少花開。

　　到夜來幾枝疏影橫窗上，

　　恍疑是環珮魂歸月下來。

第九回〈訣婢〉

　　瀟湘館病倒了仙妃子，

　　門兒寂靜掩蒼苔。

　　賈母在那邊料理迎親事，

　　各樣張羅撂不開。

　　這一日聞他病勢危急後，

　　親來看看外孫女孩。

　　只見他氣息奄奄[69]身不動，

　　說：「一病緣何就這樣的哀？」

　　這黛玉杏眼微睜定了一會，

　　勉強支持略把頭抬。

67　季秋　指秋季的第三個月，即農曆九月。

68　淵明　指陶潛，一名淵明，字元亮，陶侃曾孫。東晉詩人，世稱靖節先生，潯陽柴桑(今江西九江人)。

69　氣息奄奄　氣息非常微弱，快要死亡。

低聲說：「老太太你可白疼了我，
我死後千萬休將我掛懷。」
兩句話未完氣又噎住，
心兒中萬語千言只是說不上來。
賈母說：「兒呀！你好好養著罷，
人生誰沒有個病和災。」
老人家痛急傷心忍不住，
撲簌簌淚滾珍珠落滿腮。
叫眾人好勸歹勸才回房去，
吩咐把後事快安排。
姊妹們大夥都來看望，
那黛玉眼也不睜，口也不開。
只等到夜靜更深人都散，
才向那紫鵑姐姐訴訴情懷。
說：「你我相依這幾載，
同心合意兩無猜。
自從我得了冤孽病，
時時相守更不離開。
難為你知輕識重得人意，
難為你軟語柔情解悶懷。
難為你體飢問飽隨著手兒轉，
難為你早起遲眠耐著性兒捱。
眼皮兒終夜何曾對，
眉頭兒終朝展不開。
萬種的溫存千般體貼，
就是那骨肉親人也趕不上來。

不幸今朝和你分手，
我死後你也不必太悲哀。
想人生離合悲歡都是數，
各奔前程各自寬懷。
只要你安身立命得好處，
我在那九泉之下也笑顏開。
從今後一寵的性兒休要使，
心兒要細來嘴頭兒還要乖。
但不知將來派到何房去，
只怕別的姑娘你服侍不上來。」
黛玉說到傷心處，
紫鵑淚珠滾香腮。
說：「姑娘昔日何等恩待我，
盡心侍候也應該。
你若是身子有個好和歹，
叫我這一腔熱血向誰篩。
天地深恩不能答報，
就是那結草銜環[70]也不補心懷。

---

70 結草銜環　比喻努力報恩。結草，指死後報恩，語出《左傳・宣公十五年》：
「魏武子有嬖妾，無子。武子疾，命顆曰：『必嫁是。』疾病，則曰：『必以
為殉。』及卒，顆嫁之，曰：『疾病則亂，吾從其治也。』及輔氏之役，顆見
老人結繩以亢杜回，杜回躓而顛，故獲之。夜夢之曰：『余，而所嫁婦人之父
也。爾用先人之治命，余是以報。』」銜環，指活著報恩，語出南朝梁吳均《續
齊諧記》：「（東漢楊）寶，年九歲時，至華陰山北，見一黃雀為鴟梟所搏，
墮於樹下，為螻蟻所困，寶取之以歸。置巾箱中，唯食黃花，百餘日，毛羽成，
乃飛去。其夜有黃衣童子向寶再拜曰：『我西王母使者，君仁愛救拯，實感成
濟。』以白環四枚與寶。『令君子孫潔白，位登三事，當如此環矣。』」

我勸你把閒愁悶悶都擱起，
安心調養少悲哀。
萬一蒼天可憐見，
豈不是月落重升花再開。
再和你手磨鸞鏡調香粉，
再和你代挽盤龍整玉釵。
再和你尋花小徑持羅扇，
再和你並坐紗窗刺繡鞋。
再和你春朝早起摘花朵，
再和你寒夜挑燈鬥骨牌。
再和你添香侍立觀書畫，
再和你步月隨行踏翠苔。
那才是奴的真造化，
我情願終身念佛許長齋。
若叫我重新侍候他人去，
別說是羞臉難抬，就是心上也下不來。」
黛玉說：「痴丫頭你休妄想，
你看看我這副孽形骸。
還有一言相囑咐，
我本是江南籍貫住秦淮。
將來還要送我南邊去，
把我這幾根枯骨向故鄉埋。」
紫鵑答道：「奴謹記，
斷不叫你環珮空歸冷夜臺。
但只是姑娘心事奴知道，
總為這一事關心起禍胎。

二爺何等相親近，

也指望配合成雙鸞鳳諧。

休聽旁人閒言語，

這個長那個短混編排。」

黛玉搖頭說：「那裡的話！」

紫鵑說：「這有何妨，我還看不出來。」

黛玉正然還要講話，

一陣昏迷痰往上塞。

喉中哽噎說：「好寶玉……」

三個字之外就聽不明白。

香魂豔魄飄然去，

這時候正是寶玉娶寶釵。

一邊拜堂一邊斷氣，

一處熱鬧一處悲哀。

這壁廂愁雲怨雨遮陰界，

那壁廂朝雲暮雨鎖陽臺。

這壁廂陰房鬼火三更冷，

那壁廂洞房喜氣一天開。

眾人忍不住悲聲放，

把一個紫鵑哭的死去活來。

詩篇

孟冬[71]萬卉斂光華，

---

71 孟冬　冬季的第一個月，即農曆十月。

冷淡斜陽映落霞。
小陽春氣風猶暖，
下元[72]節令鬼思家。
那裡尋桃開似火三春景，
只剩下霜葉紅於二月花。
瀟湘館重翻千古蒼梧案，
弔湘妃[73]竹節成斑淚點雜。

第十回〈哭玉〉

寶玉娶親犯了病，
昏聵癲狂勢更加。
不茶不飯人懶見，
行哭行笑性難拿。
賈母擔心添驚怕，
王夫人背地淚滴答。
多謀的鳳姐也沒了主意，
會哄的襲人少了方法。
惟有寶釵心細深明禮，
暗想道：此病原為那人發。
成天瞞著也不成事，
倒惹的終日鬧撥雜。
倒不如打開鼻子說亮話，
才能夠死心塌地好收煞。

---

72 下元　節日名，農曆十月十五日，是「水官大帝」禹的生日，相傳當天禹會下
　　凡人間為人民解厄，人們會準備香燭、祭品拜祀水官大帝，以求平安。
73 湘妃　見《海棠結社》第一回注「湘妃」條。

盡著性子讓他哭個夠，

叫他把鬱悶全舒才去了病芽。

冷笑道：「你這幾日內神昏亂，

想來要見你林妹妹他。

實告訴你罷！前日我過來那一晚，

他已一命染黃沙。」

寶玉聞言驚破膽，

說：「果是真嗎？莫要哄咱。」

寶釵說：「我豈肯撒謊將他咒，

現在是守孝停柩還在家。」

這寶玉「唉呀！」的一聲跌在地，

半晌還魂強掙扎。

立刻要到瀟湘館，

學一個宋玉[74]招魂把怨氣發。

進園來那裡還像當年景，

由不得百感中來淚似麻。

但只見竹梢滴露垂青淚，

松影濃蔭帶晚霞。

庭前空種相思豆，

砌邊都是斷腸花。

老樹無情飄落葉，

幽林有恨噪啼鴉。

欄杆十二依然在，

依欄的人兒在那一搭。

---

[74] 宋玉　見《全悲秋》第二回注「宋玉」條。

進門來見黛玉的靈柩當中放，
白布靈幃兩邊搭。
香焚玉爐燃素燭，
案列金瓶插紙花。
有幾個零落丫頭將孝守，
有幾個龍鍾老婦也披麻。
這一種淒涼景況真難看，
也顧不得燒香與奠茶。
叫一聲：「妹妹呀！你往何方去？」
哭一聲：「佳人啊！教我哪裡抓？」
想來都是我誤你，
把一條小命枉自糟蹋。
我平生只看上你人一個，
任憑誰傾國傾城莫浪誇。
細思量豈是人間有此種，
你定是王母宮中萼隸華。
我許你高節空心同竹韻，
我重你暗香疏影似梅花。
我羨你千伶百俐見識兒廣，
我慕你心高志大把人壓。
我佩你骨骼清奇無俗態，
我喜你性情高雅厭繁華。
我愛你嬌面如花花有愧，
我賞你丰神似玉玉無瑕。

我畏你八斗才高[75]行七步[76]，
我服你五車學富[77]有手八叉[78]。
我聽你綠窗人靜棋聲響，
我懂你流水高山琴韻佳。
我哭你椿萱並喪憑誰靠，
我疼你斷梗飄蓬哪是家？
我敬你冰清玉潔抬身份，
我信你雅意深情暗浹洽。
只因你似有似無含雅趣，
我只得半吞半吐種情芽。
並沒有一言半語相挑逗，
為的是天上仙人怎敢褻狎！
滿望著恩情美滿成佳偶，
只因為父母之命不敢掙扎。
也只是命中造定無緣分，
恨當初月老紅絲不向一處拿。

---

[75] 八斗才高 此處借指賈寶玉稱讚林黛玉才華出眾之意。南朝宋謝靈運嘗言：「天下才共一石，子建獨得八斗。」其中，子建，指曹植，曾封陳王，卒諡思，故世稱陳思王。

[76] 行七步 此處借指賈寶玉稱讚林黛玉才華出眾之意。語出《世說新語·文學》，三國時，魏文帝曹丕令曹植在七步中作詩一首，否則判罪。曹植立即吟詩云：「煮豆持作羹，漉豆以為汁，萁在釜下燃，豆在釜中泣，本自同根生，相煎何太急。」魏文帝聽後，深有慚色。

[77] 五車學富 此處借指賈寶玉稱讚林黛玉才華出眾之意。語出《莊子·天下》：「惠施多方，其書五車。」後世形容讀書多，學識豐富為學富五車。

[78] 有手八叉 此處借指賈寶玉稱讚林黛玉才華出眾之意。語出《太平廣記》，說唐代溫庭筠「才思艷麗，工於小賦，每入試，押官韻作賦，凡八叉手而八韻成」。八叉，兩手相拱為叉。

問紫鵑：「姑娘的詩稿今何在？

給與我盥手焚香細評跋。」

紫鵑說：「姑娘自己焚化了」，

咳！寶玉說：「可惜一片好精華。

雕龍繡虎成灰燼，

戛玉敲金作泥沙。

他只為知音不把鍾期遇，

因此上發恨摔琴仿伯牙。

苦只苦直到臨終未見面，

恨只恨滿懷心事未能達。

到今日萬語千言你聽見否？

妹妹呀！你在九泉之下細細察。

從今後我也悟到槐中夢，

看破無非鏡裡花。

不久的夜臺見面重相聚，

好和你地府成雙勝似家。

這段情直到地老天荒後，

我的那怨種愁根永不拔。」

只哭得月暗星稀沒了氣色，

雲愁雨泣掩了光華。

恰便似傾城一痛悲秦女[79]，

抵多少腸斷三聲過楚峽[80]。

---

79 秦女　指秦穆公女弄玉。

80 楚峽　楚地峽谷。多指巫峽。

詩篇

仲冬[81]瑞雪滿庭除，
冬至陽生氣候舒。
酒香不問寒深淺，
漏永誰知夢有無？
水仙花放黃金盞，
心字香焚白玉爐。
繡幃中柔情軟語低低勸，
好一幅寒夜挑燈仕女圖。

第十一回〈閨諷〉

寶釵原是閨中秀，
不戴方巾一丈夫。
自從與寶玉成親後，
因為他病魔不退費躊躇。
也知道此病原因黛玉起，
積痛傷心氣不舒。
常把良言相勸解，
要將他引歸正路指迷途。
這一日寶玉又提傷心事，
短嘆長吁滾淚珠。
寶釵說：「我有句衷言告訴你，
這幾日看你的精神又恍惚。

---

[81] 仲冬　冬季的第二個月，即農曆十一月。

飯兒也不吃茶兒也不飲，
學兒也不上書兒也不讀。
悶沉沉終夜常開眼，
呆獃獃白日像糊塗。
你是個讀書明禮的奇男子，
智慧聰明蓋世無。
怎麼這點兒就看不破，
定要在女孩兒身上用功夫。
自古道不如意事常八九，
誰能夠件件隨心事事舒。
乾坤尚且留缺陷，
就是那古聖先賢那個願足。
你的心事奴知道，
為的是林妹妹身亡忍不住哭。
我想他是仙人謫降臨凡世，
到如今遊戲人間限滿足。
回首重歸極樂地，
返本還原到了蓬壺[82]。
空留下你千秋萬載歌長恨，
要尋那九轉還魂大藥無。
若論他才華學問誰能比，
就見他體態丰神那個如。
怪不得常在你心坎兒上，
也算是高明眼力叫人服。

---

82 蓬壺　即蓬萊，古代傳說中的海中仙山。

真個是曾經滄海難為水，
除卻巫山總是俗。
就只是事已空成人已往，
那曾見落花返樹又重蘇。
我勸你及早回頭尋彼岸，
枉費了精神一毫益處無。」
寶玉說：「我也明知是無益事，
由不得心中輾轉自反覆。
已往的事兒焉能瞞你，
我和他心裡相親外面疏。
到如今飄然長往撇了我去，
叫我這萬緒千條總說不出。
可憐他臨死也不曾說一句傷心話，
怎不叫我肝腸寸斷淚眼模糊。」
寶釵說：「為人那個沒心事，
也要分一個輕重與親疏。
老祖宗看你如性命，
說什麼懷中美玉掌中珠。
太太只生你人一個，
慈母的深恩分外篤。
老爺指望你登金榜，
顯親揚名把正事圖。
一家兒所靠的就是你，
你想想一身關係豈輕忽？
就是咱二人姻緣天作配，
幾輩子修來才作眷屬。

終身仰望非同小可，
巴不得你一舉成名振帝都。
誰想你不思上進把功名取，
終朝打不破悶葫蘆。
我料這一輩子也沒有指望，
枉費了心機你辜負了奴。」
寶玉說：「兒女夫妻都是假，
富貴功名盡帶俗。
我要把迷關打破歸仙路，
一切凡心盡掃除。」
寶釵說：「這又說的是什麼話，
我笑你空讀聖賢書。
攻乎異端必為身害，
你自誇明白我說你糊塗。
我雖是婦人女子無遠見，
這些道理也聽的熟。
從古至今誰是成仙者，
那個有長生不老術。
虛無寂滅是口頭禪語，
莫認作旁門倒誤了正途。
治國安民才為正道，
承先啟後方是大儒。
父母的膝前要你孝養，
祖宗的統緒要你接續。

論盛德堯[83]、舜[84]與孔[85]、孟[86]，
講文章韓[87]、柳[88]共歐[89]、蘇[90]。
說功業漢有蕭[91]、曹[92]，唐房[93]、杜[94]，
談道統周[95]、程[96]一派到張[97]、朱[98]。」
寶玉含笑說：「難為你，
竟是個道學先生會講書。
從今後割斷閒情歸正務，
一心上進又何如？」

83　堯　指唐堯，姓依祁，名放勳，起初被封於陶(今臨汾和襄汾)，故又稱「陶唐氏」。

84　舜　指虞舜，名重華，字都君，生於姚墟，故姚姓，今山東諸城市萬家莊鄉諸馮村人。

85　孔　指孔丘，字仲尼，春秋時魯國陬邑昌平鄉(今山東省曲阜市東南的南辛鎮魯源村)人。

86　孟　指孟軻，字子輿，相傳曾受業於孔子之孫子子思，戰國時魯國鄒(今山東鄒縣)人。

87　韓　指韓愈，字退之，祖籍郡望昌黎郡，自稱昌黎韓愈，唐河南河陽(今河南孟縣)人。

88　柳　指柳宗元，字子厚，又稱「柳河東」、「柳柳州」，唐河東郡(今山西省永濟市)人。

89　歐　指歐陽脩，字永叔，號醉翁、六一居士，宋吉州盧陵(今屬江西)人。

90　蘇　指蘇軾，字子瞻，一字和仲，號東坡居士，宋眉州眉山(今四川眉山市)人。

91　蕭　指蕭何，西漢沛縣(今屬江蘇)人。

92　曹　指曹參，字敬伯，西漢泗水沛(今江蘇沛縣)人。

93　房　指房玄齡，唐齊州臨淄縣(今山東省臨淄縣)人。

94　杜　指杜如晦，字克明，唐京兆杜陵(今陝西西安市)人。

95　周　指周敦頤，字茂叔，號濂溪，北宋道州營道縣(今湖南道縣)人。

96　程　指程顥(字伯淳，又稱明道先生)及其弟程頤(字正叔，又稱伊川先生)，北宋洛陽伊川(今屬河南省)人。

97　張　指張載，字子厚，又稱橫渠先生，北宋陝西鳳翔郿縣(今陝西眉縣)人。

98　朱　指朱熹，字元晦，一字仲晦，號晦庵、晦翁，又稱考亭先生，南宋徽州婺源(今江西婺源)人。

襲人在旁聽說是：「夠了，
虧奶奶妙藥仙丹把爺的病除。
奶奶說的都是正經話，
就是小妾無知也佩服。」
寶玉說：「一個不夠又添一個，
你們大夥兒商量來作弄吾！」

詩篇

三年逢閏歲華接，
賞心樂事喜重疊。
天公有意留美景，
人世重新賀令節。
囊有餘錢增氣概，
家有餘慶衍瓜瓞。
文章要有餘不盡方為妙，
越顯得煞尾收場趣味別。

第十二回〈餘情〉

寶玉情鍾林黛玉，
入骨的相思總不歇。
想他那國色天香是人裡鳳，
心高志大是女中傑。
論聰明迴文織錦添奇巧，
比才調咏絮銘椒遜敏捷。

那一條兒不教人想念，
真個是傾國傾城占了個絕。
這如今一朵名花香氣謝，
一輪明月素光缺。
剩下了紫鵑姐姐孤另的很，
這些時淡掃蛾眉瘦了好些。
失巢的鳳雛經雨困，
離群的孤雁受風斜。
但只是生成又是個難纏的種，
也像他姑娘性兒各別。
我幾番著意溫存另眼兒看，
他倒把眼皮搭撒嘴兒嘬。
想是心中還記恨我，
不該把他的姑娘情意撇。
他那裡知道我心中事，
口裡難言只往肚裡憋。
趁此時更深人靜尋他去，
就只怕冷語傷人把我拒絕。
那紫鵑自從黛玉身亡後，
孤魂兒一個自傷嗟。
回想我姑娘恩典如山重，
從不曾下眼相看把貴賤別。
我就是粉身碎骨也難補報，
不承望大數難逃我的心力竭。
泰山已倒將誰靠，
也是娘兒們造定該遭這一劫。

叫我這一腔怨氣憑誰訴？

萬種深愁只往肚裡嗌。

又分與怡紅院中聽使令，

有什麼心腸再往上巴結。

寶玉的性格兒從來拿不定，

饒是那樣的情兒還往腦後撇。

況兼他燕爾新婚[99]琴瑟[100]美，

還當是先前那個二爺。

因此上烏雲亂挽懶梳洗，

脂粉慵施罷盥櫛。

怨氣填胸低粉頸，

淚痕不斷滿眉睫。

女伴的隊中也沒有來往，

二奶奶跟前也不去迎接。

閉門兒情思昏昏惟尋夢，

直睡到花陰轉砌日影兒西斜。

那一晚關門獨自房中坐，

恰正是黃昏以後起更的時節。

無精打采把簪環兒卸，

少魂失志將裙襖兒疊。

爐煙兒未滅剩了一寸，

燭花兒未剪點了半截。

忽聽窗外腳步兒響，

---

99 燕爾新婚　形容新婚的歡樂。

100 琴瑟　比喻夫妻感情和睦。

這時候還有誰來？想必是二爺。

細聽聲音果然是寶玉，

這冤家此時到來是什麼情節？

外面低聲將姐姐叫：

「開門來！讓我房中歇一歇。」

紫鵑問道：「有什麼事？

這咱晚外面風寒露氣結。

更提防人來看見不雅相，

不知道又說我心邪。」

寶玉說：「姐姐不必胡猜想，

我和你冰比清來玉比潔。

你本是嬌花含嫩蕊，

我肯作狂蜂與浪蝶。

不過是有句衷腸話，

問你個明白心願歇。

快些開門放我進去，

霜華滿地濕透了新鞋。」

紫鵑說：「有話明朝再來講，

此時我也要安歇。」

寶玉說：「我也沒有別的話，

為的是萬恨千愁在心上疊。

你姑娘臨終可曾提我，

有什麼言詞與我永訣。

再把我委屈冤情向你訴訴，

也免了怨氣時常在心內憋。」

紫鵑說：「這樣的話兒我也聽慣，

姑娘在日也說過好些。
半夜三更有什麼要緊,
你還是真傻還是裝呆。」
二人正然閒鬥口,
那麝月手提燈籠把二爺接。
說:「這是什麼時候還站在此,
也不怕露重苔滑暗裡跌。
也沒見紫鵑姐姐的心太狠,
任憑他千般央告只拿話噎。
一個有情一個無義,
鐵石心腸與人各別。」
紫鵑說:「我再三苦勸只不理,
還只管絮絮叨叨不斷絕。
倒惹的別人抱怨我,
這是何苦呢!」跺了跺綉鞋。
麝月說:「快走罷!不必多留戀,
我勸你早把念頭歇。
二奶奶不放心才叫我來找,
你看那斗轉星移月影兒西斜。」

詩篇

季冬[101]萬物盡凋零,
臘日流傳節令同。

---

101 季冬　冬季的第三個月,即農曆十二月。

東廚祭灶香煙滿，
除日辭年酒味濃。
百草新芽還未吐，
萬花春意已潛生。
松竹梅歲寒三友非凡品，
須向那三島蓬萊問姓名。

第十三回〈證緣〉

寶玉失了通靈玉，
終日昏昏睡夢中。
幸遇著和尚將玉返，
身安心泰才得安寧。
這一日似睡不睡矇矓去，
頓覺身如一葉輕。
耳邊又聽說和尚到，
前廳相見攜手同行。
遙望見牌樓一座在荒郊外，
猛回頭再尋和尚影無踪。
但只見翠柏參天雲氣護，
竹蔭滿地彩霞籠。
異鳥珍禽難問種，
琪花瑤草不知名。
真個是一點紅塵飛不到，
洞天福地不與世間同。
牌樓上匾額高懸四個金字，
「真如福地」寫得分明。

旁邊一副長聯對，

鳳篆龍章是玉琢成。

左邊是：過去未來莫謂聖賢能打破，

右邊是：前因後果須知親近不相逢。

寶玉的靈機忽然一動，

說：「我正要把因果從頭明一明。」

恍惚間遇見殉節的鴛鴦姐，

卻又是夭亡的秦可卿。

屈死的晴雯不改生前樣，

當家的鳳姐還是舊時容。

猛然又聽見人索命，

尤三姐怒目橫眉把劍橫。

暗想道：他們原來都在此，

卻怎麼不言不語像是無情。

慌張張又進了一重殿，

金碧輝煌瑞氣濃。

進了殿十座神櫥在當中列，

一卷卷寶冊天書錦套蒙。

打開仔細從頭看，

都是些古董新詩題咏精。

第一篇是一根釵與一條帶，

以後的半是懵懂半是分明。

上寫著金陵十二釵五字，

還有那隱語微言也記不清。

這寶玉正觀寶冊胡思想，

忽聽得窗外喚神瑛。

說：「林妹妹叫你呢，快去罷！」
不由的逐笑顏開喜氣生。
見一個宮裝打扮仙家的女，
說：「妃子有命即便同行。」
寶玉說：「妃子卻是何人也？
我知道誰是神瑛敢冒名。」
仙娥說：「不必多言隨著我走，
包管你後果前因總證明。」
這寶玉心內狐疑相隨定，
又見有白石欄杆繞數重。
欄杆內種著一株草，
半是青青半是紅。
飄飄蕩蕩隨風舞，
裊裊娜娜向日明。
問：「仙姑此草何名栽種此？」
說：「這是絳珠仙草化菁英。
只因為受了神瑛侍者栽培惠，
特下塵凡了這一段情。
這如今心願已完歸於原處，
你看他得意欣欣更向榮。
快走罷，仙妃久候休遲慢！」
又來到一所瓊樓玉宇[102]中。
命寶玉在檐前停立聽宣旨，
等請了仙妃懿旨再來迎。

---

102 瓊樓玉宇　本指月中宮殿，後用以形容精美的樓閣。

這寶玉屏氣低頭垂手立，
猛聽得珠帘高捲喚神瑛。
帘開處睜睛往裡留神看，
見一位端莊幽靜美仙容。
和黛玉體態形容無二樣，
由不得驚喜悲哀感動了七情。
「林妹妹呀！你在這裡想殺了我！」
侍女旁邊喝：「住聲！
這裡是仙府清嚴地，
那許你凡間濁氣擅來沖。
再不走叫黃巾力士用錘打」，
這寶玉魄散魂飛往外行。
迎面正遇見和尚到，
說：「這是何方求你醒愚蒙。」
和尚說：「你到此心中覺悟否？」
寶玉說：「弟子凡胎那得明？」
和尚說：「冊子上的詩詞你須謹記，
那都是微妙天機別當輕。
林黛玉是絳珠仙草臨凡世，
你本是神瑛侍者下托生。
要把那瓊漿甘露的深恩報，
都到這人世紅塵走一程。
造定沒有姻緣分，
只將那情字填還就復了真形。
並那些夫妻兒女牽連債，
都從那孽海情天早配成。

到如今誰是黛玉誰是寶玉，
認得了本來面目總成空。」
這寶玉言下大悟歸了本性，
把那些露淚姻緣歷歷清。
「謝吾師當頭棒喝把迷途指，
我情願撇下家園從你修行。」

作品導讀

　　《露淚緣》(全十三回)，作者為韓小窗，現存有清文盛書房刻本等。有回目，依序為〈鳳謀〉、〈傻洩〉、〈痴對〉、〈神傷〉、〈焚稿〉、〈誤喜〉、〈鵑啼〉、〈婚詫〉、〈訣婢〉、〈哭玉〉、〈閨諷〉、〈餘情〉與〈證緣〉，各回均有詩篇，合轍依序為言前(讀音類似「ㄢ」韻)、梭坡(讀音類似「ㄛ」韻)、一七(讀音類似「一」韻)、江陽(讀音類似「ㄤ」韻)、人辰(讀音類似「ㄣ」韻)、油求(讀音類似「ㄡ」韻)、灰堆(讀音類似「ㄟ」韻)、遙條(讀音類似「ㄠ」韻)、懷來(讀音類似「ㄞ」韻)、發花(讀音類似「ㄚ」韻)、姑蘇(讀音類似「ㄨ」韻)、乜斜(讀音類似「ㄝ」韻)、中東(讀音類似「ㄥ」韻)等。內容主要是根據《紅樓夢》第九十六回〈瞞消息鳳姐設奇謀　洩機關顰兒迷本性〉、第九十七回〈林黛玉焚稿斷痴情　薛寶釵出閨成大禮〉及第九十八回〈苦絳珠魂歸離恨天　病神瑛淚灑相思地〉以及第一百零四回〈醉金剛小鰍生大浪　痴公子餘痛觸前情〉改編而成，敷演賈寶玉和林黛玉兩人的悲劇愛情故事，它着重在介紹他們的前世因緣，今世認識的開始、相惜相知、私訂終身，最後兩人的愛情不被封建大家庭所接受，造成林黛玉命喪黃泉的悲慟與無奈。

　　第一回〈鳳謀〉，敘述鳳姐設計矇騙賈寶玉將娶林黛玉之故事。第二回〈傻洩〉，敘述傻大姐多嘴洩漏天機之故事。第三回〈痴對〉，敘述林黛玉聽到賈寶玉欲娶薛寶釵後，神情恍惚逕至怡紅院找賈寶玉，兩人卻對坐傻笑之故事。第四回〈神傷〉，敘述林黛玉病情日篤，不僅感嘆父母早逝，身世淒涼，而且滿心怨恨薛寶釵之故事。第五回〈焚稿〉，敘述林黛玉病情日重，憶及往事，悲憤滿懷，終至焚稿之故事。第六回〈誤喜〉，敘述賈寶玉誤以為將娶林黛玉，滿心歡喜之故事。第七回〈鵑啼〉，敘述賈寶玉成親當日，紫鵑為林黛玉不平，拒絕陪新人薛寶釵之故事。第八回〈婚詫〉，敘述成親當日，賈寶玉獲知實情，痛哭心碎，終至發病之故事。第九回〈訣婢〉，敘述林黛玉病重不起，對紫鵑交代後事，隨即嚥下最後一口氣之故事。第十回〈哭玉〉，敘述賈寶玉成婚數日後，前往瀟湘館哭林黛玉之故事。第十一回〈閨諷〉，敘述婚後薛寶釵苦勸賈寶玉上進，考取功名之故事。第十二回〈餘情〉，敘述賈寶玉前往瀟湘館找紫鵑，詢問林黛玉生前是否有留下隻字片語，紫鵑狠心不理之故事。第十三回〈證緣〉，敘述賈寶玉昏睡中，證得前世露淚情緣，悟徹世情之故事。

　　小說第九十八回描寫林黛玉香消玉殞，賈寶玉吵著要去瀟湘館，作者寫道：「賈母等只得叫人抬了竹椅子過來，扶寶玉坐上。賈母王夫人即便先行。到了瀟湘館內，一見黛玉靈柩，賈母已哭得淚乾氣絕。鳳姐等再三勸住。王夫人也哭了一場。李紈便請賈母王夫在裡間歇著，猶自落淚。」「寶玉一到，想起未病之先來到這裡，今日屋在人亡，不禁嚎啕大哭。想起從前何等親密，今日死別，怎不更加傷感。眾人原恐寶玉病後過哀，都來解勸，寶玉已經哭得死去活來，大家攙扶歇息。其餘隨來的，如寶釵，俱極痛哭。獨是寶玉必要叫紫鵑來見，問明姑娘臨死前有何話說。紫鵑本來深恨寶玉，

見如此，心裡已回過來些，又見賈母王夫人都在這裡，不敢洒落寶玉，便將林姑娘怎麼復病，怎麼燒毀帕子，焚化詩稿，並將臨死說的話，一一的都告訴了。寶玉又哭得氣噎喉乾。探春趁便又將黛玉臨終囑咐帶柩回南的話也說了一遍。賈母王夫人又哭起來。」

　　在子弟書中，描寫寶、黛愛情悲劇，情節最豐富的是《露淚緣》。子弟書作家在小說的基礎上，發揮創意，增加新的內容。例如第十二回〈餘情〉：「紫鵑問道：『有什麼事／這咱晚外面風寒露氣結／更提防人來看見不雅相／不知道又說我心邪。』／寶玉說：『姐姐不必胡猜想／我和你冰比清來玉比潔／你本是嬌花含嫩蕊／我肯作狂蜂與浪蝶／不過是有句衷腸話／問你個明白心願歇／快些開門放我進去／霜華滿地濕透了新鞋。』／紫鵑說：『有話明朝再來講／此時我也要安歇。』／寶玉說：『我也沒有別的話／為的是萬恨千愁在心上疊／你姑娘臨終可曾提我／有什麼言詞與我永訣／再把我委屈冤情向你訴訴／也免了怨氣時常在心內憋。』／紫鵑說：『這樣的話兒我也聽慣／姑娘在日也說過好些／半夜三更有什麼要緊／你還是真傻還是裝呆。』」從小說和子弟書的比較中，可以清楚看出子弟書作家特別增加賈寶玉夜訪瀟湘館找紫鵑，而紫鵑拒絕開門的情節，這種增益故事情節的創作手法，使得人物的形象更加細膩。

十二 《一入榮國府》

詩篇

小窗[1]酣醉欲狂吟，
忽見新籍佇案存。
漫識假語皆虛論，
聊將閒筆套虛文。
有若無時無還有，
真為假處假偏真。
誰言作者多痴想？
足把辛酸滴淚痕。
暫歌一段《石頭記》，
借筆生端寫妙人。

第一回〈探親〉

有個村農年尚幼，
王狗兒祖貫鄉居是此處人。
覓偶結姻劉氏女，
生下了子女成雙兩個人。

---

[1] 小窗　指作者韓小窗。其生卒年代，目前仍無詳細資料可稽。一般學者專家，
推斷其年代必較羅松窗為晚，因而認定羅松窗既然是乾隆時子弟書名家，則韓
小窗必為乾嘉間或嘉道時人。

子名小板多懵懂，
女喚青兒最可人。
小夫妻日無他計家蕭索，
淒涼苦困受清貧。
到後來，相倚岳母劉姥姥，
老孀居是個世態叢中歷過的人。
因憐愛女殘冬苦，
這一日，故向嬌生女婿云：
「眼前現有生機會，
你夫妻仔細思量再理論。
這城中現有一族豪華富，
他與王家係內親。
如今何不將他懇，
倘若是憐念族中苦困人。
那時節，咱們好把殘冬過，
但只是吾婿言談蠢又村。
女兒卻又年輕小，
怎麼露面拋頭去見人？
必須我捨著老臉親身兒去，
到那裡苦苦哀求把就裡云。」
闔家主意相商妥，
次日個，攜同小板兒便來尋。
一直竟奔榮國府，
遙望見朱戶金釘穩獸門。
正門兒雖設長關閉，
角門兒出入有行人。

兩凳上，坐滿華服人無數，
俱是個腆胸疊肚笑顏輦。
指南話北閒談論，
八語七言把話評。
一番勢利多嚴肅，
大家子風氣不同尋。
老孀婦搭訕蹭到了角門首，
未語開言面帶春。
說：「有禮了，借仗大爺們給俺通個信，
特來府上望候一個人。」
那些人聞言不睬仍談論，
有一個攬事的家人把話云：
「找誰的？且在那牆角一畔兒等，
不許在這裡嘮叨瑣碎人！」
板兒說：「尋找姑媽周奶奶，
他本是太太的陪房，我們的內親。」
那人道：「周家不在前邊住，
過牆角，順著牆根往後尋。」
老孀居無奈抽身把牆角過，
一路行不多時，就到了後門。
行人來往頻出入，
買賣集聚亂紛紛。
成群打夥兒童戲耍，
劉姥姥上前細問與小兒們。
說：「此處有個姓周的，你可曉不曉？
哥兒你若知道，就對我云。」

小人說：「周家現有十數個，

不知你可找的是哪個人？」

姥姥說：「他本是陪房[2]來到此」，

小人說：「陪房周不在家，已出了門。

曾聞得上頭使往江南去，

周大孀現在家中是個樂人。

府中一切無他的事，

若問他家，是這個門。」

說話間，一直領到周家的院，

說：「大孀子，有人在外特來尋！」

周瑞的妻子出戶抬頭才一看，

就看見了劉家的老婦人。

連忙讓進房中去坐，

敘了些近年別話語諄諄[3]。

老孀居又將來意說了一遍，

周家的會意含春帶笑云：

「這府中一概傳言我都不管，

另有專職回事的人。

你今既來將吾找，

少不得委屈破例帶你去云。

近年來，全係鳳姑娘司家務，

二奶奶賞罰公平得眾心。

年紀雖小，行事兒準，

---

2 陪房　指隨嫁的婢僕。古代有錢人家的小姐出嫁時，從娘家帶過去的奴才，如
　　果是單身的丫頭就叫陪房丫頭，如果是以家庭為單位的全家則叫陪房。

3 諄諄　誠懇忠厚。

舉止兒安詳性情兒溫。
說話兒有深有淺知輕重，
諸凡事知苦知辛憐下人。
出挑得更比當年俏，
身量兒不高不矮卻合均。
兩宅上下皆欽敬，
老太太愛似明珠掌上的珍。
如今你我將他見，
只怕還略有些便宜來可云。
但只他飯後餘暇稍閒片刻，
除此外，別無暇際在家存。
如今先去將他見，
倘若遲些枉費神。」
說話間，二人攜手出庭院，
笑笑說說進了後門。
至到廳廊簷前，安住了劉姥姥，
自己來先回平兒把就裡云。

第二回〈求助〉

且說那輕盈體態的王熙鳳，
百媚千嬌一女娥。
這一日，侍奉賈母晨飯後，
自歸房，蓮步輕移出了後閣。
圍隨著丫鬟侍女人無數，
到簷前，高打簾櫳立候著。

媚佳人才入暖閣歸座位,
樂鐘兒又下叮噹到了辰刻還多。
小丫鬟高擎茶盞在旁邊立,
玉缸盤龍鳳茶缸是銀蓋盒。
俏佳人接過茶杯方入口,
說:「你們總不留心,這是怎麼話說?
曾說過這茶已被濕潮氣,
總叫我諸處勞神費唇舌。
快去罷,急急另和平兒去要,
將這個賞給丫頭們隨便兒喝。
來一個,再去前邊將爺請,
問一問早飯不吃卻是為何?」
小丫鬟去不多時回來稟,
說:「爺說了,叫奶奶先吃罷,不必等著。
目下書房有客至,
在外相陪有話說。」
這佳人聞言,吩咐說:「傳飯」,
一霎時,幾個僕人捧進了飯盒。
炕桌兒面前安排妥,
擺下了牙箸、銀叉、羹匙是細螺。
盒蓋兒高擎銀火碗,
小碟兒熱炒馨香,菜樣兒多。
皆是山珍與海味,
正居中,還設白銀鹿肉鍋。
一色勻合茶米飯,
器具精製世罕得。

飯單兒斜尖扣在胸脯兒上，
把裙襖衣衫都總一概遮。
萬籟不聞人止嗽，
片刻的工夫，就撤下了飯桌。
小丫鬟一旁侍立，聲息兒悄，
嗽口盂兒在掌上托。
扶侍佳人才嗽了口，
俏平兒高擎香茶燕尾蘿。
這佳人飯後吃茶無了事，
將小匙兒手爐以內把炭活。
自說道：「既有人來，何不去請？」
猛抬頭，面前已見一村婆。
便向周家的含笑道：
「既進房來，何不早說？
這老人家可是與奴何等輩數，
你須細講，我才明白。
奈因我出嫁之時年尚幼，
所以的一概親戚我不曉得。」
周家的帶笑回言說：「稱姥姥」，
百媚的佳人機便兒多。
笑嘻嘻迎頭拉住劉家婦，
敘談套話口似開河。
老村婦入室早已看花了眼，
只是個東瞅西望咂嘴兒吐舌。
見佳人端然正坐在沿兒上，
渾身俏麗勝嫦娥。

內穿著大紅洋蓮紗綠襖，
上套著混大杭藍皮襖兒薄。
寬袖兒返捲桃紅三藍顧繡，
內襯著衣袖層層數件多。
皮裙兒鑲金嵌翠南紅緞，
鳳毛兒刀斬斧齊卻未磨。
皮領兒滾圓海龍尾，
手帕兒南繡金黃腋下脫落。
小毛兒紫貂新巧昭君套，
飄帶兒釘翠元青有二尺多。
雲鬢堆鴉烏又亮，
密紬兒紫色斜尖勒了個得。
大花兒一朵旁邊帶，
鮮水仙數朵攢成嵌鳳搵。
墜鉤兒赤金鈿翠雙如意，
玉珠兒翡翠叮噹巧配合。
俏龐兒嫩似梨花嬌帶雨，
柳眉兒淡描浮翠似嫦娥。
粉鼻兒端莊垂拱把瓊瑤倚，
媚眼兒無塵，秋水漲橫波。
珠唇兒微點桃花片，
煙袋兒斜含把玉牙兒露著。
尖尖玉笋苗而秀，
細細腰肢瘦且得。
戒指兒攢珠嵌寶新花樣，
手溜子圓背雕花玉色兒白。

赤金洋鏨指甲套，
俏腕兒金釧叮噹配玉鐲。

第三回〈借屏〉

老孀居看畢佳人心緒亂，
注目呆呆少話說。
全不懂玉人所道皆何語，
一味的強笑搖頭口念佛。
逗得佳人只是大笑，
「請坐罷，從容慢慢的再把話說。」
周家的又與姥姥偷送目，
怕的是村語胡言的了不得。
這鳳姐命給吃食與小板，
丫頭們捧進新攢一果盒。
老孀居才欲開言忽又怔，
見掛鐘兒在壁就悶殺鵝。
上築著木樓金繞眼，
下繫長緶墜秤鉈。
來回不住咯噹咯噹的響，
又聽得響亮如鐘震耳朵。
自思未見這稀罕物，
不由的眼似籬雞往後挪。
痴呆半晌方言語，
無奈才勉強帶笑把話說：
「今來府上無別事，

為的是在姑太太跟前暫且對挪。」
聽話的佳人回笑道，
說：「近年苦況自知覺。
雖然外面揚聲勢，
內裡空虛了也了不得。」
二人正自閒談論，
但聞得報事雲牌一下磕。
丫鬟進內忙通稟：
「東府裡的蓉爺立等著。」
佳人吩咐說：「著他進見」，
小大爺盡瘁鞠躬進了繡閣。
請安已畢旁邊站，
慢把來言細稟白。
此時難壞劉姥姥，
坐不安來立不合。
百般裝作撇村調，
掩掩遮遮不快活。
鳳姐說：「此人非是別家者，
他係吾侄兒卻不礙得。
那邊只管歇息坐，
你這老人家坐著卻也使得。」
賈蓉復向佳人道，
帶笑開言把話說：
「明朝那府裡請生客，
實在的陳設屏風俱不合。
暫借嬸娘那架玻璃罩，

借設中堂擺列著。」
熙鳳回答說：「已壞，
也沒見人家有物就要來磨。
難道說王家物件都精巧妙？」
賈蓉說：「知道是外祖家中的嬸子得。
嬸娘若不把屏風借，
叫侄兒素手空回，必要受責。」
一壁裡笑著一壁裡跪，
炕沿一下他把身矬。
無奈的佳人說：「傳出話去，
令平兒好生仔細派人去挪。」
又說道：「借是我借，著他拿去，
倘若是弄壞了，提防我要責。」
言畢賈蓉連應：「是，
嬸娘所諭的謹遵著。」
俏佳人猛見賈蓉的衣和帽，
俊俏的身材打扮的得。
紅絳色一裹圓的羊灰襖，
鑲邊花樣卻是二則。
上套著元青毡面雲狐褂，
領袖兒俱是直毛道兒活。
臥兔時與前衝後，
三水貂皮樣兒很得。
帽纓兒頭橫菊花頂，
飄帶兒二尺來長背後拖。
緞靴兒三直半衝家中的樣，

圓底兒時興下面坡。

佳人看畢復言講，

說：「蓉兒呀，偏偏惟你鬧的得！

難道你家常皮襖只一件？

怪冷的天，故意拋輕穿的這麼薄。

倘然若被風吹體，

提防著又要頭疼個了不得。」

第四回〈贈銀〉

蓉哥笑說：「無妨碍，

上身兒卻是白狐倒暖和。」

言畢蓉哥兒抽身出房去，

這鳳姐又從窗內喚蓉哥。

侍兒檐下接聲兒喚：

「止步罷，蓉爺！」蓉哥應「喏」。

回身後，進房兒內，

柔弱的佳人又沒有話說。

沉吟半晌向蓉哥道：

「也罷，應此話當人卻講不得。

如今你且回家去，

酉正再來對你說。」

蓉哥領命方出戶，

這會子就悶壞了孀居似愣鵝。

帶笑的佳人呼姥姥，

老孀居不住地點頭口內念佛。

佳人說：「今蒙你不棄相看望，

不時的常來走走卻礙何。」

劉氏說：「但欲常來恐恥笑」，

佳人說：「誰敢多言把你笑說？」

又說道：「現成便飯你用些罷，

若要裝假可使不得。」

令丫鬟領到廂房屋內去坐，

又吩咐給姥姥要飯莫耽擱。

就命周媳相陪伴，

周媳婦謝飯步出了繡閣。

鳳姐說：「周姐，你來，我問你話，

太太方才是怎麼樣的說？」

周家的向前低聲悄悄道：

「太太說，任憑奶奶自斟酌⁴。

他祖上曾作京官十數載，

老太爺因串同宗把一姓合。

並非王氏嫡親派」，

鳳姐說：「如此說來，這就怪不得。

你且陪他吃飯去，

此事我自有定奪⁵。」

這佳人斜推靠枕把平兒喚：

「看一看鐘錶之弦剩的不多。

到前邊拿著推靶兒三對錶，

---

4 斟酌　考慮情形，審度事理。

5 定奪　對未決定的事物作可否或取捨的裁奪。

日晷[6]上對著快慢卻如何？」
平兒領命前邊去，
少刻回來把話稟說：
「日晷鐘錶全都對了，
惟有這大掛鐘兒慢的不多。」
說話間，姥姥早已吃畢了飯，
玉人兒請過孀居復又說：
「你今來看多承愛，
怎麼好叫你空回理不合。
幸而有太太拿來銀數兩，
原是給跟我的丫頭們去作活。
暫將此項聊為贈，
實然的刻下拮据[7]的了不得。
莫嫌微少旋留下，
望念親戚勿怪薄。」
令平兒將銀付與姥姥手，
老孀居看見白銀笑呵呵。
連說道：「多謝姑奶奶！」將銀揣懷內，
笑嘻嘻又是說來，又是念佛。
這鳳姐立起身來說：「少禮，
如今我有事，不能陪著。」
輕移玉體往前邊去，
周家的帶領著孀居已出了綉閣。

---

[6] 日晷（ㄍㄨㄟˇ）　古代利用日影以定時刻的一種儀器。日晷，又名「日規」。
[7] 拮据（ㄐㄧㄝˊ　ㄐㄩ）　錢財不夠，境況窘迫。

俏平兒相送在廊兒下，
客套話兒說了許多。
大家作別出門去，
周媳婦嗔怪孀居老村婆。
行來一路無多語，
到家中，面帶微嗔細細說：
「也沒你這老人家說話魯，
輕重深沉也不曉得。
你侄兒長，你侄兒短，不自料，
若是那嫡派的蓉爺可怎麼著？
那才是他親侄子輩，
你要是這樣說來理不合。
為什麼見面全然顏色變，
怎麼你偌大的年紀說話拙？」
姥姥說：「見了姑娘深慕愛，
所以的一派深言顧不得說。」
二人又講了些閒言語，
劉姥姥告辭歸家好快活。

作品導讀

　　劉姥姥在《紅樓夢》這部巨著中，她只是一個無足輕重的小人物，但在作者的妙筆下，她卻成了中國家喻戶曉的人物。《紅樓夢》第六回〈賈寶玉初試雲雨情　　劉姥姥一進榮國府〉，作者描述劉姥姥是「積年的老寡婦」，由此可知她是一位具有豐富社會經驗的

老人家，但作者似乎並沒有對劉姥姥人格的好壞做出價值判斷。後人對劉姥姥評價為：「劉姥姥深觀世務，歷練人情，一切揣摩求合，思之至深，出其餘技作遊戲法，如登傀儡場，忽而星娥月姊，忽而牛鬼蛇神，忽而痴人說夢，忽而老吏斷獄，喜笑怒罵，無不動中竅要，會如人意。因發諸金帛以歸，視鳳姐輩真兒戲也。而卒能脫巧姐於難，是又非無真肝膽、真血氣、真性情者。殆點而俠者，其諸彈鋏之傑者與！」由此可知，一般人對劉姥姥的正面評價，包括：樂觀進取、樸素實在、機智聰明、滑稽幽默、閱歷豐富以及知恩圖報。

「劉姥姥遊大觀園」是《紅樓夢》中最逗趣的一段情節，她為賈府帶來歡笑，也給予讀者深刻的印象。但事實上劉姥姥根本不是賈府中的人物，她只是和賈寶玉的母親王夫人勉強有些關係的鄉村老嫗。就全書的主旨而言，她可說是無關緊要的人物，甚至少了她對於全書也無太大的影響，但作者卻用了四、五回來論述她，故作者安排此一人物，除了製造歡笑之外，應當有更深的含意。她的形象猶如藝術家手中的魔杖一般，照亮了大千世界的諸般色相和各樣情態，開拓了作品的生活容量和思維空間。

《一入榮國府》（全四回），作者為韓小窗，現存有清鈔本等。有回目，僅頭回有詩篇，人辰轍（讀音類似「ㄣ」韻）。內容主要是根據《紅樓夢》第六回〈賈寶玉初試雲雨情　劉姥姥一進榮國府〉部分情節改編而成，敷演劉姥姥見女婿生活上有了困難，於是前往榮國府找王夫人接濟，後來鳳姐兒給劉姥姥二十兩銀子之故事。第一回〈探親〉，敘述劉姥姥因生活困苦，決定前往賈府尋求奧援之故事。第二回〈求助〉，敘述劉姥姥透過周瑞家的引見，初見鳳姐，不知所措之故事。第三回〈借屏〉，敘述劉姥姥向鳳姐說明來意時，賈蓉突然來訪以及向鳳姐借用屏風之故事。第四回〈贈銀〉，敘述賈蓉

離去後，鳳姐贈送劉姥姥銀子之故事。

　　小說第六回描寫王熙鳳的穿著是：「那鳳姐兒家常帶著秋板貂鼠昭君套，圍著攢珠勒子，穿著桃紅撒花襖，石青刻絲灰鼠披風，大紅洋縐銀鼠皮裙，粉光脂豔，端端正正坐在那裡，手內拿著小銅火箸兒撥手爐內的灰。」而《一入榮國府》第二回〈求助〉描寫劉姥姥到賈府，王熙鳳的穿著、妝扮、外貌是：「見佳人端然坐在沿兒上／渾身俏麗勝嫦娥／內穿著大紅洋蓮紗綠襖／上套著混大杭藍皮襖兒薄／寬袖兒返捲桃紅三藍顧繡／內襯著衣袖層層數件多／皮裙兒鑲金嵌翠南紅緞／鳳毛兒刀斬斧齊卻未磨／皮領兒滾圓海龍尾／手帕兒南繡金黃腋下脫落／小毛兒紫貂新巧昭君套／飄帶兒釘翠元青有二尺多／雲鬢堆鴉烏又亮／密紐兒紫色斜尖勒了個得／大花兒一朵旁邊帶／鮮水仙數朵攢成嵌鳳揌／墜鈎兒赤金鈿翠雙如意／玉珠兒翡翠叮噹巧配合／俏龐兒嫩似梨花嬌帶雨／柳眉兒淡描浮翠似嫦娥／粉鼻兒端莊垂拱把瓊瑤倚／媚眼兒無塵，秋水漲橫波／珠唇兒微點桃花月／煙袋兒斜含把玉牙兒露著／尖尖玉笋苗而秀／細細腰肢瘦且得／戒指兒攢珠嵌寶新花樣／手溜子圓背雕花玉色兒白／赤金洋鏨指甲套／俏腕兒金釧叮噹配玉鐲。」如上所述，子弟書作家在小說的基礎上，發揮想像力與創造力，將鳳姐的形象描繪地更加豐富。

十三 《二入榮國府》

詩篇

侯門閥閱貴為尊，
豪富溫良自解紛。
心地修持為善緣，
全憑培植好耕耘。
垂恩滿望資頻助，
既去重來習氣昏。
試看一場榮枯事，
此卷函中有笑純。

第一回

有一個劉氏婆兒年老邁，
跟隨著女兒女婿住鄉村。
他女婿混號狗兒人魯笨，
從祖上家道貧寒實因是耕種的民。
他的父曾在南京捐過職分，
專好結交富貴人。
本姓王就與金陵聯姓王宗譜，
論親戚正是這賈府的夫人內侄孫。

到後來他父死無官家業落，
這狗兒村居依舊務耕耘。
和賈府高低貧富難般配，
數載生疏不上門。
那一年飢寒困苦無其奈，
劉姥姥倚仗著乾親去認親。
巴高賴厚兒把前情敘，
賈府中本來惜老又憐貧。
曾得過周助紋銀十六兩，
這婆子嘗過了甜頭兒記在心。
這一年秋收已畢閒談論，
又商量拿些野菜去獻殷勤。
婆子說：「就中權把秋風打[1]，
或有個滿載歸來的好信音。
破著我這付老臉將他碰，
倚著那親情再去尋。」
狗兒說：「富家最厭窮親故，
姥姥何苦再勞奔。
若無照應空開口，
倒惹的他們恥笑人。」
姥姥說：「得來有益不得何損，
誰家無有一窮親。
俗語說瘦死的駱駝比馬大，
咱們的腰也不抵他汗毛拔一根。

---

[1] 秋風打　舊指利用各種關係，假借名義，向有錢的人索取財物。

我自會拋磚引玉[2]將風兒探，
見景生情把腿兒伸。
他婆媳倘若發慈念，
省得咱歲畢年終求告人。」
商議已定收拾起，
換了衣裳一色新。
拿了那沉重的倭瓜三四個，
新鮮的野菜許多斤。
劉姥姥把褡褳兒馱在驢背兒上，
後跟著十歲的板兒小外孫。
時逢正是深秋後，
西風透體冷森森。
劉姥姥前番到過了榮國府，
進城來，越巷穿街把舊路兒尋。
來至了熱鬧的通衢岔路口，
不走前門奔後門。
到門前，坐臥的豪奴人密密，
往來的買賣亂紛紛。
倚門的婦女無其數，
玩耍兒童一大群。
姥姥下驢，板兒牽住，
這婆子尋思一會又沉吟：
「我前番到此尋周瑞，

---

2 拋磚引玉　將磚拋出，引回玉來。後以此為自謙之詞，比喻自己先發表的粗陋
　詩文或不成熟的意見，以引出別人的佳作或高論。

他女人是太太的陪房身分兒尊。

虧他通稟才把真佛兒見，

今日個，一客不煩二主人。」

囑咐板兒將驢看守，

他這裡直往周家去扣門。

正遇著周家媳婦房中坐，

二人相見敘寒溫。

那周媳早知此次投親的意，

這劉婆深謝前番引進的恩。

周媳婦賣弄裡邊有體面，

引他去上房恭拜見夫人。

王夫人最是心慈多念舊，

憐他老邁又家貧。

因說道：「前次來時未曾見面，

皆因我時常的不爽病纏身。

近年來，多有疏慢缺禮數，

難為你還念舊時的親。」

又敘了幾句寒溫話，

吩咐那周家媳婦意諄諄：

「引他到奶奶房中留酒飯，

去時通報我知聞。」

第二回

周媳婦前行引定劉婆子，

過穿堂西南又進幾重門。

劉姥姥前番未入深宅院，
今日裡重來處處細留神。
只覺得大廈高樓光輝日，
迴廊夾道路迷人。
石階磚砌多平坦，
後院前廳無點塵。
見了些抹粉塗脂的使女輩，
又見些穿靴戴帽的小廝們。
又見些托盤弄碗的頻來往，
又見些送禮投書的等信音。
二人同走閒盤話，
周媳婦悄向劉婆耳畔云。
說：「今年我家的太太不理事，
你們這姑奶奶他是當家理計的人。
內侄女又作了侄媳婦，
婆媳們緣法兒相投甚一心。
難為他幼小年輕能主事，
可算是婦女的班中奪盡了尊。
侍奉得老少的婆婆都見喜，
款待的許多的弟妹甚相親。
事情兒歷練靈機兒好，
家計兒操勞謀略兒深。
待人接物無差錯，
早起遲眠受苦辛。
你看他鮮花兒一樣的溫柔態，
竟是個神棍兒一般的利害人。

作事兒一層作到十層上，
說話兒無理說出理萬分。
這如今偌大的家私都交付了，
掌管著米糧倉庫共金銀。
正經的我家二爺全靠後，
奶奶的話誰不懼怕五七分。
你再來，親近別人無要緊，
定須要他的跟前禮數兒勤。」
說話間，穿過了屏風門一所，
院兒不大甚清新。
正是那鳳姐的住房前院裡，
劉姥姥前次曾來認的真。
只見那屏風下擠滿了僮僕輩，
紗窗外站立著女孩兒們。
又聽得廊下鸚鵡呼「有客」，
階前小犬吠生人。
周媳婦先到房中忙通稟，
這鳳姐因是熟識分外的親。
吩咐一聲說：「快請！」
眾丫鬟登時引進了繡房門。
見姥姥衫兒新製是毛藍布，
冠子放亮是琺瑯銀。
頭兒上插帶些荊釵棒，
身兒下顯露著布青裙。
更覺得鬢髮星星白似雪，
這一回，不似前番腰板兒伸。

虧得是體兒粗實，還行步兒快，
臉兒豐足還有精神。
這鳳姐正然理事才完畢，
見他來，笑臉相迎立起身。
殷勤問候雙攜手，
一面的讓坐吃茶敘寒溫。
小子們把褡褳兒扛進忙傾倒，
獻上了野菜倭瓜色色新。
婆子說：「這是我鄉間一點窮心意，
姑奶奶見笑包涵只好賞人。」
鳳姐說：「常來看看就多情意，
又何必攜帶東西叫你費心。
前番既把親情認，
就該走動往來的勤。
為何疏淡無聞問，
音信不通直到今？
我這裡事務繁多想不起，
誰能夠特地專差把你尋。
知道的說你們怯官羞見面，
不知的反說是我們拿大不理人。
不過是窮官兒的架子支門戶，
近年來誰能照料遠方的親。」
因問他女兒女婿近時的光景，
又問他今歲的年成夠了幾分。
這婆子一一詳說年來的事，
多半是旱澇不收受苦貧。

第三回

鳳姐說：「今日來得甚是湊巧，
老太太連朝無事悶沉沉。
晌午時，一人獨坐常思盹睡，
怕的是飲食兒停滯在腹中存。
我時常變著方法兒那邊逗笑，
眾姑娘替換著班兒上去散心。
我今帶你去恭見，
老祖宗喜個談心解悶的老人。」
劉姥姥著急說：「不可，
姑奶奶你看我這身名是囫圇村。
燒糊了的捲子差多少，
在鄉下終朝火燎受煙燻。
我那裡往來的無非鄉裡親家輩，
出入的都是長工笨漢們。
這如今，村粗的婆子把仙人會，
潔淨的房兒著臭氣噴。
倒無的不乾不淨人粗魯，
招惹的燒酒生蔥人怕聞。
老祖宗堆金積玉在雲端裡坐，
他比那菩薩娘娘身分尊。
似我這未見世面人村蠢貨，
規矩不知，說話兒渾。
倘有個語錯言差失禮數，
得罪了有壽的佛爺，我可罪萬分。」

一霎時，告辭就要回家轉，

又說道：「老爺兒待落恐怕掩城門。」

鳳姐說：「老太太心慈面軟常行善，

念舊多情最認親。

解悶兒愛的是弟女孫男輩，

說話兒喜的是年高有壽人。

近年來，周濟了多少窮親眷，

從不會身居富貴笑人貧。

不必推辭，快隨我走，

這有什麼你怵頭怵腦就嚇失了魂。」

這婆子時間無奈依從了，

說：「今日是鄉間的人兒朝至尊。」

急忙的袖中取出一條白布帕，

撢去了身邊土共塵。

又把那頭上的冠兒整一整，

繫緊了腰下拖羅的青布裙。

把那些鼻涕眼淚擦乾淨，

只恐怕汗氣骯髒見笑人。

霎時間，高興的鳳姐前引路，

年老的劉婆身後跟。

侍女平兒也隨著走，

手拿著菸袋、牙籤兒共手巾。

平兒說：「我們這裡雖然規矩大，

姥姥年高你又是舊親。

你不必拘拘束束將官怯，

你只管大大方方把話云。

老太太近年聽話微覺背，
倘若是說話聲低就耳不聞。」
婆子點頭說：「知曉，
多謝了姐姐的言詞，我記在心。」
行行走過了上房的院，
劉姥姥昏花老眼細留神。
只覺得清堂瓦舍層層好，
畫棟雕梁處處新。
暗想：「我鄉間最大是娘娘廟，
這竟比佛殿神堂寬又深。
上冬來時候天寒冷，
不知他多少燒柴把這大炕燻。」
他這裡一邊盤算一邊走，
不覺得又過了露頂遊廊幾道門。
忽見個丫鬟奔走來回話，
說是：「老太太命我迎接要會親。」
叫他把驢兒牽在棚兒裡餵，
叫周嫂好生照看著他的小外孫。
原來是那邊飯後閒談論，
王夫人把那昔日的乾親稟過太君。
老太太年高更是多高興，
巴不得有個年老的人兒細論心。
鳳姐他眼望著劉婆嘻嘻的笑，
說：「這是你出門順利，撞見了喜神。
我包管見面投緣憐愛你，
住下罷，今宵不必轉家門。」

第四回

連忙攜手催快走，
說：「老祖宗立等盼咱們。」
東廂房本是個穿堂院，
穿過來正是賈母的高堂院落深。
只見那階下鮮花開豔色，
又聽得籠中禽鳥噪嬌音。
繡窗前處處玻璃鏡，
甬路旁盡行對對是白石墩。
廊兒下站立著許多侍女和僕婦，
靜悄悄卻是揮指的聲兒也不聞。
上臺階，劉婆已是吁吁喘，
漸覺得發燒脊背的汗津津。
止住步歇息，要等人傳稟，
禁不得鳳姐推拉催促的更勤。
又說：「不是醜媳婦怕見公婆面，
你捱磨時候枉揪心。」
高聲道：「老祖宗，客來了！今日堪消悶，
我請得個鄉里的媽媽是體面人。」
眾丫鬟上前忙把帘櫳啟，
這鳳姐用手相攙引進門。
這婆子進門來，只覺得自己身材小，
又不知那裡的清香往鼻孔裡噴。
正中間，牙床寬大鑲珍寶，
上坐著多壽多福的史太君。

鬢髮兒一半蒼白了，
眼珠兒光亮有精神。
竟是個老佛王母差多少，
直溜溜穩坐牙床腰板兒伸。
椅兒上，散坐著六位千金女，
一個個著綠穿紅分外的新。
免不得向前磕頭三盡禮，
說：「老壽星安嗎？我是個蠢笨的人。」
老太太忙呼侍女攙扶起，
說道是：「恕我年高不起身。
鴛鴦呢？快向床前安杌凳，
請坐下，咱們初會敘敘寒溫。」
這婆子回身忙問：「姑娘們好？」
說是：「眾千金見笑我是個老鄉屯。」
謙虛了一會方歸坐，
只覺得跼蹐不安似背刺著針。
鳳姐不命之坐不敢坐，
在床前獻茶扶侍甚是殷勤。
賈母說：「吩咐廚房給他傳晚飯，
齊備時，你們稟告我知聞。」
因問道：「老親家，貴庚年多少？
花甲還是七旬與六旬？
為什麼年來未見親家的面，
多因為事務兒匆忙疏淡了親。
你若是不嫌儉慢就請下榻，
何妨呢，逛幾天兒在此處存。」

這婆子忙中有錯岔批了，
他把那文話兒謙詞都聽的未真。
忙應道：「少年時耕種我全都會，
如今衰老了力難禁。
老祖宗方才問我田多少，
能多少呢，二畝薄沙零四分。
我家裡離城不遠三十里，
最好找不用七尋與八尋。
這幾年年成不濟沒收麥子，
就便忙，誰敢疏忽斷絕了親。
等來年，麥子收成磨些個白乾麵，
我送來老祖宗姑娘們嘗個新。
北屯裡破廟中，就有那上塔和下塔，
沒意思，逛一會兒的工夫就膩死人。」
言還未畢賈母笑，
點頭道：「今朝有趣我開心。」
手帕不住的擦眼淚，
老人家笑時反是淚津津。
只笑得迎春扭項不回轉，
黛玉彎腰不敢伸。
薛寶釵幾番欲笑，怕他羞恥，
只把那袖稍兒掩住了點朱的唇。
窗兒外，眾人壓靜循規矩，
由不得你挨我擠亂紛紛。
鴛鴦女抿口急行朝外走，
出房來，前合後仰只捫心。

探春暗把香肩抖,

照鏡子,搭訕走進了暖閣門。

小惜春欲尋奶母揉他的肚,

祖母前不便高聲嚷喚人。

只有這史湘雲哈哈仰面雙拍手,

不提防碰灑了茶杯濕了繡裙。

第五回

這鳳姐帶笑用手推婆子,

說:「我的媽!你聽話不真活嘔人。

老太太問你歲數兒是多少,

你竟把年庚的庚字當耕耘。

誰和你清查地畝把租兒長,

苦窮兒又二畝薄沙咧就苦到萬分。

人家說見面,你就是白乾麵,

難道說麥子收時才去認親?

七旬就是七十歲,

何曾要差人尋找你的鄉村。

請下榻文話就是叫你過宿,

怎說道逛廟尋春請你下北屯。」

這劉婆方才省悟知覺了,

不由得滿面通紅疊暴筋。

忙站起說:「我今年七十五,

幸虧得牙齒堅牢眼未昏。

多年未到祖宗的府,

皆因為頭腳不齊怕見人。
老太太不嫌村野容留住，
好罷，咱逛幾天兒我深感恩。
就只怕莊家的婆子不知規矩，
別計較我老邁年殘蠢又渾。」
這賈母適才歡笑正然高興，
又聽得他說話兒柔和，更是可心。
近年來，貴客高親不會面，
上年紀老人更與老人親。
笑說道：「親家過謙了，我當不起，
你自說是村粗，可又鬧什麼文！
我今小你好幾歲，
那是個康強硬朗的身。
再幾年，倘若巴結到了你這高年紀，
還不知是怎麼樣個癱化了的身軀不像人。
這幾年，腰又疼來腿又軟，
頭又眩來耳又沉。
爛些兒的食物還降得動，
略硬些的東西就囫圇吞。
走道兒，不是人扶就須拄杖，
看東西，摘去了眼鏡兒就悶昏昏。
方才的說話隨即忘，
有事兒，不是人提記不真。
這如今，秋風兒才起我就怕冷，
只在這房內藏朦不敢邁門。
我閒了時，丫鬟僕婦談談話，

悶了時，孫女孫男散散心。
你家的姑太太也是多災病，
老媳婦隨他自去養精神。
虧有這鳳丫頭他還孝順我，
累的他早起遲眠幾下里奔。
這在坐的姑娘們，你都認識否？
告訴你說罷，他們這幾個丫頭可是五六門。」
指說道：「這個寶姑娘就是姨太太的女，
好孩子識文斷字，他的性情兒溫。
他娘兒們去歲進京投親眷，
我就留下了在東北的梨香院內存。
這一個瘦弱的姑娘，你知道否？
他就是我的親生女外孫。
從小兒雙亡了父母無兄弟，
我接來嬌生慣養到如今。
這一個圓臉兒丫頭是史大姐，
他是我娘家侄子的女千金。
近年來，橫針豎線的學活計，
一會兒家傻笑發瘋鬧死個人。
暖閣中坐的是我三孫女，
活計上來得，也會點子文。
和寶玉雖是隔娘的兄與妹，
惡脾氣未曾沾染半毫分。
兩個穿綠的是那邊大太太的親生女，
他們的小名兒一個是迎春，一個喚惜春。
迎春孩兒老實忠厚無個多話，

這個小惜春，動不動兒的吃素談經，他信佛門。
園子裡，還有孫媳李氏女，
可憐他青年失偶是半邊人。
念經書，自家教訓著親生子，
作針線，終朝陪伴著小姑們。
那邊的大太太也有當家的累，
東府裡珍哥兒的媳婦更操心。
他婆媳各幹他們的事，
一月間，點景當差進我門。」

第六回

劉婆說：「老祖宗前世修來的好，
才有這福壽雙全百壽的身。
親孫女宮中封了皇妃的位，
西府裡，兩個公爵蔭子孫。
作什麼，手下呼奴和使婢，
要什麼，家中積玉又堆金。
老爺們、小爺們那個不承順，
兒媳婦、孫媳婦誰敢不精心！
再幾年，寶二爺又要娶了孫媳婦，
可不就錦上添花樂壞了人。」
這賈母許多的高興思盤語，
鳳姐他上前擺手笑吟吟。
說：「好祖宗，暫且歇歇兒罷，
說多了閒話，看費精神。

姥姥你站起身來，亦該走走，

也和這眾位千金敘敘親。

你看看他姐兒們的衣服，是那位穿的好，

你都不知我們這姑娘們有幾個人？」

這劉婆巴不得的一聲忙站起，

繞圈兒把各位姑娘都細看真。

按著座位瞧了個夠，

又向那黛玉的跟前飽看了一巡。

把他的髮兒瞧了復瞧手，

把他的手兒摸了又摸身。

這黛玉滿面的羞慚，他扭項連連的躲，

欠身兒離座位，一直的笑奔了史湘雲。

鳳姐說：「起開罷，姥姥，他的氣軟，

當不起你那藍布衫兒的靛氣薰。

他飯食兒每頓一點點，

略有些風兒就體不禁。

沒見你把手兒拉住了才瞧手，

把身兒挨了又摸身。

他生成的是一個潔淨清高的性，

怎見得你這樣粗糙老笨的人？」

這婆子點頭歸坐連咂嘴，

說：「我今朝開眼遇見仙真。

姑娘們都是纏纏到底，

難為老祖宗可怎麼扎裡的這般新？

書兒中，聞聽有出現的天仙女，

畫兒上，看見過描成的玉美人。

只說是謅書離戲人撒謊，
世界上那裡有這人們！
誰想到老祖宗的府裡是神仙會，
竟把那玉女仙姑都聚了一群。
靠窗兒坐的林小姐，
可怎麼這等的單薄嫩到萬分？
就猶如弱柳兒禁不得風兒擺，
鮮花兒格不住雨兒淋。
我老身今年活到七十五，
所見的女子群中他奪盡了尊。
骨骼兒城中鄉下誰能比？
模樣兒天上人間無處尋。
在南京過世的姑太太，我也曾會面，
他這模樣子，活脫兒和生母的神情兒是一個人。」
一句話勾起了賈母的衷腸痛，
不由得悲傷一陣好傷心。
鳳姐著急連跺腳，
暗說道：「這惹亂兒的媽媽活鬧人！」
一面說：「不早了，也該得吃晚飯」，
一面的走到床前遞手巾。
這賈母帕兒擦淚還傷感，
忽見那侍女鴛鴦走進門。
稟問道：「酒飯已齊，往何處擺？」
賈母說：「在你的房中倒也溫存。
陪著些兒勤把菜兒布，
讓著些兒頻把酒兒斟。

老親家依實些兒休要作假，
上城來，受了些遠路的大風塵。
款待不周休笑話，
用過飯，咱們同坐再談心。」
這婆子起身稱謝，隨著鴛鴦走，
出房來，正遇著寶玉前來把鳳姐尋。
上前忙問哥兒好：
「多年不見了，越發斯文。
骨骼兒又比先前出長的大，
可怎麼瘦掐掐的這等細腰身？
這個嘴唇兒好似胭脂兒點，
臉皮兒猶如花朵兒的新。
方才我沒說嗎，老太太這裡是神仙府，
要不是，可怎麼玉女金童都會在一門？」

第七回

這寶玉問了問鴛鴦，方知來歷，
生性兒怕見那白髮彎腰的老婦人。
支吾了幾句往旁邊閃，
笑嘻嘻低頭甩手去如奔。
這鴛鴦把他讓到房兒內，
劉姥姥正是個又乏又餓的老年身。
飯食兒雖是賈府的三四等，
怎奈他鄉下的人兒久不動葷。
肉包兒吃罷方添飯，

好酒兒飲到半醺醺。

送茶來，他說道：「是鄉裡的媽媽兒茶不慣，

咱們快去罷，看老太太房中把我尋。」

這鴛鴦引他又到前堂裡，

正遇著端盤撤碗亂紛紛。

老太太晚餐已畢把床兒下，

更衣取便進了內房門。

鳳姐他也是回房傳晚飯，

寶玉在床前逗笑他姐兒們。

寶釵說：「姥姥吃飽了嗎？且請坐，

等一等，老太太出來共談心。」

這婆子一旁閒坐留神看，

細看這富貴的高堂是怎樣的擺陳。

暗想道：「官家都是磨磚地，

聽說是把銅油罩了黑斟斟。

這房中怎的不見磚兒的面，

鋪地的毡條這樣新？

可惜了兒的陰天下雨沾泥土，

白白的糟蹋了，與眾人出入墊腳跟。

我鄉間人人土炕上滾釘板，

似這等上好的絨毡可那處尋？

條桌上設擺著兩個瓷盤子，

怎麼的又窄又深大似過瓦盆。

這盤中盛放的果兒都似香瓜兒大，

焦黃的顏色賽過真金。

卻怎生個個兒都像拳頭樣，

手指兒一半兒拳回，一半兒伸？
那盤中盛放的秋梨真異樣，
個頭兒好大軟香兒噴。
他城中的梨樹另是一種，
卻怎的形象兒不圓，倒往長大裡摑？」
本待要問人，又恐招逗笑，
他這裡獨自個腹中搗鬼眼出神。
「又見那案中間擺設的更稀罕，
木托兒銅款式更清新。
三面兒的玻璃明晃晃，
鑲嵌著許多銅鐵共金銀。
一個圓光兒上橫三豎四的黑道子，
好像那蘇州的馬子，可不知是什麼文？
那裡邊咯噔咯噔不住的連聲響，
那外邊微微似動的兩錐針。
說是個匣子呢，盛的是什麼物？
說是個佛龕罷，怎的又無有門？
猛然間，銅鐘兒忽炸噹噹響，
才知道他是個沙子燈兒作的可人。
褥墊子前後的炕兒鋪了個滿，
自然是常來貴客與高親。
卻怎麼多餘的褥子不收起，
把那有團的直直豎立在牆根？
挨坐褥個個圓盒有肚臍眼兒，
細看去，幾付是金的幾對銀。
想是迎賓待客的茶食果，

就近收藏在手下存。

西炕上，又圓又扁是什麼物？

好像個倭瓜，又像個木頭墩。

為什麼挨著褥子旁邊兒放，

卻用著青緞子漫了又塌金？

地兒上放著的鏡子高七尺，

到早晨誰能挪動這幾十斤？

自然是走進了跟前才照一照，

眾僕婦站立著梳頭，也照得過三四人。

牆兒上又無懸掛著神佛像，

小桌兒空設著香爐主甚因？

裡間屋門上的帘子這般軟，

愁只愁支他不起受煙燻。

豎櫃兒兩層竟有房大，

拿放個東西倒也費神。

若無個凳兒梯子登之上，

誰有如此的長胳膊啟櫃門？」

他這裡一旁悶坐獃獃想，

忽見那賈母出房他立起身。

那寶玉依然滿地團團轉，

引的那姑娘們嬉笑吐嬌音。

寶釵說：「老太太來了，你也歇歇兒罷」，

黛玉說：「這怕什麼呢，再也不嗔。

平素間，還嗔他拘謹不頑笑，

寶哥哥更不管生人與外人。」

史湘雲又向寶玉低聲道，

說：「你也和這來的媽媽兒敘敘親。
你問他老媽媽貴庚年多少，
花甲兒或是七旬或六旬。
再問他怎的多年不見媽媽的面，
多因是事務兒匆忙疏淡了親。
你這麼說：不嫌傗慢請你下榻，
何妨呢，逛幾天兒在此處存。」

第八回

這寶玉不知就裡其中故，
還當是正經的說話細留神。
說：「問他作甚？我也知曉，
看光景也是七旬以外的人。
他豈非躲著咱家不見面，
依靠著太太時常資助銀。
我又留他下什麼榻，
老祖宗吩咐一聲誰敢不遵？」
悄悄兒的說：「你知道嗎，我那個脾氣兒是改不了，
平素間，與這老醜的人兒不戀群。」
這賈母手扶侍女到床前坐，
鴛鴦女捧上了洗手的小金盆。
老太太高聲又讓親家坐：
「你們來給他快把暖茶斟。」
說：「方才的便飯可曾用飽？
沒什麼吃的倒慢待了親。

我近年來不能照管家中事，
廚房裡隨便當差應付的人。」
婆子說：「老祖宗賞飯我全領，
才吃的盡是些美味與饈珍。
咱府中日用三牲是吹口力，
像我這適才領飯算是開葷。
在鄉下，蒜泥兒拌醬生茄子，
小米兒熬粥醃菜根。
幾工兒有了客來，才吃豆腐，
哪有這鮮酒活魚入嘴唇？」
這婆子形容雖笨他心中巧，
常言道，長老了的生薑更辣人。
一句句稍帶帶語把艱難訴，
奉承時，隨風兒上順可人的心。
來意原為是求周濟，
看光景搭訕著便把腿兒伸。
偏遇著這賈母憐貧又惜老，
打算著他何日回家幫助銀。
老太太又點手連連呼寶玉，
說是：「你知道嗎？這是你親娘的老內親。
他今日特進城來瞧看我，
我留他住幾日再下屯。
你也該作個揖兒問問好，
怎麼的全然不理半毫分？
像你這扎把舞手成什麼樣子，
也不管當著人就大論長篇鬧了個渾。」

寶玉說：「幼小之時曾會面，

這如今，數載相隔我記不真。

方才在院中我問過好，

問鴛鴦，已知當年就裡的音。

老太太說我在人前扎把手，

這是我仿學那孝子與賢孫。

古人云，菽水承歡膝下舞，

又有那堂上斑衣樂老親。

我並非玩笑淘氣無規矩，

這都是在本兒的行為按著史文。」

他這裡洋洋得意胡誇口，

一旁惹笑了史湘雲。

說：「二哥哥，你空自讀書史，

故典不通信口云。

那菽水承歡[3]是貧家的事，

那斑衣戲彩[4]是老人的身。

像你這不貧不老又是個孫男輩，

史書上孫子的斑衣卻未聞。」

第九回

寶玉說：「這們之嗎，姑娘你且請坐，

原來你胸中博古又通今。

3　菽水承歡　指奉養父母，使父母歡樂。菽水，豆和水，指普通飲食。

4　斑衣戲彩　比喻以滑稽逗趣的動作，來娛樂雙親。古代二十四孝中，老萊子著
　彩衣娛親。

到明日，買一個餑餑算贄見禮[5]，
拜你為師，我就故典深。
古人云，愛親並愛親之母，
能為孝子必是賢孫。
老萊子若還到他祖母房中去，
難道是脫卻了斑衣才進門？」
黛玉說：「真真嘔斷人腸子，
兩個人誰不饒誰針對針。
史妹妹批評的特也多拘謹，
寶哥哥也強詞奪理占三分。
再幾年，舅舅辭官在林下住，
你必是荊耙兒拖拉盡孝心。」
寶釵說：「大家壓靜悄悄兒的罷，
這一會兒的工夫，可又講什麼文？」
這賈母又呼寶玉在床前坐，
說：「方才這姥姥看過他姐兒們。
一個個他都誇作天仙女，
這內中更把你林家的妹妹讚到十分。
竟說他嬌花弱柳一般樣，
還說是天上人間無處尋。
他鄉里人終朝見慣鄉屯的女，
自然是看不慣咱家這軟弱的人。」
寶玉連聲答應：「是」，
一邊兒坐去自出神。

---

[5] 贄(ㄓˋ)見禮　初次見面時饋贈的禮物。

暗想道：「人同此心，心同此目，
這村婆他也瞧人的眼力兒真。
可見我素日的品題非妄語，
本來他絕世的丰姿超盡了群。
近年來，有人為我提親事，
老太太和太太自有個胸中主見存。
有的說，骨肉還家俗所忌，
又有的說，姑舅聯姻是輩輩親。
不知道何時得遂我衷腸願，
那體情的月老冰人在那處尋？
方才時在院中遇見劉姥姥，
他說是玉女金童全在一門。
怎得他也提姑舅聯姻的話，
多有這無心的一語定婚姻。」
他這裡一心指望他提親事，
竟把那厭惡的心腸無半分。
怔呵呵只顧無言往深沉裡想，
湘雲說：「獃雁兒，發獃又想什麼文？」
寶釵說：「你是他一個諄諄的老師父，
該和他把故典清查論論古今。」
這寶玉悶坐低頭全不顧，
如痴如醉悶昏昏。
林黛玉容顏絕世他聰明絕頂，
看光景，心中猜透了五七分：
「老太太告訴方才稱讚我，
這個爺就把痴憨勾起事攻心。

可憐你為人特也心腸兒傻，
何苦呢，在大眾的跟前像失去了魂。」
那鳳姐晚餐已畢，又來定省，
笑嘻嘻掀帘走入上房的門。
說：「吃飽了嗎？姥姥你別作假，
常住著就如同在你的本鄉村。
張羅不到失陪伴，
皆因為那邊的瑣碎事纏身。」
婆子說：「我酒兒喝了七八碗，
肉兒吃了二三斤。
這樣的筵席若不用飽，
那就辜負了恩情就不是人。」
鳳姐他又來床前垂手立，
說散話，只圖開解老人家的心。
猛回頭，瞧見了寶玉獃獃坐，
通紅的臉蛋兒汗津津。
探姑娘和迎、惜依舊挨床坐，
圍著他是寶釵、黛玉、史湘雲。
「不知是那位姑娘招惹了，
怎麼的滿面愁煩失去了魂？」
又想道：「他在姐妹的跟前有儘讓，
平素間，從不會一言半語就生嗔。
這其中，定然有個別緣故，
小傻子神魂飛入冒天雲。
好好的低頭喪氣痴呆了，
倘若是老太太知道了又費心。

哦！是了，我知道就裡其中的故，
他必是厭惡憎嫌這老婦人。」

第十回

因說道：「姥姥的酒飯吃足了，
何必在一旁悶坐自出神。
也把你們莊家的事兒講一講，
你的那二畝薄沙是怎的耕耘？
怎的是旱來怎的是澇？
哪一年豐阜哪一年貧？
老祖宗秋後夜長歇睡的晚，
何妨盤話到更深。」
寶玉盼他因話提姑舅，
笑說道：「這稼穡[6]的艱難，我也願聞。」
這婆子又尋杌凳挨床坐，
訴說那田家的萬苦與千辛。
因說道龍抬頭後修犁杖，
又說道耕牛劃地等春分。
又說道三月的春雨難如聖水，
又說道一車的糞土貴似黃金。
又說那清明節種下了葫蘆籽，
又說那穀雨時分定了軟秋根。
全仗著秋麥收了才吃飯，
倘若是半月的晴乾就害死人。

---

[6] 稼穡（ㄐㄧㄚˋ ㄙㄜˋ）　播種和收穀。亦喻耕種。

又說那麥子登場不要雨，
又說那大田六月盼連陰。
又說那芝麻黃豆如何種，
又說那糜麥高粱怎的耘。
又說那田間送飯妻兒的苦，
又說那棚下看瓜日夜的勤。
又說那紡線彈棉織大布，
又說那糧食上市納租銀。
又說是那年亢旱無滴雨，
赤日炎炎冒火雲。
又說是那年大水淹莊稼，
顆粒不收嚙草根。
又說那壓碾揚場堆草荳，
又說那殺雞打餅會鄉親。
總說罷，人和天年把飯兒討，
這耕種收割是仰仗著神。
這賈母年高歷練京都的事，
乍聽見耕種鋤刨野意兒新。
他兄妹們生長侯門嬌又貴，
哪一個親身到過野鄉村？
詩文上見過些田園過套的典，
誰知道怎的是耕來怎的是耘？
今夜晚，忽聽這地畝莊農的話，
歡喜道：「這是我等生平所未聞。」
寶玉說：「我方知稻粱一粒是耕夫血，
耕織圖五畝栽桑牆下陰。

這衣食之源都在此，
誰知那耕作田家的苦萬分。」
寶釵說：「你真是個膏粱的子[7]，
到幾時拜了先生才故典深。」
劉姥姥說：「棉花種了織疋布，
高粱掐後捆柴薪。
那稻米說的是水田的話，
桑葉兒說的是那養蠶人。
栽桑種稻都是南京的事，
與北方兩不相干，你又引什麼文？」
寶玉哈哈大笑說：「我又錯了，
今日你兩個先生教的我勤。
林妹妹自幼兒曾在南京住，
何不把南省的農桑對我云？」
探春說：「林姐姐獨靠東窗坐，
不知他因何事故惹傷了心。
這半日一語不發無意緒，
只見他手帕兒頻頻擦淚痕。」
鳳姐他又催姥姥往細裡講，
也不覺一旁聽得味津津。
這婆子莊稼話兒說完無話講，
少不得信口兒胡編哄眾人。
說道是：「我在那田間地裡看瓜菜，
見過些怪怪奇奇的事罕聞。

---

[7] 膏粱的子　即「膏粱子弟」，指但知飽食，不諳世務的富貴人家子弟。

青蝎子、馬蛇子長一尺，
刺蝟年久滿身的針。
成精的狼子、狐狸繞地跑，
動不動鄉中他驚嚇了小孩兒們。
旋風兒捲起高千丈，
多半是虛空過往的神。
未曾下雨先知曉，
必定是東南早響起烏雲。
柱頂石泛水生潮氣，
螞蟻封窩缸套裙。」

第十一回

龍王爺行雨也取凡間的水，
那一日，一陣旋風捲去了個水飯盆。
下的那沿街繞巷是米湯兒氣，
瓦隴兒，地溝兒晴後還有米粒兒存。
又說道：「我那裡還有稀奇事，
提將起，又怕人來又愛人。
那一年十月中旬天降雪，
大片的鵝毛二尺深。
只下得走路的人兒空落落，
穿窗的冰氣兒冷森森。
樹枝兒壓壞都成了玉，
溝坎兒填平一色的銀。
誰不是圍爐烤火家中坐，

草帘子外密密霏霏堵住了門。
我院中堆著兩垛柴和草,
為的是煮飯燒茶把熱炕薰。
那一日,方才清晨我還未起,
只聽得唰啦柴草有聲音。
恐怕是天寒大雪人偷盜,
爬起來,把窗戶洞兒抓開看了個真。
那裡是穿牆越壁的毛賊盜,
竟是個絕色天仙玉美人!
頭髮兒梳作了盤龍髻,
翠衫兒緊襯著水紅裙。
嬌滴滴臉兒鮮花朵,
登楞楞手釧是真金。
模樣兒不在林姑娘下,
也是個細怯怯的腰肢瘦弱弱的身。
雪地裡含羞帶笑閒頑耍,
把柴草登時抽下了許多根。
我這裡咳嗽一聲驚散了,
霎時間,踪影全無無處尋。」
他這裡正然講話人喧嚷,
忽見那大院的東南冒火雲。
眾家丁紛紛亂亂人呼水,
廊檐下,迎著南風煙氣燻。
原來是馬圈堆成的柴草垛,
不小心一時失火盡燒焚。
眾姑娘個個都驚呆了,

劉婆兒膽小軟癱了身。
這賈母驚慌失色把床兒下，
氣喘吁吁走到門。
面向著東南連叩首，
忙吩咐上供燒香祭火神。
鳳姐他連忙吩咐傳汲桶，
寶玉他掖起衣襟往馬圈裡奔。
不一時，賈政、賈赦齊來到，
緊跟著賈璉、賈蓉共賈珍。
刑夫人、王夫人齊把安來請，
孫媳婦尤氏女驚慌走進了門。
趙姨娘、周姨娘也率領丫鬟兒至，
上房中密密匝匝擠了一群。
賈政說：「火兒撲滅煙消了，
幸虧得人馬無傷房舍兒存。
這時候也有三更半，
秋夜風高冷氣侵。
老太太高年驚嚇歇歇兒罷，
毫無妨礙請寬心。」
賈母說：「火光已滅，我心安了，
散了罷，你們都各去轉家門。」
老太太身兒乏倦呼茶水，
時間漫散了眾千金。
劉姥姥也要辭別回後院，
寶玉他心中牽掛，又問原因：
「姥姥的話未說完，我就不曉，

到底那雪下抽薪是什麼人？」
賈母說：「才提柴草，就燒柴草，
這話不吉祥且莫云。
這半夜更深你也回房去罷，
天不早了，我要掩門。」
登時間，關門閉戶熄燈火，
劉姥姥就在鴛鴦的房內存。
鳳姐他送到一床綿被褥，
又送來兩件衣服綢緞新。
那寶玉心中記掛著抽柴的女，
那裡管秋涼夜靜與更深。
緊跟來，也在鴛鴦房中坐，
絮叨叨重新問底又盤根：
「那姑娘因何不怕天寒冷？
他到底是個人來或是個神？」

第十二回

劉姥姥身兒乏倦無精氣，
少不得隨便答應信口兒云：
「我那裡有個老爺和太太，
他夫婦年紀俱已過了五旬。
存不下親生壯健的兒男子，
只有個膝前的弱女愛千金。
這姑娘模樣兒嬌嬈心性兒好，
描鸞刺鳳又會詩文。

誰想到那年剛過了十七歲，
一病懨懨就作了故人。
他父母中年失去嬌生的女，
死去活來哭了個昏。
花棺殯殮何須講，
又給他修蓋個祠堂塑作神。
四時不斷香煙祭，
逢時節，把泥胎摟住嗅親親。
到如今，一家兒搬去祠堂破，
這姑娘作怪成精好顯魂。
我方才說的這個抽柴的女，
就是這無主的孤魂各處裡奔。
他父母不知今日存和歿，
破祠堂誰人祭掃把香焚？
有一時哀哀切切把悲聲兒吐，
有一時影影綽綽把鬼火兒噴。
村兒裡時時作怪驚孩子，
眾鄉農要打碎了泥胎毀廟門。」
寶玉說：「這等的人兒終不朽，
他的那一縷香魂萬古存。
並不是成精與作怪，
總因為淒風苦雨守孤墳。
快些攔住休拆毀，
打了廟，叫他何處去存身？
你何不按著時節勤祭掃，
把廟宇祠堂見見新。

我替他寫成個緣簿修修廟，
我家中都是喜捨資財行善的人。」
婆子說：「哥兒說透，我才知曉，
原來是這樣人兒就是個神。
可憐他破廟孤墳荒廢久，
到明日，哥兒快寫化緣的文。
我老身願作會頭把廟宇管，
也托著姑娘的香火過光陰。
保佑你聰明智慧登科早，
從此後，這顯聖的姑娘也不鬧人。」
這寶玉點頭歡喜回房轉，
史妹妹送入怡紅小院門。
襲人麝月迎門等，
說是：「散晚了，三下鐘兒已到了寅。
方才失火驚怕否？
你怎麼馬棚裡奔跑受煙燻？」
寶玉他支吾幾句寬衣帶，
在床上輾轉尋思嘆女魂。
這憨哥最是姑娘們的情意重，
今日個，鬼魂結到費心神。
徹夜無眠直到曉，
細想募化銀錢緣簿文。
「快快的把祠堂修好孤魂喜，
我和他夢裡相逢敘敘心。」
急煎煎東方見亮披衣起，
喚茗煙騎馬出城把破廟尋。

這憨哥一心盼望回消息，
不住的探探張張倚二門。
直等到日頭轉到平西後，
才聽見茗煙回轉馬蹄音。
這小子汗流滿面吁吁的喘，
衣襟沾帶著土和塵。
埋怨道：「二爺又不知聽信何人的話，
又不知瞧了那什麼書上故典文。
劉姥姥村南村北都尋遍，
到此時，奴才水米未沾唇。
也有些旗杆小廟兒神佛像，
都是些龍王土地靠鄉村。
走過了東北坡兒黃土崗，
有個廟供的是紅鬚藍臉大瘟神。
問遍了瓜田菜地的莊農漢，
都說是無有什麼姑娘好顯魂。」
寶玉說：「等我問明，你再去找，
怕的是年老的人兒記的不真。」
不一時，賈母房中傳晚膳，
痴公子走進西院上房的門。
鳳姐他放箸托盤親捧飯，
賈母下圍坐著寶玉和眾位千金。
劉姥姥另設張小桌兒吃酒飯，
廚房中獻上了茄子倭瓜色色新。
鳳姐說：「這都是姥姥鄉下摘來的菜，
昨日難為他驢背的褡褳兒那麼體沉。」

婆子說：「這是我園中種，
帶露水摘來，它的鮮味兒存。
老祖宗用慣珍饈品，
這不過是野菜嘗嘗算我的心。」
賈母說：「我家也有個荒園子，
那裡邊也有些果木與松榛。
你若不嫌就請遊玩，
喚鳳姐明日若晴明你就去擺陳。」

作品導讀

　　《二入榮國府》（全十二回），作者為韓小窗，現存有清鈔本等。
無回目，僅頭回有詩篇，人辰轍（讀音類似「ㄣ」韻）。內容主要是
根據《紅樓夢》第三十九回〈村姥姥是信口開河　　情哥哥偏尋根
究柢〉部分情節改編而成，敷演劉姥姥在第二年的秋天，由於農作
物豐收，她帶著瓜果蔬菜進大觀園的故事。第一回敘述劉姥姥帶著
板兒，並準備了新鮮的蔬果，再次前往賈府之故事。第二回敘述劉
姥姥和鳳姐第二次見面敘舊之故事。第三回敘述劉姥姥因鳳姐引
見，將與賈母見面之故事。第四回敘述劉姥姥初見賈母趣味對答之
故事。第五回敘述賈母向劉姥姥介紹眾人之故事。第六回敘述劉姥
姥稱讚各個姑娘美若天仙之故事。第七回敘述劉姥姥眼中充滿富麗
景象的賈府之故事。第八回敘述劉姥姥不僅心巧，而且擅於奉承賈
母之故事。第九回敘述賈寶玉聽說劉姥姥稱讚林黛玉美若天仙時一
副如痴如醉、失魂落魄之故事。第十回敘述劉姥姥介紹鄉下莊稼艱
難之故事。第十一回敘述劉姥姥編說大雪中抽柴美人之故事時，賈

府突然冒火之情節。第十二回敘述眾人睡去後，賈寶玉對抽柴女念念不忘，隔天還命茗煙騎馬出城尋廟之故事。

小說第三十九回描寫平兒出了園門，來到家內，沒看見鳳姐在房裡，「忽見上回來打抽豐的那劉姥姥和板兒又來了，坐在那邊屋裡，還有張材家的周瑞家的陪著，又有兩三個丫頭在地下倒口袋裡的棗子倭瓜並些野菜。」劉姥姥一見到平兒，說道：「早要來請姑奶奶的安看姑娘來的，因為莊家忙。好容易今年多打了兩石糧食，瓜果菜蔬也豐盛。這是頭一起摘下來的，並沒敢賣呢，留的尖兒孝敬姑奶奶姑娘們嘗嘗。姑娘們天天山珍海味的也吃膩了，這個吃個野意兒，也算是我們的窮心。」後來周瑞家的前去賈母處找鳳姐並問道：「劉姥姥要家去呢，怕晚了趕不出城去。」鳳姐回答周瑞家的：「大遠的，難為他扛了那些沉東西來，晚了就住一夜明兒再去。」正巧賈母聽到了，便說道：「我正想找個積古的老人家說話兒，請了來我見一見。」劉姥姥不好意思，說道：「我這生像兒怎好見的。好嫂子，你就說我去了罷。」平兒立刻安慰劉姥姥：「你快去罷，不相干的。我們老太太最是惜老憐貧的，比不得那個狂三詐四的那些人。想是你怯上，我和周大娘送你去。」於是，平兒和周瑞家的引了劉姥姥到賈母這邊來了。

而《二入榮國府》第一回描寫劉姥姥來到賈府，「正遇著周家媳婦房中坐／二人相見敘寒溫／那周媳早知此次投親的意／這劉婆深謝前番引進的恩／周媳婦賣弄裡邊有體面／引他去上房恭拜見夫人／王夫人最是心慈多念舊／憐他老邁又家貧／因說道：『前次來時未曾見面／皆因我時常的不爽病纏身／近年來，多有疏慢缺禮數／難為你還念舊時的親。』／又敘了幾句寒溫話／吩咐那周家媳婦意諄諄：／『引他到奶奶房中留酒飯／去時通報我知聞。』」子弟書作者發揮想像力，增加劉姥姥與王夫人見面的情節，這在小說中是沒有

出現的。《二入榮國府》第二回描寫周瑞家的帶劉姥姥去找鳳姐，鳳姐「見姥姥衫兒新製是毛藍布／冠子放亮是琺瑯銀／頭兒上插帶些荊釵棒／身兒下顯露著布青裙／更覺得鬢髮星星白似雪／這一回，不似前番腰板兒伸／虧得是體兒粗實，還行步兒快／臉兒豐足還有精神／這鳳姐正然理事才完畢／見他來，笑臉相迎立起身／殷勤問候雙攜手／一面的讓坐吃茶敘寒溫／小子們把裕褳兒扛進忙傾倒／獻上了野菜倭瓜色色新／婆子說：『這是我鄉間一點窮心意／姑奶奶見笑包涵只好賞人。』／鳳姐說：『常來看看就多情意／又何必攜帶東西叫你費心／前番既把親情認／就該走動往來的勤／為何疏淡無聞問／音信不通直到今／我這裡事務繁多想不起／誰能夠特地專差把你尋／知道的說你們怯官羞見面／不知的反說是我們拿大不理人／不過是窮官兒的架子支門戶／近年來誰能照料遠方的親。』／因問他女兒女婿近時的光景／又問他今歲的年成夠了幾分。」子弟書作者不僅將小說中劉姥姥與平兒見面時簡略的談話內容，改編成劉姥姥和鳳姐見面時，鳳姐熱絡問候劉姥姥的情節，而且增加劉姥姥在穿著、妝扮、形貌等細節的描繪。

十四 《兩宴大觀園》

【詩篇】

不是天生命不同，
如何一類有枯榮？
榮時處處皆佳趣，
枯者常常遇上風。
史太君雖有瑕疵許多粉飾，
劉姥姥總然直爽也算奉承。
可喜他作戲逢場本來面目，
休笑他臉厚皮憨臊著不疼。

史太君與劉姥姥投機更添清興，
帶著他到大觀園內自在遊行。
穩平平一張交椅名曰亮轎，
圍隨著丫頭婆子一窩蜂。
還有那邢王夫人鳳姐兒等等，
與劉姥姥喜笑顏開步下行。
遊過那迎春姊妹薛林的繡戶，
劉姥姥說：「就是廣寒宮殿¹也比它不能。」

---

¹ 廣寒宮殿　傳說中月亮裡的宮殿。

賈母說：「這些個丫頭，他們好靜，
咱們這兩個遭瘟討不受庸。
倒不如重新下舟坐坐船兒罷，
咱們往探春家吃飯去，船是順風。」
鴛鴦與鳳姐兒忙吩咐，
說：「要船呢！」底下人答應不住聲。
頃刻間，綉帆開處船攏岸，
到船上，蕩蕩悠悠緩緩行。
劉姥姥說：「你們家真是無所不有，
這倒像從通州送我下天津。
我雖然船隻見過無其數，
不似這水淺船輕坐著老成。」
說話之間登彼岸，
都進了秋爽齋內曉翠堂中。
調開桌椅安設座位，
只見那鴛鴦與鳳姐兒擠眼傳情。
鳳姐兒會意將劉姥姥喚，
說：「這裡來打個休息你要聽。
我們家但在園中來用飯，
務必是一氣說出自己的姓名。
奏作出有什麼本領的真樣子，
才許你舉箸沾唇端酒盅。」
劉姥姥說：「這件事兒交與我，
我管保一聞就會比靈狗兒還靈。」
說話畢，大家序齒歸座位，
桌面上海饌山珍盤碗盛。

丫頭們剛剛的斟完了酒，
劉姥姥瞅冷子吆呼發了瘋。
說：「老劉是我的真名姓，
量大如牛味口清。
不抬頭一個母豬不夠用，
外號兒人稱母蝗蟲。」
說的這滿堂上下哄然笑，
笑的個賈母「唉喲！」說：「肚腸子疼。」
史湘雲飯入唇中噴了一地，
林黛玉笑岔了氣咧手捶胸。
劉姥姥離座出席把排場作，
你看他鼓起腮幫子瞪眼睛。
招的那大家復又哄堂大笑，
這頓飯要攪個翻江吃不成。
鴛鴦與鳳姐兒齊聲的說道：
「你安頓著些兒罷，老猴兒精！」
劉姥姥這才歸座吃了口酒，
要夾菜這雙筷子手難擎。
原來是赤金三鑲十分沉，
又遇著鴿子蛋溜滑在海碗中。
好容易夾一個又滾在地下，
急的他唏哩嘩啦滿碗裡翻騰。
史太君觀瞧劉姥姥被人捉弄，
吆喝道：「促狹到底是年輕。
快著把我吃的東西挪過去，
老親家吃的當了，恕他們不恭。」

劉姥姥虎嚥狼餐[2]吃了個乾淨，

一點兒也沒剩，盤碗皆空。

笑說道：「我的肚腹雖然硬，

再吃點兒，翻不過身兒來就活不成。」

站起來伸了個懶腰說：「不好，要漾！」

用巴掌拍打著肚子響膨膨。

又惹的大家一陣笑，

賈母說：「咱們走罷，別裝瘋。

去到那綴錦閣中吃回菓酒，

傳家樂吹打幾套給姥姥聽聽。

若飲到那意暢心開的濃恰處，

編一個難人的方兒把酒令兒行。」

作品導讀

　　《兩宴大觀園》（全一回），作者不詳，現存有清鈔本等。開端
有詩篇，中東轍(讀音類似「ㄥ」韻)。內容主要是根據《紅樓夢》
第四十回〈史太君兩宴大觀園　　金鴛鴦三宣牙牌令〉之部分情節
改編而成，敷演賈母邀請劉姥姥遊大觀園，行酒令時，劉姥姥被捉
弄，自敘外號為母豬、母蝗蟲，以取悅眾人之故事。

　　小說第四十回描寫鳳姐揀了一碗鴿子蛋放在劉姥姥的桌上，劉
姥姥便站起來，高聲說道：「『老劉，老劉，食量大似牛，吃一個老
母豬不抬頭。』自己卻鼓著腮不語。眾人先是發怔，後來一聽，上

---

2 虎嚥狼餐　形容吃東西又快又猛，大口吞食的樣子。虎嚥狼餐，又作「狼餐虎
　嚥」。

上下下都哈哈的大笑起來。史湘雲撐不住，一口飯都噴了出來；林黛玉笑岔了氣，伏著桌子噯喲；寶玉早滾到賈母懷裡，賈母笑的摟著寶玉叫『心肝』；王夫人笑的用手指著鳳姐兒，只說不出話來；薛姨媽也撐不住，口裡茶噴了探春一裙子；探春手裡的飯碗都合在迎春身上；惜春離了座位，拉著他奶母叫揉一揉腸子。」

　　而《雨宴大觀園》描寫劉姥姥在筵席中「說：『老劉是我的真名姓／量大如牛味口清／不抬頭一個母豬不夠用／外號兒人稱母蝗蟲。』／說的這滿堂上下哄然笑／笑的個賈母『噯喲！』說：『肚腸子疼。』／史湘雲飯入唇中噴了一地／林黛玉笑岔了氣咧手捶胸／劉姥姥離座出席把排場作／你看他鼓起腮幫子瞪眼睛／招的那大家復又哄堂大笑／這頓飯要攪個翻江吃不成。」從小說和子弟書的比較中，可以看出小說是描寫「林黛玉笑岔了氣，伏著桌子噯喲」，子弟書則改編成「林黛玉笑岔了氣咧手捶胸」；小說是描寫「寶玉早滾到賈母懷裡，賈母笑的摟著寶玉叫『心肝』」，子弟書則改編成「笑的個賈母『噯喲！』說：『肚腸子疼。』」足見子弟書作者在小說的基礎上，發揮想像力而加以重新創作。

十五 《議宴陳園》

詩篇

雪鬢霜鬟興倍添，
金陵獨占冠群妍。
風景無邊開眼界，
文章有韻潤心田。
誰知雅謔增新譜，
且嘆真情感舊篇。
符齋氏[1]閒覽一段《紅樓夢》，
撥筆墨偶題兩宴大觀園。

第一回

史太君晚餐以後無別事，
圍坐著眾位千金閒敘談。
說：「前日個，雲丫頭請我賞桂樹，
在藕香榭吃來的螃蟹味清鮮。
這如今，時序中秋多佳日，
咱們何不把席還？
我已約下劉親戚，

---

[1] 符齋氏　子弟書作者。

也叫他明日同步大觀園。」

王夫人帶笑答應：「是」，

賈母說：「商議妥協再往那廚下傳。

備辦酒蔬該用多少？」

眾千金說：「老祖宗高興，那有何難！」

說話間，寶玉進門說：「我有主意」，

笑嘻嘻站立緊貼賈母的跟前。

說：「大略明日無外客，

也不用案桌列綺筵。

每人要什錦攢心盒兒一個，

將可食的餚饌放在裡邊。

每個人高几兒一張各有座位，

自斟壺觴豈不快然！」

這賈母笑向那王氏夫人連說：「有趣，

也難為這孩子想的新鮮。」

忙吩咐：「明日早飯在園中擺，

鳳丫頭呢，你想著鋪陳設杯盤。」

說話間，早已秉燭燈散彩，

看了看自鳴鐘兒交了酉正三。

賈母說：「大家散了罷，我要歇息」，

眾千金答應各歸園。

金鴛鴦焚香薰帳，賈母安寢，

放下繡幕關了門闌。

寶玉兒已回怡紅院，

劉姥姥早尋鳳姐兒去安眠。

且說那李宮裁次日早晨盥漱畢，

出房來見晴空一色旭景懸。
呼婆子擦抹桌椅淨酒器，
喚丫鬟打掃落葉除卻苔斑。
一處處撢去浮塵安几杌，
見豐兒帶領著那劉姥姥走向前。
還有那十歲的小板兒緊跟定，
他原係劉氏婆兒的外孫男。
劉姥姥笑向李紈開言道，
說：「大奶奶才忙話呵！」他不住的搭訕。
李紈說：「我想著昨日個你不能走」，
劉婆說：「老太太留我逛蕩一天。
還叫我等著嘗嘗園中的果，
想來是果兒肥大似蜜甜。」
卻說那豐兒領了鳳姐兒的命，
奔入園中見李紈。
他說道：「二奶奶遣婢前來回句話」，
手拿著鑰匙站立在面前。
「恐今日外頭的高几兒不夠使用，
請奶奶令人開樓往下盤。
我們奶奶因有事，
老太太呼喚在那邊。」
李宮裁命婆子傳喚廝僕輩，
遣素雲啟放了綴錦閣的畫雕欄。
眾僕人一齊登樓搬取几杌，
一張張瞧來盡是硬木紫檀。
李紈說：「按著所在陳設好，

你們仔細莫遲延。」
傳駕娘備下篙棹遮陽帳，
老太太若高興不看座船。
又說道：「姥姥何不登高一望？」
那劉婆兒答應著竟奔畫樓前。
劉姥姥足踏胡梯扶曲檻，
滿室中五彩光耀四壁懸。
細看來許多器皿未識名色，
只覺得眼花撩亂口難言。
劉婆兒正然遊賞閣中的事，
忽聽得下面一片笑聲喧。
他那裡口念著彌陀將樓下，
早見那眾千金簇擁著賈母走進園。

詩篇

大觀兩宴聚群芳，
偏宜時序半秋涼。
桂枝兒扶疏月裡飄玉蕊，
菊花兒瀟灑籬東碎金香。
村嫗助興添新趣，
萬艷同遊舉一觴。
亭中談笑聲寂靜，
又入瀟湘話逾長。

第二回

這一日，賈母清晨挽妝畢，

茶罷更衣出畫堂。

手扶著琥珀穿庭院，

後跟著寶玉和那眾位姑娘。

進園來，爽氣迎人金風蕭瑟，

晼蘭紉佩玉露淒涼。

早見那宮裁含笑迎賈母，

劉姥姥奔來站立在一旁。

李紈說：「折來的菊花兒未曾送去」，

見碧月捧過那翡翠盤兒放清香。

這賈母揀了一朵兒簪在鬢上，

又嚷道：「劉親家，戴花吓，恰好的芬芳。」

話未了，見鳳姐拉著婆子說：「別發愣，

只管過來，不用拿糖。」

又說道：「往前些兒，待我打扮你」，

說話間，橫三豎四滿頭的紅黃。

早惹眾人鼓掌而笑，

婆子反覺得意洋洋。

笑說道：「這頭不知修來什麼福分，

到今日，這樣體面實在非常。」

眾人說：「妖精啊似的！」大家又笑了，

「難為你還說體面有光芒。」

姥姥說：「我少年最喜花和粉，

這如今老來風流理當癲狂。」

說笑間，眾人步入沁芳亭內，

史太君憑欄而坐引興長。

讓姥姥坐下觀賞園中景物，

細看看哪樣兒衰微哪樣兒強。

姥姥說：「瞧來處處無所不好，

我劉婆兒如登仙境來到上方。

想我們鄉間多少村夫輩，

提起來老太太聞知見笑哄堂。

我那裡若要開眼還得等到年下，

進城來買得畫兒貼在土牆。

閒來時，燒茶靜坐大家觀賞，

就猶如見過世面到過天堂。

見些個山水人物虛浮的草色，

殿閣樓台是假雕梁。

他們說，若得見這真景趣，

也不枉人間活一場。

我看這園子竟比畫兒好，

老太太何不請位丹青畫一張？」

見賈母帶笑指著惜春女，

說：「是他曾學過米元章[2]。」

劉婆兒聽說忙站起，

走向前拉住惜春仔細端詳。

不住的咂嘴將頭點，

2　米元章　即米芾，字元章，號海嶽外史，又號鹿門居士。宋襄陽人，世稱「米襄陽」。倜儻不羈，舉止癲狂，故世稱為「米癲」。為文奇險，妙於翰墨，畫山水人物，亦自成一家，愛金石古器，尤愛奇山，世有元章拜石之語。

惜春扭項把臉揚。

又說道：「模樣兒絕色年紀兒小，

恰好似神仙托生的位能幹姑娘。」

這姥姥飽看一頓丟開手，

說：「姑娘，給我畫張園子可莫要忙。」

賈母說：「姥姥走罷，再遊別處」，

出離亭榭，繞過池塘。

不多時，眾人已至瀟湘館，

進門來，更覺清幽滿目淒涼。

正中間，石子攢錦漫得路徑，

兩旁邊，竹枝兒扶疏覆垣牆。

劉姥姥讓出甬路與眾人走，

他獨踏蒼苔腳步忙。

琥珀說：「姥姥慢著些兒罷，看滑倒了」，

劉婆兒說：「我是熟了的路兒卻無妨。

比不得你們那綉鞋兒不看沾污了」，

誰知他只顧說話就不提防。

只聽得咕咚一聲他跌倒地上，

惹得那眾人哈哈笑斷了腸。

這太君才待命人攙婆子，

見姥姥已經爬起來了撢衣裳。

他笑說道：「方才說嘴³就打了嘴，

果然那姑娘的話兒不荒唐。」

見紫鵑早打起珠帘掀翠幔，

---

³ 說嘴　即自誇，為當時的俗語。

　　那賈母升階移步入了綉房。

作品導讀

　　《議宴陳園》（全二回），作者為符齋氏，現存有清鈔本等。無回目，各回皆有詩篇，合轍依序為言前(讀音類似「ㄢ」韻)、江陽(讀音類似「ㄤ」韻)。內容主要是根據《紅樓夢》第四十回〈史太君兩宴大觀園　　金鴛鴦三宣牙牌令〉之部分情節改編而成，敷演賈母邀請劉姥姥遊大觀園，眾人忙著擺設器皿，以及鳳姐故意捉弄劉姥姥，幫她滿頭插花，被人取笑之故事。第一回敘述賈母擬藉口回請史湘雲，邀請劉姥姥次日在大觀園用早餐之故事。第二回敘述鳳姐幫劉姥姥插了滿頭花，當劉姥姥讚嘆大觀園美景時，賈母要求賈惜春幫劉姥姥畫一張畫之故事。

　　小說第四十回描寫賈母進園來，「李紈忙迎上去，笑道：『老太太高興，倒進來了。我只當還沒梳頭呢，才擷了菊花要送去。』一面說，一面碧月早捧過一個大荷葉式的翡翠盤子來，裡面盛著各色的折枝菊花。賈母便揀了一朵大紅的簪於鬢上。因回頭看見了劉姥姥，忙笑道：『過來帶花兒。』一語未完，鳳姐便拉過劉姥姥來，笑道：『讓我打扮你。』說著，將一盤子花橫三豎四的插了一頭。賈母和眾人笑的了不得。劉姥姥笑道：『我這頭也不知修了什麼福，今兒這樣體面起來。』眾人笑道：『你還不拔下來摔到他臉上呢，把你打扮的成了個老妖精了。』劉姥姥笑道：『我雖老了，年輕時也風流，愛個花兒粉兒的，今兒老風流才好。』」

　　而《議宴陳園》寫道：「李紈說：『折來的菊花兒未曾送去。』／見碧月捧過那翡翠盤兒放清香／這賈母揀了一朵兒簪在鬢上／又

嚷道：『劉親家，戴花吓，恰好的芬芳。』╱話未了，見鳳姐拉著婆子說：『別發愣╱只管過來，不用拿糖。』╱又說道：『往前些兒，待我打扮你。』╱說話間，橫三豎四滿頭的紅黃╱早惹眾人鼓掌而笑╱婆子反覺得意洋洋╱笑說道：『這頭不知修來什麼福分╱到今日，這樣體面實在非常。』╱眾人說：『妖精啊似的！』大家又笑了╱『難為你還說體面有光芒。』╱姥姥說：『我少年最喜花和粉╱這如今老來風流理當癲狂。』」子弟書作者在小說的基礎上，利用兩句一韻的形式，把這一段詼諧有趣的散文，改編成具有聲韻美的敘事詩。

十六 《三宣牙牌令》

詩篇

苦菜逢春亦放花，
點裝野景勝奇葩。
應嫌胭脂還嫌粉，
重問蠶桑復問蔴。
快意不妨俗且厭，
追思敢比麗而華。
金鴛鴦牙牌佐酒三宣令，
支使那惹笑的村婆費齒牙。

綴錦閣賈母張筵，女優作樂，
挨次兒陳几設榻次第不差。
上邊是史太君與劉姥姥坐，
同著的是寶釵、老母薛姨媽。
邢、王夫人分左右，
珍大奶奶、璉二奶奶同著李紈是妯娌仁[1]。
湘雲、寶釵、寶黛二玉，
迎、探、惜三春都是自己的嬌娃。

---

[1] 仁　指三個，使用時不必接量詞「個」，為北方方言。

一霎時，按席飲過三巡酒，
賈母含春把話發。
說：「咱們今日不可低著頭吃悶酒，
為什麼美景良辰裝啞巴。
倒不如行個令兒大家耍耍，
總然是多吃幾杯也好消化。
可別像爺們飲酒粗糙的很，
左不過嚷斷了脖筋把嗓子划。」
鳳姐兒迎合賈母忙回話：
「行令兒鴛鴦熟練，總得用他。」
賈母點頭把鴛鴦叫：
「你替我正正經經的把酒令兒發。
說個明白都要遵令，
連我也都屬你轄。
常言酒令如軍令，
印把子今番叫你拿。」
金鴛鴦令杯一舉高聲道：
「這令兒不論親疏，違者受罰。
三張骨牌成一付，
拆開了，要句成語上問下答。
跟著上句合轍押韻，
仔細留神不可有差。
倘然有個一差半錯，
認輸罷，不須費嘴與磨牙。」
按位細把牌名兒念，
全都是不費思量一字無差。

這令兒皆因滿座都熟的很，
雖然雅不過如同頂針續蔴。
而況且黛玉、寶釵、湘雲等等，
全都是久熟筆墨，這算個什嗎！
剛剛的令兒行到劉姥姥的位，
嚇的他擺手搖頭，往桌子下爬。
鴛鴦說：「你來，好好的聽我的令，
若不然，把你活活拿酒灌殺！」
劉姥姥熱汗直流，渾身亂戰，
說：「快些說罷，我的菩薩！」
鴛鴦說：「一張人牌如天大」，
姥姥說：「是個人都會種莊稼。」
鴛鴦說：「三四成七，你快著說話！」
姥姥說：「七三兒、七四兒是小娃娃。」
鴛鴦說：「滿口胡說，全不成話，
暫且相饒不把你罰。
還有張么四成五點兒不大」，
姥姥說：「要四稱五快把秤拿。」
鴛鴦說：「這也不算還饒你，
你聽著三張成一付一枝花。」
姥姥說：「這一句我可逮著了，
你可是自己搬磚把腳砸？」
鴛鴦說：「快著些將就著完了令罷！」
姥姥說：「這一句合該要騙拉騙拉。
你拿這一枝花來難我」，
磕個頭兒說：「不告訴姑娘，我告訴大家。

這枝花難道就常開不落？

落了時，無非結個老倭瓜。

幸虧這倭瓜二字撈了撈本，

差一點兒挺大的盅兒把我罰。」

說的那滿堂之人哈哈笑，

賈母說：「好個難纏的老親家。

咱不如活動活動，回來再飲，

或者是吃袋煙兒喝碗茶。

略將酒意同疏散，

太湖石畔看看菊花。

趕回來再飲幾杯，再上晚飯，

還叫鴛鴦把飯令兒稽察。」

作品導讀

　　《三宣牙牌令》（全一回），作者不詳，現存有清鈔本等。開端
有詩篇，發花轍（讀音類似「ㄚ」韻）。內容主要是根據《紅樓夢》
第四十回〈史太君兩宴大觀園　　金鴛鴦三宣牙牌令〉下半回之部
分情節改編而成，敷演賈母設宴款待劉姥姥，宴上行酒令，劉姥姥
害怕，擺手搖頭往桌子下爬之糗態，滿口胡說，帶給眾人歡笑之故
事。

　　小說第四十回描寫賈母提議行酒令，「鳳姐兒便拉了鴛鴦過來。
王夫人笑道：『既在令內，沒有站著的理。』回頭命小丫頭子：『端
一張椅子，放在你二位奶奶的席上。』鴛鴦也半推半就，謝了坐，
便坐下，也吃了一鍾酒，笑道：『酒令大如軍令，不論尊卑，惟我是
主。違了我的話，是要受罰的。』王夫人等都笑道：『一定如此，快

些說來。』鴛鴦未開口，劉姥姥便下了席，擺手道：『別這樣捉弄人家，我家去了。』眾人都笑道：『這卻使不得。』鴛鴦喝令小丫頭子們：『拉上席去！』小丫頭子們也笑著，果然拉入席中。」「鴛鴦笑道：『左邊四四是個人』。」劉姥姥聽了，想了半日，說道：『是個莊家人罷。』眾人哄堂笑了。賈母笑道：『說的好，就是這樣說。』劉姥姥也笑道：『我們莊稼人，不過是現成的本色，眾位別笑。』鴛鴦道：『中間三四綠配紅。』劉姥姥道：『大火燒了毛毛蟲。』眾人笑道：『這是有的，還說你的本色。』鴛鴦道：『右邊么四真好看。』劉姥姥道：『一個蘿蔔一頭蒜。』眾人又笑了。鴛鴦笑道：『湊成便是一枝花。』劉姥姥兩隻手比著，說道：『花兒落了結個大倭瓜。』眾人大笑起來。」

　　而《三宣牙牌令》寫道：「鳳姐兒迎合賈母忙回話：／『行令兒鴛鴦熟練，總得用他。』／賈母點頭把鴛鴦叫：／『你替我正正經經的把酒令兒發／說個明白都要遵令／連我也都屬你轄／常言酒令如軍令／印把子今番叫你拿。』／金鴛鴦令杯一舉高聲道：／『這令兒不論親疏，違者受罰／三張骨牌成一付／拆開了，要句成語上問下答／跟著上句合轍押韻／仔細留神不可有差／倘然有個一差半錯／認輸罷，不須費嘴與磨牙。』／按位細把牌名兒念／全都是不費思量一字無差／這令兒皆因滿座都熟的很／雖然雅不過如同頂針續蔴／而況且黛玉、寶釵、湘雲等等／全都是久熟筆墨，這算個什麼／剛剛的令兒行到劉姥姥的位／嚇的他擺手搖頭，往桌子下爬／鴛鴦說：『你來，好好的聽我的令／若不然，把你活活拿酒灌殺！』／劉姥姥熱汗直流，渾身亂戰／說：『快些說罷，我的菩薩！』／鴛鴦說：『一張人牌如天大。』／姥姥說：『是個人都會種莊稼。』／鴛鴦說：『三四成七，你快著說話！』／姥姥說：『七三兒、七四兒是小娃娃。』／鴛鴦說：『滿口胡說，全不成話／暫且相饒不把你罰

／還有張么四成五點兒不大。』／姥姥說:『要四稱五快把秤拿。』
／鴛鴦說:『這也不算還饒你／你聽著三張成一付一枝花。』／姥姥
說:『這一句我可逮著了／你可是自己搬磚把腳砸?』／鴛鴦說:『快
著些將就著完了令罷!』／姥姥說:『這一句合該要騙拉騙拉／你拿
這一枝花來難我。』／磕個頭兒說:『不告訴姑娘,我告訴大家／這
枝花難道就常開不落／落了時,無非結個老倭瓜／幸虧這倭瓜二字
撈了撈本／差一點兒挺大的盅兒把我罰。』」如上所述,子弟書作家
將這段行酒令的詼諧發揮到極致,不僅情節的安排符合小說的故事
內容,而且改編劉姥姥和鴛鴦兩人行酒令的文詞,增加許多的韻律
性、節奏性以及趣味性。

十七 《品茶櫳翠庵》

詩篇

茶與酒較酒應先，
讀過《茶經》則不然。
酒釀沾唇通血脈，
茶湯入腹免熬煎。
不須濫解相如渴，
何必多嫌陸羽饞。
櫳翠庵幾杯苦茗香而淡，
添上個劉姥姥無知惹厭煩。

且說那綴錦堂中晚餐已畢，
賈母說：「順便去瞧瞧櫳翠庵。
住持尼姑名妙玉，
這孩子苦苦的焚修太可憐。
瞻仰我家園裡的廟，
參悟咱們酒後的禪。」
不多時，眾人來至庵門外，
出來個絕俊的尼姑美少年。
劉姥姥跟隨賈母把山門進，
說：「家廟兒比野廟兒更新鮮。」

妙玉見這個婆兒出言不遜，
而且是一身俗氣甚骯髒。
仔細端詳心中詫異：
「他也配與賈母同行並同肩？
不是我眼內將他瞧不起，
只為他顛蒜兒一般教我嫌。」
賈母胳就著眼兒看，
真個是清涼自在福地洞天。
妙玉命人開正殿，
「老太太，請把菩薩的法像參。」
賈母說：「我們方才茹葷飲酒，
阿哩不臟的罪過多端。
不如到你禪堂去，
擾你杯茶兒也算遇緣。」
妙玉命人將茶獻，
茶杯兒一色成窯五彩的花鮮。
一旁裡寶玉忽然抿著嘴笑，
說：「老太太，他的清茶非容易餐。」
妙玉連忙瞪了他一眼，
賈寶玉自悔失言怔了半天。
搭訕著說：「聽見丫頭婆子們說道，
這裡烹茶的水最甜。」
笑吟吟即便抽身到妙玉的房屋內，
見寶釵同著黛玉正把茶端。
手內的兩個茶杯真罕見，
全都是唐宋的名人賞鑒過一番。

從外邊妙玉進來斜瞅著寶玉，
說：「這個爺無故無緣滿屋裡混鑽。」
寶玉說：「偏他們飲得高茶，使得古盞，
獨把我這濁物瞧來不耐煩。」
妙玉說：「今日你托著他倆的福氣，
給你杯茶吃，免你的怨言。」
向多寶閣取下一支碧玉斗，
寶玉說：「這般俗器我不喜歡。」
妙玉說：「你家自然少不了翡翠，
不能像我這杯兒顏色可觀。」
寶玉說：「雖然的綠了個十分透，
也不過作闊興時值點子錢。」
妙玉說：「你今竟自通的很，
說來有味，是入耳之言。
罷了，合該便宜便宜你，
我還有個竹根茶海奇古非凡。」
向箱中連忙取出，放在几上，
這支海一百二十竹節九曲十環。
向寶玉慢慢將茶斟了半海，
說：「這支杯韞匵而藏十數年。」
賈寶玉剛一沾唇說：「好俊水！
難為你整夏經年把雨水蠲。」
妙玉微哂說：「非也，
口中無味莫胡言。
這是那蟠香寺內梅花上的雪，
收到如今五六年。

雖則不多，可也不少，

整整的鬼臉兒青磁的一小罐。」

說話間，外面人說：「老太太走了」，

他們才放下茶杯說：「另日再談。」

妙玉相送到山門外，

一回身，就把門兒緊閉關。

他三人趕上賈母與王夫人等，

照舊的說說笑笑唱哢隨班。

賈母說：「稻香村裡多清靜，

我且去略略的歇歇兒，回來再玩。」

作品導讀

　　《品茶櫳翠庵》（全一回），作者不詳，現存有清鈔本等。開端有詩篇，言前轍(讀音類似「ㄢ」韻)。內容主要是根據《紅樓夢》第四十一回〈櫳翠庵茶品梅花雪　　怡紅院劫遇母蝗蟲〉上半回之部分情節改編而成，敷演賈母邀請劉姥姥前往櫳翠庵找妙玉品茶，賈寶玉、林黛玉、薛寶釵等人到妙玉房間飲茶之故事。

　　小說第四十一回描寫眾人行完酒令後，「當下賈母等吃過茶，又帶了劉姥姥至櫳翠庵來。妙玉忙接了進去。至院中見花木繁盛，賈母笑道：『到底是他們修行的人，沒事常常修理，比別處越發好看。』一面說，一面便往東禪堂來。妙玉笑往裡讓，賈母道：『我們才都吃了酒肉，你這裡頭有菩薩，沖了罪過。我們這裡坐坐，把你的好茶拿來，我們吃一杯就去了。』妙玉聽了，忙去烹了茶來。寶玉留神看他是怎麼行事。只見妙玉親自捧了一個海棠花式雕漆填金雲龍獻

壽的小茶盤，裡面放一個成窯五彩小蓋鍾，捧與賈母。賈母道：『我不吃六安茶。』妙玉笑說：『知道。這是老君眉。』賈母接了，又問是什麼水。妙玉笑回『是舊年蠲的雨水。』賈母便吃了半盞，便笑著遞與劉姥姥說：『你嘗嘗這個茶。』劉姥姥便一口吃盡，笑道：『好是好，就是淡些，再熬濃些更好了。』賈母眾人都笑起來。然後眾人都是一色官窯脫胎填白蓋碗。」

而《品茶櫳翠庵》寫道：「賈母說：『順便去瞧瞧櫳翠庵／住持尼姑名妙玉／這孩子苦苦的焚修太可憐／瞻仰我家園裡的廟／參悟咱們酒後的禪。』／不多時，眾人來至庵門外／出來個絕俊的尼姑美少年／劉姥姥跟隨賈母把山門進／說：『家廟兒比野廟兒更新鮮。』／妙玉見這個婆兒出言不遜／而且是一身俗氣甚骯髒／仔細端詳心中詫異：／『他也配與賈母同行並同肩／不是我眼內將他瞧不起／只為他顛蒜兒一般教我嫌。』／賈母眊就著眼兒看／真個是清涼自在福地洞天／妙玉命人開正殿／『老太太，請把菩薩的法像參。』／賈母說：『我們方才茹葷飲酒／阿哩不臟的罪過多端／不如到你禪堂去／擾你杯茶兒也算遇緣。』／妙玉命人將茶獻／茶杯兒一色成窯五彩的花鮮／一旁裡寶玉忽然抿著嘴笑／說：『老太太，他的清茶非容易餐。』」如上所述，小說作者敘述這段在櫳翠庵品茶的情節時，只有安排妙玉和賈母兩人的對話，文中沒有出現妙玉和劉姥姥有任何的對話或交集。但子弟書作家在小說的基礎上，刻意安排賈母向劉姥姥介紹妙玉：「這孩子苦苦的焚修太可憐／瞻仰我家園裡的廟／參悟咱們酒後的禪。」此外，子弟書作者增添劉姥姥說了這句話：「家廟兒比野廟兒更新鮮」，甚至還引來妙玉不屑的眼光：「妙玉見這個婆兒出言不遜／而且是一身俗氣甚骯髒／仔細端詳心中詫異：／『他也配與賈母同行並同肩？』」以及她對劉姥姥的批評：「不是我眼內

將他瞧不起／只為他顛蒜兒一般教我嫌。」足見子弟書作者發揮聯想力與創造力，改編小說的故事情節，使得情節故事更加豐富。

十八 《醉臥怡紅院》

詩篇

老眼模糊看不真，
更兼多酒亂神魂。
千觴醞釀休辭醉，
一枕邯鄲已睡沉。
錦繡場添村婦夢，
溫柔鄉樂野人心。
酒餘飯飽何妨睡，
可羨他是隨遇而安的爽快人。

適才是賈母歇息稻香村去，
上下人兩兩三三笑語連聲。
獨有這劉姥姥面帶十分春色，
滿口裡念念叨叨的字兒不清。
瞧見了省親別墅的牌坊一座，
便說道：「磕個頭兒佛爺也領情。」
四蹼子著地將頭碰，
爬起來食撐的肚脹酒燒的眼紅。
連忙褪手將裙解，
眾丫頭說：「這個地方兒出不得恭。」

笑指著那邊的小角門兒外，
劉姥姥咬著牙關憋不住疼。
一溜煙兒撲了去，
才蹲下尿糞直流一片聲。
挪窩兒一連就是十來處，
擦淨了，提衣向外行。
又誰知這是園中幽僻處，
劉姥姥轉向不知南北西東。
趁酒意踉里踉蹌摸擬著走，
好半天轉彎抹角眼冒金星。
著急打算心虛怯，
由不得肚裡黃湯往上湧。
手扶竹籬身亂晃，
眼前邊有個門兒狹路逢。
到院中一色石子鑲甬路，
院中的蟲魚花卉叫不出名。
掀帘子，走到房中觀動靜，
有一個女子含春笑臉迎。
原來是一軸西洋畫，
怪不得問他半晌不答應。
見那邊有個門剛然要進，
出來個帶酒婆兒面色紅。
劉姥姥趲向前來端詳一會，
那婆兒與他相湊把眼眯縫。
劉姥姥伸手一摸是穿衣鏡，
說：「把玻璃牆上鑲著倒穩成。」

不提防手觸消息軸兒動，
閃出個如意門兒是內屋中。
一陣陣異香溫暖撲鼻孔，
那裡面床帳鮮明炕罩玲瓏。
劉姥姥這場歡喜從天降，
說：「我這裡正想歪歪兒把腰眼兒鬆鬆。
趁著這錦衾繡褥鴛鴦枕，
把我這粗重的身軀往床上橫。」
才沾枕呼呼竟入陽臺夢，
睡濃了四腳拉又胡踦蹬。
這姥姥醉眠身臥怡紅院，
滿園中到處搜尋了個土平。
多虧了襲人想起方才光景，
說：「必是失迷了路徑到我家中。
待我歸家尋問去」，
到房中，聽得屋內打呼聲。
揭開帳幔毛腰看，
一陣陣順口吹來酒肉腥。
鼻涕眼淚流不止，
哈拉子枕頭籠布上定成濃。
襲人悄悄輕聲喚，
劉姥姥夢話滔滔的記不清。
好容易連推帶晃揉搓醒，
你看他爬起身來撒囈怔。
揉著兩眼嘛著嘴，
襲人觀看笑盈盈。

說：「姥姥快著下床罷，

休叫那寶玉回來把天要鬧紅。」

劉姥姥這才慢把牙床下，

懶腰哈氣半晌磨稜。

向襲人說：「方才醉了，此時睡醒，

我可曾在姑娘們跟前撒酒瘋？

我還去陪著老太太談今論古，

若有酒熱熱的，將他投幾盅。」

襲人相送園中去，

領著人打掃房屋不暫停。

作品導讀

　　《醉臥怡紅院》（全一回），作者不詳，現存有清鈔本等。開端有詩篇，人辰轍（讀音類似「ㄣ」韻）。內容主要是根據《紅樓夢》第四十一回〈櫳翠庵茶品梅花雪　　怡紅院劫遇母蝗蟲〉下半回之部分情節改編而成，敷演劉姥姥酒醉後，在大觀園迷路，還誤闖怡紅院，睡倒在賈寶玉的床上之故事。

　　小說第四十一回描述劉姥姥因喝了酒、吃了油膩食物、喝了幾碗茶，肚子不免通瀉起來。出廁後，她竟分辨不出路徑，迷路了，最後「於是進了房門，只見迎面一個女孩兒，滿面含笑迎了出來。劉姥姥忙笑道：『姑娘們把我丟下來了，要我碰頭碰到這裡來。』說了，只覺那女孩兒不答。劉姥姥便趕來拉他的手，『咕咚』一聲，便撞到板壁上，把頭碰的生疼。細瞧了一瞧，原來是一幅畫兒。劉姥姥自忖道：『原來畫兒有這樣活凸出來的。』」「剛從屏後得了一門轉

去，只見他親家母也從外面迎了進來。劉姥姥詫異，忙問道：『你想是見我這幾日沒家去，虧你找我來。那一位姑娘帶你進來的？』他親家只是笑，不還言。劉姥姥笑道：『你好沒見世面，見這園裡的花好，你就沒死活戴了一頭。』他親家也不答。便心下忽然想起：『常聽大富貴人家有一種穿衣鏡，這別是我在鏡子裡頭呢罷。』」「這鏡子原是西洋機括，可以開合。不意劉姥姥亂摸之間，其力巧合，便撞開消息，掩過鏡子，露出門來。劉姥姥又驚又喜，邁步出來，忽見有一副最精緻的床帳。他此時又帶了七八分醉，又走乏了，便一屁股坐在床上，只說歇歇，不承望身不由己，前仰後合的，朦朧著兩眼，一歪身就睡熟在床上。」

　　而《醉臥怡紅院》寫道：「掀帘子，走到房中觀動靜／有一個女子含春笑臉迎／原來是一軸西洋畫／怪不得問他半晌不答應／見那邊有個門剛然要進／出來個帶酒婆兒面色紅／劉姥姥趕向前來端詳一會／那婆兒與他相湊把眼眯縫／劉姥姥伸手一摸是穿衣鏡／說：『把玻璃牆上鑲著倒穩成。』／不提防手觸消息軸兒動／閃出個如意門兒是內屋中／一陣陣異香溫暖撲鼻孔／那裡面床帳鮮明炕罩玲瓏／劉姥姥這場歡喜從天降／說：『我這裡正想歪歪兒把腰眼兒鬆鬆／趁著這錦衾綉褥鴛鴦枕／把我這粗重的身軀往床上橫。』／才沾枕呼呼竟入陽臺夢／睡濃了四腳拉又胡踹蹬。」如上所述，子弟書在小說的基礎上，利用詼諧幽默的文詞，把劉姥姥純樸、無知的形象刻畫地更加豐滿。

十九 《過繼巧姐兒》

詩篇

好鳥知還已倦飛，
高枝不必久棲遲。
莫招疏淡方回首，
請趁香甜早告辭。
野性豈真貪富貴？
勤心終不愛安逸。
劉姥姥住來賈府剛三日，
他的那惦著家的心兒似火急。

一清早，忙起穿衣梳頭淨面，
給板兒換上穿來的新布衣。
悄悄的來到前邊尋鳳姐，
說：「姑奶奶，糟蹋了個誓不有餘。
這幾天，開了些沒開過的眼，
還帶著吃了些沒吃過的食。
連板兒回去都說的了古，
他也算經過見過的小孩提。」
鳳姐兒說：「遠路風塵，多住幾日，
兩三天的工夫是一屁時。

你不用惦記家中事，
你有那利計當家兒子兒媳。
而況且你是我娘家的至親不遠，
何苦來叫人瞧著像討火呀是的。」
劉姥姥說：「我年下還來送節禮，
那時會兒住到清明也不遲。」
鳳姐兒說：「今日事忙，你且別去，
送你那所有的東西沒有湊齊。
老太太昨兒個在園中樂了一日，
鬧了一夜今早連忙去請太醫。
你外甥女昨朝抱到園中去，
太太疼，給了塊沖糕，在風地裡吃。
半夜裡，湯燒火熱說譫語，
這時會兒，還躺在搖車兒不醒昏迷。
再加上，上上下下有多少件事，
亂的我心中什麼兒是的。」
劉姥姥說：「方才聽見鴛鴦說道，
老太太出了身痛汗暖著呢。
據我瞧，外甥女兒這個病，
未必是因為風口裡吃東西。
或者是小孩子人家心清眼淨，
園中撞見什麼神祇。
何不就命人看看《玉匣記》，
燒張紙給他送送是老規矩。」
鳳姐兒被他提醒忙吩咐，
叫彩明焚化黃錢送之大吉。

劉姥姥說：「妞兒嬌養多尊貴，

禁不住些微的受點屈。

若生在我們那裡落鄉居住，

管保他無病無災結實耍皮。」

鳳姐兒說：「將他過繼你們罷，

叫你那狗兒的媳婦養活之。」

劉姥姥說：「我的佛爺折受死」，

鳳姐兒說：「過個門檻兒可結實。

你就給他把名字起」，

劉姥姥說：「姐兒他是幾月裡生的？」

鳳姐兒：「掐頭去尾才三歲，

七月初七的正丑時。」

劉姥姥說：「這個生辰作了一個巧，

可巧是天上神仙巧會的日期。

我看姑奶奶十分巧，

心兒巧，口兒巧，諸凡事兒巧，算巧到至極。

叫他個巧姐兒好不好？

據我瞧，這個名兒倒有意思。」

鳳姐兒含春說：「由著你罷，

他便是你家的孩子，問賈家無宜。」

劉姥姥說：「姑奶奶開恩，這樣抬舉，

真親戚今又加上巧親戚。

但願巧姐兒長命百歲，

長大了，我給他說個好女婿。

今日在此還住一夜，

等著巧姐兒好了病疾。

明朝一定回家走,

別叫我心中陣陣急。」

鳳姐兒說:「一住你又說住一夜,

總住上十年,都有我呢。

上下的人丁誰敢怠慢,

量他們看我的人情,也不好意思。

你還去陪著老太太說說話兒,

亮來一定送你東西。」

劉姥姥帶著板兒仍然入內,

專等明朝再告辭。

作品導讀

　　《過繼巧姐兒》(全一回),作者不詳,現存有清鈔本等。開端有詩篇,一七轍(讀音類似「一」韻)。內容主要是根據《紅樓夢》第四十二回〈蘅蕪君蘭言解疑癖　　瀟湘子雅謔補餘香〉上半回之部分情節改編而成,敷演劉姥姥離開賈府前,替鳳姐兒的女兒取名為「巧姐兒」之故事。

　　小說第四十二回描寫鳳姐的女兒病了,劉姥姥提醒鳳姐查閱《玉匣記》,得知原來女兒是遇到了花神所致。鳳姐忙叫人燒紙錢送祟,女兒才安穩睡了。鳳姐又提到女兒常生病一事,劉姥姥說道:「這也有的事。富貴人家養的孩子多太嬌嫩,自然禁不得一些兒委曲;再他小人兒家,過於尊貴了,也禁不起。以後姑奶奶少疼他些就好了。」鳳姐說道:「這也有理。我想起來,他還沒個名字,你就給他起個名字。一則借借你的壽;二則你們是莊稼人,不怕你惱,到底貧苦些,你貧苦人起個名字,只怕壓得住他。」劉姥姥聽說,便想了想,笑

道：「不知他幾時生的？」鳳解說道：「正是生日的日子不好呢，可巧是七月初七日。」劉姥姥忙笑道：「這個正好，就叫他是巧哥兒。這叫作『以毒攻毒，以火攻火』的法子。姑奶奶定要依我這名字，他必長命百歲，日後大了，各人成家立業，或一時有不遂心的事，必然是遇難成祥，逢凶化吉，卻從這『巧』字上來。」

　　而《過繼巧姐兒》則寫道：「劉姥姥說：『妞兒嬌養多尊貴／禁不住些微的受點屈／若生在我們那裡落鄉居住／管保他無病無災結實耍皮。』／鳳姐兒說：『將他過繼你們罷／叫你那狗兒的媳婦養活之。』／劉姥姥說：『我的佛爺折受死。』／鳳姐兒說：『過個門檻兒可結實／你就給他把名字起。』／劉姥姥說：『姐兒他是幾月裡生的？』／鳳姐兒說：『掐頭去尾才三歲／七月初七的正丑時。』／劉姥姥說：『這個生辰作了一個巧／可巧是天上神仙巧會的日期／我看姑奶奶十分巧／心兒巧，口兒巧，諸凡事兒巧，算巧到至極／叫他個巧姐兒好不好／據我瞧，這個名兒倒有意思。』／鳳姐兒含春說：『由著你罷／他便是你家的孩子，問賈家無宜。』／劉姥姥說：『姑奶奶開恩，這樣抬舉／真親戚今又加上巧親戚／但願巧姐兒長命百歲／長大了，我給他說個好女婿／今日在此還住一夜／等著巧姐兒好了病疾／明朝一定回家走／別叫我心中陣陣急。』」如上所述，子弟書作家使用的語詞較小說生動有趣，而且更能凸顯劉姥姥莊稼人的本色。尤其是劉姥姥幫鳳姐女兒取名字時說道：「這個生辰作了一個巧／可巧是天上神仙巧會的日期／我看姑奶奶十分巧／心兒巧，口兒巧，諸凡事兒巧，算巧到至極／叫他個巧姐兒好不好／據我瞧，這個名兒倒有意思。」這六句中就有五句採用類疊的技巧，每一句都有「巧」字，尤其是第四句「心兒巧，口兒巧，諸凡事兒巧，算巧到至極」，不僅充分展現說唱藝術的節奏性、韻律性與趣味性，而且巧妙到極點。

二十　《鳳姐兒送行》

【詩篇】

多住豪門又一宵，
親情高厚有餘饒。
不虧此際施仁惠，
安得他年全故交？
巧也將來托足穩，
鳳號不是設謀高。
試看鳳姐兒終身後，
還不及劉姥姥的身家保的牢。

劉姥姥起來的更比昨日早，
重帶著板兒到前邊是第二遭。
鳳姐兒連忙就把平兒叫：
「把咱們相送的東西給姥姥瞧。」
平兒領至南屋內，
但只見炕邊堆掇著許多包。
說話間，鴛鴦領著些丫頭來到，
說：「這個姥姥悄不聲兒的往外逃。
老太太不來相送，是才好了病，
大夫說的是恐怕涼著。

因此上，命我前來將行送」，
丫頭們把老太太東西當面交：
「這個是你要的西紗，還有尺頭兩個，
五十兩紋銀一總包。
這壽衣每年親友把生日作，
老太太不穿人家東西嫌忌交。
全都是沒伸過袖兒新裁新做，
你們哪兒會會新親還借不著。
這是你前日尋的諸般丸藥，
陳李濟粵海的鈔官打廣東捎。
這是你愛吃的點心行匣兩個，
此外有姑娘們奉贈幾對荷包。
荷包裡都有銀八寶，
拿到家中細細的瞧。
這一條口袋是園中的果品，
怕磨毀是架上結下的幾斤葡萄。
還有我一點敬意姥姥莫怪，
這兩件是我穿過的小主腰。
雖然褪舊卻還骨力，
再配上灰色秋羅的裙兩條。
氅衣兒兩件嫌他太素，
很配合姥姥穿，他是年歲高。
都是我前年穿孝，而今無用，
姥姥你若不沉心也把它帶著。」
劉姥姥說：「姑娘的高情禁當不起，
誰還敢搗怪做精混把眼挑。

但只是這樣恩情深似海，
何時才答報姑娘這地厚天高。」
平兒說：「姥姥如何這樣外道，
說些客套到漏著蹊蹺。
這是我幾件子衣裳不算很舊，
拿了去，拆拆毀毀給小兒曹。」
金鴛鴦交代已畢抽身回去，
平兒說：「我們的，你也要聽著。
一錠元寶是二奶奶送，
兩位太太是四個方槽。
銀子惟獨我的少，
塊數兒雖多是零打碎敲。
十五兩不過獻心而已，
姥姥千萬莫嫌薄。」
二奶奶說：「綾羅綢緞莊家不用，
這幾匹棉綢繭綢莫怪粗糙。
內造的點心樣樣兒都有，
吃年茶擺擺碟兒顯著花俏。
口袋中裝的是高麗江米，
朝鮮國進貢的東西成色高。
而況且日子比樹葉兒長的很，
要東西我也不把姥姥饒。
再來時，千萬萬可別忘了，
窩窩頭粘糕絲糕豆餡包。
越大越好倭瓜揀幾個，
晒乾的灰頭菜與那苔荸苗。

更有一宗尤其要緊，

我們這兒個個兒都吃葫蘆條。」

劉姥姥說：「這一點子東西值個狗屁，

教姑娘這等的操心犯不著。」

平兒連把小廝們叫：

「抱東西車上安排撒墊個牢。

騰地方姥姥帶著板兒坐，

把那匹騎來的驢兒車尾上捎。

姥姥你先上中廁走走去，

怕的是車上咕咚路遠途遙。」

今日榮府送行去，

再來時，上下人兒是另眼瞧。

作品導讀

　　《鳳姐兒送行》（全一回），作者不詳，現存有清鈔本等。開端有詩篇，遙條轍（讀音類似「ㄠ」韻）。內容主要是根據《紅樓夢》第四十二回〈蘅蕪君蘭言解疑癖　瀟湘子雅謔補餘香〉上半回之部分情節改編而成，敷演劉姥姥離開賈府時，得到許多的衣服、紗綢與食物外，還有銀子一百零八兩之故事。

　　小說第四十二回描寫劉姥姥要回家時，平兒帶劉姥姥到屋裡，「平兒一一的拿與他瞧著，說道：『這是昨日你要的青紗一匹，奶奶另外送你一個實地子月白紗作裡子。這是兩個繭綢，作襖兒裙子都好。這包袱裡是兩匹綢子，年下做件衣裳穿。這是一盒子各樣內造點心，也有你吃過的，也有你沒吃過的，拿去擺碟子請客，比你們買的強些。這兩條口袋是你昨日裝瓜果子來的，如今這一個裡頭裝

了兩斗御田粳米，熬粥是難得的；這一條裡頭是園子裡果子和各樣乾果子。這一包是八兩銀子。這都是我們奶奶的。這兩包每包裡頭五十兩，共是一百兩，是太太給的，叫你拿去或者作個小本買賣，或者置幾畝地，以後再別求親靠友的。』說著又悄悄笑道：『這兩件襖兒和兩條裙子，還有四塊包頭，一包絨線，可是我送姥姥的。衣裳雖是舊的，我也沒大狠穿，你要棄嫌我就不敢說了。』」

而《鳳姐兒送行》則寫道：「說話間，鴛鴦領著些丫頭來到／說：『這個姥姥悄不聲兒的往外逃／老太太不來相送，是才好了病／大夫說的是恐怕涼著／因此上，命我前來將行送。』／丫頭們把老太太東西當面交：／『這個是你要的西紗，還有尺頭兩個／五十兩紋銀一總包／這壽衣每年親友把生日作／老太太不穿人家東西嫌忌交／全都是沒伸過袖兒新裁新做／你們哪兒會會新親還借不著／這是你前日尋的諸般丸藥／陳李濟粵海的鈔官打廣東捎／這是你愛吃的點心行匣兩個／此外有姑娘們奉贈幾對荷包／荷包裡都有銀八寶／拿到家中細細的瞧／這一條口袋是園中的果品／怕磨毀是架上結下的幾斤葡萄／還有我一點敬意姥姥莫怪／這兩件是我穿過的小主腰／雖然褪舊卻還骨力／再配上灰色秋羅的裙兩條／氅衣兒兩件嫌他太素／很配合姥姥穿，他是年歲高／都是我前年穿孝，而今無用／姥姥你若不沉心也把它帶著。』」

此外，子弟書又寫道：「金鴛鴦交代已畢抽身回去／平兒說：『我們的，你也要聽著／一錠元寶是二奶奶送／兩位太太是四個方槽／銀子惟獨我的少／塊數兒雖多是零打碎敲／十五兩不過獻心而已／姥姥千萬莫嫌薄。』／二奶奶說：『綾羅綢緞莊家不用／這幾匹棉綢繭綢莫怪粗糙／內造的點心樣樣兒都有／吃年茶擺擺碟兒顯著花俏／口袋中裝的是高麗江米／朝鮮國進貢的東西成色高／而況且日子比樹葉兒長的很／要東西我也不把姥姥饒／再來時，千萬萬可別忘

了／窩窩頭粘糕絲糕豆餡包／越大越好倭瓜揀幾個／晒乾的灰頭菜與那苕帚苗／更有一宗尤其要緊／我們這兒個個兒都吃葫蘆條。』」如上所述，小說談到平兒帶劉姥姥進屋瞧禮物時提到一百兩是太太給的，並非是賈母給的。除此之外，小說並沒有提及賈母以及鴛鴦的名字。然而，子弟書作家以小說故事情節為基礎，想像劉姥姥離開賈府前，縱然賈母既尊貴且生病，不便外出送行，她也應該會對同樣是老人家的劉姥姥有所表示。因此，子弟書作家發揮想像力，增加鴛鴦奉賈母之命前來送行並轉交賈母贈送的紋銀一百兩的情節。子弟書作家不僅把小說中描述平兒贈送舊衣服給劉姥姥此一人物更改為鴛鴦，而且補充說明這些舊衣服中，其中一件原是鴛鴦前年穿孝的衣服，正因為它是喪服，她怕忌諱，只穿一次就不穿了，所以她才贈送給劉姥姥。至於平兒和鳳姐的贈禮，子弟書作家也指出：鳳姐送劉姥姥一錠元寶、兩位太太送四個方槽，以及平兒送十五兩。由此可知，子弟書作家採用了改編以及增刪情節的技巧，讓小說的故事情節更加合理化，人物的形象更加生動化。

二十一 《晴雯撕扇》

詩篇

佳人難得態憨生，
弱質嬌柔貌娉婷。
俏語頻頻含妒意，
嬌嗔脈脈露風情。
影內情郎終是幻，
鏡中愛寵總成空。
莫笑晴雯言最利，
侍兒妙處是機靈。

晴雯姐寶玉婢中為翹楚，
他的那容顏俏麗心性聰明。
這一日，正在嬌嗔當院臥，
在寶玉床頭睡正濃。
偏遇著二爺帶酒歸來晚，
見床頭有人倦臥眼矇矓。
真如那梨花帶雨嬌無力，
夢繞巫山上一層。
這寶玉把早間跌扇居然忘，
說：「起來罷，露重風涼病又生。」

不由得挨身緊靠晴雯坐，
手拉玉腕喚娉婷。
這晴雯翻身便自來相躲，
提鞋意欲下床行。
「蠢丫頭那配與爺一處坐，
扶侍爺手腳粗笨諸事無能。」
寶玉說：「你如今脾氣真真傲，
早間那數語，何須你就把氣生？
你和我一時使性倒還罷了，
襲人姐好心來勸，你也發瘋。」
一席話說的晴雯無言對，
不由得噗哧一笑面皮兒紅。
說道是：「別拉拉扯扯我真覺熱，
讓我向房中洗浴，省得汗似蒸籠。
叫他們若來看見何模樣，
編派言詞不受聽。
再者呢，也不配在爺床上坐」，
寶玉說：「坐著不配，你怎麼倒睡濃？」
晴雯聽罷「哧」一笑，
說：「爺來家須把尊卑分個明。
起開罷，襲人、麝月已經洗畢，
待我去把他們喚至預備茶茗。」
寶玉說：「方才我也多喝了酒，
拿水來，我和你同洗一盆中。」
晴雯失笑忙搖手，
說：「爺雖賞臉，我可不敢承情。

那一年，碧痕扶侍爺洗澡，

足夠那三個時辰未聞聲。」

寶玉無言惟一笑，

回言道：「此時涼快，不洗也行。」

晴雯說：「我去倒盆洗臉水，

你洗洗臉，把頭髮梳開通它一通。

鴛鴦姐適才送至好些鮮果，

我都擱在那水晶缸內用冰冰。

待我去叫他們出來同伺候」，

寶玉說：「你就去拿來解解宿醒。」

晴雯笑道：「我慌張的很，

倘或把盤子失手，爺又心疼。」

寶玉說：「這些東西不過供養用，

比如那扇子炎熱為他搧風。

若要是高興撕著聽他一響，

卻不可拿他殺氣，那就不近人情。」

晴雯笑道：「原來如此，

我最愛使勁一撕聽那一聲。

你就把手中扇子交與我」，

寶玉笑把扇子遞過說：「這就怡情。」

見晴雯哧的一聲撕成兩半，

寶玉說：「撕得真響甚堪聽。」

偏遇著麝月持扇從旁過，

這寶玉連忙奪得在手中。

這晴雯接來也就同撕碎，

麝月說：「阿彌陀佛，造孽無窮。」

點頭咂嘴連聲嘆，

說：「拿我的東西開心，太也不情！」

寶玉說：「把扇匣打開挑了去，

管叫你春撕到夏，秋撕到冬。」

麝月說：「把扇匣搬出，叫他撕個盡力」，

寶玉說：「你就搬去到房中。」

麝月說：「可不，他今並未撕折手」，

晴雯笑說：「我也撕乏」就扶在床欄。

這一回，晴雯撕扇作千金笑，

可羨那奢華公子甚多情。

作品導讀

　　在《紅樓夢》中，伺候賈寶玉的丫鬟很多，其中較為有名的是花襲人和晴雯。小說第七十四回〈惑奸讒抄檢大觀園　矢孤介杜絕寧國府〉，藉由王夫人描述晴雯的容貌是「水蛇腰、削肩膀、眉眼又有些像你林妹妹的」、「好個美人！真像個病西施了」；而鳳姐也說：「若論這些丫頭們，共總比起來，都沒晴雯生得好。」後人對晴雯的評價為：「有過人之節，而不能以自藏，此自禍之媒也。晴雯人品心術，都無可議，惟性情卞急，語言犀利，為稍薄耳。使善自藏，當不致逐死。然紅顏絕世，易啟青蠅；公子多情，竟能白璧。是又女子不字、十年乃字者也。非自愛而能若是乎？」由此可見，在賈府數以百計的丫頭中，晴雯是最美麗的一個，也是最俏皮的一個。她的語言尖而銳，但也還不能算刻薄。

　　晴雯僅活了十六歲，她的夭折，不僅引起賈寶玉心靈的極大震

撼，而且赢得了千百萬讀者的痛惜和憤慨。在抄查大觀園的事件中，遭殃最大的便是晴雯，她是作者筆下受最大屈辱的女性。金釧、司棋是犯了錯才受到懲罰的，但晴雯卻純然是無辜的受害者，毫無理由地被判了刑的無罪者。她言談犀利，口角鋒芒，不馴順、不服氣、不媚俗，正是這樣，才會演出「撕扇」、「補裘」、「拒抄」等令人心折神往的活劇。她和賈寶玉之間並無「私情密意」，但她卻抱屈而死。臨終前，她對賈寶玉吐出了自己心中積鬱的冤屈，反映了她的遭遇是不公平的。

　　《晴雯撕扇》（全一回），作者不詳，現存有清鈔本等。開端有詩篇，中東轍（讀音類似「ㄥ」韻）。內容主要是根據《紅樓夢》第三十一回〈撕扇子作千金一笑　　因麒麟伏白首雙星〉上半回之部分情節改編而成，敷演晴雯曾不小心把扇子掉在地下，將股子跌折，為此挨賈寶玉指責。後來賈寶玉為讓晴雯開心，允許她撕扇之故事。

　　小說第三十一回描寫賈寶玉要求晴雯去拿果子來吃時，晴雯說道：「我慌張的很，連扇子還跌折了，那裡還配打發吃果子。倘或再打破了盤子，還更了不得呢。」寶玉笑道：「你愛打就打，這些東西原不過是借人所用，你愛這樣，我愛那樣，各自性情不同。比如那扇子原是扇的，你要撕著玩也可以使得，只是不可生氣時拿他出氣。」晴雯聽了，笑道：「既這麼說，你就拿了扇子來我撕。我最喜歡撕的。」賈寶玉聽了，便笑著遞給他。晴雯果然接過來，嗤的一聲，撕了兩半，接著嗤嗤又聽幾聲，賈寶玉在旁笑著說：「響的好，再撕響些！」甚至麝月走過來時，賈寶玉還把他手裡的扇子也奪來給晴雯。晴雯接了，也撕了，賈寶玉和晴雯兩人都大笑。麝月說道：「這是怎麼說，拿我的東西開心兒？」賈寶玉笑道：「打開扇子匣子你揀去，什麼好東西！」麝月說道：「既這麼說，就把匣子搬了出來，讓他盡力的撕，豈不好？」賈寶玉笑道：「你就搬去。」麝月說道：「我可不造這孽。

他也沒折了手，叫他自己搬去。」晴雯笑道：「我也乏了，明兒再撕罷。」賈寶玉笑道：「古人云，『千金難買一笑』，幾把扇子能值幾何！」

　　而《晴雯撕扇》則寫道：「晴雯笑道：『我慌張的很／倘或把盤子失手，爺又心疼。』／寶玉說：『這些東西不過供養用／比如那扇子炎熱為他搧風／若要是高興撕著聽他一響／卻不可拿他殺氣，那就不近人情。』／晴雯笑道：『原來如此／我最愛使勁一撕聽那一聲／你就把手中扇子交與我。』／寶玉笑把扇子遞過說：『這就怡情。』／見晴雯哧的一聲撕成兩半／寶玉說：『撕得真響甚堪聽。』／偏遇著麝月持扇從旁過／這寶玉連忙奪得在手中／這晴雯接來也就同撕碎／麝月說：『阿彌陀佛，造孽無窮。』／點頭咂嘴連聲嘆／說：『拿我的東西開心，太也不情！』／寶玉說：『把扇匣打開挑了去／管叫你春搧到夏，秋搧到冬。』／麝月說：『把扇匣搬出，叫他撕個盡力。』／寶玉說：『你就搬去到房中。』／麝月說：『可不，他今並未撕折手。』／晴雯笑說：『我也撕乏。』就扶在床欄／這一回，晴雯撕扇作千金笑／可羨那奢華公子甚多情。」如上所述，子弟書作家在小說的基礎上，集中描寫晴雯撕扇的情節，不僅增加賈寶玉認為撕扇是一種「怡情」的觀念，而且表達他們心中的感觸：「這一回，晴雯撕扇作千金笑／可羨那奢華公子甚多情。」此外，小說描寫麝月所說的話：「這是怎麼說，拿我的東西開心兒」、「我可不造這孽。他也沒折了手，叫他自己搬去。」而子弟書作家在描繪麝月的不滿時所說的話：「阿彌陀佛，造孽無窮」、「點頭咂嘴連聲嘆／說：『拿我的東西開心，太也不情！』」由此可知，子弟書的用字遣詞生動多了，而小說的文詞則較為簡略。

二十二 《遣晴雯》

詩篇

梧雨蔘風最斷魂，
秋聲淅瀝不堪聞。
湘雲怨結光流遠，
楚柳魂銷冷淚痕。
哀公子物在人亡填詞作誄，
嘆佳人芳魂艷魄玉碎珠沉。
芸窗[1]下醫餘兀坐無窮恨，
閒消遣楮灑淒涼冷落文。

第一回〈追囊〉

佳人薄命病浮沉，
惟恨諑謠[2]賤婦人。
嫣紅雖豔遭蜂妒，
妊紫徒香惹燕嗔。
只因為痴鬟誤拾春囊袋，
又誰知無心觸怒老夫人。

---

1 芸窗　指作者。
2 諑(ㄓㄨㄛˊ)謠　讒言。諑謠，又作「謠諑」。

急煎煎憂慮堆胸發了怔，
呆獃獃煩難滿腹只出神：
「又不知斯囊出在何人手？
越叫人疑上添疑好悶人。」
來到了熙鳳房中相探問，
勘察暗地追訊佳人：
「知他是生長公門斷無此事，
又兼著言和理順不便追尋。
幸虧了大太太園中相遇見，
若是姊妹們看見，天哪，好怕人！
或者是太夫人跟前痴鬟送去，
說我不嚴家教，鬧個地覆天昏！
又恐怕潭潭公府傳出去，
有失了椒房之貴貽笑他人。」
想到此，一陣心酸垂下淚，
王熙鳳旁邊安慰也傷心。
說：「太太呵！閒愁拋卻休憂慮，
倒不如差些僕婦私訪原因。
再者是園中使女無其數，
又兼那小廝應差在二門。
拿不定打牙鬥嘴難言事，
不免偷睛遞目人。
察看時，太太趁勢將她撺，
省的個朝朝暮暮吊膽提心。
別將這此言傳到園中去，
怕的是風聲走透就難以追尋。」

說畢時，忙呼侍女傳周瑞，
快叫他曉報陪房僕婦們。
進來了吳興、來旺、鄭華、來喜，
一旁侍立鴉雀無聞。
話未言，綉帘啟處一齊舉目，
正是那邢夫人僕婦送袋的來人。
說：「你何不暫到園中權時照管，
將他們僕婦丫鬟細細尋？
有什麼事物稟我知道，
莫作瞞贓隱弊人。
事畢後，再歸東府回音去，
大家彼此放寬心。」
王善保一一答應說：「知道，
太太言詞誰敢不遵！」
暗思量：「閨中的侍女輕狂的很，
一個個眉高心大目無人。
我何不在太太跟前將她們暗算？
將機就計斬草除根！」
想畢時，說：「太太早就應嚴緊，
又搭著事務繁冗，唉！哪裡留心。」
說：「園中的女孩兒們哪有體統？
倒像是受了封誥一般，比小姐還尊。
說他聲兒，調唆姑娘說我們欺負，
奴才們怎能擔待？焉敢相侵？」
夫人說：「跟姑娘的丫鬟們原當嬌貴，
就不當餌名釣祿仗勢欺人。」

婦人說:「更有這二爺屋裡的晴雯女,

他不比小姐的丫鬟侍女們。

終日家打扮個狐媚狂樣子,

每日裡只一張巧嘴慣說人。

香囊兒時常在他胸前掛,

粉撲兒終日何曾離卻身?

桃紅柳綠妝成西子,

敷粉施脂像是文君[3]。

調逗的公子終朝書不念,

將二爺引作輕狂一類人。

讀書心腸全無半點,

調脂高興倒有十分。

可惜他羞從黃卷青燈事,

愛向紅顏綠鬢人。

一任他橫眉豎目平欺主,

一任他托懶撒嬌又咬群。

見了我們,無是生非雞爭鵝鬥,

見了爺們,有說有笑分外的精神。

欲說罷,倒像人家尋他錯縫,

不說罷,豈容憋悶在於人心。

這府中下人那個遵規矩,

教他們背前面後墊舌根。

可是說的咧,堂堂公府深如海,

---

3 文君　見《二玉論心》(詩篇首句為「流水高山何處尋」)第一回注「咏雪的
　文君」條。

為甚麼走漏風聲遠近聞？
常言道：好事不出門，惡事行千里，
太太呵！諸凡大事莫慈心。
若不要尋個錯縫兒將他遣，
有失了大家的體統貽笑別人。
太太的大事是兒孫重，
下場頭望子的榮華化作了塵。
聽話的僕婦、丫鬟暗切齒，
一個個怒氣填胸恨婦人。
嘆晴雯嫣紅雨打從頭兒受，
可憐他秦鏡塵埋挨次兒渾。

詩篇

忽對西風倍黯神，
一庭明月照離人。
蘭胸緊鎖無窮恨，
綉枕還留有迹痕。
黃土隴中女兒命短，
茜紗窗下公子情深。
惟有這玉人兒一去無歸路，
空悵望一林紅葉幾片白雲。

第二回〈遣雯〉

夫人聞言滿面嗔，
回頭有語問佳人。

說：「那日跟隨老太太往園中去，
樹林下影影綽綽記得最真。
削肩膀，水蛇腰，眉眼像你林妹妹，
妖妖趫趫正那裡罵人。
我很瞧不上那狂樣子，
在老太太跟前不便追尋。
到後來，要問是誰，我偏忘記，
想是他方才說的那晴雯。」
佳人說：「太太說的倒也彷彿，
就只是確實未對不敢胡云。」
這熙鳳一腔忿怒無心緒，
那婦人三千鬼話有精神。
說：「何不叫了他來太太看看？
並不是奴才撒謊褻瀆夫人。」
夫人點首微含笑，
忙呼侍女：「喚晴雯。
留下那佳蕙掃雲看守門戶，
扶侍寶玉、麝月、襲人。
單叫那晴雯前來，我有話問，
不許你把機關泄漏告訴別人。」
小鬟答應忙出去，
步入怡紅到繡門。
正值那午夢乍初迴，佳人不自在，
雲鬟無意整，悶悶對斜曛。
聽如此，忙整烏雲跟隨他去，
忙離繡榻步出園林。

知王氏最厭嬌妝與豔飾，
所以才不能露面避夫人。
只因他連日心中不自在，
並無有十分妝飾不掛於心。
步檻穿廊扶竹過柳，
來到了鳳姐房中小畫門。
佳人見僕婦丫鬟一旁侍立，
小鬟跪稟說：「帶到晴雯。」
夫人舉目留神看，
正是那上次園中遇見的人。
只見她雙綻頰紅春山洩淡，
朱唇不點粉面輕勻。
星眸乍炯雲鬟半褪，
獨鍾秀氣別樣消魂。
穿著那洒花顧繡的桃紅衫子，
配著那金沿蔥綠的六幅湘裙。
小背心倭緞鑲邊天藍玉色，
好似枝崇光泛彩東風嫋嫋海棠魂。
站在塵亭亭玉樹臨風立，
真有傾國的舉動洛浦的精神。
這夫人真怒攻心微微冷笑，
說：「好個捧心的西子，帶病的佳人！
呸！沒廉恥的東西，不識羞的賤婢！
打量著你作的事兒我不知聞。
我問你：妝成狂樣給誰人看？
且放著明朝追你賤人的魂！」

復說道：「今朝寶玉身康否？」
這佳人屈情滿腹不敢相云。
便知道必有仇人將他暗算，
他本是過頂聰明的智慧人。
見問寶玉，說：「奴才不曉，
知寶玉起居之處問麝月、秋紋。」
夫人說：「賤人這就該掌嘴，
你難道不是跟他的貼己人？」
晴雯說：「我從不到他房中去，
所以才一應事體概不知聞。
我本是老太太房中呼喚的使女，
因說奴才伶俐撥到他房中，不過是看守屋門。
有時間，大家玩會兒一時就散，
上一層有嬤嬤們看待，下一層有麝月、襲人。
閒暇時，還作老太太房中的針和線，
所以寶玉事竟不留心。
夫人既怪，從此留神就是」，
這夫人聞聽此話信以為真。
說：「阿彌陀佛，你不近他跟前是我的造化，
不勞大駕，竟不必留心。
明日個，回過老太太再處你」，
回頭說：「你們小心看守，不許她入寶玉房門。」
夫人一聲將晴雯喝退，
正是那晚煙掛樹日影兒西沉。
這佳人悲聲哽咽出門去，
氣撲撲，袖梢兒掩面搵啼痕。

可憐這賤婦讒言晴雯遭妒，
就是那一旁的侍女也酸心。
皆因是兔死狐悲傷[4]其類，
眼看著一旦分離怎不嘆人？
這佳人多岐自遇遭讒後，
身離榮府回轉家門。
每日裡，身伴蓬窗悲往事，
染病後，渺渺還將舊路兒尋。
可憐她昔日風流今已逝，
空留下一坏淨土伴秋林。
蕉窗[5]人剔缸閒看《情僧錄》，
清秋夜，筆端揮盡《遣晴雯》。

作品導讀

　　《遣晴雯》(全二回)，作者芸窗(或作蕉窗)，現存有清鈔本等。有回目，依序為〈追囊〉與〈遣雯〉。各回均有詩篇，皆人辰轍(讀音類似「ㄣ」韻)。內容主要是根據《紅樓夢》第七十四回〈惑奸讒抄檢大觀園　矢孤介杜絕寧國府〉上半回之部分情節改編而成，敷演傻大姐在大觀園裡無意間撿到春囊袋，王夫人大怒，抄檢大觀園。晴雯遭人惡意中傷，被王夫人誤會並攆出大觀園之故事。第一回〈追囊〉，敘述傻大姐撿到春囊袋，眾人懷疑是晴雯所為，王夫人決定藉口攆她出去之故事。第二回〈遣雯〉，敘述王夫人命人帶晴雯

---

[4] 兔死狐悲　兔子死了，狐狸為牠傷悲。比喻同類相惜，憂戚與共。語出《水滸傳》：「豈不聞兔死狐悲，物傷其類。」
[5] 蕉窗　指作者。

前來,當面怒斥,晴雯被攆回家之故事。

　　小說第七十四回描寫晴雯「今因連日不自在,並沒十分妝飾,自為無礙。及到了鳳姐房中,王夫人一見他釵軃鬢鬆,衫垂帶褪,有春睡捧心之遺風,而且形容面貌恰是上月的那人,不覺勾起方才的火來。王夫人原是天真爛漫之人,喜怒出於心臆,不比那些飾詞掩意之人,今既真怒攻心,又勾起往事,便冷笑道:『好個美人!真像個病西施了。你天天作這輕狂樣兒給誰看?你幹的事,打量我不知道呢!我且放著你,自然明兒揭你的皮!寶玉今日可好?』晴雯一聽如此說,心內大異,便知有人暗算了他。雖然着惱,只不敢作聲。他本是個聰敏過頂的人,見問寶玉可好些,他便不肯以實話對,只說:『我不大到寶玉房裡去,又不常和寶玉在一處,好歹我不能知道,只問襲人麝月兩個。』」

　　而《遣晴雯》第二回〈遣雯〉則寫道:「正值那午夢乍初迴,佳人不自在/雲鬟無意整,悶悶對斜暉/聽如此,忙整烏雲跟隨他去/忙離繡榻步出園林/知王氏最厭嬌妝與豔飾/所以才不能露面避夫人/只因他連日心中不自在/並無有十分妝飾不掛於心/步檻穿廊扶竹過柳/來到了鳳姐房中小畫門/佳人見僕婦丫鬟一旁侍立/小鬟跪稟說:『帶到晴雯。』/夫人舉目留神看/正是那上次園中遇見的人/只見她雙綻頰紅春山淺淡/朱唇不點粉面輕勻/星眸乍炯雲鬟半褪/獨鍾秀氣別樣消魂/穿著那洒花顧繡的桃紅衫子/配著那金沿蒽綠的六幅湘裙/小背心倭緞鑲邊天藍玉色/好似枝崇光泛彩東風嫋嫋海棠魂/站在塵亭亭玉樹臨風立/真有傾國的舉動洛浦的精神/這夫人真怒攻心微微冷笑/說:『好個捧心的西子,帶病的佳人/呸!沒廉恥的東西,不識羞的賤婢/打量著你作的事兒我不知聞/我問你:妝成狂樣給誰人看/且放著明朝追你賤人的魂!』/復說道:『今朝寶玉身康否?』/這佳人屈情滿腹不敢相云/便知

道必有仇人將他暗算／他本是過頂聰明的智慧人／見問寶玉，說：
『奴才不曉／知寶玉起居之處問麝月、秋紋。』」如上所述，在小說
中，形容晴雯只用「釵嚲鬢鬆，衫垂帶褪，有春睡捧心之遺風」三
句話簡略帶過。然而，子弟書作者在小說的基礎上，形容晴雯的外
貌是「只見她雙綻頰紅春山淺淡／朱唇不點粉面輕勻／星眸乍烟雲
鬒半褪／獨鍾秀氣別樣消魂」以及她「穿著那洒花顧綉的桃紅衫子
／配著那金沿蔥綠的六幅湘裙／小背心倭緞鑲邊天藍玉色／好似枝
崇光泛彩東風嫋嫋海棠魂／站在塵亭亭玉樹臨風立／真有傾國的舉
動洛浦的精神。」由此可知，子弟書作家增加晴雯在外貌以及穿著
方面的細節，使得晴雯的形象更細膩。此外，從曲文「可憐她昔日
風流今已逝／空留下一坏淨土伴秋林／蕉窗人剔缸閒看《情僧錄》
／清秋夜，筆端揮盡《遣晴雯》」中，可以看出子弟書作家對晴雯的
遭遇深表同情，因此特別描寫她因追囊以致被遣的故事。

二十三 《探雯換襖》

【詩篇】

冷雨淒風不可聽，
乍分離處最傷情。
釧鬆怎忍重添病？
腰瘦何堪再減容？
怕別無端成兩地，
尋芳除是卜他生。
雲田氏[1]長夏無聊消午悶，
寫一段寶玉晴雯的苦態形。

第一回〈探病〉

自從那晴雯離了怡紅院，
寶玉他每每痴呆似中瘋。
無故的自言自語長吁氣，
忽然間，問著十聲九不應。
有一時，襲人、麝月頻相勸，
他不過是點點頭兒哼一聲。
他想著房中除卻了晴雯女，

---

[1] 雲田氏　指作者。

這些人似玉磬傍著瓦缶鳴。
這寶玉一腔鬱悶出房去，
低頭兒離了怡紅小院中。
信步兒走到了角門兒外，
見個老媽兒身靠著牆根兒捉半風。
寶玉說：「你可知晴雯何處住？」
婆子說：「就從此逕往南行。」
痴公子並不回言，揚長就走，
見個小院兒房門上掛著布帘櫳。
這寶玉潛身就把屋兒進，
見迎面兒箱櫥兒緊靠著後窗櫺。
瓷壺兒放在爐臺兒上，
茶甌兒擺在碗架兒中。
內間兒油燈兒藏在琴桌兒下，
銅鏡兒梳頭匣兒和舊撢瓶。
小炕兒帶病的佳人歪玉體，
弱身兒搭蓋著半舊的紅綾。
臉蛋兒桃花兒初放紅如火，
烏雲兒未綰橫簪兒髮亂蓬。
玉腕兒一隻舒放紅綾兒外，
纖手兒一隻藏在被窩兒中。
小枕兒輕輕斜倚蠻腰兒後，
繡鞋兒雙雙緊靠炕沿兒扔。
柔氣兒隱隱噎聲脖項兒堵，
病身兒輾轉輕翻骨節兒疼。
猛聽得顫顫嘻聲叫：「嫂嫂，

你把那壺內茶兒給我半盅。」
這寶玉忙取茶杯不怠慢,
說:「吃茶罷,妹妹,是愚兄。」
這晴雯一聽聲音是寶玉,
唬的他半晌痴呆哼了一聲。
說:「二爺喲!你自何來?還不快去!
倘若是太太聞知,就了不成!」
寶玉說:「為卿一死何足惜,
要貪生,黃泉何面再相逢!
自從你前朝離了怡紅院,
兩日來,茶飯不思我的病已成。
本待要早早前來把卿看看,
被襲人苦苦相攔不放行。」
勇晴雯眼瞧著寶玉,悲聲咽咽,
點頭兒一語全無兩淚零。
欠身形手拉寶玉旁邊兒坐,
說:「我和你情意相投似妹兄。
只說是終須有日隨心願,
又誰知無故平空有變更。
那虔婆好好生心要將我害,
這其中,想來一定是有人通。
若知道不白的冤屈今日有,
我早和你……」話到其間臉一紅。
又說是:「這會外面是何時也?
屋內又無有交時報刻的鐘。」
寶玉說:「自家內出來交未正,

可是嗬，你也吃了些湯水不曾？」
這晴雯滔滔淚向腮邊滾，
說：「你打量我還在怡紅小院中？
咱那裡隨心如意般般有，
不拘時，要甚麼東西立刻現成。
你摸摸我四肢渾身如火炭，
怎能得可口的茶兒吃上半盅。」
痴公子忙向懷中一伸手，
說：「我把玫瑰露給你拿來一小瓶。
等著我尋些涼水沖與你飲」，
這晴雯聰慧的芳心暗感情。
說：「難為你樣樣椿椿思慮的到，
唉！可憐我除了你連心，有哪個疼？」

詩篇

情深婢妾也相憐，
片時密語敘心田。
贈物無非明好愛，
遷衣總是意情緣。
此恨更深孤影怯，
彼憂人去兩眉攢。
名園從此春光老，
過眼繁華大半完。

第二回〈離魂〉

這寶玉近前拉定晴雯手，
嘆氣唏聲眼望著天。
可憐他別後胸中愁萬種，
及至相逢又無話言。
半晌含悲呼了聲：「妹妹！」
說：「卿卿不必過心酸。
你等我今晚就到上房裡去，
將你這一往的冤屈對祖母言。
定叫你明朝重進怡紅院，
不能時，情甘一死獻卿前。」
晴雯說：「二爺好歹休生事，
你把這偌大的干係當作等閒。
老太太倘然問起因何故？
那香袋兒定然惹下禍塌天。
就便是強把奴家說回去，
你叫我何顏再入大觀園。
二爺呀！從今把奴丟開罷，
只當是此身早已喪黃泉。
你若是果然不捨晴雯女，
望天涯頻頻長喚我兩三番。
我死後，此身不可留塵世，
懇乞爺即刻將奴用火燃。
免得我膽小的魂靈兒去看屍骨，
這就是你實意真心把妾憐。」

寶玉說：「卿病何堪能至此，
將養著身安不過五七天。」
晴雯說：「妾知不久歸黃土，
總不過小命兒嗚呼在早晚間。
爺呀！你待我深恩難以盡述，
憐奴時，撕扇千金作笑談。
大料著今世裡不能相補報，
也只好來生結草再銜環[2]。」
這佳人口含玉笋腮流淚，
咯吱吱雙雙咬下指甲兒尖。
慟哀哀說：「權將此物與君贈，
算晴雯未死的前身一樣般。
作詩時，翻紙兒常掩書本內，
寫字時，舀水相隨筆墨兒間。」
勇晴雯話到哀腸雙凝杏眼，
芳心一慟改變了朱顏。
這晴雯甦醒多時睜二目，
淚珠兒滴滴枕上盡是紅斑。
寶玉他忙取綾帕兒把香腮搵，
咬牙兒說：「卿卿何必過傷殘！
人秉著七情六慾誰無病？
退浮災，調養中和體自安。」
這佳人明知寶玉是寬心話，
點頭兒一語全無兩淚漣。

---

2 結草再銜環　見《露淚緣》第九回〈訣婢〉注「結草銜環」條。

說：「爺呀！你攙起奴家稍坐坐，
可憐我渾身疼痛骨節兒酸。」
痴公子手扶玉體挪鴛枕，
只聞得陣陣肌香被底兒攢。
這佳人忙將繡襖兒輕脫下，
說：「這衣服奴與郎君對換著穿。
我和你今生雖未通形體，
也算是晝夜貼身伴你眠。
奴與你從此永別休思再會，
要相逢，只待三更魂夢間。」
這寶玉慘慘淒淒將衣換上，
忽聽得窗外像有人言。
原來是晴雯的嫂嫂回家轉，
痴公子強硬著心腸到外邊。
又聽得一片聲音呼：「寶玉！」
他只好含悲忍淚進了花園。
這晴雯眼瞧著寶玉出房去，
恰好似萬把鋼刀刺肺肝。
一霎時，神氣迷糊身軀兒挺，
猛然間，四肢冰涼手腳兒癱。
痴呆呆目對房門呼恩主，
怔呵呵手指窗櫺口內言。
說：「寶玉你回來罷，喲，怎的不應？」
登時間，香魂一散，豔魄飄然。

作品導讀

　　《探雯換襖》（全二回），作者為雲田氏，現存有清鈔本等。有回目，依序為〈探病〉與〈離魂〉。各回均有詩篇，合轍依序為中東（讀音類似「ㄥ」韻）、言前（讀音類似「ㄢ」韻）。內容主要是根據《紅樓夢》第七十七回〈俏丫鬟抱屈夭風流　美優伶斬情歸水月〉上半回之部分情節改編而成，敷演晴雯離開怡紅院，賈寶玉前往晴雯家中探病，晴雯咬指甲贈送賈寶玉，兩人換襖留作紀念之故事。第一回〈探病〉，敘述晴雯被攆回家，臥病在床，賈寶玉前往探望之故事。第二回〈離魂〉，敘述晴雯臨死前，咬指甲以及換繡襖給賈寶玉之故事。

　　小說第七十七回描寫：「寶玉命那婆子在院門瞭哨，他獨自掀起草簾進來，一眼就看見晴雯睡在蘆席土炕上，幸而衾褥還是舊日鋪的。心內不知自己怎麼才好，因上來含淚伸手輕輕拉他，悄喚兩聲。當下晴雯又因着了風，又受了他哥嫂的歹話，病上加病，嗽了一日，才朦朧睡了。忽聞有人喚他，強展星眸，一見是寶玉，又驚又喜，又悲又痛，忙一把死攥住他的手。哽咽了半日，方說出半句話來：『我只當不得見你了。』接著便嗽個不住。寶玉也只有哽咽之分。晴雯道：『阿彌陀佛，你來的好，且把那茶倒半碗我喝。渴了這半日，叫半個人也叫不着。』寶玉聽說，忙拭淚問：『茶在那裡？』晴雯道：『那爐臺上就是。』寶玉看時，雖有個黑沙吊子，卻不像個茶壺。只得桌上去拿了一個碗，也甚大甚粗，不像個茶碗，未到手內，先就聞得油膻之氣。寶玉只得拿了來，先拿些水洗了兩次，復又用水汕過，方提起沙壺斟了半碗。看時，絳紅的，也太不成茶。」

　　而《探雯換襖》第一回〈探病〉則寫道：「小炕兒帶病的佳人歪玉體／弱身兒搭蓋著半舊的紅綾／臉蛋兒桃花兒初放紅如火／烏雲

兒未縮橫簪兒髮亂蓬／玉腕兒一隻舒放紅綾兒外／纖手兒一隻藏在
被窩兒中／小枕兒輕輕斜倚蠻腰兒後／繡鞋兒雙雙緊靠炕沿兒扔／
柔氣兒隱隱，噎聲脖項兒堵／病身兒輾轉輕翻，骨節兒疼／猛聽得
顫顫嘻聲叫：『嫂嫂／你把那壺內茶兒給我半盅。』／這寶玉忙取茶
杯不怠慢／說：『吃茶罷，妹妹，是愚兄。』／這晴雯一聽聲音是寶
玉／唬的他半晌痴呆哼了一聲／說：『二爺哟！你自何來？還不快去
／倘若是太太聞知，就了不成！』／寶玉說：『為卿一死何足惜／要
貪生，黃泉何面再相逢／自從你前朝離了怡紅院／兩日來，茶飯不
思我的病已成／本待要早早前來把卿看看／被襲人苦苦相攔不放
行。』／勇晴雯眼瞧著寶玉，悲聲咽咽／點頭兒一語全無兩淚零。」

　　如上所述，小說描寫賈寶玉到晴雯的哥嫂家，「他獨自掀起草簾
進來，一眼就看見晴雯睡在蘆席土炕上，幸而衾褥還是舊日鋪的。」
小說只用「晴雯睡在蘆席土炕上，幸而衾褥還是舊日鋪的」簡單帶
過。然而，子弟書在小說的基礎上，深入刻畫晴雯的姿勢是「小炕
兒帶病的佳人歪玉體」、「玉腕兒一隻舒放紅綾兒外／纖手兒一隻藏
在被窩兒中／小枕兒輕輕斜倚蠻腰兒後」；穿著是「弱身兒搭蓋著半
舊的紅綾」、「繡鞋兒雙雙緊靠炕沿兒扔」；外貌是「臉蛋兒桃花兒初
放紅如火／烏雲兒未縮橫簪兒髮亂蓬」；病況是「柔氣兒隱隱，噎聲
脖項兒堵／病身兒輾轉輕翻，骨節兒疼」；言語是「猛聽得顫顫嘻聲
叫：『嫂嫂／你把那壺內茶兒給我半盅』」，使得晴雯的形象更豐富。
此外，小說描繪的情節是晴雯昏睡，賈寶玉是「含淚伸手輕輕拉他，
悄喚兩聲」，晴雯才甦醒過來；子弟書作家則描寫賈寶玉去探望晴雯
時，晴雯是醒著的，她正呼喚嫂嫂「你把那壺內茶兒給我半盅。」
又小說描述晴雯一見到賈寶玉來訪，說道：「我只當不得見你了」；
子弟書作家則描寫晴雯「說：『二爺哟！你自何來？還不快去／倘若
是太太聞知，就了不成！』」不僅如此，子弟書還增加賈寶玉多情的

形象,「寶玉說:『為卿一死何足惜／要貪生,黃泉何面再相逢／自從你前朝離了怡紅院／兩日來,茶飯不思我的病已成／本待要早早前來把卿看看／被襲人苦苦相攔不放行。」足見子弟書作家改編了許多小說的故事情節。

二十四 《晴雯齋恨》

詩篇

生離死別最難堪，
別到晴雯更可憐。
總有愁腸難貯淚，
任他仇口也稱冤。
了無私愛生前共，
空有虛名死後擔。
腸斷芙蓉秋水上，
香魂猶伴大觀園。

嘆晴雯雀裘補竣增新病，
瘦骨兒漸漸難支臥枕邊。
又被人添上些浮言回太太，
叫他那兄嫂領去不許耽延。
可憐他好勝心腸成畫餅，
可憐他超群品貌化雲煙。
可憐他徒負虛名充去妾，
可憐他終成薄命恨紅顏[1]。

---

[1] 終成薄命恨紅顏　見《露淚緣》第一回〈鳳謀〉注「薄命紅顏」條。

這寶玉一念痴情來探病，
見那一種欲去的香魂那個憐。
進門來，見斗室漆黑蠅蚋滿，
到房中，不知何味甚腥羶。
窗臺上，縱橫堆滿殘燈檠[2]，
土炕上，骯髒鋪就破絨氈。
見晴雯懨懨獨在床頭臥，
猶蓋著平時錦被色尚鮮妍。
只見他面如金紙雙睛閉，
聽人聲，把杏眼微開仔細觀。
見寶玉來至房中，不能說話，
手指著茶甌嚷喉乾。
這寶玉取過茶甌骯髒甚，
聞一聞，氣味甚難堪。
回頭見有個煤燎煙燻薄沙鍋，
倒了半盞似墨水一般又澀又鹹。
這晴雯接來飲盡如甘露，
他這才手拉寶玉慢開言：
「說我雖是稍有聰明也無過犯，
為甚麼登時攆逐信浮言？
竟說我狐媚偏能來惑主，
到底有甚麼實據就掩袖宮讒？
如今我倒深悔從前錯，
空作了盡心竭力無玷丫鬟。

_____

2 燈檠　見《石頭記》第四回注「檠」條。

只因我心直口快難容物，
所以才將風月擔。
故使我衾綢夜抱終無分，
反落個妖嬈[3]淫賤眾相傳。」
這晴雯越說越痛柔腸碎，
手拉著寶玉要換他的衣衫。
叫寶玉扶他坐起將裡襖褪下，
這情郎慌忙接過慟淚漣漣。
也忙著解鈕來把衣脫下，
就將他貼身小襖換來穿。
就將那自己的小襖與他披身上，
又將他輕輕扶倒臥衾間。
這晴雯狠命把春蔥齊咬斷，
猶帶著鳳仙花染色斑斕。
遞與寶玉將手來攥住[4]，
說：「也算我一點遺念就永別尊顏。
二爺呀，我扶侍你一場也無好處，
今日一見，就死在陰曹鬼也安。
快去罷，這屋中氣味難禁受，
也不必念這苦命的丫鬟在黃泉。
再不能露影窗前閒鬥草，
再不能水晶帘下箔金錢。
再不能病補雀裘燈盡後，

---

[3] 妖嬈（ㄖㄠ ˊ）　妖媚而豔麗動人。
[4] 攥住　見《石頭記》第三回注「攥」條。

再不能嬌撕彩扇在晚風前。
只落得多病的小青悲短命，
只落得離魂倩女葬黃泉。
只落得墳頭草長迷青塚，
只落得月下魂歸響珮環。
再別想翡翠衾中和握手，
再別想鴛鴦枕畔笑摩肩。」
這晴雯他已死春蠶絲未盡，
可不把個多情公子哽噎難言。
本待要勸解一番無從勸解，
又怕那天晚花園門要關。
又遇著他嫂子歪纏胡亂語，
沒奈何，強收珠淚慢回還。
到怡紅，又遣小鬟偷探望，
這一宿，捶床搗枕淚難乾。
到次日，小鬟背地來回話，
他知道小爺心性，就編了一派胡言。
說：「晴姑娘原來並非是死，
他做了園內花神上了天。」
寶玉驚喜說：「把何花管？」
他編道：「專管芙蓉在秋水邊。」
這寶玉信以為實拍著手笑，
說：「到底是天公位置正當然。」
喜孜孜笑向襲人稱怪事，
把一個花姑娘笑倒在床邊：
「我再要不勸你，我又忍耐不住，

像你這肉麻的話兒，叫我怎麼搭言？

什麼愛物兒，不過也是個我，

幾曾見丫頭隊內有天仙？

真要是晴雯若果能尸解[5]，

今夜晚，請爺就去伴花眠。」

一席話，說得寶玉無可對，

他總想著晴雯一定是登仙。

他撰一篇茜紗窗下《芙蓉誄》，

懸在那芙蓉花上拜花前。

嘆晴雯這番做鬼也風流盡，

竟藉著那江上芙蓉把倩影傳。

作品導讀

　　《晴雯齋恨》（全一回），作者不詳，現存有清鈔本等。開端有詩篇，言前轍（讀音類似「ㄢ」韻）。內容主要是根據《紅樓夢》第七十七回〈俏丫鬟抱屈夭風流　美優伶斬情歸水月〉上半回及第七十八回〈老學士閒徵姽嫿詞　痴公子杜撰芙蓉誄〉下半回之部分情節改編而成，敷演晴雯遭人構陷，不幸身亡，而賈寶玉撰寫〈芙蓉女兒誄〉祭拜晴雯之故事。

　　小說第第七十七回描寫賈寶玉去晴雯的哥嫂家探視晴雯，賈寶玉「一面想，一面流淚問道：『你有什麼說的，趁著沒人告訴我。』晴雯嗚咽道：『有什麼說的！不過挨一刻是一刻，挨一日是一日。我

---

5 尸解　道家語，修道的人留下形骸，靈魂已出竅而得道仙去，實為得道而死的
　　意思。

已知橫豎不過三五日的光景，就好回去了。只是一件，我死也不甘心的：我雖生的比別人略好些，並沒有私情密意勾引你怎樣，如何一口死咬定了我是個狐狸精！我太不服。今日既已擔了虛名，而且臨死，不是我說一句後悔的話，早知如此，我當日也另有個道理。不料癡心傻意，只說大家橫豎是在一處。不想平空裡生出這一節話來，有冤無處訴。』說畢又哭。寶玉拉著他的手，只覺瘦如枯柴，腕上猶戴著四個銀鐲，因泣道：『且卸下這個來，等好了再戴上罷。』因與他卸下來，塞在枕下。又說：『可惜這兩個指甲，好容易長了二寸長，這一病好了，又損好些。』晴雯拭淚，就伸手取了剪刀，將左手上兩根一般的指甲齊根鉸下；又伸手向被內將貼身穿著的一件舊紅綾襖脫下，並指甲都與寶玉道：『這個你收了，以後就如見我一般。快把你的襖兒脫下來我穿。我將來在棺材內獨自躺著，也就像還在怡紅院的一樣了，論理不該如此，只是擔了虛名，我可也是無可如何了。』寶玉聽說，忙寬衣換上，藏了指甲。晴雯又哭道：『回去他們看見了要問，不必撒謊，就說是我的。既擔了虛名，越性如此，也不過這樣了。』」

從《晴雯齋恨》正文開頭前八句：「嘆晴雯雀裘補竣增新病／瘦骨兒漸漸難支臥枕邊／又被人添上些浮言回太太／叫他那兄嫂領去不許耽延／可憐他好勝心腸成畫餅／可憐他超群品貌化雲煙／可憐他徒負虛名充去妾／可憐他終成薄命恨紅顏」中，可以明顯看出子弟書作者對晴雯不平的遭遇深表同情，並連用四個「可憐」來強化晴雯好勝心強、品貌超群、徒負虛名以及紅顏薄命的形象。小說中，晴雯說道：「我雖生的比別人略好些，並沒有私情密意勾引你怎樣，如何一口死咬定了我是個狐狸精！我太不服。今日既已擔了虛名，而且臨死，不是我說一句後悔的話，早知如此，我當日也另有個道理。」而在《晴雯齋恨》中，晴雯則對賈寶玉哭訴：「『說我雖是稍

有聰明也無過犯／為甚麼登時攆逐信浮言／竟說我狐媚偏能來惑主／到底有甚麼實據就掩袖宮讒／如今我倒深悔從前錯／空作了盡心竭力無玷丫鬟／只因我心直口快難容物／所以才將風月擔／故使我衾綢夜抱終無分／反落個妖嬈淫賤眾相傳』」，兩相比較之下，子弟書「如今我倒深悔從前錯／空作了盡心竭力無玷丫鬟／只因我心直口快難容物／所以才將風月擔／故使我衾綢夜抱終無分／反落個妖嬈淫賤眾相傳」，比起小說「早知如此，我當日也另有個道理」描寫地更加豐富。又小說描繪賈寶玉將要離開晴雯的情形：「二人自是依依不捨，也少不得一別。晴雯知寶玉難行，遂用被蒙頭，總不理他，寶玉方出來。」而在《晴雯齋恨》中，晴雯對賈寶玉「說：『也算我一點遺念就永別尊顏／二爺呀，我扶侍你一場也無好處／今日一見，就死在陰曹鬼也安／快去罷，這屋中氣味難禁受／也不必念這苦命的丫鬟在黃泉／再不能露影窗前鬥鬥草／再不能水晶帘下箔金錢／再不能病補雀裘燈盡後／再不能嬌撕彩扇在晚風前／只落得多病的小青悲短命／只落得離魂倩女葬黃泉／只落得墳頭草長迷青塚／只落得月下魂歸響珮環／再別想翡翠衾中和握手／再別想鴛鴦枕畔笑摩肩。』／這晴雯他已死春蠶絲未盡／可不把個多情公子哽噎難言。」兩相比較之下，子弟書作者擅長設身處地，想像賈寶玉和晴雯傷慟離別時，兩人必有許多悲悽的對話以及依依不捨的場景。因此，子弟書作家深入人物的內心世界，挖掘新意，使得人物的形象更加生動。

二十五 《芙蓉誄》

詩篇

棲鴉繞樹動霜鐘，
帘幕低垂燭影紅。
玉指輕舒拈繡線，
金針微度倚薰籠。
病容饒有西施態，
纖手何如織女工。
憔悴為郎情切切，
強支鴦枕不辭慵。

第一回〈補呢〉

侍兒薄命秉霜清，
賈府晴雯最苦情。
她生來一段風流體，
長成一副美嬌容。
蛾眉兩道青山翠，
杏眼一雙碧水澄。
萬縷烏雲如墨染，
櫻桃小口似朱紅。

說什麼百媚千嬌天下少，
果然是如花似玉貌傾城。
更兼他秉性兒耿直心地兒正，
活計兒精工文藝兒通。
就只是口角兒太快招人怨，
往往的語言兒鋒利惹人憎。
自從那賈母派來跟隨寶玉，
後來又搬進了怡紅倒也安寧。
這佳人仔細殷勤侍奉主，
或者是無事偷閒習女工。
那寶玉待她情最厚，
勝如姊妹一般同。
府中上下都和睦，
就只是常與襲人把氣生。
那夜晚因同麝月閒頑鬧，
偶感風寒嗽不停。
只覺得頭上發燒身體兒熱，
眼中冒火兩腮兒紅。
次日裡四肢無力渾身兒懶，
到晚來兩腿發酸骨節兒疼。
忙服了一丸發散藥，
依然是喘嗽坐不安寧。
支撐不住寬衣而臥，
她這裡掀開了錦被把頭蒙。
欲睡的佳人忽聽腳步兒響，
原來是寶玉轉家中。

說：「今朝替舅舅預祝壽，
明早仍須把禮行。
但不知晴雯的感冒可曾好？
襲人探母可轉回程？」
說話間連把秋紋、麝月喚：
「有一件焦心的事兒要費調停。
我今日得了雀金呢一件，
卻是那外國的至寶最馳名。
老太太賞我之時命仔細，
又說是此衣的價兒貴似連城。
世間只得俄羅斯國有，
百年不壞顏色兒鮮明。
穿了它不但邪魔都遠避，
還帶著寒暑不侵身體兒寧。
我今晨穿了出門去，
果然是人人喝采把奇稱。
都說道這件衣裳天下少，
不是那手巧的人兒也織不成。
我聽了正自心歡喜，
偏偏的慶壽放花燈。
不提防前身的衿子燒了一塊，
豈非是辜負了祖母的重恩情。
老太太今晚雖然瞞過了，
到明朝一場大罵豈能容？
更可笑剛才送給裁縫看，
他倒問：『怎麼樣兒補來怎麼樣兒縫？』」

機坊中訪來問去全不曉，
織綉匠找去尋來都不能。
而今是買也沒處買來補又不能補，
教茗煙四處徒然腳不停。
偏遇著手巧的晴雯病未好，
那探親的襲人又未轉回程。
林妹妹欠安怎好去勞動，
又恐怕七言八語走漏這風聲。
這呢兒既是裁縫都不會補，
林妹妹焉能又有巧針兒縫？
你們拿去看一看，
大約是也無妙手把功成。
果真是左右為難難壞了我，
只怪我擺什麼款兒逞什麼雄。
好好的收在箱中豈不省事？
只落得無顏羞進上房中。」
說著不由連跺腳，
長吁短嘆不絕聲。
麝月說：「這樣的精工誰會補？」
秋紋說：「縱讓他神仙也不能。」
聽話的佳人只得扎掙起，
顧不得眼花頭暈耳生風。
忙把那烏雲挽了兩挽，
身上的棉衣加了一層。
叫小鬟銀燈移在帳兒外，
床兒上鋪下了呢兒仔細定睛。

果然是攢紅綴綠噴霞彩，

燦爛輝煌繞眼明。

就只是正面的大衿[1]燒破了一塊，

約來大小似茶盅。

佳人看罷將頭點，

說：「老夫人瞧見豈有不心疼？

二爺呀，如此的好衣該仔細，

再要想復舊如新可不能。」

說罷重新又細看，

翻來覆去費經營。

看了多時又細忖，

說：「除非界線可成功。

須用那雀金二線捻在一處，

雙層兒界密一般同。

就只是活計雖小工夫兒大，

必須要慢慢地織補細細地縫。」

麝月說：「這樣的女工只有你會，

恰恰兒你偏染病不安寧。」

秋紋說：「若等病好再去補，

教二爺明朝怎到上房中？」

佳人說：「知道了，不勞你們嘴碎，

為什麼今朝俱各少威風？

平日裡若聽好話學學針線，

也免得此時急得直哼哼。

---

[1] 大衿　衣服邊緣盤紐扣的地方。大衿，或作「大襟」。

講不起只好我病人來掙命，
管什麼手腕子發酸眼眶兒疼。」
說罷的佳人忙取雀金線，
配著那雀呢的顏色一般同。
兩樣的線兒都配好，
一絲一縷捻的碧清。
不多時線兒捻好把呢兒取，
呢兒上補線她驗分明。
說雖然顏色都相襯，
但不知可能織補把功成？
「二爺呀，事兒雖急你心兒要緩，
須讓我慢慢地想法兒替你縫。」
說話間忙把黑斑全去淨，
破口兒刮得散鬆鬆。
竹弓兒一個釘在背面，
正面兒兩條經緯界的分明。
剛縫了數針只覺頭發暈，
這佳人趴伏枕上又嗽不停。
公子觀瞧心不忍，
說：「姐姐呀，你有病之人莫要逞能！
我明朝寧可去挨罵，
你若是身子勞傷我心更疼。
快些兒吃藥早些兒睡，
諒來即刻不成功。
趕緊兒補完也得一夜，
你何能帶病到天明？

你若是只圖狠命來縫補，
倒只怕破洞兒依然病反增。
若要慮明朝祖母來盤問，
就說是舅舅留存在府中。
不過是十天半月就還我，
趁這空你再偷閒替我縫。」
說罷只催：「快收起，
請去安歇莫逞能。」
這佳人寧神半晌[2]覺清爽，
重新扎掙坐床中。
戰兢兢勉強拿針線，
說：「二爺呀，你讓我從容且縫一縫。
我若是支撐不來自然就睡，
豈肯熬傷把病增？
況且我舉動照常無大病，
不過是四肢微覺有些兒疼。
我與其趴伏床中只是睡，
倒不如扎掙起來神也清。
借此消閒倒解悶，
包管織完病也寧。
求只求補得好來休說好，
一時弄壞要包容。
你如果安安靜靜的隨人補，
我就是帶病支持也願情。」

---

[2] 半晌(ㄕㄤˇ) 一會兒。指很短的時間。

公子聞言心內喜，
躥前跳後似歡龍。
一時間忽替佳人把靠枕兒取，
一時間又把痰盒兒放床中。
一時間又把皮衣取出幾件，
一時間火盆添炭熱烘烘。
喚秋紋去把薑湯預備兩盞，
呼麝月快將黃酒伺候一瓶。
「姐姐呀！你心兒可覺餓？
要什麼粥啊，羹啊，都現成。
或者是做些酸辣湯兒開開胃，
抑或是吃點砂仁湯兒寬寬胸。
你多少用些到底好，
受不住遙遙的長夜腹中空。
你雖然湯兒水兒吃不慣，
但只是有病的人兒要忌肥濃。
你是那外感的症兒不受補，
惟有那清淡的東西才得寧。
至於那人參的膏子只好權收起，
水燕的湯兒也暫停。
各種的肥濃一概免，
你若是粘上了唇兒病更兇。
林妹妹身兒虛弱自然要補，
你和她一虛一實不相同。
她宜重補你宜清淡，
這虛實醫書之上載的分明。

若不信明朝去把大夫問，
並非我只知疼她不把你疼。
我的那醫道兒也還可以，
藥方兒碰著也有幾個兒靈。
從今各樣都依了我，
包你身安享太平。」
這公子話語投機說順了口，
指手畫腳嘴不停。
佳人聽罷只發笑，
說：「二爺呀，
也該夠了，你住一住聲。
我不知你偏有這許多話，
只是個長篇大套再也講不清。
我此時又不害了饞癆病，
誰想那肥不肥來濃不濃？
你只顧喳巴舞手隨嘴兒講，
全不想被人傳出不好聽。
知道的說是二爺瞎搗鬼，
不知的還當我平日有饞蟲。
又是什麼清淡咧，不受補，
又是什麼藥方咧，最有靈。
哪一個奉請來醫病？
搖頭擺腦混充高明。
我看你天下的事兒全知曉，
就只是談起了文章翻眼睛。
你與其把那聰明兒來零碎用，

何妨去憤志把書攻。

二爺的話，以後也該務務正，

何苦哩，終朝嬉笑似癲瘋。

正大光明為君子，

只是個論短說長嘴不停。

你跟我真正是明公，

林姑娘果然起的甚高明。」

二人正在談論處，

你聽聽外面譙樓[3]交了幾更。

「你還不去安歇罷，

上房裡此時久已睡矇矓。

從今說了多一會，

這衣服另找別人替你縫。」

寶玉眼睛大似餅，

忙說道：「姐姐良言敢不聽？

但只是你針來線去繞花了眼，

你可肯略把針兒停一停。

那衣服權且借觀領領教，

我也好高枕無憂睡到明。」

說話間接過雀呢仔細看，

陡然[4]面上長歡容。

口內只言：「真個巧，

這針線果然精緻賽神工！

---

3 譙（ㄑㄧㄠˊ）樓　古時建築在城門上用以瞭望的高樓。譙樓，又作「樵樓」。

4 陡然　忽然。

我心中實在佩服你，
為什麼絲毫不像是用針縫。
破的整的連成一片，
呢兒線兒也辨不清。
一點痕迹全不露，
就猶如生成長就的一般同。
姐姐呀，你替我果然都補好，
我惟有磕幾個頭兒謝你的情。
我只說女紅誰與天孫比，
哪知道你比天孫更不同！
果真是世間的手巧沒有你巧，
天下的心靈沒有你靈。
說甚麼描鸞與刺鳳，
管教你壓盡了人間的眾女紅。
這針線明朝傳到園中去，
包管是人人俯首拜明公。」
呆公子讚嘆多時身子倦，
眾丫鬟圍隨服侍睡矇矓。
佳人復又把雀呢補，
譙樓之上打三更。
不多時房內的眾人都睡去，
靜悄悄一盞孤燈案上明。
這佳人忽然起了別的心念，
不由傷感把針停。
晴雯這裡流痛淚，
姊妹全無少弟兄。

只今落在榮國府，
多虧了老夫人恩待似親生。
為人之道可是如此，
安身樂業卻也安寧。
我看一家都也好，
可敬他諸凡盡讓量寬宏。
麝月姐姐全不錯，
秋紋性格更和平。
都是命定天生造，
倒像是一會兒呆來一會兒明。
有一時溫存憐愛令人感，
有一時古怪刁鑽又不近情。
但只是他平時待我情非淺，
卻比他三人大不同。
一樣的人兒兩樣待，
要算識得重與輕。
聽他的素日言談頗有意，
要留我終身陪伴在怡紅。
到將來果能如此倒也如願，
但不知可能遂意把心從。
也只好聽天由命朝前混，
此刻發愁也是空。
恨只恨小爺不務正，
一味的憨皮賴臉似癲瘋。
引逗的大夥兒貪玩全不學好，
無夜無明攪不清。

不是說來就是笑，
那一個肯在房中做做女紅？
怡紅院惟有襲人年紀大，
但只是也不能將大義兒明。
有一時忽勸小爺把學上，
有一時又教他裝病在房中。
無故地常到瀟湘館狠命地找，
倒像是生怕小爺無影踪。
更可恨大家只顧來頑鬧，
全不怕外人聽見要批評。
這些事將來傳入了夫人的耳，
倒只怕難分皂白與青紅。
我雖然暗地不時來解勸，
無奈他眾人只當耳旁風。
我只好謹慎留神保自己，
惟有那忠心一點對蒼穹[5]。
況且是各人顏面各人顧，
自己洗臉自己光榮。
過幾時惟有再將公子勸，
攛掇[6]他館內把書攻。
他若是學中務了正，
這房中一定就安寧。
到那時小爺是學內把書念，

---

5 蒼穹　見《全悲秋》第五回注「蒼穹」條。
6 攛(ちメㄢˋ)掇(ㄅㄨㄛˊ)　唆使某人做事。

我們是房中習女工。
有長有進朝前過，
大觀園有誰談論我怡紅？
必須如此方安穩，
太太聞知都有榮。
佳人想到開心處，
針線如梭快似風。
織完了背面兒織前面，
縫過了裡層縫外層。
正在拈針交四鼓，
只見那微微的淡月上窗櫺。
只聽得樹葉搖風刷刷響，
旅雁南征陣陣鳴。
櫺前的鐵馬叮噹碰，
房中的眾婢打鼾聲。
遠遠忽聞聲又響，
原來是櫳翠庵中夜撞鐘。
佳人聽罷將頭點，
說：「妙玉焚修倒也至誠。
果真是數聲鐘韻煙霞外，
一片禪機水月中。
他人兒雖小把紅塵全看破，
但不知果出真意與實情。
細想起為人在世真無趣，
忙碌碌無非奪利與爭名。
雖然富貴強如貧賤，

到頭來哪個脫離了黃土兒蓬。

最可嘆世上婦人命最苦，

一生一世要靠夫榮。

縱讓你花容月貌千般兒巧，

若要是嫁夫不著一場空。

細思想與其婚配不如意，

倒不如塵緣斬斷去修行。

無拘無束倒安穩，

不慮不愁享太平。

持齋念佛養真性，

修一個姻緣美滿到來生。

這府中上下的姑娘卻不少，

但不知是誰得個美多情？

看起來只有林姑娘的八字兒好，

聽說是要同公子把親成。

這件事不但老爺久有了意，

就是那太太的心中也樂從。

闔府中算是林姑娘有結果，

得了個如心遂意婿乘龍。

自然是齊眉舉案[7]偕連理，

如魚似水兩情濃。

為人在世能如此，

才不枉碌碌忙忙過一生。

看來又比修行好，

---

7 齊眉舉案　見《石頭記》第一回注「舉案齊眉」條。

縱然是立刻成仙太寡情。
他與其洞中受那伶仃的苦，
又不如雙雙偕老趁心胸。
林姑娘前世修積的到，
所以她今生的福分不非輕。
本來是人間少有那才貌，
更兼她世上無雙好女工。
最難得造定才郎來匹配，
也不枉生成那副美嬌容。
但只是而今又有了稀奇的話，
說什麼金玉良緣匹配成。
這話兒也不知真和假，
那公子還未吹來到耳中。
若聽見舊病必然要發作，
那人兒也就難以為情。
盼只盼這個謠言不中用，
那時節方能兩處保安寧。」
這佳人一壁裡尋思織又補，
看看的五鼓亮鐘兒鳴。
將將兒補完金雞叫，
只覺得遍體發酸四肢兒疼。
急忙忙疊好了雀呢收針線，
趴在床中嗽又哼。
寧神片晌身軀兒倦，
嬌怯怯和衣就枕睡朦朧。

詩篇

> 雨打梨花月滿庭，
> 飄零紅粉最傷情。
> 憐她蟀首[8]姿容麗，
> 惹得蠅讒妒忌生。
> 空把虛名擔笑罵，
> 誰知恩怨欠分明。
> 柔腸百轉無憑事，
> 好讀《離騷》訴不平。

第二回 〈讒害〉

> 帶病的晴雯一夜將呢都補好，
> 到清晨寶玉觀瞧長笑容。
> 連忙拿到園中去，
> 眾姐妹個個爭誇好女工。
> 過幾日佳人的病兒好，
> 那襲人久已轉回程。
> 賈府的閒是閒非都不表，
> 不覺的寒冬過去又把春迎。
> 上元燈事方才了，
> 轉眼花朝快似風。
> 清明才見把墳上，
> 忽又龍舟鑼鼓鳴。

---

8 蟀(ㄑㄧㄣˊ)首 喻美女的額頭。

七夕乞巧無多日，
又到中秋看月明。
一時間美景良辰[9]也言不盡，
誰知那補呢的晴雯又病在怡紅。
時逢正是重陽近，
果然是氣候兒逢秋萬里清。
這佳人只因貪看了庭前的月，
怎知道那夜氣兒侵人受了風。
只覺得一會兒發燒一會兒冷，
一會兒咳嗽一會兒哼。
一會兒懶來一會兒軟，
一會兒酸來一會兒疼。
每日裡雖然舉動還依舊，
無奈他胃口不開裙帶兒鬆。
公子焦愁心不定，
這一日走到了床前問一聲。
說：「姐姐呀，今朝的病兒可曾少減？
為什麼身軀總是欠安寧？
此時胃口開沒有？
你的那頭上的發燒可略平？
這兩日米湯未卜吃多少？
藥酒還能飲幾盅？
配來的丸藥服過沒有？
攤來的膏藥貼過不曾？

---

9 美景良辰　見《露淚緣》第一回〈鳳謀〉注「美景良辰」條。

做來的杏酪好不好？
煎來的參膏濃不濃？
蒸來的花露吃了幾盞？
制來的小菜用了幾瓶？
青笋桃仁你最喜，
魚蝦雖好又嫌腥。
點心最愛哪一樣？
茶葉喜吃哪幾宗？」
「紅紅的嘴兒果真是位佳人相，
瘦瘦的肩膀兒自然是個美人形。
真個是顫顫巍巍渾身兒帶俏，
搖搖擺擺體態兒輕盈。
我看你衣兒不舒髮兒也不整，
為什麼無緣無故兩腮兒紅？
你還是吃了酒兒沒有醒，
你還是裝出這浪樣兒假撇清？
你自己瞧瞧可像個黃花女，
倒像那畫兒上的西子病形容。
作耗的妖精就是你，
怪不得寶玉而今不老成。
怡紅院就只你會領頭兒吵，
攛掇得寶玉似歡龍。
成日家不是玩來就是鬧，
到晚上你還說笑到天明。
在那邊混充寶二奶奶你瞎作怪，
臉面兒不顧亂胡行。

你同他背地做的事，
休當我一點兒不知情。
那襲人百般勸你，你全不理，
無法無天了不成。
不要臉的賤人出去罷！
你站在跟前我氣上沖。
你回去寶玉的跟前休把話講，
不勞你暗地兒攛唆混逞能。
好好兒給我蹲在怡紅院，
慢慢地再來請你去登程。」
王氏越說越氣惱，
佳人聽罷面緋紅。
摸不著此話從何起，
乜呆呆發怔似雷轟。
喘吁吁正要上前分辯幾句，
偏偏的賈政進房中。
無奈何只得抽身走，
他的那委屈愁煩有萬重。
回到了房中腿亂顫，
只氣得渾身發抖淚珠兒傾。
戰兢兢將身倒在床上，
拉開了錦被把頭蒙。
越思越氣越傷感，
說這樣的委屈可活不成。
別的話兒猶自可，
說什麼小爺背地有別情。

這話兒不曉從何起，
無腦無頭是哪陣風？
若說是暗地有人去葬送，
自然是總在怡紅這院中。
但只是素日大家情最厚，
都和我親親愛愛似同生。
那襲人雖然常到上房去，
他卻是語言穩重量寬宏。
闔府中說起襲人誰不讚好，
他豈肯造這荒唐事一宗。
若說是太太是從疑惑起，
為什麼一口兒咬定不容情？
這不是平空生出蹊蹺[10]事，
老天哪，為何無故把人坑？
無據無憑怎麼講，
好教我遍體排牙也辯不明。
夫人是聽信了讒言全不管，
一味的生嗔動怒恨重重。
我今日雖然還在園中住，
看起來時光不久要別怡紅。
大約是我與小爺的緣分盡，
當初的痴念兒總成空。
果然是人情奸險難防備，
無故的暗箭傷人我恨怎平！

---

10 蹊蹺 見《傷春葬花》第四回〈謔鵑〉注「蹊蹺」條。

我只說爭強要好保全臉，
殷勤謹慎想求榮。
誰知道忽然禍從蕭牆起[11]，
平空傷臉在怡紅。
這話兒一時傳到外邊去，
誰辯此中渾與清。
自然背後要談論，
算是我辛苦了一場落臭名。
平時說嘴[12]終何用，
素日英名一旦空！
這而今無顏住在榮國府，
愧見家中嫂與兄。
偏偏的父母都辭世，
這兄嫂又非與我是親生。
若要是父母在堂猶自可，
爹娘前究竟還能訴訴苦情。
而今是六親無靠剩了孤苦一弱女，
又遇這難講難言事一宗。
只落得萬般委屈無人訴，
千種煩難辯不清。
任你呼天，天不應，
縱然喚地，地無靈！
如今是前進無門退也無路，

---

11 禍從蕭牆起　發生在照壁以內的禍亂，指內部的禍亂。蕭牆，門屏。古代君臣
　　相見之禮，到屏而更加肅敬，故喻指至近之地。
12 說嘴　見《議宴陳園》第二回注「說嘴」條。

也惟有全節一死把心明。

佳人越想越傷感，

淚珠兒點點滴滴不住停。

睡臥在床中只等死，

恨不能無常一到赴幽冥[13]。

一連數日斷了茶飯，

他把那飲食廢棄要輕生。

這公子只當佳人真有了病，

走出走進不得安寧。

醫生請過無其數，

無奈他藥兒總不入喉中。

公子發慌只落淚，

摸不著佳人心內主何情？

這一日正在床前來勸解，

忽聽外面喊連聲。

公子連忙迎出去，

只見那夫人大怒動無名。

喚襲人：「快教晴雯早早兒走，

把他即刻攆出怡紅！

我跟前只存寶玉這條後，

還望他巴高學好把人成。

受不住弄個妖精這裡攪，

胡作非為可不能。

快快跟隨她哥嫂去，

---

13 幽冥　見《全悲秋》第五回注「幽冥」條。

這房中頃刻定安寧。」

詩篇

秋風秋雨滿梧桐，
淒惻歸來恨萬重。
咫尺即成千里闊，
百年惟有一心從。
霜天月冷聞孤雁，
茆舍[14]燈昏泣晚蛩。
紙帳蘆帘人病後，
不堪回首憶怡紅。

第三回〈慟別〉

王夫人聽信了讒言把晴雯攆，
這佳人明知緣盡不能停。
戰兢兢慌忙扎掙把床下，
羞慚慚強打著精神整病容。
一件件衣裙鞋襪來穿好，
亂蓬蓬萬縷烏雲用帕蒙。
昏沉沉剛移蓮步覺頭暈，
虛飄飄四肢無力他體酸疼。
撲騰騰肝氣上沖心亂跳，
渾澄澄金星亂冒眼矇矓。

---

14 茆(ㄇㄠˇ)舍 即茅舍，用茅草作房頂的屋舍。

急忙忙欠身手按著小鬟的背，
喘吁吁暫時歇息把神寧。
戰巍巍勉強移步到廊下，
委屈屈王氏的跟前把禮行。
嫩生生花枝招展將頭叩，
嬌怯怯說多蒙素日的重恩情。
淒惶惶拜罷了夫人拜寶玉，
目眈眈眼瞧著公子面皮兒青。
一汪汪慟淚盈腮不敢落，
慟煎煎滿口哭聲不敢哼。
體顫顫渾身發抖身無主，
冷濕濕遍體篩糠體似冰。
怔呵呵立在了庭前如木偶，
乜呆呆走近了寶玉的跟前似啞聾。
惡狠狠忍慟含悲他舒玉體，
悲哀哀強咬著銀牙把禮行。
慘戚戚傷情的公子來攙起，
戚慘慘佳人禮罷進中庭。
意殷殷要往上房謝賈母，
怒沖沖夫人說道：「不勞情。」
氣昂昂吩咐：「去將行李取，
急速速快些兒收拾莫要消停。」
羞慚慚佳人只得將房進，
恨悠悠走到了床前不勝情。
紅綺綺掀開了錦帳亞似刀割膽，

晶瑩瑩拿起了菱花[15]如同刃刺胸。

一個個梳裝盒兒無心取，

一卷卷針線兒懶怠擎。

一幅幅秋紋替把被囊兒裹，

一樁樁麝月忙將箱籠兒盛。

一面面襲人替把菱花放，

響噹噹他安心跌碎了鏡青銅。

跳鑽鑽小鬟去把面盆取，

笑嘻嘻又將淨桶放當中。

一對對粉盒油瓶堆滿地，

一叢叢頭繩腿帶幾多重。

忙促促老孃搬物如梭快，

光油油案上床中一掃兒平。

悲淒淒睹物的佳人心內慘，

淚漣漣拜別三人不敢停。

悶懨懨離情滿腹不能講，

步姍姍小鬟攙手到堂中。

氣撲撲夫人仍在廊前坐，

一行行侍兒環立列西東。

慘淡淡公子在旁垂手站，

寂默默望著佳人淚點兒零。

咯吱吱強咬銀牙移玉體，

悲切切回覷情郎嘆幾聲。

一步步渾身亞似千金重，

---

15 菱花　指古代銅鏡中一種花式外形的鏡，或鏡背刻有菱形花紋的鏡。

慢延延半晌才將蓮步行。
悵怏怏滿懷難捨情公子，
怏悵悵心中不忍別怡紅。
撲簌簌淒慘的眼中流慟淚，
號啕啕大放悲聲好慘情。
凋零零佳人出了怡紅院，
羞答答見了族中的嫂與兄。
一隊隊園中的姊妹來相送，
咨嗟嗟人人感嘆恨難平。
哭啼啼登時拜別到園外，
一雙雙手扶著哥嫂到家中。
昏暈暈玉體斜橫草榻上，
軟癱癱渾身發倦四肢兒疼。
鬧轟轟只覺耳鳴頭又暈，
悶沉沉霎時伏枕睡矇矓。
飄蕩蕩不覺靈魂離了竅，
步蹌蹌跨出了房門走似風。
慌匆匆一心要把情郎找，
路迢迢不分南北與西東。
喜孜孜忽然迎面見公子，
絮叨叨離情暢敘帶歡容。
意洋洋同入園中觀仔細，
燦爛爛青紅疊翠甚怡情。
芳芬芬千嬌百媚迎人面，
錦簇簇萬紫千紅遍地橫。
一瓣瓣花片飄揚飛碎錦，

幾絲絲柳條上下舞輕風。
來往往池內游魚戲碧水，
一攢攢園中浪蝶鬧花叢。
叫咋咋梁間燕舞呢喃語，
嬌滴滴林內鶯梭百囀鳴。
曲彎彎離架蔓藤盤古柏，
彎曲曲隔牆薜荔繞蒼松。
重疊疊涼亭水榭臨幽渚，
疊重重霧障雲屏接碧空。
笑盈盈雙雙正把怡紅進，
廝琅琅忽聞喊叫似雷霆。
威凜凜迎面花妖把路阻，
光閃閃無情棒在手中擎。
雄赳赳對準了天庭朝下落，
咕咚咚佳人跌倒在陷人的坑。
忽悠悠猛然夢裡來驚醒，
汗津津渾身濕透冷如冰。
矇曨曨半晌寧神睜鳳目，
蕭瑟瑟四壁淒涼好慘情。
唰拉拉籬外風搖敗葉響，
忒楞楞疏櫺亂舞紙條鳴。
明皎皎斜日穿窗照瘦影，
冷颼颼涼風入戶掃愁容。
幾星星榻上的塵砂浸淚眼，
一縷縷梁間的蛛網釣悲胸。
靜悄悄夢中公子何方去？

孤單單依然獨自嘆凋零。
路茫茫怡紅從此人千里，
淚潛潛茅舍新增恨萬重。
飄搖搖素日痴情隨綠水，
虛渺渺夢中好事逐西風。
幾處處應候寒蛩鳴戶外，
一群群感時旅雁唳長空。
寂寥寥惟聞隔院砧聲弄，
淒涼涼只有簷前鐵馬[16]鳴。
鬧吵吵兄嫂聲喧門外去，
冷清清一人獨對苦零丁。
一種種新愁舊恨難回首，
萬千千別緒離情塞滿胸。
幾陣陣思前想後無情緒，
恨漫漫惟求即早赴幽冥。

詩篇

彈來別淚灑西風，
十指纖纖[17]帶血紅。
銀甲全除回玉腕，
櫻唇輕啟折春蔥[18]。
堪憐撕扇千金笑，

---

16 鐵馬　掛在宮殿、廟宇等屋簷下銅片或鐵片，風吹過時能互相撞擊發出聲音。
17 纖纖　細長的樣子。
18 春蔥　見《石頭記》第三回注「春蔥」條。

忍看縫呢一線工。

佩入荷囊如見妾,

他年空自憶芙蓉。

第四回〈贈指〉

王夫人驅逐了晴雯回房轉,

這寶玉立在庭前似啞聲。

痴呆了半晌將神定,

說:「此事蹊蹺主甚情?

莫不是太太今朝吃了酒,

或者是別處同人把氣生。

平空地大動雷霆這一陣,

好教我糊里糊塗總不明。

這事兒我仔細來思忖[19],

一定是有人暗地把他坑。」

猛然低頭想了一想,

不覺的口中冷笑兩三聲。

說:「一定是此人弄的鬼,

且等我慢慢留神再打聽。」

說著復又暗垂淚,

想起了佳人好慟情。

他而今負屈回家孤又苦,

但不知病體如何死與生?

幸虧是他家就在園門後,

---

[19] 思忖(ㄘㄨㄣˇ)　考慮、思索。

我何不暗去將他勸幾聲。
不多時走到了上房用過飯，
悄悄地出了怡紅步似風。
好容易央及老媽問了門戶，
這公子跨出園去不消停。
跑進了對門只將姐姐叫，
又喚那晴雯嫂與兄。
連呼了數遍無人應，
慌忙入戶驗分明。
原來是晴雯的哥嫂出門去，
靜悄悄佳人獨自睡床中。
滿屋裡只覺一股煤煙氣，
只見那房中光景甚凋零。
正中間破桌兒一張三條腿，
旁邊裡舊椅子兩條少上層。
土灶旁燉著一把瓦茶鍋，
木凳上擺著一對破茶盅。
窗臺上放著一把砂酒嗉[20]，
牆兒邊掛著一盞鐵油燈。
那邊是吹筒彈弓堆滿地，
這邊是雀網粘竿好幾重。
又只見房頂兒蓆糟透出亮洞，
窗櫺兒破碎盡是窟窿。

---

20 酒嗉　又稱「酒嗉子」，即盛酒用的小茶壺兒。這種酒壺的壺嘴頸部形如雞脖
　子及嗉囊狀，故名「酒嗉子」。

四壁廂灰塵黑暗暗，
滿床上稻草亂蓬蓬。
公子看罷這淒涼景，
不由得頓足手捶胸。
口內只言怎麼好，
這哪裡是人間倒像幽冥！
慌忙忙走近床前仔細看，
只見那佳人闔眼睡矇矓。
雖然病體十分重，
他那種長就的風流自不同。
說什麼帶酒的楊妃[21]來轉世，
好一似捧心的西子又重生。
不但那素日的丰姿全未減，
越顯得嬌愁滿面可人疼。
公子越瞧心越不忍，
不由得哭泣慟傷情。
這佳人正自昏迷神渙散，
忽聽房內有哭聲。
猛然間秋波慢閃見公子，
不覺心中喜又驚。
一壁裡開言喘帶嗽，
說：「公子呀，難道我同你是夢裡相逢？」
這佳人話未完又身發抖，

---

21 楊妃　指楊貴妃。正史未載其名，一說小字玉環，一說小字玉奴，後世多以楊
　　玉環稱之。唐玄宗的寵妃，身材豐滿，膚如凝脂，是中國古代四大美人的「羞
　　花」。

痰堵咽喉似啞聾。
昏迷半晌來蘇醒，
止不住傷情的慟淚把腮盈。
戰兢兢手扶著公子坐床上，
說：「二爺呀，我離恨千端講不清。
可記得從前那句話，
你說是將來怕我轉家庭。
這而今果然應了當年話，
大觀園只有我晴雯無後成。
人之去留原不要緊，
決不應聽信了讒言污我的名！
數日前喚到了上房將我罵，
說什麼背地有別情。
不容分辯回房轉，
那一種委屈愁煩我自己明。
我只說斷了飲食死在榮國府，
又誰知忽然分散兩西東。
孤零零委屈淒慘回家內，
我惟有呼天喚地只哀鳴。
雖有離情要對你講，
一時間何能傳入到怡紅？
不料你義重情深來探我，
更令人終身感戴把心銘。
二爺呀！今朝永別要分手，
我的心中你要明。
自古道貞節二字女之根本，

從一而終無變更。
我而今擔了虛名誰不曉？
難免那背後旁人議論生。
雖然說此心可以對天地，
就只是枉費了平時一片的情！
我只好以假作真錯到底，
那從一二字不能更。
生是你的人來死是你的鬼，
也不枉旁人給我這虛名。」
說罷玉手慌忙放口內，
將指甲登時咬斷贈多情。
公子接來如酒醉，
只覺得心如劍刺一般同。
剛把那指甲收過了，
這佳人又脫身上的襖紅綾。
狠命地左脫右解吁吁地喘，
好容易襖兒褪下嗽連聲。
公子一見知就裡[22]。
也把那襖兒褪下不消停。
兩個人剛才替換來穿上，
這佳人猛然暈倒又眼矇矓。
公子不由流慟淚，
只將那節烈的賢人叫不停。
一連喚夠十餘遍，

---

22 就裡　內中、內情。

這佳人氣轉悠悠哼一聲。
昏沉沉倚著繡枕睜開眼，
撲簌簌血淚如珠往下傾。
一隻手拉住了情公子，
一隻手指著那襖紅綾。
說：「這是你苦命的人兒留下的物，
切不可拋棄把它輕。
久以後倘然想念我，
看看它猶如見我一般同。
那指甲曾把雀呢針線挑，
放在你身邊了我的情。
今日裡把它兩樣作個遺念，
也算我服侍你一場留個後成。
說話的佳人復又喘，
只覺得陣陣虛火望上沖。
強打著精神又把二爺叫，
還有數言仔細聽：
我自從投入榮國府，
從小兒即蒙撥在你房中。
數年來多蒙你青目[23]恩非淺，
種種的錯愛垂憐情更濃。
至於那當年所講衷腸話。
我非草木豈能忘情？

---

23 青目　垂青照拂的意思。青，黑色。人正視時黑色的眼珠在中間。後以青目表
　　示喜愛或看重。青目，又作「青眼」、「青睞」。

但只是從前的痴念兒今何用？
只落得知心的人兒兩西東。
雖然今被虛名兒誤，
我豈肯半路之中有變更？
以死相報把貞節保，
但願來生再續舊盟。
公子呀，我飲食已絕身無主，
此時心內似油烹。
我與你時短話長言不盡，
縱有那萬口千牙講不清。
也只好從前以往全收起，
這是我命薄福輕惹了禍星！
念只念老夫人待我恩情重，
從小兒即蒙教養把人成。
最可慘臨別不准見一面，
就是我死到黃泉也不平！
數年來慈愛千般指望我好，
怎知我此時業已離了怡紅。
老夫人哪，我的虛名曉不曉？
我的冤屈明不明？
算是我辜負深恩不學好，
只好是銜環結草[24]把心銘。
想只想林姑娘待我情非淺，
最可嘆臨走不曾訴訴苦衷。

---

24 銜環結草　見《露淚緣》第九回〈訣婢〉注「結草銜環」條。

愁只愁他身兒虛弱常多病，
必須要調養寬心才太平。
你二人老爺雖有了聯姻的話，
願只願早早如心把此事成！
咱府內人情都欠美，
惟恐怕事到了臨期又不寧。
慮只慮老爺的秉性多嚴厲，
教訓子侄不留情。
惟望你一切虛心宜謹慎，
諸凡耐性要謙恭。
父母前務要承歡盡孝道，
弟兄前切須友愛念同生。
在外邊小人須遠近君子，
斷不得孤身城外又閒行。
至於那酒肆歌樓你休要走，
要知道傳出名兒不好聽。
你如果外務全收起，
闔家兒歡悅你身寧。
你若是任性老爺必動怒，
恐傷了天倫父子的情。
這是我臨危贈別的語，
牢牢緊記要曲從！
我雖然還有數言要奉勸，
無奈我神魂散亂氣往上湧。
園門首喊叫聲喧要上鎖，
二爺呀，不可久坐快轉怡紅！

你只是悲慟傷心不打緊，
好教我箭箭攢心[25]陣陣疼。
咱二人從此一別難見面，
但願你保重身軀我目瞑。
公子呀，以後不必常想念，
要知道紅顏薄命古今同。
雖然說天下的人苦，苦不過我，
這也是前生造定豈容情？
悲的是眼前沒有父和母，
哪有同胞弟與兄？
縱有那萬般說不出的苦，
也惟有自己傷心自己明。
可憐我此時哭得喉嚨啞，
哪有親人問一聲？
可憐我此時血淚都流盡，
哪有親人把我疼？
最可嘆從前以往全無用，
最可嘆自今以後總成空！
二爺呀，你前程遠大須努力，
可惜我不能看你把名成。
我的那身後的事兒雖然有兄嫂，
還望你命人照應入土中。
倘能夠親到靈前送我一送，
陰魂兒再見你一面死也閉睛。

---

25 箭箭攢心　形容極端的痛苦。

公子呀，我此去雖然無掛念，
只可嘆父母的香煙[26]一旦空。
我臨危手中給我香一股，
願來生接續香煙再報恩情。
我的那棺木入土休朝北，
向西方望著爹娘心也寧。
盂蘭會[27]你不用把紙錢兒送，
清明節[28]也不必把黃土兒蓬。
望只望悲風愁雨淒涼夜，
你把那苦命的人兒嘆我幾聲！」
一壁裡說著悲又慘，
霎時間櫻桃口內冒鮮紅。

詩篇

野草閒花陌路馨，
無端錯認訂鴛盟。
愁腸哪得添歡笑，
媚態真能解送迎。
難遇事偏成巧遇，
多情人反對無情。
小窗[29]筆寫風流況，

---

26 香煙　比喻後嗣。因祭祖要燃香生煙，故稱子孫祭祖為接續香煙。引申為傳宗
　　接代。
27 盂蘭會　見《全悲秋》第五回注「盂蘭會」條。
28 清明節　見《全悲秋》第五回注「清明節」條。

一段春嬌畫不成。

第五回〈遇嫂〉

垂危的晴雯把後事囑，
登時[30]昏暈倒床中。
寶玉在旁無主意，
只急得拳回兩腕手捶胸。
口內只言：「要我的命！」
止不住滔滔的珠淚慟傷情。
說：「姐姐呀，你千萬慢些兒走，
等等我薄情的寶玉一同行！
你若是果然撇下了我，
倒不如雙雙兒同去最安寧。」
這公子正自傷悲無主意，
忽聽得園中一片喊連聲。
原來是天晚園門要上鎖，
公子聞言不敢停。
強咬牙關才要走，
來了那晴雯的嫂嫂母大蟲。
只見他生成一副春風臉，
渾身賣俏帶著輕盈。
兩道彎眉常鎖恨，
一雙俊眼最多情。

---

29 小窗　見《一入榮國府》第一回〈探親〉注「小窗」條。
30 登時　立刻。

刷就的銀牙一口白如玉，

染成的朱唇一點赤通紅。

金蓮兒窄窄襯著高底，

顴骨兒高高堆著笑容。

肩膀兒苗條身段兒俏，

柳腰兒搖擺骨頭兒輕。

油搽的青絲一錠墨，

梳成的水鬢一蓬鬆。

耳邊廂墜子環子一大串，

鬢兒邊花兒朵兒幾多重。

年紀兒不滿三十歲，

他那種體態風騷自不同。

這婦人十指兒尖尖來拉公子，

他未曾開言先自笑顏生。

說：「寶二爺呀，我久仰大名非止一日，

你今兒到此刮來是哪陣風？

偏偏地他哩剛才去搖會，

妹妹哩，不知人事兒在床中。

我被那街鄰請了裁衣去，

恰恰兒此時湊巧轉家庭。

二爺呀，接待不周望恕我，

破房兒屈駕要包容。

喜只喜難得貴人來下降，

今朝要算巧相逢。

人說是聞名不如來見面，

果然見面勝聞名。

說什麼潘安[31]與宋玉[32]，
要比尊容萬萬不能。
請問你今年貴甲子，
是屬龍屬虎幾時生？
從小兒可曾廟宇把名寄？
自幼兒可還上學把書攻？
書畫琴棋學過沒有？
笙管絲弦習過不曾？
街市上楚館秦樓[33]曾去走，
城兒外花街柳巷[34]可閒行？
身兒邊如君有多少？
房兒內侍兒有幾名？
尊夫人年紀可相配？
自然是寫算兼全好女工。
何日行茶並過禮？
幾時合巹[35]把婚成？

---

[31] 潘安　指西晉潘岳，字安仁，故又名潘安。他容儀秀美，少時曾佩帶彈弓到洛陽道上，婦人遇到他的，都牽著手環繞他，投果子到他車上，結果竟滿載而歸。後世即以潘安比喻美男子。

[32] 宋玉　戰國時代楚國的辭賦家，相傳是屈原弟子，其作品〈登徒子好色賦〉提到：「天下之佳人，莫若臣東家之子。東家之子增之一分則太長，減之一分則太短。腰如束素，齒如含貝。嫣然一笑，惑陽城、迷下蔡。然此女登牆闚臣三年，至今未許也。」因詩文中隱含宋玉是東牆之女好色的對象，故後世也將宋玉比喻美男子。

[33] 楚館秦樓　泛指供人尋歡作樂的場所。多用來指妓院。楚館秦樓，亦作「秦樓楚館」。

[34] 花街柳巷　風化區，妓院聚集的地方。花街柳巷，亦作「花街柳陌」。

[35] 合巹　見《露淚緣》第一回〈鳳謀〉注「合巹」條。

模樣兒果真好不好？

你的那心兒可願情？

二爺呀，你身上的前程有幾品？

是秀才進士還是舉人公？

但不知鄉會場兒下了幾遍，

書院學棚考過不曾？

當日個何時將學進？

幼年間幾歲把名成？

房兒內哪位如君如你的意？

是哪個著熱知心最把你疼？

每日裡做何事兒來消遣？

有什麼時興的玩意可陶情[36]？

平日間好碰湖[37]來好壓寶[38]？

愛拋球兒愛拉弓？

十錦的雜耍看不看？

傀儡的戲兒聽不聽？

骰子老陽[39]學過沒有？

天九的牌兒你能不能？

二爺呀，你來了多時可餓不餓？

收拾個家常便飯要包容，

街兒上潔淨的菜兒買幾樣，

肆兒中上好的酒兒打一瓶。

---

[36] 陶情　陶冶心性。

[37] 碰湖　指玩紙牌打十湖。

[38] 壓寶　用骰子壓點賭戲

[39] 骰子老陽　用六個骰子擲點多者勝，俗稱「趕老陽」。

無非是三個碟兒兩個盞，
匆匆的哪裡還能去殺牲？
我們是小戶兒人家沒有菜，
不過是水酒兒一杯表表至誠。
素日的量兒大不大？
遇著那行令划拳贏不贏？
此刻是先吃點心先吃飯？
你還是先把酒兒飲一盅？
並非我故意兒殺雞來問客，
只因為今朝初次兩相逢。
要什麼吃的快些講，
斷不可辜負區區一片的情。
你看麼，這不是件稀奇的事，
怎麼地，我說了半天你聲也不哼？
為什麼問你話兒全不理？
不瞅不睬主何情？
你還是安心要擺款？
你還是生成怕認生？
既然到此該歡喜，
卻因何一團愁悶眼圈兒紅？
人說你女孩兒跟前知疼熱，
為什麼見了我聞言似啞聾？
你還是果真長就的臉皮兒嫩，
你還是本來是個愣頭青[40]？

---

40 愣頭青　指莽撞的人，為當時的俗語。

我只好兩個山兒放在一處，
請出罷，你鬧什麼油來撇什麼清？」
說話間，晴雯的哥哥回家內，
只見他請安問好陪著笑容。
說：「二爺呀，我多時未去將安請，
只因為有些俗事亂匆匆。
我妹妹自進府中十數載，
多蒙你另眼相看恩不輕。
無奈他秉性兒太剛口角兒快，
吃虧了為人直爽過於真誠。
因此上小人不足生嫌怨，
哪知道暗施冷箭設牢籠。
這也是五行[41]造定該如此，
也說不清來辯不明。
但只是而今病已十分重，
要想復原萬不能。
世間心病最難治，
縱有仙丹也不靈。
早晚間倘有不虞[42]的事，
還望你念念平時一片的情。」
著急的公子不住將頭點，
心兒裡萬轉千回陣陣疼。
悲切切無心把話講，

---

41 五行　舊時以人的八字配合五行生剋推算命運。後借指命運。
42 不虞(ㄩˊ)　料想不到的意外。

急忙舉步轉怡紅。
走到房中只發怔，
呆呆無語似痴聾。
麝月說：「二爺半日往何方去？」
秋紋說：「我找遍園中無影形。」
轉過了襲人腮帶笑，
說：「痴爺呀，你又朝何處去閒行？
回家來眉頭不展因何故？
滿眼淚痕主甚情？
不語不言卻為什麼事？
無情無緒究因哪一宗？
我看你木雕泥塑差多少，
倒像是少魄失魂一樣同。
我勸你閒情從此權收起，
不必去胡思亂想惹災星。
今日裡太太生嗔那一陣，
難道說你還任性不心驚？」
猛然驚醒留神看，
只見那案上的銀燈暗又明。
聽了聽天交五鼓金雞叫，
原來是南柯夢裡會多情。
公子發愁心暗想，
說此夢蹊蹺定主凶。
我看他今日的病容雖覺重，
細思想何能頃刻[43]就赴幽冥。

---

43 頃刻　形容極短的時間。

但只是他飲食久絕不服藥，
怕只怕安心有意要輕生。
也只因沉冤莫辯心灰盡，
所以他不如一死把心明。
他果然立志要如此，
卻教我怎能排解這愚忠？
願只願這個夢兒不效驗，
求只求他身安逸我心寧。
只要他身體復原無大病，
慢慢地再求祖母的重恩情。
一壁裡愁思身發倦，
不覺得一枕黃粱[44]夢又濃。

詩篇

芙蓉色相記三生，
一縷爐香秉血誠。
筆底行行書舊恨，
花前字字訴離情。
紅襟贈別卿憐我，
黃絹填詞我憶卿。

---

[44] 一枕黃粱　比喻美好的事物轉眼成空，語出《太平廣記》，描寫盧生在邯鄲旅店遇道士呂翁，盧生自嘆窮困，呂翁便取出青瓷枕，讓盧生枕著睡覺，這時店主人正在蒸黃粱。當盧生從享盡榮華富貴的夢境中醒來，黃粱卻尚未蒸熟。比喻富貴榮華如夢一般，短促而虛幻。亦比喻慾望落空。一枕黃粱，或作「黃粱一夢」。

目斷芳魂應不遠，
錦城端合續前盟。

第六回〈誄祭〉

烈性的晴雯夜間辭了世，
次日裡，寶玉聞聽魂嚇驚。
「噯喲！」一聲：「疼殺了我！」
登時口內吐鮮紅。
連連地頓足只將姐姐叫：
「好教我慟碎了肝腸陣陣兒疼。
我只說你們看我先歸土，
誰知道你先撇我赴幽冥？
我此時只想靈前去看你，
又誰知母親吩咐十分凶。
此刻是後門之上加封鎖，
你教我何能前去送你一程？
我雖然暗地命人去照料，
怎能夠樣樣兒齊全件件的精。
果真是在日不能如你的意，
到死後依然處處欠你的情。
世間上無情第一就是我，
姐姐呀，你枉自痴心把我疼！」
這公子終日悲傷心不定，
行哭行笑似癲瘋。
那一日偶然聽見小鬟講，
說佳人在花神隊裡掌芙蓉。

連忙地強打著精神把祭文做，
細將那從前以往寫分明。
這一日帶病做完《芙蓉誄》，
巴到了黃昏忙出戶庭。
教小鬟園中暗暗地排香案，
這公子芙蓉花下秉虔誠。
忙將那淨水一盅供案上，
又將那紫檀一瓣放爐中。
未曾祝贊心先碎，
他把那誄文哭訴向芙蓉：
「姐姐呀，你生前聰慧秉性兒巧，
一定是死後的陰魂分外靈。
你那裡有聖有靈來享祭，
我這裡無知無識只哀鳴。
你那裡淒淒慘慘守荒墓，
我這裡悲悲切切伴孤燈。
你那裡愁雲日向墳頭起，
我這裡相思常在腹中縈。
你那裡青草年年塚上綠，
我這裡淚痕夜夜枕邊紅。
你那裡月下三更愁寂寞，
我這裡燈前五鼓嘆零丁。
你那裡別恨千端無處訴，
我這裡離情萬種向誰明。
你那裡望鄉臺[45]上添悲慟，

---

45 望鄉臺　相傳冥界中的看臺。死者的靈魂登臨眺望，可以看見他陽世家中的情況。

我這裡芙蓉花下倍傷情。
念只念萬里黃泉誰是伴？
愁只愁孤魂兒一個有誰疼？
嘆只嘆你生前哪有親骨肉？
憂只憂陰曹作鬼也苦零丁[46]。
哭只哭兩段指甲成故物，
哀只哀身邊只落襖紅綾。
惱只惱旁人暗地施毒針，
怨只怨高堂誤中計牢籠。
慘只慘飲食斷絕藥不入口，
傷只傷情感一死擔虛名。
恨只恨臨危不能將你送，
愧只愧死後樁樁欠你的情。
悶只悶你而今到底何方去？
苦只苦今生今世不相逢！
悲只悲滿腹的衷腸要對你講，
慟只慟再想談心萬不能。
可愛你溫柔賢慧禮節兒曉，
可愛你玉潔冰清大義兒明。
可愛你情性耿直心術兒正，
可愛你舉止端莊禮貌兒恭。
可愛你婉順柔和懷烈性，
可愛你溫存嫵媚秉霜清。
可愛你語言直截無虛假，

---

46 零丁 孤單沒有依靠的樣子。零丁，或作「伶丁」、「伶仃」。

可愛你行為爽利盡真誠。
可愛你春風和藹將人待,
可愛你寬宏大量把人容。
可愛你捨己從人出至性,
可愛你解紛排難是天生。
可愛你只曉雪中將炭贈,
可愛你不知錦上把花增。
可愛你非禮的話兒決不講,
可愛你非禮的事兒從不行。
可敬你每日焚香敬天地,
可敬你終朝參拜禮神明。
可敬你逢朔[47]遇望[48]祭先祖,
可敬你四時八節[49]掃墳塋。
可敬你尊長跟前盡孝道,
可敬你姊妹叢中情義濃。
可敬你扶危濟困恤孤寡,
可敬你敬重年高慈幼齡。
可敬你歡喜施茶愛捨藥,
可敬你惱恨殺牲好放生。
可敬你行路怕傷螻蟻命,
可敬你愛惜飛蛾紗罩燈。
可敬你每遇施棺免暴露,

---

47 朔(ㄕㄨㄛˋ) 指朔日,農曆初一。
48 望 指望日,農曆十五。
49 四時八節 泛指一年四季各節氣。四時,指春、夏、秋、冬四季。八節,指立
　　春、立夏、立秋、立冬、春分、秋分、夏至、冬至八個節氣。

可敬你常思補路濟人行。
可敬你在日常言缺孝道,
可敬你臨死不忘父母的情。
可感你炎天替我搧衾枕,
可感你寒冬替我把爐烘。
可感你病時與我將藥進,
可感你渴來與我把茶烹。
可感你涼時替我添衣履,
可感你飢時與我治湯羹。
可感你清晨與我勤櫛沐,
可感你燈前伴我把經誦。
可感你終朝替我把衣衫做,
可感你每日常將鞋襪縫。
可感你夜深還去將呢補,
可感你夢中仍勸把書攻。
可感你良言規勸將心正,
可感你痴心盼望把名成。
可感你一片血心待我寶玉,
可感你滿腔仁義在我怡紅。
可嘆你服侍我一場無結果,
可嘆你平空的被害入牢籠。
可嘆你枉長了如花似玉娉婷貌,
可嘆你空生了百俐千伶錦繡胸。
可嘆你女工枉自椿椿曉,
可嘆你文藝徒然件件通。
可嘆你含冤負屈無人訴,

可嘆你忍氣吞聲自己明。
可嘆你千般的裊娜湯澆雪，
可嘆你萬種的風流火化冰。
可嘆你描鸞刺鳳今何用？
可嘆你知書達禮一場空。
可嘆你一生要好如流水，
可嘆你半世爭強無影踪。
可嘆你素日痴情沉大海，
可嘆你玉骨冰肌被土蒙！
再不能上元同把花燈放，
再不能清明散悶放風箏。
再不能端陽共把龍舟戲，
再不能盂蘭攜手看荷燈。
再不能七夕穿針共乞巧，
再不能中秋同賞月晶瑩。
再不能重陽聯步登高去，
再不能除夕守歲待天明。
再不能投壺奪盡人間巧，
再不能猜拳飲盡酒千盅。
再不能池中同把游魚釣，
再不能林間共聽野禽鳴。
再不能山前共賞蜂巒翠，
再不能舟中同玩碧波澄。
再不能園中同你鬥百草，
再不能庭前同我弄絲桐。
我為你人間找遍了還魂草，

我為你天涯覓盡了藥回生。
我為你空求了月下的嫦娥女，
我為你枉拜了天邊的織女星。
我為你滿斗焚香不中用，
我為你齋天大醮總成空。
我為你每日徒然告天地，
我為你終朝枉自禱神靈。
我為你爭名的痴念今灰燼，
我為你巴高的妄想冷如冰。
我為你慟腸兒每向芙蓉斷，
我為你淚珠常對茜窗傾。
我為你神思兒只在園門後，
我為你夢魂兒不外碧櫥中。
我為你只想同衾常聚首，
我為你惟求共穴兩相逢。
想得我每日發呆如木偶，
想得我終朝納悶似雷轟。
想得我兩耳轟轟聽不見，
想得我二目昏昏看不明。
想得我精神恍惚神不定，
想得我話語模糊語不清。
想得我舉止慌張坐不穩，
想得我夢魂顛倒睡不寧。
想得我柔腸九轉滿腹兒痛，
想得我血淚千行一色兒紅。
想得我左思右想刀剜膽，

想得我想後思前刃刺胸。
想得我無精無采無情緒，
想得我如醉如痴如啞聾。
想得我懶在人間將你想，
想得我要到陰曹續舊盟！」
這公子越哭越傷感，
不由得大放悲聲好慟情：
只哭得冷露淒淒浸淚眼，
只哭得陰風慘慘掃愁容。
只哭得檐前鐵馬添愁韻，
只哭得長空旅雁帶悲聲。
只哭得星斗不明多晦暗，
只哭得月色無光帶朦朧。
只哭得孤鶴哀鳴唳聲慘，
只哭得子規倒掛口啼紅。
只哭得鴛鴦驚走迷失配，
只哭得金雞亂唱錯啼鳴。
只哭得寒雀深藏怕入耳，
只哭得宿鳥高飛不忍聽。
只哭得月殿嫦娥也慘切，
只哭得天邊織女也傷情！
痴公子正自傷心號咷慟，
猛聽得黛玉含悲叫一聲。
說：「道是多情的人兒世間有，
要像你實意真心可不能！
那祭文句句鼻酸多慘切，

就是那鐵石人聞也淚傾。

我這裡竊聽了多時心已碎，

教你何能心不疼？

雖然說衷情戀戀難割捨，

要知道人死焉能會再生？

況且是而今他已成神去，

你徒自悲傷把身子坑。

我勸你天已夜深回去罷，

你若是冒了風又要不安寧。」

好容易把寶玉勸進了怡紅院，

下回書《鳳姐兒拈酸》再找零。

作品導讀

　　《芙蓉誄》（全六回），作者為韓小窗，現存有清刻本等。有回目，依序為〈補呢〉、〈讒害〉、〈慟別〉、〈贈指〉、〈遇嫂〉與〈誄祭〉。各回均有詩篇，皆中東轍（讀音類似「ㄥ」韻）。內容主要是根據《紅樓夢》第五十二回〈俏平兒情掩蝦鬚鐲　勇晴雯病補雀金裘〉至第七十八回〈老學士閒徵姽嫿詞　痴公子杜撰芙蓉誄〉有關晴雯故事改編而成，敷演晴雯在怡紅院時，生病中熬夜綴補雀裘。後遭人構陷，被王夫人攆出大觀園。在兄嫂家，賈寶玉前來探病，晴雯贈指及換襖，最後不幸身亡。賈寶玉悲慟，撰寫祭文，思念晴雯之故事。《芙蓉誄》篇幅較多，涵蓋了其他子弟書如《遣晴雯》、《探雯換襖》、《晴雯齎恨》等情節，是屬於較為完整的晴雯故事。第一回〈補呢〉，敘述晴雯生病，卻仍熬夜替賈寶玉織補雀呢之故事。第二

回〈讒害〉，敘述晴雯被誤解，遭王夫人怒斥，被攆出去之故事。第三回〈慟別〉，敘述晴雯被攆當天悲傷離別情況，以及晴雯回家後臥病做夢之故事。第四回〈贈指〉，敘述晴雯被攆後，賈寶玉前往探視，晴雯咬指，兩人換襖之故事。第五回〈遇嫂〉，敘述晴雯暈倒後，晴雯的大嫂湊巧地回家，她不關心晴雯，反而巴結賈寶玉之故事。第六回〈誄祭〉，敘述晴雯死後，賈寶玉十分悲慟，為她撰寫祭文之故事。

　　小說第五十二回描寫賈寶玉的孔雀呢燒了一塊，晴雯病中熬夜補呢，她「挽了一挽頭髮，披了衣裳，只覺頭重身輕，滿眼金星亂迸，實實撐不住。若不做，又怕寶玉著急，少不得恨命咬牙捱著。便命麝月只幫著拈線。晴雯先拿了一根比一比，笑道：『這雖不很像，若補上，也不很顯。』寶玉道：『這就很好，那裡有找哦囉嘶國的裁縫去。』晴雯先將裡子拆開，用茶杯口大的一個竹弓釘牢在背面，再將破口四邊用金刀刮的散鬆鬆的，然後用針紉了兩條，分出經緯，亦如界線之法，先界出地子後，依本衣之紋來回織補。補兩針，又看看，織補兩針，又端詳端詳。無奈頭暈眼黑，氣喘神虛，補不上三五針，伏在枕上歇一會。」而在《芙蓉誄》第一回〈補呢〉中，子弟書作家不僅以小說的故事為基礎，而且挖掘新意，增加許多新的情節，例如曲文：「佳人看罷將頭點／說：『老夫人瞧見豈有不心疼／二爺呀，如此的好衣該仔細／再要想復舊如新可不能。』」描寫晴雯叮嚀賈寶玉對於好衣服應當小心愛護；又如曲文：「麝月說：『這樣的女工只有你會／恰恰兒你偏染病不安寧。』／秋紋說：『若等病好再去補／教二爺明朝怎到上房中？』／佳人說：『知道了，不勞你們嘴碎／為什麼今朝俱各少威風／平日裡若聽好話學學針線／也免得此時急得直哼哼／講不起只好我病人來掙命／管什麼手腕子發酸眼眶兒疼。』」描述晴雯指責麝月和秋紋平時偷懶不學針線。此外，

子弟書作家增加許多晴雯和賈寶玉之間的對話，例如曲文「林妹妹
身兒虛弱自然要補／你和她一虛一實不相同／她宜重補你宜清淡／
這虛實醫書之上載的分明／若不信明朝去把大夫問／並非我只知疼
她不把你疼。」描繪賈寶玉不僅對晴雯頻獻殷勤，而且還把林黛玉
和晴雯兩人一虛一實的體質做比較。

　　小說第第七十八回描寫「獨有寶玉一心淒楚，回到園中，猛然
見池上芙蓉，想起小丫鬟說晴雯作了芙蓉之神，不覺又喜歡起來，
乃看著芙蓉嗟嘆了一會。」賈寶玉「杜撰成一篇長文，用晴雯素日
所喜之冰鮫縠一幅楷字寫成，名曰《芙蓉女兒誄》，前序後歌。又備
了四樣晴雯所喜之物，於是夜月下，命那小丫頭捧至芙蓉花前。先
行禮畢，將那誄文即掛於芙蓉枝上，乃泣涕念曰：『維　太平不易之
元，蓉桂競芳之月，無可奈何之日，怡紅院濁玉，謹以群花之蕊、冰
鮫之縠、沁芳之泉、楓露之茗，……余乃歓獻悵望，泣涕徬徨。人
語兮寂歷，天籟兮篔簹。鳥驚散而飛，魚唼喋以響。志哀兮是禱，
成禮兮期祥。嗚呼哀哉！尚饗！』讀畢，遂焚帛奠茗，猶依依不捨。
小鬟催至再四，方才回身。」而在《芙蓉誄》第六回〈誄祭〉中，
子弟書作家寫道：「你那裡有聖有靈來享祭／我這裡無知無識只哀鳴
／……你那裡望鄉臺上添悲慟／我這裡芙蓉花下倍傷情。」一組兩
句，共十四句的句型，反覆出現，表現賈寶玉深沉的悲痛。接著，
曲文「念只念萬里黃泉誰是伴／愁只愁孤魂兒一個有誰疼／……悲
只悲滿腹的衷腸要對你講／慟只慟再想談心萬不能。」改用三個襯
字「念只念」的句型，以「念」、「愁」、「嘆」、「憂」、「哭」、「哀」、
「惱」、「怨」、「慘」、「傷」、「恨」、「愧」、「悶」、「苦」、「悲」、「慟」
等十六字頭反覆吟詠，襯托了賈寶玉對晴雯的不捨。再接著，曲文
「可愛你溫柔賢慧禮節兒曉／可愛你玉潔冰清大義兒明／……可嘆
你素日痴情沉大海／可嘆你玉骨冰肌被土蒙！」改用三個襯字「可

愛你」、「可敬你」、「可感你」、「可嘆你」等各十六句,共六十四句反覆吟詠,強調賈寶玉對晴雯的思念之情。然後,曲文「再不能上元同把花燈放／再不能清明散悶放風箏／……再不能園中同你鬥百草／再不能庭前同我弄絲桐。」改用三個襯字「再不能」為句首,共十六句反覆吟詠,描述晴雯死後,賈寶玉無法再與她歡樂的無奈。接著,曲文「我為你人間找遍了還魂草／我為你天涯覓盡了藥回生／……我為你只想同衾常聚首／我為你惟求共穴兩相逢。」再改用三個襯字「我為你」為句首,共十六句反覆吟詠,描寫晴雯死後,賈寶玉感嘆的情況。最後,曲文「想得我每日發呆如木偶／想得我終朝納悶似雷轟／……想得我懶在人間將你想／想得我要到陰曹續舊盟。」改用三個襯字「想得我」為句首,共十六句反覆吟詠,描述賈寶玉想念晴雯,以至精神恍惚的景象。子弟書描繪賈寶玉越哭越傷感,大聲痛哭。接著,「只哭得冷露淒淒浸淚眼／只哭得陰風慘慘掃愁容……只哭得月殿嫦娥也慘切／只哭得天邊織女也傷情!」改用三個襯字「只哭得」為句首,共十四句反覆吟詠,形容賈寶玉痛哭的情況。如上所述,子弟書大量使用類疊、排比、層遞等句型,反覆出現,因此,曲文充滿無限的深情。這種反覆使用的句型,使得子弟書在詩、詞、曲的基礎上,更進一步的發展,讓語言充滿了節奏感,增強了詩意。

二十六 《寶釵代繡》

詩篇

　　新春新喜喜相逢，
　　豐福豐壽喜封贈。
　　增爵增祿增福壽，
　　壽長壽永壽長生。
　　升文升武生貴子，
　　子賢子孝子孫榮。
　　榮華到老重重喜，
　　喜的是福如東海永長寧。

詩篇

　　飛飛往往燕忙忙，
　　兩兩三三日日長。
　　雨雨風風花寂寂，
　　重重疊疊淚行行。
　　虛虛實實悠悠夢，
　　淡淡濃濃俏俏妝。
　　切切思思君漠漠，
　　傷心心事事茫茫。

詩篇

偶步怡紅小院西，
恰逢郎睡正濃時。
心痴易露忘情處，
技癢難防不自持。
自喜小窗依枕繡，
誰期隔戶有人知。
此一回柔情醋意真難寫，
笑老拙怎比《紅樓》的筆墨奇。

這一日，寶釵偶赴怡紅院，
但只見花陰正午日遲遲。
湘簾不動人聲靜，
銀蒜低垂暑影移。
進房來，見寶玉床頭酣午夢，
襲人在床側把蠅驅。
拿一方兜肚把花兒繡，
一見寶釵笑嘻嘻。
站起身來忙問好，
薛寶釵一見兜肚說：「花樣新奇。
依我說，何必這等細緻，
兜肚不同外面的大衣。」
花襲人手指寶玉說：「是我們爺用，
若不然，誰還這等費神思。
他的脾氣兒真真古怪，

稍省點工夫，他也是不依。」
又說道：「恰好姑娘來的湊巧，
我到外面要去取件東西。」
說罷襲人把蠅刷遞過，
薛寶釵挨身坐下，把塵尾[1]輕持。
拿起那未完的兜肚留神看，
連誇獎道：「花兒做的有生機。」
這佳人一壁裡揮塵，一壁裡綉，
她一時的高興，就忘了嫌疑。
纖手兒不離肩左右，
俊眼兒時注面東西。
脖頸兒壓麻輕輕兒墊起，
斗篷兒蹬下款款的拉披。
分明是阿姐心情好，
倒像是丫鬟伴枕席。
這佳人代綉、驅蠅是出於無奈，
不提防窗外有人看了許多時。
林黛玉約定湘雲來尋寶玉，
她二人雙攜玉腕蓮步輕移。
進門來，見丫鬟睡去帘未捲，
就走到茜紗窗下暗去偷視[2]。
見寶釵在寶玉的床沿上坐，
好一似年少的一對小夫妻。

---

[1] 塵(ㄓㄨˇ)尾　以塵的尾毛做成的拂塵，可以用來驅趕蚊蠅。
[2] 「視」字唱平聲。

黛玉一見，飛紅了臉，
點手兒，低聲叫雲兒[3]。
湘雲聽見，悄悄也來窺看，
暗暗的猜透了顰兒小意思。
急忙抽身說是：「回去罷，
等一等寶哥哥醒了，再來不遲。」
這黛玉一味狐疑唗唗冷笑，
說：「今日才見道學先生漢官儀。
他平日端莊寡言寡笑，
你看他恭恭敬敬把蠅子驅。」
湘雲說：「你太多心，別作此想，
這不過是偶然湊巧莫狐疑。
姐弟間，脫略形骸人人都有，
你且莫嘴快笑人痴。」
她二人說說笑笑回房去，
寶釵這裡只管代繡未曾知。
忽聽得寶玉床頭說夢話，
唧唧噥噥[4]的吐微詞。
說的是：「金玉良緣我不信，
我只曉得姻緣是木石。
麒麟佳偶我也不知道，
只知我的配偶有靈芝。
僧道的言詞我不管，

---

3 「兒」字唱「泥」。
4 唧唧噥噥　形容議論說話的聲音。

我只說太虛幻境的夢兒奇。」
還有些別樣言語含糊不真切，
把一個聽話的佳人生了疑。
才想到：「適才我代綉失了檢點，
倘或有人瞧見，定笑我情痴。」
又想到：「僥倖沒被颦兒見，
他要瞧見，必然造作傳奇。」
列公啊！他不過偶爾無心忘了避忌，
姊妹看見可就動了心疑。
思量那兄弟異席別於六歲，
才知那制禮周公是萬世師。

作品導讀

　　在《紅樓夢》人物中，後人評論分歧最大的人物首推薛寶釵，看法十分懸殊。她曾經引起「幾揮老拳」的激烈爭議，好之者認為她「真是十全十美的佳人」、「封建社會完美無缺的少女典型」、「是中國封建道德、文化的最高結晶。是中國封建社會培養、樹立起來的最好標本」；惡之者認為她是「虛偽殘忍，世故圓滑，貪名慕勢，心機深細，『陽為道學，陰為富貴』，善於阿諛奉承，一心想往上爬，這就是封建禮教的忠實信徒薛寶釵的真正嘴臉。」後人對薛寶釵的評價為：「觀人者必於其微。寶釵靜慎安詳，從容大雅，望之如春，以鳳姐之點，黛玉之慧，湘雲之豪邁，襲人之柔姦，皆在所容，其所蓄未可量也。然斬寶玉之癡，形忘忌器，促雪雁之配，情斷故人，熱面冷心，殆春行秋令者與！至若規夫而甫聽讀書，謀侍而旋聞潑

醋，所為大方家者竟何如也？寶玉觀其微矣。」薛寶釵是一個活生生、有血有肉的人，具有豐滿完整的藝術形象，她有自己的精神世界和內心矛盾。大體上，薛寶釵給人總體印象是「冷」，這個「冷」字，是冷艷、淡雅；又是冷靜、理智；有時更是冷漠、冷酷。從外表到內心，從克己到待人，她體現著一種自我修養的境界。在薛寶釵花團錦簇的外表下，在她溫文爾雅的儀態下，卻藏著這樣一顆冷若冰霜的心。

《寶釵代繡》（全一回），作者為韓小窗，現存有清鈔本等。有三首不同詩篇，合轍依序為一七（讀音類似「一」韻）、中東（讀音類似「ㄥ」韻）、江陽（讀音類似「ㄤ」韻）。內容主要是根據《紅樓夢》第三十六回〈繡鴛鴦夢兆絳芸軒　　識分定情悟梨香院〉上半回部分情節改編而成，敷演寶釵到怡紅院，賈寶玉正在午睡，花襲人為賈寶玉繡肚兜、搖扇驅蚊。後來花襲人有事走開，薛寶釵拿起肚兜續繡。林黛玉和史湘雲拜訪賈寶玉，看到薛寶釵在為賈寶玉繡肚兜，林黛玉心中不快，拉著史湘雲匆匆離開之故事。值得注意的是，關於三首詩篇，由於《寶釵代繡》的正文採用一七轍，基於詩篇與正文大多同轍之現象，因此，詩篇應以首句「偶步怡紅小院西」為正宗。另外兩首詩篇（中東轍與江陽轍）應該不是韓小窗所創作的，而是後人所增補的。

小說第三十六回描寫薛「寶釵獨自行來，順路進了怡紅院，意欲尋寶玉談講以解午倦，不想一入院來，鴉雀無聞，一併連兩隻仙鶴在芭蕉下都睡着了。寶釵便順著遊廊來至房中，只見外間床上橫三豎四，都是丫頭們睡覺。轉過十錦槅子，來至寶玉的房內。寶玉在床上睡着了，襲人坐在身旁，手裡做針線，旁邊放著一柄白犀塵。」薛寶釵見花襲人手裡的針線，「原來是個白綾紅裡的兜肚，上面扎著鴛鴦戲蓮的花樣，紅蓮綠葉，五色鴛鴦。」薛寶釵笑道：「也虧你奈

煩。」花襲人說道:「今兒做的工夫大了,脖子低的怪酸的。」又笑道:「好姑娘,你略坐一坐,我出去走走就來。」說著便走了。薛「寶釵只顧看著活計,便不留心,一蹲身,剛剛的也坐在襲人方才坐的所在,因又見那活計實在可愛,不由的拿起針來,替他代刺。」「不想林黛玉因遇見史湘雲約他來與襲人道喜,二人來至院中,見靜悄悄的,湘雲便轉身先到廂房裡去找襲人。林黛玉卻來至窗外,隔著紗窗往裡一看,只見寶玉穿著銀紅紗衫子,隨便睡著在床上,寶釵坐在身旁做針線,旁邊放著蠅帚子。林黛玉見了這個景兒,連忙把身子一藏,手握著嘴不敢笑出來,招手兒叫湘雲。湘雲一見他這般景況,只當有什麼新聞,忙也來一看,也要笑時,忽然想起寶釵素日待他厚道,便忙掩住口。知道林黛玉不讓人,怕他言語之中取笑,便忙拉過他來道:『走罷。我想起襲人來,他說午間要到池子裡去洗衣裳,想必去了,咱們那裡找他去。』林黛玉心下明白,冷笑了兩聲,只得隨他走了。」後來花襲人進來,說道:「我才碰見林姑娘史大姑娘,他們可曾進來?」薛寶釵說道:「沒見他們進來。」「他們沒告訴你什麼話?」花襲人笑道:「左不過是他們那些頑話,有什麼正經說的。」薛寶釵笑道:「他們說的可不是頑話,我正要告訴你呢,你又忙忙的出去了。」後來鳳姐打發人來叫花襲人,「襲人只得喚起兩個丫鬟來,一同寶釵出怡紅院,自往鳳姐這裡來。」

而《寶釵代綉》則寫道:「薛寶釵一見兜肚說:『花樣新奇／依我說,何必這等細緻／兜肚不同外面的大衣。』／花襲人手指寶玉說:『是我們爺用／若不然,誰還這等費神思／他的脾氣兒真真古怪／稍省點工夫,他也是不依。』／又說道:「恰好姑娘來的湊巧／我到外面要去取件東西。」／說罷襲人把蠅刷遞過／薛寶釵挨身坐下,把塵尾輕持／拿起那未完的兜肚留神看／連誇獎道:『花兒做的有生機。』」由此可知,子弟書作者以小說為基礎,對於薛寶釵代綉的故

事,特別增加薛寶釵當時的動作:「這佳人一壁裡揮塵,一壁裡綉」、「纖手兒不離肩左右／俊眼兒時注面東西／脖頸兒壓麻輕輕兒墊起／斗篷兒蹬下款款的拉披」與心情:「她一時的高興,就忘了嫌疑」、「分明是阿姐心情好／倒像是丫鬟伴枕席」。同時,子弟書作家對薛寶釵代綉的看法是:「這佳人代綉、驅蠅是出於無奈／不提防窗外有人看了許多時」這段寶釵代綉的情節,在子弟書作者的筆下是充滿小兒女情態的;而小說的描述就顯得平板無奇,它只用「寶釵只顧看著活計,便不留心,一蹲身,剛剛的也坐在襲人方才坐的所在,因又見那活計實在可愛,不由的拿起針來,替他代刺」幾句話簡單帶過。此外,子弟書作家對於林黛玉看到薛寶釵代綉時的反應也深感興趣,曲文寫道:「林黛玉約定湘雲來尋寶玉／她二人雙攜玉腕蓮步輕移／進門來,見丫鬟睡去帘未捲／就走到茜紗窗下暗去偷視／見寶釵在寶玉的床沿上坐／好一似年少的一對小夫妻。」子弟書作家描寫林黛玉的表情與動作是:「黛玉一見,飛紅了臉／點手兒,低聲叫雲兒／湘雲聽見,悄悄也來窺看／暗暗的猜透了顰兒小意思／急忙抽身說是:『回去罷／等一等寶哥哥醒了,再來不遲。』」而小說卻只用「林黛玉見了這個景兒,連忙把身子一藏,手握著嘴不敢笑出來,招手兒叫湘雲」、「林黛玉心下明白,冷笑了兩聲,只得隨他走了」等幾句話簡單帶過。尤其是子弟書作者特別增加林黛玉對薛寶釵的批評:「這黛玉一味狐疑哧哧冷笑／說:『今日才見道學先生漢官儀／他平日端莊寡言寡笑／你看他恭恭敬敬把蠅子驅』」這在小說中是沒有的情節。此外,小說描寫史湘雲對林黛玉說道:「走罷。我想起襲人來,他說午間要到池子裡去洗衣裳,想必去了,咱們那裡找他去。」而子弟書則明白寫出史湘雲勸慰林黛玉不可因此胡思亂想,曲文寫道:「湘雲說:『你太多心,別作此想／這不過是偶然湊巧莫狐疑／姐弟間,脫略形骸人人都有／你且莫嘴快笑人痴。』」

／她二人說說笑笑回房去／寶釵這裡只管代綉未曾知。」

　　子弟書作者偏好在寶、黛、釵三者之間尋找微妙的情感，因此他特別針對薛寶釵的「柔情」與林黛玉的「醋意」加以著墨。由此可知，子弟書作者心思細膩，能夠深入人物的內心世界，去挖掘人物心中想說但在小說中卻沒有明白說出的心裡話，因此，子弟書使人物的形象更靈活。

二十七 《寶釵產玉》

詩篇

幾塊石頭數本松，
相看且自適閒情。
家貧不吝池中墨，
性癖長消架上燈。
誰遣騷人[1]傳稗史[2]，
煩予穎筆畫蝗蟲。
才塗了氤氳[3]海市[4]一痕黑，
早見那縹緲[5]蜃樓[6]萬丈紅。

第一回

且說那黛玉香菱托夢景，
又誰知主僕三人一樣同。
薛寶釵正與雲[7]、春[8]相議論，

---

[1] 騷人　屈原曾作《離騷》，故後稱詩人為「騷人」。騷人，亦作「騷客」。
[2] 稗（ㄅㄞˋ）史　記載瑣事的野史、小說之類。
[3] 氤氳　見《海棠結社》第二回注「氤氳」條。
[4] 海市　比喻虛幻的景象或事物。
[5] 縹（ㄆㄧㄠˇ）緲　高遠隱忽而不明。
[6] 蜃（ㄕㄣˋ）樓　由光線折射所產生的樓閣、城市等虛幻景象。蜃，大蛤蜊。傳說蜃能吐氣而形成樓臺、城市等景觀。

忽見個婆子前來稟事情。

說：「姑娘們暫止清談，姨太太來了」，

登時間，姐妹三人詫又驚。

說：「奇怪呀！」起身急奔前堂上，

見薛母正與夫人敘話濃。

薛太太一見三人腮帶笑，

說：「寶姑娘，今來為問你事一宗。

昨夜晚可曾夢見林姑娘否？」

寶釵說：「母親，夢見香菱也不曾？」

王夫人在半壁聞言忽一怔，

說：「娘兒倆怎麼未卜先知夢裡的情？」

薛太太方欲回言陳就裡[9]，

見姑娘變貌變色的鎖眉峯。

牙根兒咬動腮幫兒鼓，

胸脯兒抽定柳腰兒躬。

悄聲兒道：「我請媽媽說句話」，

老人家點點頭兒心下明。

說：「有罪了，暫且失陪親家太太，

少時節再把夢裡的蹺蹊細稟明。」

王夫人情知媳婦身臨月，

說：「老親戚何必多謙，恕我不恭。」

薛太太回身拉住姑娘的手，

顧不得步亂心慌往外行。

---

7 雲　指湘雲。

8 春　指探春。

9 就裡　見《芙蓉誄》第四回〈贈指〉注「就裡」條。

一下臺階便低聲兒問，

說：「我的兒，大概方纔是腹內疼？」

這佳人滿面嬌羞說：「快走罷！」

母女們雙雙趲步[10]向怡紅。

小鶯兒房中正自拂桌椅，

忙把那毛撢兒插在瓶中笑臉兒迎。

下香階請安站起攙薛母，

輕輕款款進房中。

服侍定太太姑娘床上坐，

回身去套間兒裡面點茶羹。

薛母說：「此刻姑娘覺怎樣？」

寶釵道：「心中卻也甚安寧。」

說話間，忽聞一陣叮噹響，

進來了招展花枝倆娉婷[11]。

忙向前一齊悄話把消息問，

薛母說：「卻有空兒商量這事情。」

探春說：「前邊已遣林之孝，

叫他把劉姥姥即刻接來到府中。」

湘雲道：「車去的工夫也不小，

想必如今也待好進城。」

薛母聞言說：「很好，

到底是好性兒的婆婆把媳婦疼。」

寶釵聽罷眉頭兒皺，

---

10 趲（ㄗㄢˇ）步　趕路。趲步，又作「趲路」、「趲行」。

11 娉婷　在此指美女。

說：「媽媽呀！若弄了他來可就了不成。

胡鬧三光真厭氣[12]」，

太太聞聽笑了一聲。

眼望著雲、春姐妹將頭點，

說：「二位姑娘聽一聽。

纔養頭生就嫌長嫌短，

你寶姐姐不真真成了個小人兒精？」

說的個雲、春姐妹拍手兒笑，

說：「寶丫頭，親娘的好話很該聽。

雖然是瓜熟蒂落自然理，

那《達生篇》[13]款款條條講的明。

老娘婆無非只用他收洗，

主意兒還是自己拿來自準成。」

第二回

說話間，人報道：「姥姥來了」，

纔下車，彼時已竟到前庭。

薛母說：「三姑娘，在此照看著你姐姐」，

遂與那湘雲復到上房中。

王夫人和劉姥姥將身起，

薛姨媽登時滿面長春風：

「姥姥，你身上可好？家中可好？

---

12 厭氣　討厭。

13 《達生篇》　該書作者為亟齋居士，生卒年不可考。內容主要是談論生產過程的問題，包括懷孕的過程、接生的技巧以及產後的保養等。

一年多沒見，你更精靈。」

婆子說：「要抱外孫兒咧，我的姑太太，

恭喜罷，麒麟送子到門庭。

我自從這裡老太太他老歸天後，

好容易巴結著進過一回城。

剛把巧娘娘送下，我就回家去，

接連上窮苦饑荒可就打不清。

雖沒有工夫兒來請安問好，

想起來，太太們恩典叫我忘的了那宗。

纔剛兒聽說二奶奶要恭喜，

火票飛籤叫我快進城。

那時候，我正要吃早飯，還未端碗，

聽見這要緊的風兒，我就轟的一聲。

扔下了筷子，我就急忙的來了，

怕這風火事兒耽誤了工夫了不成。

哎呀，這一位好像史大姑娘，可是吓不是？」

湘雲說：「難為你這媽媽還記得清。

為什麼不帶了你外孫兒來這裡逛逛？」

婆子說：「今年的黃曆不和舊年同。

這如今，都是碜[14]大的身量了，野頭野腦，

又沒件遮身子蓋道兒的好毛翎。

沒的叫擺在人前打嘴現世[15]，

因此上都屯在鄉中看老營。」

---

14 碜(ㄔㄣˇ)　醜惡、難看。

15 打嘴現世　丟臉、出醜。

正說時，見鶯兒跑至屋門口，
喘吁吁張口結舌話都不能。
說：「三姑娘方纔立刻叫我，
請姥姥快些兒過去莫消停！」
王夫人和薛姨太太慌了手腳，
請湘雲和平兒攙架上老妖精。
這娘兒倆唧唧嘎嘎似鷹拿燕雀，
那老婆子磕磕絆絆像鳥入打籠。
拽得他腳不得沾塵身不得自主，
掄的他頭似車輪眼似鈴。
揪的他披頭散髮像脫了翎的箭，
拉的他七扭八歪像跳了綻的弓。
兩太太在後面督催說：「快走！」
鬧轟轟齊奔怡紅一陣風。
剛進了十錦香閣門兩扇，
就聽見那房內兒啼像個小鐘兒鳴。
劉姥姥本是積年的真老手，
忙進去，抖擻精神賣弄能。
輕悄悄裡起嬰兒安頓下產母，
這纔叫人來料理房中的小事情。
則見他未消片刻俱畢整，
果然是一事精來百事精。
劉姥姥一邊淨手一邊笑，
說：「姑太太們，大喜新添是個小相公。」
兩親家相看一樣眉歡眼笑，
說：「這塊石頭纔落地平。」

王夫人叫隨身的僕婦傳知小子，

到書房內老爺跟前去稟明。

賈政聞聽雖甚喜，

他不免得孫思子帶傷情。

忙傳喚太醫診視孫兒和媳婦，

拜謝了天地宗祠，纔與孫兒命名。

喜今日蘭桂聯芳歌衍慶，

賀三朝洗兒宴上醉蝗蟲。

作品導讀

　　《寶釵產玉》(全二回)，作者不詳，現存有清鈔本等。無回目，首回有詩篇，中東轍(讀音類似「ㄥ」韻)。內容主要是根據《紅樓夢》第一百二十回〈甄士隱詳說太虛情　賈雨村歸結紅樓夢〉部分情節改編而成，敷演賈寶玉婚後，薛姨媽到怡紅院探望薛寶釵，薛寶釵突然腹痛。劉姥姥應王夫人邀請到榮國府接生，薛寶釵產下一子，賈政大喜，拜謝祖宗，設宴慶賀之故事。

　　小說第一百二十回描述「賈政扶賈母靈柩，賈蓉送了秦氏鳳姐鴛鴦的棺木，到了金陵，先安了葬。賈蓉自送黛玉的靈也去安葬。賈政料理墳基的事。一日接到家書，一行一行的看到寶玉子賈蘭得中，心裡自是喜歡。後來看到寶玉走失，復又煩惱，只得趕忙回來。」後來，賈政在船中寫家書，「抬頭忽見船頭上微微的雪影裡面一個人，光著頭，赤著腳，身上披著一領大紅猩猩毡的斗篷，向賈政倒身下拜。賈政尚未認清，急忙出船，欲待扶住問他是誰。那人已拜了四拜，站起來打了個問訊。賈政才要還揖，迎面一看，不是別人，

卻是寶玉。」小說又描繪「賈蘭念到賈政親見寶玉的一段，眾人聽了都痛哭起來，王夫人寶釵襲人等更甚。大家又將賈政書內叫家內『不必悲傷，原是借胎』的話解說了一番。」王夫人說道：「我為他擔了一輩子的驚，剛剛兒的娶了親，中了舉人，又知道媳婦作了胎，我才喜歡些，不想弄到這樣結局！早知這樣，就不該娶親害了人家的姑娘！」薛姨媽說道：「這是自己一定的，咱們這樣人家，還有什麼別的說的嗎？幸喜有了胎，將來生個外孫子必定是有成立的，後來就有了結果了。」如上所述，作者只用「媳婦作了胎」、「幸喜有了胎，將來生個外孫子必定是有成立的，後來就有了結果了。」幾句話簡單帶過，並未描寫薛寶釵產子的情節。

子弟書作家以小說為基礎，想像薛寶釵生產時的情況，因此創作《寶釵產玉》。第二回描寫薛寶釵即將臨盆，王夫人特地請劉姥姥前來。曲文寫道：「我自從這裡老太太他老歸天後／好容易巴結著進過一回城／剛把巧娘娘送下，我就回家去／接連上窮苦饑荒可就打不清／雖沒有工夫兒來請安問好／想起來，太太們恩典叫我忘的了那宗／纔剛兒聽說二奶奶要恭喜／火票飛簽叫我快進城／那時候，我正要吃早飯，還未端碗／聽見這要緊的風兒，我就轟的一聲／扔下了筷子，我就急忙的來了／怕這風火事兒耽誤了工夫了不成。」子弟書作家凸顯劉姥姥知恩圖報，有情有義的形象。又從曲文：「王夫人和薛姨太太慌了手腳／請湘雲和平兒攙架上老妖精／這娘兒倆唧唧嘎嘎似鷹拿燕雀／那老婆子磕磕絆絆像鳥入打籠／拽得他腳不得沾塵身不得自主／搶的他頭似車輪眼似鈴／揪的他披頭散髮像脫了翎的箭／拉的他七扭八歪像跳了綻的弓／兩太太在後面督催說：『快走！』／鬧轟轟齊奔怡紅一陣風／剛進了十錦香閣門兩扇／就聽見那房內兒啼像個小鐘兒鳴／劉姥姥本是積年的真老手／忙進去，抖擻精神賣弄能／輕悄悄裡起嬰兒安頓下產母／這纔叫人來料

理房中的小事情／則見他未消片刻俱畢整／果然是一事精來百事精
／劉姥姥一邊淨手一邊笑／說：『姑太太們，大喜新添是個小相公。』
／兩親家相看一樣眉歡眼笑／說：『這塊石頭纔落地平』」中，可以
明顯看出子弟書作家挖掘新意的巧思，不僅創作「寶釵產玉」的情
節，使小說的結局更圓滿，而且增添劉姥姥前來接生的情節，讓劉
姥姥見證了賈府的興衰歷程。

二十八 《玉香花語》

詩篇

丹鳳來儀大觀園，
聖恩普被滿門歡。
霓裳[1]雅奏弦歌咏，
燈月交輝羽觴傳。
邀月偏逢風月婢，
惜花恰遇採花男。
痴情侍女含羞耻，
得趣琴童興未瀾。

第一回

自從那元妃歸省回宮後，
那榮寧二府上下之人都未得閒。
真果是各各神疲人人力倦，
兩三日的工夫，他將那般般陳設件件收完。
王熙鳳任重事繁條條經理，
難為他性強身弱處處周全。
惟有那寶玉一人全不管，

---

1 霓裳　樂曲名。是唐代宮廷舞曲霓裳羽衣曲的簡稱。

終日間，逍遙自在甚是清閒。
這一日，襲人的母親來接他的女，
到家中去吃年茶逛一天。
回過了賈母、王夫人和寶玉，
同著他母親回轉家園。
這寶玉寂寞無聊和丫頭們來湊，
擲骰子、趕圍棋兒要笑著頑。
大家正是高興處，
忽見個丫鬟進來，眼望公子帶笑言。
說：「東府的珍大爺專人來請，
請二爺前去聽戲，大放花燈熱鬧非凡。」
寶玉聽說，忙將衣換，
他就要前往東府不遲延。
忽見個內監奉了元妃的命，
說：「娘娘特賜糖蒸酥酪，榼口兒的甜。」
寶玉說：「替我謝恩。」將太監賞畢，
這宮官自去交旨，不去細言。
痴公子憶及襲人愛吃此物，
命丫鬟與他留著收放嚴。
急忙的自回賈母往東府裡去，
也不由大門行走，從內裡打穿。
也不帶嬤嬤與丫鬟等，
只叫了書童小茗煙。
霎時間，來到寧國府，
只聽得鑼聲喧天，是齣武戲打作了一團。

但則見丹墀[2]之中排家宴，
開場演戲在大庭房前。
結彩懸燈非常的好看，
優伶歌妓俱是名班。
本家是賈珍、賈璉、蓉哥兒讓坐，
相陪著外請的親戚是薛蟠。
傳杯換盞同觀劇，
大家見寶玉前來，一齊讓坐長笑顏。
聞聽說頭齣唱的是《丁郎尋父》，
又開了《黃伯央大擺陰魂陣》式兒懸。
更有那《大鬧天宮》與《封神斬將》，
那妖魔神鬼張蓋揚旛。
鑼鼓喧揚聲聞巷外，
滿街上人人誇獎，熱鬧非凡。
雖然是珍、璉、賈蓉、薛蟠皆喜，
惟有這寶玉心中不耐煩。
這公子懶觀武戲嫌聒噪，
一心要尋找書童小茗煙。
想罷時慢慢離座假裝解手[3]，
要到那別處去遊玩。
忽想起這小書房有一軸美人畫，
是一位名筆丹青的散花仙。
神情兒嫵媚真飄灑，

---

[2] 丹墀（彳ㄟˊ）　見《露淚緣》第三回〈痴對〉注「丹墀」條。
[3] 解手　小便。

亞賽過活人一樣妙非凡。

第二回

「我何不去把畫兒看？
也免得美人寂寞，勝似庭前把戲觀。」
一壁裡尋思，一壁裡走，
來到書房窗外邊。
猛聽得屋內咯吱吱響動不知是何物？
裊娜娜的聲音那曉是誰言？
暗思量：「此處是何人來講話？
呀，莫非是畫上的花仙降下塵凡？」
痴公子暗自歡欣說：「真妙也！」
輕輕的開放門兒往裡觀。
見二人俯仰葳蕤[4]在床兒上，
倒像是警幻仙姑也把他傳。
反將公子唬了一跳，
細端詳，上邊是書童茗煙，下邊是一個丫鬟。
他二人見寶玉忽來，慌忙站起，將衣衫披上，
只唬得戰戰兢兢，面目更色，一語不言。
見丫鬟鬢髮兒微鬆，神情兒帶愧，
衣袖兒低垂，意緒兒增慚。
俏眼兒一汪秋水直瞪瞪的看，
愁容兒兩道春山緊蹙蹙的攢。
公子見他如此的害怕，

---

4 葳蕤(ㄨㄟ ㄖㄨㄟˊ) 形容委靡不振，慵懶怠惰。

就由不得動了惜玉憐香的好心田。

見茗煙跪倒哀求央告：

「望二爺千萬莫向外人言。」

寶玉說：「青天白日真胡鬧，

若叫珍大爺知道，那可莫當頑！

我看你還是活著還是死，

還不給我滾起來嗎，真正膽包天！」

眼望丫鬟將腳一跺說：「你還不快跑！」

見他猛然省悟出了書房一溜煙，

痴公子趕出房來說：「你別害怕，

我從來不將這事向人言。」

小茗煙一見公子在院內嚷，

急的他在身後低聲直叫祖宗尖。

說：「這一嚷，分明是叫人知道，

是安心要我的小命兒去見老閻。」

寶玉說：「此處無人你不必和我假怕，

既是怕，就不該把人家的幼女姦。」

茗煙說：「走啵，看有人查問，

問根由，咱們爺兒兩個難以答言。」

痴公子走著問道：「這丫頭十幾歲了？」

茗煙說：「大約不過二八年[5]。」

寶玉說：「你連他的歲數兒還不知道，

竟敢如此似乎也太難。

可惜這傻丫頭白認得了你，

---

[5] 二八年　見《傷春葬花》第四回〈譙鵑〉注「二八芳年」條。

倒是個痴情的人兒甚可憐。

可是喏，他的名字難說你也不曉」，

茗煙說：「提起他的名字甚罕然。

他母親說，養他的時節做了一夢，

得了匹錦緞，上有卍⁶字接接連連。

名叫卍兒是應夢而起，

就生他一個兒在膝前。」

寶玉聞聽說：「真也奇怪，

想必他將來有些兒造化不非凡。」

他主僕一壁裡說著，一壁裡走，

茗煙說：「二爺呀，你怎麼不去聽戲，往那裡去遊玩？」

寶玉說：「我向來就不愛聽戲，

我聽了一會兒就不耐煩。

我出來逛逛，就將你們碰見，

真他娘的喪氣⁷，這會兒我無主意去到那邊。」

茗煙說：「我悄悄的引二爺往那城外頭去逛」，

公子說：「不好，要碰見拍花的⁸，拍去可莫當頑。

倒不如找個近些的去處」，

茗煙說：「我想不出個地方兒來，甚為難。」

6　卍(ㄨㄢˋ)　佛身上的異相之一，表示吉祥無比。印度傳說以為是有德者的標幟。在梵語佛經中本非字，唯在中國皆收入字書中。

7　喪氣　倒楣，感到不吉利。

8　拍花的　拐騙小孩子的人。

詩篇

　　春光明媚日初長，
　　晴雪梅花照滿廊。
　　蘊玉生香香氳氳，
　　名花解語語溫涼。
　　一朝歸省懷慈母，
　　幾次周旋奉玉郎。
　　無端忽自臨蓬蓽[9]，
　　反惹情婢意徬徨。

第三回

　　寶玉和茗煙出離了書房的小院，
　　一壁裡款款而行，慢慢商量。
　　公子說：「不如找你花大姐姐去說說話，
　　瞧瞧他在家裡做些什麼也無妨。」
　　茗煙說：「被他們知道，又打我」，
　　公子說：「有什麼亂子我承當。」
　　茗煙說：「好哇。」他就備了馬來，一齊的乘上，
　　出後門，不多時來到花家，茗煙下馬語高揚。
　　此時間，襲人的母親早將女兒接到，
　　又接了甥女與侄女幾個媳婦姑娘。
　　正吃茶果閒談話，
　　忽聽外面叫聲：「大哥花自芳。」

---

9 蓬蓽　貧陋的居屋。比喻窮困人家。

自芳出房留神看，
見是他主僕二人，不由心下甚慌張。
一面嚷道：「寶二爺來了。」將公子抱下馬，
見襲人跑出房來說：「喲！你因何來此？快道其詳。」
寶玉笑說：「我在家裡心中煩悶，
來找你也認認門戶兒在何方。」
佳人聽說，纔把心放下，
說：「真胡鬧，作什麼來此為那椿？」
問茗煙：「連你跟來人幾個？」
茗煙說：「就是我二人前來礙何妨？」
襲人說：「你們的膽子真比笆斗[10]大，
倘或要遇見了老爺禍非常。
再者呢，街上的人多車馬又重，
若有個一差二錯誰敢當？
必是你攛掇[11]二爺出來逛，
今日晚，告訴嬤嬤給你頓板子湯！」
茗煙聞聽噘了嘴[12]，
說：「這都是二爺的主意和我商量。
我說是不來罷，他就要打要罵，
這會兒都推到我身上把板子搪。
若不然，我們趁早兒回去罷，
也免得姐姐擔憂，我犯愁腸。」

---

10 笆斗　用柳條、竹子、木片等編成，可以盛糧食的器物，底為半球形。通常容
　　一斗，大者可容三、五斗。笆斗，亦作「巴斗」。
11 攛掇　見《芙蓉誄》第一回〈補呢〉注「攛掇」條。
12 噘（ㄐㄩㄝ）了嘴　氣憤時翹著嘴巴。

自芳說：「既來者則安之，何必如此？

就只是我們這茅簷草舍甚骯髒。」

襲人的母親也出來迎候，

俏佳人手拉著寶玉進了上房。

見房屋兒雖小，收拾的般般兒雅緻，

陳設兒不多，擺列的件件兒排場。

猛抬頭，見炕上坐著人幾個，

盡都是穿紅掛綠的媳婦姑娘。

一個個見寶玉進來，都低垂了粉頸，

羞得那俊龐兒香腮紅潤醉海棠。

也有那微施粉黛鮮妍的打扮，

也有那不染鉛華雅淡的梳裝。

也有那面貌微麻，麻而且俏，

也有那眼眉似笑，笑而不狂。

有似那靈臺郎觀星高揚臉，

有似那達摩祖修道面朝牆。

有幾個低言把公子的衣巾談論，

有幾個偷眼把他的品貌端詳。

俱是些小戶兒的形踪，都羞羞慚慚，

並無那大家子的氣象，都躲躲藏藏。

寶玉出神將眾女子偷看，

見有個穿紅的姑娘俊俏非常。

花自芳母子齊讓寶玉上炕，

說：「這邊兒滾熱，一點兒不涼。」

又連忙倒茶，欲擺果點，

襲人說：「你們不必張羅空落忙。

他吃的東西我知道，

在家中不敢胡吃，怕把胃傷。」

一壁裡說著，取過了自己的坐褥，

鋪在了一張杌凳兒之上，靠在茶几一旁。

第四回

這佳人將自己的腳爐墊在公子的腳下，

荷包內取出二個梅花餅兒遞與痴郎。

將手爐重新添炭，放在公子懷內，

案頭潔淨，洗他自使的茶缸。

現沏的香茶遞過去，

忙壞了花氏婆娘與自芳。

齊齊整整擺上了一桌果品，

恭恭敬敬一齊說道：「二爺你嘗嘗。」

襲人見並無公子可吃之物，

笑盈盈說：「好歹吃點兒，也不枉來此一場。」

伸纖手拈了幾個松子兒，將皮兒吹去，

用手帕輕托遞與公子說：「你嘗嘗。」

痴公子接來笑嘻嘻的說是「承賜」，

忽看見佳人的杏眼微紅粉面不光。

悄問道：「好好的，因何哭泣？

有什麼委屈，向我訴說衷腸。」

襲人笑說：「我方纔迷了眼，

用手揉紅。」他遮掩過痴郎。

佳人說：「公子身穿狐腋箭袖，

外罩著石青貂皮大褂排穗兒長。

笑問道你特為來此將衣換，

難道說，他們就不查問你去到何方？」

寶玉說：「今日珍大爺請我東府裡去聽戲，

故此纔無人問短究長。」

俏佳人聞聽將頭點，

悄說道：「這裡可不是你來的地方。

略坐一坐就回去罷，

若叫老爺知道，必要大鬧一場。」

痴公子點頭說：「你也快快回去，

我給你留著好吃的東西呢，叫他們緊收藏。」

佳人笑說：「悄點聲兒的講罷，

看叫他們聽見，是何意味恐惹旁人話短長。」

俏襲人伸手將公子的通靈摘下，

笑盈盈說：「你們都見識見識這玉是無雙。

時常提起都說瞧不見這稀罕物，

今日個盡力的瞧瞧強不強。」

說罷時，遞與大家傳看了一遍，

仍與公子戴上，眾女子都讚美非常。

這佳人忙叫他哥哥去雇車或雇轎，

自芳說：「有我送去，還騎馬礙何妨？」

佳人說：「惟恐路上被人碰見，

傳到了老爺耳朵裡誰敢當？」

自芳點頭出門去，

霎時間，雇來了一乘小轎放在門旁。

這佳人又給茗煙果子與錢鈔，

囑咐他:「莫向他人說你們來此一場。」

痴公子告辭出門,乘上小轎,

這襲人送至門前,將簾放下,纔回轉了房。

抬起轎,一直竟奔寧國府,

後跟著茗煙拉馬,自芳在轎旁。

不多時,相離寧府的後門切近,

這公子下轎,乘駒就欲進門牆。

眼望著自芳說:「今日多多累你,

改日道乏罷,叫你受忙。」

自芳說:「伺候不到,望二爺擔待,

千萬的莫叫我母子和我們姑娘。」

花自芳眼看主僕都進了後戶,

回家去告訴襲人好放心腸。

茗煙說:「二爺且莫回家,免人疑惑,

必須要回東府去鬼混他一場。」

寶玉說:「此話真有理」,

他主僕一齊下馬,竟奔前庭走慌忙。

至庭前,虛應故事[13]略坐了一坐,

即告辭竟回了怡紅小院房。

敘庵氏[14]挑燈摹寫《紅樓》段,

喜遲眠把酒頻因此夜長。

13　虛應故事　指依照成例,敷衍了事。故事,指成例。

14　敘庵氏　指作者。

作品導讀

　　賈府的丫鬟每月都是有「例錢」的，據王熙鳳透露，大小丫鬟們的「例錢」，有每月一兩、一吊錢、五百錢的差別，它成了區分丫鬟等級的主要標誌。人們之所以對平兒、晴雯、鴛鴦、花襲人等大丫鬟存著明顯不同的看法也與此有關。賈府的主子們對一些丫鬟給予這樣的待遇，自是有他們的目的和需要，但這一措施的結果，卻使這一部分丫鬟在有意無意之間都不同程度上具有傾向主子的意識。花襲人這個奴婢，不但成了王夫人在怡紅院裡的「心耳神意」，而且敢於「冒死」向王夫人作不合她身分的進言，因而得到了主子的垂青，甚至她還硬是裝出狐媚樣子來欺哄賈寶玉，以達到長留的目的。後人評論花襲人說：「蘇老泉辨王安石姦，全在不近人情。嗟乎姦而不近人情，此不難辨也，所難辨者近人情耳。襲人者姦之近人情者也。以近人情者制人，人忘其制；以近人情者讒人，人忘其讒。約計平生，死黛玉，死晴雯，逐芳官、蕙香，間秋紋、麝月，其虐肆矣，而王夫人且視之為顧命，寶釵倚之為元臣。向非寶玉出家，或及身先寶玉死，豈不以賢名相終始哉？惜乎天之後其死也！詠史詩曰：『周公恐懼流言日，王莽謙恭下士時，若使當年身便死，一生真偽有誰知。』襲人有焉。」晴雯和花襲人雖然同是大丫鬟，但卻是兩個完全不同的典型。花襲人的性情溫柔，待人彬彬有禮，做事很細心，很會適應環境與權衡利害，是一個工於心計的人；晴雯的性情直率，脾氣暴躁，口無遮攔，是一個毫無城府的人。故花襲人曾受到很多人的讚美，而晴雯則只有遭人排斥和暗算。

　　《玉香花語》（全四回），作者為斂庵，現存有清鈔本等。無回目，僅有兩首詩篇，合轍依序為言前(讀音類似「ㄢ」韻)、江陽(讀音類似「ㄤ」韻)。內容主要是根據《紅樓夢》第十九回〈情切切良

宵花解語　意綿綿靜日玉生香〉部分情節改編而成，前兩回敷演賈寶玉應賈珍邀請，到寧國府看戲，無意間發現茗煙與卍兒親熱之故事；後兩回則敷演花襲人休假回家，賈寶玉同茗煙前往花家，探望花襲人之故事。

小說第十九回描寫花襲人回家未歸，賈寶玉特地來花家探望襲人。賈寶玉一到花家門口，「襲人之母也早迎了出來。襲人拉了寶玉進去。寶玉見房中三五個女孩兒，見他進來，都低了頭，羞慚慚的。花自芳母子兩個百般怕寶玉冷，又讓他上炕，又忙另擺果桌，又忙倒好茶。」花襲人的動作是「將自己的坐褥拿了鋪在一個炕上，寶玉坐了；用自己的腳爐墊了腳；向荷包內取出兩個梅花香餅兒來，又將自己的手爐掀開焚上，仍蓋好，放與寶玉懷內；然後將自己的茶杯斟了茶，送與寶玉。彼時他母兄已是忙另齊齊整整擺上一桌子果品來。襲人見總無可吃之物，因笑道：『既來了，沒有空去之理，好歹嘗一點兒，也是來我家一趟。』說著，便拈了幾個松子穰，吹去細皮，用手帕托著送與寶玉。」

而《玉香花語》第三回寫道：「襲人的母親也出來迎候／俏佳人手拉著寶玉進了上房／見房屋兒雖小，收拾的般般兒雅緻／陳設兒不多，擺列的件件兒排場／猛抬頭，見炕上坐著人幾個／盡都是穿紅掛綠的媳婦姑娘／一個個見寶玉進來，都低垂了粉頸／羞得那俊龐兒香腮紅潤醉海棠／也有那微施粉黛鮮妍的打扮／也有那不染鉛華雅淡的梳裝／也有那面貌微麻，麻而且俏／也有那眼眉似笑，笑而不狂／有似那靈臺郎觀星高揚臉／有似那達摩祖修道面朝牆／有幾個低言把公子的衣巾談論／有幾個偷眼把他的品貌端詳／俱是些小戶兒的形踪，都羞羞慚慚／並無那大家子的氣象，都躲躲藏藏／寶玉出神將眾女子偷看／見有個穿紅的姑娘俊俏非常。」子弟書作家以小說為基礎，對於賈寶玉因花襲人回家未歸，心裡惦記，前來

花家探視花襲人的情節，所以創作《玉香花語》。而房內眾多女孩的打扮是「也有那微施粉黛鮮妍的打扮／也有那不染鉛華雅淡的梳裝」、外貌是「也有那面貌微麻，麻而且俏／也有那眼眉似笑，笑而不狂／有似那靈臺郎觀星高揚臉／有似那達摩祖修道面朝牆。」當賈寶玉看著女孩們時，女孩們也瞧著賈寶玉。曲文描寫女孩們看著賈寶玉的形態是「有幾個低言把公子的衣巾談論／有幾個偷眼把他的品貌端詳。」這些女孩們並非大家閨秀，「俱是些小戶兒的形踪，都羞羞慚慚」，而小說的描述平板無奇，只以「寶玉見房中三五個女孩兒，見他進來，都低了頭，羞慚慚的」幾句話簡單帶過。

又第四回寫道：「這佳人將自己的腳爐墊在公子的腳下／荷包內取出二個梅花餅兒遞與痴郎／將手爐重新添炭，放在公子懷內／案頭潔淨，洗他自使的茶缸／現沏的香茶遞過去／忙壞了花氏婆娘與自芳／齊齊整整擺上了一桌果品／恭恭敬敬一齊說道：『二爺你嘗嘗。』／襲人見並無公子可吃之物／笑盈盈說：『好歹吃點兒，也不枉來此一場。』／伸纖手拈了幾個松子兒，將皮兒吹去／用手帕輕托遞與公子說：『你嘗嘗。』」子弟書作家描寫花襲人母兄的動作是「齊齊整整擺上了一桌果品／恭恭敬敬一齊說道：『二爺你嘗嘗。』」這四字「恭恭敬敬」凸顯花襲人母兄對賈寶玉的尊敬，而且子弟書作家認為賈寶玉難得來到花家，他們受寵若驚，自然也會和賈寶玉說話，而小說中，花襲人母兄和賈寶玉之間是沒有任何對話的。又曲文描寫花襲人的表情與動作是「襲人見並無公子可吃之物／笑盈盈說：『好歹吃點兒，也不枉來此一場。』／伸纖手拈了幾個松子兒，將皮兒吹去／用手帕輕托遞與公子說：『你嘗嘗。』」這四字「笑盈盈說」強調花襲人心情的愉悅，賈寶玉思念她、探望她，她自然是喜不自禁。子弟書中「笑盈盈說」四字，比起小說中「笑道」兩字，顯得靈活生動多了。

二十九 《椿齡畫薔》

詩篇

情重失神便似痴，
那知局外也忘機。
女伶魄走何時也？
公子魂消卻為伊。
兩下迷離一樣景，
一番風雨兩不知。
好一幅難描難畫的痴人小像，
全在那彼此交呼猛省時。

聽我說怡紅院內的賈寶玉，
這一日，只覺靜坐無聊無局。
望了望天上紅輪方才過午，
對了對房中鐘錶剛交未時[1]。
看了看，晴雯、麝月都酣午睡，
想了想，襲人說話又欠投機。
一低頭，信步出了怡紅院，
胡思想，欲往東來復向西。

---

[1] 未時 舊時指下午一點至三點這段時間。

欲待要瀟湘館去把顰兒看，
又恐怕驚了他的午夢惹嫌疑。
欲待要往蘅蕪院，
寶姐姐心情與我不相宜。
忽又想到園裡無人這等寂寞，
想必是處處兒都在垂帘不語時。
倒不如獨自園中閒步步，
就與那花鳥相親也遣心思。
這公子想到了得意處，
分花拂柳步兒慢移。
只見那垂楊柳深深添蒼翠，
碧苔痕冉冉長了綠泥。
瞧一回蜻蜓鬧處紅蓮放，
看一回綠波深處戲游魚。
最可愛鶴自刷翎鴛鴦自睡，
百鳥兒無聲，花影兒自移。
惟有那綠蔭深處蟬聲噪，
好似那斷續臨風一管笛。
這公子去去行行，行又止，
猛抬頭，一架薔薇把路迷。
遙望去，似錦如霞耀入眼目，
紅紅綠綠蔓住疏籬。
暗想我閒常沒到這一處逛，
卻不知道這段幽情頗有意思。
恍惚見有個人影在花牆柳壁，
細看去，是個女子默坐把頭低。

慢慢向前走幾步，
偷身兒隱住在隔籬。
見他穿一身素色紗衫，側身而坐，
看他那半面春風就令人痴。
呆獸獸以手畫地如寫字的樣，
人到近前他尚不知。
寶玉說：「我不曾見過這女子，
看光景，也是多情一個女痴。
你縱不愛在閨中描鸞刺繡，
這早晚也正是紗窗午夢時。
再不然，你也像我散一散步，
你一個女孩家，園中走走有誰不宜？
為什麼在這裡自尋惱悶，
嫩生生的小手兒畫地痴也不痴？
莫不是你的心情與顰兒一樣，
也要做首葬花詩？
我何不順著他的玉手兒瞧了去，
看看他寫的是什麼詩詞？」
這痴兒順著筆迹兒留神看，
數了數，筆畫兒足夠一十七。
但只是先後模糊未曾記定，
看他再寫便可知。
只見他慢慢蕩平²地下土，
再寫時，竟與前番不錯分釐。

---

² 蕩平　在此指整平的意思。

自己揣摩著寫了一遍，
是一個薔薇的薔字定無疑。
看他又寫還是一般樣，
仍舊是那薔字那有差池[3]。
小椿齡左畫右寫是一個字，
把一個局外的痴郎著了迷。
暗想道：「這女子一定有什麼心腹事，
斷不是因寫薔字忘了機。
莫非你姊妹行中有些閒氣？
莫非你父母跟前受了委屈？
你有什麼胸中塊壘難消化？
你有什麼肺腑衷情難對人提？
你若肯把一腔心事洩與我，
能為你排難解紛也未可知。
似這等低首無言只是亂畫，
我看你畫到何時是個了時。」
他們倆畫字的失神，看的也發了怔，
忽然間，一陣暴雨來的甚疾。
這痴兒見傾盆大雨來如注，
那女子渾身濕透全然不知。
只見他烏雲好似方才挽，
粉面猶如汗淋漓。
身上的紗衣全貼了肉，

3　差池　見《二玉論心》（詩篇首句為「本是蓬瀛自在身」）第一回注「差池」
　　條。

露出了那嬌膩潔白的嫩膚皮。

急的個痴郎失聲兒高叫，

說：「那女子你的衣服淋了個精濕！」

椿齡被驚才知著了雨，

一回頭，瞧見了痴郎說：「這更奇。

既知叫我，你還不避避？

你瞧瞧，你那衣服濕也不濕？」

痴兒猛省說：「我忘情也！」

急回頭，向怡紅院裡跑的疾。

羨《紅樓》何處得來生花妙筆[4]，

似這般花樣，他越寫越奇。

作品導讀

　　《紅樓夢》中，關於林黛玉的形象，作者有意要寫出齡官很像她。第三十回〈寶釵借扇機帶雙敲　齡官畫薔痴及局外〉，描寫「齡官畫薔」時，賈寶玉「隔著籬笆洞兒」、「再留神細看，只見這女孩子眉蹙春山，眼顰秋水，面薄腰纖，裊裊婷婷，大有林黛玉之態」，可見齡官在某方面有著和林黛玉相近似的性格。從齡官對自己藝術成就的自許與驕矜上，可以看到一個才女自憐自賞的孤高況味。她不演〈遊園〉、〈驚夢〉兩齣，堅持要演〈相約〉、〈相罵〉兩齣，顯示了她對自己的舞台藝術的一份優越感，和不肯遷就環境的性格。後人評論齡官為：「齡官憂思焦勞，抑鬱憤懣，直於林黛玉脫其影形，

---

[4] 生花妙筆　比喻文筆美妙，變化多姿，有寫作的才華。語出《開元天寶遺事》，唐代李白年輕時夢見所用的筆頭上生花，後來便成為著名大詩人的故事。

所少者眼淚一副耳。然烏知非責之過卑，而利已無所輸手？亦烏知非負之過深，而本已有所虧乎？是安得有放來生債者，預借一副眼淚為今日揮灑地也。而其債將濫矣，危哉！賈薔何脩而得此！」

　　齡官對於她所深愛的賈薔的諸多挑別，竟可以與林黛玉對賈寶玉的情態相彷彿。賈薔買了一個會串戲的雀兒來給她玩，眾女孩看了都說「有趣」，齡官卻大為生氣，她聯想到自己的身世，認為這「分明是弄了他來打趣形容我們」。齡官的表現完全是一種林黛玉式的敏感，而這種敏感的背後是蘊藏著一顆和林黛玉一樣的自尊心。齡官的確不僅「大有林黛玉之態」，而且頗得林黛玉之神。齡官是身為特殊階級的伶人，在一方面受人捧場，一方面受人歧視的雙重夾攻下，難免一種屬於職業的自卑感，以及因這份自卑感而流露的尖刻言語和不近人情的動作，這種心理的隔離現象，又往往施加在自己最親愛的戀人身上。

　　《椿齡畫薔》（全一回），作者不詳，現存有清鈔本等。開端有詩篇，一七轍（讀音類似「一」韻）。內容主要是根據《紅樓夢》第三十回〈寶釵借扇機帶雙敲　齡官畫薔痴及局外〉下半回部分情節改編而成，敷演賈寶玉在大觀園薔薇花架下，看到齡官用金簪畫地寫「薔」字之故事。

　　小說第三十回描寫賈寶玉戲弄金釧兒，王夫人翻身起來怒打金釧兒，「寶玉見王夫人醒來，自己沒趣，忙進大觀園來。只見赤日當空，樹陰合地，滿耳蟬聲，靜無人語。」接著，才描述齡官畫薔此一情節。由於金釧兒不僅被摑臉，而且最後投井而死，情節的氣氛與齡官畫薔不甚相符，因此，子弟書作家為了凸顯小兒女的情態美，因此，捨棄賈寶玉戲弄金釧兒這個情節，曲文寫道：「聽我說怡紅院內的賈寶玉／這一日，只覺靜坐無聊無局／望了望天上紅輪方才過午／對了對房中鐘錶剛交未時／看了看，晴雯、麝月都酣午睡／想

了想，襲人說話又欠投機／一低頭，信步出了怡紅院／胡思想，欲往東來復向西／欲待要瀟湘館去把顰兒看／又恐怕驚了他的午夢惹嫌疑／欲待要往蘅蕪院／寶姐姐心情與我不相宜／忽又想到園裡無人這等寂寞／想必是處處兒都在垂帘不語時／倒不如獨自園中閒步步／就與那花鳥相親也遣心思。」由此可知，賈寶玉是因為百般無聊，晴雯和麝月都在睡午覺，他又不想在此刻去找花襲人、林黛玉以及薛寶釵，所以獨自來到大觀園散步、賞花、聽鳥鳴。子弟書增加景物的描寫：「只見那垂楊柳深深添蒼翠／碧苔痕冉冉長了綠泥／瞧一回蜻蜓鬧處紅蓮放／看一回綠波深處戲游魚／最可愛鶴自刷翎鴛鴦自睡／百鳥兒無聲，花影兒自移／惟有那綠蔭深處蟬聲噪／好似那斷續臨風一管笛」這些景物在小說是沒有的。

又小說描寫賈寶玉「剛到了薔薇花架，只聽有人哽噎之聲。寶玉心中疑惑，便站住細聽，果然架下那邊有人。如今五月之際，那薔薇正是花葉茂盛之際，寶玉便悄悄的隔著籬笆洞兒一看，只見一個女孩子蹲在花下，手裡拿著根綰頭的簪子在地下摳土，一面悄悄的流淚。寶玉心中想道：『難道這也是個癡丫頭，又像顰兒來葬花不成？』」而子弟書則寫道：「恍惚見有個人影在花牆柳壁／細看去，是個女子默坐把頭低／慢慢向前走幾步／偷身兒隱住在隔籬／見他穿一身素色紗衫，側身而坐／看他那半面春風就令人癡／呆獃獃以手畫地如寫字的樣／人到近前他尚不知／寶玉說：『我不曾見過這女子／看光景，也是多情一個女癡／你縱不愛在閨中描鸞刺繡／這早晚也正是紗窗午夢時／再不然，你也像我散一散步／你一個女孩家，園中走走有誰不宜／為什麼在這裡自尋惱悶／嫩生生的小手兒畫地癡也不癡／莫不是你的心情與顰兒一樣／也要做首葬花詩？』」子弟書作家描寫齡官的穿著是「一身素色紗衫」；姿勢是「默坐把頭低」、「側身而坐」、「呆獃獃以手畫地」；心情是「惱悶」，而小說只

是「蹲在花下」、「在地下摳土」、「悄悄的流淚」幾句話簡單帶過。
齡官用金簪畫地，小說描繪賈寶玉心中想道：「這女孩子一定有什麼
話說不出來的大心事，才這樣個形景。外面既是這個形景，心裡不
知怎麼熬煎。看他的模樣兒這般單薄，心裡那裡還擱的住熬煎。可
恨我不能替你分些過來。」而子弟書寫「暗想道：『這女子一定有什
麼心腹事／斷不是因寫薔字忘了機／莫非你姊妹行中有些閒氣／莫
非你父母跟前受了委屈／你有什麼胸中塊壘難消化／你有什麼肺腑
衷情難對人提／你若肯把一腔心事洩與我／能為你排難解紛也未可
知／似這等低首無言只是亂畫／我看你畫到何時是個了時。』子弟
書作家使用四個問句：「莫非你姊妹行中有些閒氣／莫非你父母跟前
受了委屈／你有什麼胸中塊壘難消化／你有什麼肺腑衷情難對人
提？」不僅表現了賈寶玉為齡官設想各種理由，而且映襯了賈寶玉
多情的一面，而小說只用「這女孩子一定有什麼話說不出來的大心
事」簡單帶過。如上所述，子弟書作家在小說的基礎上，挖掘新意，
往往以增加景物的描寫，以及刻畫人物的形象，使故事情節更豐富。

三十 《湘雲醉酒》

詩篇

風流名士屬嬌娃，
一任園中眾口嘩。
不避腥羶真韻事，
偶將爛醉作生涯。
燒來一臠嘗新味，
夢入群仙數落花。
如此佳人如此醉，
古來閨秀總輸他。

史湘雲仕女情懷名士概，
他一生爽快異群娃。
寶釵有量偏憐我，
黛玉多心也敬他。
這一日，在阿母房中閒戲耍，
見關東的鹿肉味真佳。
他就要了些生肉往園中去，
說：「看我今日叫你們笑煞。」
這佳人攜肉前行呼寶玉，
他們在假山石畔笑聲嘩。

就著那青花石板為條案，
撿幾塊太湖石子把灶搭。
拾些個梅梢與柳幹，
掃些個芳草與枯葭。
這佳人捲高翠袖當爐坐，
那寶玉取送奔馳當火家[1]。
他二人大嚼連稱快，
把那些見不慣的姑娘們笑掉了牙。
這個說：「雲姑娘哪像斯文小姐」，
那個說：「大觀園竟變了口外人家」
這個說：「唐突[2]煞花嬌柳媚」，
那個說：「賴著弄沉李浮瓜[3]」。
湘雲說：「自古真人能本色，
一味的扭扭捏捏豈是通家？
似我這大口吞羶終不失錦心繡口[4]，
像你們裝模作樣只好是弄嘴嗑牙。
我看這生鹿脯不亞如羊羔美酒，
勝似你們冷屋裡掃雪烹茶。」
這湘雲偶爾粗豪天然嬌豔，
做的那韻事種種迥異塗鴉[5]。
又一日，在園中持蟹成雅集，

---

[1] 火家　伙計。
[2] 唐突　冒犯。
[3] 沉李浮瓜　比喻夏日消暑的樂事。
[4] 錦心繡口　用以稱讚人文思巧妙，文辭優美。錦、繡，織錦刺繡，比喻美好。
[5] 塗鴉　寫作或繪畫。

真個是花團錦簇玉笋蘭芽。

入座時，翩翩飛絳雪，

散步處，片片落朱霞。

嘩啷啷掌上杯聲敲玉釧，

香馥馥盤中鬢影照堆鴉[6]。

不一時，玉山齊倒嬌無力，

把一天春色都醉上海棠花。

這湘雲拇戰[7]飛揚興高采烈，

他只顧爭勝泛流霞。

不多時，弱體厭厭[8]不勝酒力，

想到那花蔭深處避喧嘩。

不想他嬌怯身子被風吹軟，

因此上，玉容無主伴群葩。

襯香肩別樣的錦茵繡褥，

綰雲髻天然的翠鈿珠花。

香氣兒薰透了冰肌玉骨，

小夢兒享盡了異彩濃華。

這一回，忙壞了風媒蝶使，

又不知種下了幾許情芽。

眾佳人忽然不見雲小姐，

齊來尋覓女嬌娃。

轉過了太湖石的假山一座，

---

6 堆鴉　頭髮的顏色像烏鴉一樣黑。

7 拇戰　一種酒令。宴飲時兩人伸出手指猜合計數，以決勝負。拇戰，亦稱為「划拳」。

8 厭厭　虛弱生病的樣子。厭厭，亦作「懨懨」。

在芍藥叢中瞧見他。

正是四面彩雲環落雁，

一天紅雨罩堆鴉。

脈脈春愁探月窟，

沉沉香夢到蜂衙。

津津粉黛殘英膩，

楚楚羅衫倩影遐。

眾人笑說：「真真好睡！」

忙扶起他，秋波[9]未啟口猶呀[10]。

叫了聲：「三兒吓！五兒吓！」睜睛細看，

這才驚醒了佳人夢轉南華。

這湘雲有黛玉的聰明，又頗爽快，

負寶釵的溫雅，更擅風華。

偶爾超韁更增嫵媚，

公然入醉獨冠群花。

念久困家親良宵分苦，

對多情公子美玉無瑕。

嘆人生如此佳人仍薄命，

可不腸斷那連理枝頭日影斜。

作品導讀

紅樓女兒之中，人們常常因為薛寶釵的城府深沉而不喜歡這個

---

[9] 秋波　形容女子的眼睛明亮清澈一如秋水。

[10] 呀（ㄗㄚ）　以舌抵齒發聲。

「冷美人」，又往往由於林黛玉的孤高抑鬱而不理解這個「病西施」。然而，卻很少有人不喜愛史湘雲。史湘雲的美，給予人最突出的感受是豪放不羈、英氣爽人。史湘雲的豪，絕非附庸風雅或徒托大言，而是以崇尚率真、厭惡虛偽為其內在根據的。大體上，史湘雲給人的總體印象是「豪」，率真、本色，是史湘雲藝術形象的重要素質。在《紅樓夢》裡，只有史湘雲算得上是最為心理健康的人，她由於不大受七情六慾的困擾，能保持一種比較舒坦、樂觀、健康而純真的情感。後人評論史湘雲為：「處林、薛之間，而能以才品見長，可謂難矣。湘雲出而顰兒失其辨，寶姐失其妍，非韻勝人，氣爽人也。惟是遭際早厄，與顰顰共不辰之憾，宜乎同病相憐矣，而乃佐襲人，詆寶玉，經濟酸論，厭人聽聞，不免墮幾窠臼。然青絲拖於枕畔，白臂撂於牀沿，夢態決裂，豪睡可人，至燒鹿大嚼，裀藥酣眠，尤有千仞振衣、萬里濯足之概，更覺豪之豪也。不可以千古與！」《紅樓夢》人物之中，個性氣質含有魏晉風度的，首推史湘雲，「燒鹿大嚼」和「裀藥酣眠」，又是史湘雲身上魏晉風味最濃郁的兩組特寫鏡頭。眾多青年女子中，遊宴行令，雖不離酒，但有的拘於禮，有的為了養生，都有節制，能開懷豪飲的，大約也只有史湘雲。

《湘雲醉酒》(全一回)，作者不詳，現存有清鈔本等。開端有詩篇，發花轍(讀音類似「ㄚ」韻)。內容主要是根據《紅樓夢》第六十二回〈憨湘雲醉眠芍藥裀　呆香菱情解石榴裙〉上半回部分情節改編而成，敷演史湘雲酒醉後，在山子後頭一塊青板石凳上睡著之故事。

小說第六十二回描寫賈寶玉、平兒、薛寶琴以及邢岫烟四人同日作壽，眾人抓鬮、行酒令。小說寫道：「正說著，只見一個小丫頭笑嘻嘻的走來：『姑娘們快瞧雲姑娘去，吃醉了圖涼快，在山子後頭一塊青板石凳上睡着了。』眾人聽說，都笑道：『快別吵嚷。』說著，

都走來看時，果見湘雲臥於山石僻處一個凳子上，業經香夢沉酣，四面芍藥花飛了一身，滿頭臉衣襟上皆是紅香散亂，手中的扇子在地下，也半被落花埋了，一群蜂蝶鬧穰穰的圍著他，又用鮫帕包了一包芍藥花瓣枕著。眾人看了，又是愛，又是笑，忙上來推喚挽扶。」「湘雲口內猶作睡語說酒令」，「眾人笑推他，說道：『快醒醒兒吃飯去，這潮凳上還睡出病來呢。』湘雲慢啟秋波，見了眾人，低頭看了一看自己，方知是醉了。原是來納涼避靜的，不覺的因多罰了兩杯酒，嬌媚不勝，便睡着了，心中反覺自愧。」

而《湘雲醉酒》寫道：「這湘雲拇戰飛揚興高采烈／他只顧爭勝泛流霞／不多時，弱體厭厭不勝酒力／想到那花蔭深處避喧嘩／不想他嬌怯身子被風吹軟／因此上，玉容無主伴群葩／襯香肩別樣的錦茵繡褥／綰雲髻天然的翠鈿珠花／香氣兒薰透了冰肌玉骨／小夢兒享盡了異彩濃華」子弟書作家刻畫史湘雲的酒興是「這湘雲拇戰飛揚興高采烈」；醉容是「他只顧爭勝泛流霞」；外貌是「玉容無主伴群葩」、「襯香肩別樣的錦茵繡褥／綰雲髻天然的翠鈿珠花」；醉態是「香氣兒薰透了冰肌玉骨／小夢兒享盡了異彩濃華」。當眾人在芍藥叢中找到史湘雲時，她「脈脈春愁探月窟／沉沉香夢到蜂衙／津津粉黛殘英膩／楚楚羅衫倩影遮。」由此可知，子弟書中對史湘雲醉臥芍藥眠的模樣，從醉容、醉貌、醉態等著墨，描寫的比較細膩，而小說只以「湘雲臥於山石僻處一個凳子上，業經香夢沉酣，四面芍藥花飛了一身，滿頭臉衣襟上皆是紅香散亂，手中的扇子在地下，也半被落花埋了，一群蜂蝶鬧穰穰的圍著他，又用鮫帕包了一包芍藥花瓣枕著。」幾句話簡單帶過。此外，子弟書作家在曲文結尾也表達個人對史湘雲此一人物的評價：「這湘雲有黛玉的聰明，又頗爽快／負寶釵的溫雅，更擅風華／偶爾超趫更增嫵媚／公然入醉獨冠群花」。史湘雲不僅兼具林黛玉和薛寶釵的優點，而且她比林黛玉爽

快，比薛寶釵更擅風華。尤其是史湘雲自然不做作，大啖鹿肉，甚至公然入醉，因此，子弟書作家認為她「獨冠群花」。然而，史湘雲命運坎坷，因此，子弟書作家也發出感嘆：「念久困家親良宵分苦／對多情公子美玉無瑕／嘆人生如此佳人仍薄命／可不腸斷那連理枝頭日影斜。」

三十一 《雙玉聽琴》

詩篇

> 嗟彼朱弦綠綺琴，
> 數聲古調少知音。
> 驚回臥雪高人夢，
> 彈入悲秋壯士心。
> 竟日豈無山水志？
> 當年先有武城吟。
> 何勞彼相多珍愛，
> 軫[1]是羊脂徽[2]係金。

第一回

> 落葉梧桐秋氣深，
> 西風瀟灑[3]到園林。
> 綠窗朱戶增離緒，
> 畫棟雕欄也斷魂。
> 這寶玉悶來悶坐怡紅院，
> 寂寞無聊對暮曛。

---

[1] 軫（ㄓㄣˇ） 樂器上調整弦線的軸。
[2] 徽（ㄏㄨㄟ） 標幟。
[3] 瀟灑 淒涼、悲楚。

殘聲已入歐陽[4]耳，

感嘆偏生宋玉[5]心。

悶對襲人與麝月，

愁向春燕和秋紋。

丫鬟識破悲秋意，

慢對怡紅公子云。

說：「何不暫到園亭閒步步？

何須憂慮悶沉沉？」

公子點頭離繡戶，

丫鬟帶笑啟朱門。

這寶玉步出怡紅花甬路，

蹁躚[6]獨自踏芳塵。

但只見落葉飄飄階砌下，

海棠憔悴粉牆陰。

芭蕉猶展微尋翠，

菊蕊才開數朵金。

又只見疏籬半透欄杆遠，

衰柳斜遮畫閣新。

方亭寬敞容花影，

曲檻幽深接水津。

行行往往添清興，

來到了沁芳橋更怡人。

只見那鷗鷺夢中荷葉冷，

---

4 歐陽　見《全悲秋》第二回注「歐陽」條。

5 宋玉　見《全悲秋》第二回注「宋玉」條。

6 蹁(ㄆㄧㄢˊ)躚(ㄒㄧㄢ)　在此形容儀態曼妙。

蝴蝶影裡蓼花深。
鶴在松間剔健翅，
鹿從洞後避遊人。
棲鳥偷將波影照，
游魚爭把落花吞。
遙望見綠葉迷離蘅蕪院，
白雲環繞稻香村。
凹晶池館晴煙鎖，
凸碧山莊落照新。
信步行來迎面望，
已到了蓼風軒外小朱門。
暗思量多時不見惜春面，
何妨順便以相臨。
這公子隨彎就轉行芳徑，
過檻穿廊到繡門。
靜悄悄低垂帘幕無人語，
香馥馥冷墜金英有桂陰。
猛然間一聲小響穿窗牖[7]，
細聽去半晌[8]方知棋子音。
自啟繡帘輕舉步，
悄挨書案[9]慢留神。
左邊是蓼花軒裡惜春妹，
右邊是櫳翠庵中檻外人。

---

[7] 窗牖（一ㄡ∨）　窗戶。
[8] 半晌　見《芙蓉誄》第一回〈補呢〉注「半晌」條。
[9] 書案　泛指長形書桌。

這一個玉肩斜倚勞妙想，

這一個纖手擎棋細思尋。

見妙玉頭戴翠巾簪別玉，

腰攏絲縧穗垂金。

百開仙衣天藍玉色，

雙道金沿元素花裙。

內襯著紅衣露在旁開襟，

外罩著掐牙鑲邊小背心。

真果是眉蹙春山[10]含嫵媚[11]，

眼凝秋水有精神。

濃堆雲鬢青絲[12]潤，

豔透桃腮柳色新。

又兼著絕頂的聰明多穎慧。

棋著兒巧妙露芳心。

這公子痴痴看到忘情處，

一笑雙驚兩玉人。

惜春說：「何時到此將人唬，

小膽兒多應被你唬驚魂！」

這公子見禮已畢仍含笑，

早有那侍女重新設綉墩。

寶玉說：「妙公輕易不遊賞，

何緣今日下凡塵？」

見妙玉杏臉兒添紅羞態兒媚，

---

10 眉蹙(ㄘㄨˋ)春山　形容女子皺眉而美的樣子。春山，比喻婦女的眉色。

11 嫵(ㄨˇ)媚　形容女子姿態嬌美可愛的樣子。

12 青絲　黑色的頭髮。

柳眉兒低翠眼皮兒沉。
暗悔失言多冒撞，
忙陪笑臉又溫存[13]。
即說道：「心靜則靈靈則慧，
出家人遠世俗人。」
這妙玉一睜杏眼波微動，
兩瓣桃腮紅更新。
惜春說：「下棋罷，殘局未了」，
妙玉說：「再下罷，何苦勞神」。
這妙玉整理衣襟重坐下，
向寶玉細細鶯聲慢慢云：
「你從何處來斯地？」
語罷痴痴帶笑頻。
寶玉時間心始定，
方知道適才之語未含嗔[14]。
又思量或是譏諷怎樣對，
霎時間羞紅滿面口難云。
惜春說：「來處來何至無語，
也值得這般發趀是見了生人。」
這妙玉芳心一動香腮熱，
站起了錦繡場中物外身。
說：「出庵已久當回轉」，
這惜春知他的脾氣不強留存。

13 溫存　殷勤撫慰。
14 嗔　見《會玉摔玉》第一回〈會玉〉注「嗔」條。

眾丫鬟分開軟幕金鉤掛，
打起重帘玉腕伸。
三人笑語離瑤砌，
一行隨送到朱門。

第二回

妙玉說：「多時未走園亭路，
曲曲彎彎記不真。」
寶玉說：「我來指引何如也？」
妙玉說：「有勞前步我隨後追尋。」
向惜春一聲：「慢在。」移蓮步，
與寶玉同行緩步度芳林。
衫袖兒翠沾白露冷，
弓鞋兒紅印綠苔痕。
行挨楊柳桑條兒顫，
步近芙蓉豔影兒分。
二人指點依依景，
一派聲音漸漸聞。
寶玉說：「悽悽慘慘誰家怨？」
妙玉說：「冷冷清清何處音？」
隱隱綽綽難尋覓，
渺渺茫茫聽不真。
莫不是閣內鐘報分時刻？
莫不是檻外竹敲斷續吟？

莫不是鐵馬[15]悠悠鳴玉棟？

莫不是草蟲唧唧叫花陰？

說話間轉過假山山腳下，

太湖石一月平平臥草茵。

粉牆半露朱門掩，

竹影千竿翠色新。

順著聲音頻側耳，

分開楊柳細留神。

清音恰在瀟湘館，

呀！原來是瀟湘妃子理瑤琴[16]。

有時間急如檐下芭蕉雨，

有時間緩若天涯石岫雲。

輕挑時依稀花落地，

重勾際彷彿木摧林。

妙玉懶移逍遙步，

公子遲留自在身。

妙玉說：「你我何妨石上坐，

你看他細膩光滑可愛人。」

這寶玉輕向身邊抽手帕，

慢向石上撣灰塵。

又因為一曲琴中新雅調，

坐下了三生石上舊知音。

這時節萬籟無聲人寂寂，

15 鐵馬　見《芙蓉誄》第三回〈慟別〉注「鐵馬」條。
16 瑤琴　用玉裝飾的琴。或指音色優美的琴。

越彈得數聲古調韻沉沉。

高向枝頭驚鳥夢，

低從籬下醒花魂。

慢將隱隱心中事，

彈作淒淒弦上音。

半晌停弦擎玉腕，

一聲長嘆又低吟。

低吟道：「風蕭蕭兮秋氣深，

美人千里兮獨沉音。

望故鄉兮存何處？

倚欄杆兮淚沾襟[17]。」

寶玉聽來雙淚點，

妙姑站起兩眉顰[18]。

二人轉去一聲嘆，

數步行來兩路分。

這一個走到怡紅天已暮，

那一個歸來櫳翠月黃昏。

惟有那秋聲斷續如琴韻，

不管淒涼憔悴人。

作品導讀

在金陵十二釵中，有一個頗為特殊的人物，那就是出家人妙玉。

---

17 襟　衣服胸前釘鈕扣的地方。

18 顰(ㄆㄧㄣ／)　皺眉。

綜觀而論,貶抑妙玉的人恐怕還居多數,因為在一般人的眼中,她顯得孤傲怪癖,不合時宜,所以連李紈這樣的老好人也說:「可厭妙玉為人,我不理她。」就是和妙玉過去有舊交情的邢岫烟也說她「放誕詭僻」,並責備她:「僧不僧,俗不俗,女不女,男不男,成個什麼道理!」其實,妙玉其人其事,是可以完全理解的,如果說她有一些和世人不一樣的地方,那只是她的特殊環境使然,她的性格也是現實社會的產物。後人對妙玉的評論為:

> 妙玉之劫也,其去也。去而何以言劫?混也。何混乎爾?所以卸當事之責,而重劫盜之罪也。何言乎卸當事之責而重劫盜之罪也?妙玉壁立萬仞,有天子不臣、諸侯不友之概,而為包勇所窘辱矣。其去也,有恨之不早者矣。而適芸林當事、劫盜鬧事之日,以情論,失物為輕,失人為重;以案論,劫財為重,劫人為輕。相與就輕而避重,則莫若混諸劫。此賈芸、林之孝妝點成文,而記事者故作疑陣也。不然,其師神於數者,豈有勸之在京,以待強盜為結果乎!且云以脅死矣,而幻境重游,獨不得見一面,抑又何也?然則其去也,非劫也。讀花人曰:「殆《易》所謂『見幾而作,不俟終日』者與!其來也吾占諸鳳,其去也吾象諸龍。」

妙玉的種種不自然的情態,乃是在一個不合理的社會現實中,一個人的正常要求受到嚴重壓抑所產生的一種心理變態。大體上,妙玉給人的總體印象是「潔」,她的孤傲、詭誕、好高、過潔等等怪癖,都是對現實世界的一種逆反,是她所受到的壓抑的一種抗爭,她也是封建社會的一個受害者。

《雙玉聽琴》(全二回),作者韓小窗,現存有清鈔本等。僅頭

回有詩篇，人辰轍(讀音類似「ㄣ」韻)。內容主要是根據《紅樓夢》第八十七回〈感秋聲撫琴悲往事　坐禪寂走火入邪魔〉上半回改編而成，敷演賈寶玉前往蓼風軒找賈惜春，偶遇妙玉，後與妙玉一齊離開蓼風軒，歸途中卻無意間聽到林黛玉感傷自己身世，彈琴悲歌的情節。

　　小說第八十七回描繪妙玉和惜春兩人在下棋，「寶玉聽了，聽那一個聲音很熟，卻不是他們姊妹。料著惜春屋裡也沒外人，輕輕的掀簾進去。看時不是別人，卻是那櫳翠庵的檻外人妙玉。這寶玉見是妙玉，不敢驚動。妙玉和惜春正在凝思之際，也沒理會。寶玉卻站在旁邊看他兩個的手段。」而《雙玉聽琴》第一回寫道：「左邊是蓼花軒裡惜春妹／右邊是櫳翠庵中檻外人／這一個玉肩斜倚勞妙想／這一個纖手擎棋細思尋／見妙玉頭戴翠巾簪別玉／腰攏絲絛穗垂金／百開仙衣天藍玉色／雙道金沿元素花裙／內襯著紅衣露在旁開襟／外罩著掐牙鑲邊小背心／真果是眉蹙春山含嫵媚／眼凝秋水有精神／濃堆雲鬢青絲潤／豔透桃腮柳色新／又兼著絕頂的聰明多穎慧／棋著兒巧妙露芳心。」子弟書作家刻畫妙玉的穿著是「頭戴翠巾簪別玉／腰攏絲絛穗垂金／百開仙衣天藍玉色／雙道金沿元素花裙／內襯著紅衣露在旁開襟／外罩著掐牙鑲邊小背心」；容貌是「眉蹙春山含嫵媚／眼凝秋水有精神／濃堆雲鬢青絲潤／豔透桃腮柳色新」這在小說中是沒有提到的。小說描寫賈寶玉「一面與妙玉施禮，一面又笑問道：『妙公輕易不出禪關，今日何緣下凡一走？』妙玉聽了，忽然把臉一紅，也不答言，低了頭自看那棋。寶玉自覺造次，連忙陪笑道：『倒是出家人比不得我們在家的俗人，頭一件心是靜的。靜則靈，靈則慧。』寶玉尚未說完，只見妙玉微微的把眼一抬，看了寶玉一眼，復又低下頭去，那臉上的顏色漸漸的紅暈起來。」而《雙玉聽琴》第一回曲文則寫道：「寶玉說：『妙公輕易不遊賞／

何緣今日下凡塵？』／見妙玉杏臉兒添紅羞態兒媚／柳眉兒低翠眼皮兒沉／暗悔失言多冒撞／忙陪笑臉又溫存／即說道：『心靜則靈靈則慧／出家人遠世俗人。』／這妙玉一睜杏眼波微動／兩瓣桃腮紅更新。」子弟書刻畫妙玉的表情是「杏臉兒添紅羞態兒媚／柳眉兒低翠眼皮兒沉」、「一睜杏眼波微動／兩瓣桃腮紅更新」，使人物的形象更豐滿。

　　小說描寫賈寶玉和妙玉別了惜春後，「走近瀟湘館，忽聽得叮咚之聲。」賈寶玉說道：「想必是林妹妹那裡撫琴呢。」於是賈寶玉和妙玉「兩人走至瀟湘館外，在山子石坐著靜聽，甚覺音調清切。」突然，「妙玉聽了，呀然失色道：『如何忽作變徵之聲？音韻可裂金石矣。只是太過』寶玉道：『太過便怎麼？』妙玉道：『恐不能持久。』正議論時，聽得君弦蹦的一聲斷了。妙玉站起來連忙就走。寶玉道：『怎麼樣？』妙玉道：『日後自知，你也不必多說。』竟自走了。弄得寶玉滿肚疑團，沒精打彩的歸至怡紅院中。」而《雙玉聽琴》第二回寫道：「寶玉說：『悽悽慘慘誰家怨？』／妙玉說：『冷冷清清何處音？』／隱隱綽綽難尋覓／渺渺茫茫聽不真／莫不是閣內鐘報分時刻／莫不是檻外竹敲斷續吟／莫不是鐵馬悠悠鳴玉棟／莫不是草蟲唧唧叫花陰？」子弟書以四個「莫不是」三字為句首的問句來猜測聲音的來源。此外，曲文描寫琴聲：「有時間急如簷下芭蕉雨／有時間緩若天涯石岫雲／輕挑時依稀花落地／重勾際彷彿木摧林」分別以「急」、「緩」、「輕挑」、「重勾」等技巧切入，再搭配譬喻手法，使琴聲化抽象為具體。曲文又以「高向枝頭驚鳥夢／低從籬下醒花魂」兩句描寫琴聲的「高」、「低」音，足見子弟書作家對琴聲的刻畫既深入且細膩。當林黛玉「低吟道：『風蕭蕭兮秋氣深／美人千里兮獨沉音／望故鄉兮存何處／倚欄杆兮淚沾襟』」時，子弟書作家描寫賈寶玉和妙玉的反應是「寶玉聽來雙淚點／妙姑站起兩眉顰／二

人轉去一聲嘆／數步行來兩路分／這一個走到怡紅天已暮／那一個歸來櫳翠月黃昏。」而小說竟以「妙玉道：『日後自知，你也不必多說。』竟自走了。弄得寶玉滿肚疑團，沒精打彩的歸至怡紅院中」數句作結。如上所述，子弟書作家對於人物、聲音，往往發揮創意，挖掘新意，描繪細緻，使得人物的形象更飽滿、聲音的想像更具體化。

三十二 《思玉戲鬟》

詩篇

和風動蕩豔陽天，
柳媚花明出自然。
不向絲桐拂正調，
暫從古硯寫紅顏。
換出筆墨新文咏，
除去宮商舊套刪。
演成俚句堪人笑，
聞嘆痴情解悶煩。

痴公子自從黛玉離魂日，
成大禮納聘迎妝事已完。
雖有那風流的妻妾同相守，
但是他秉性兒乖張[1]，一味的歪纏[2]。
病懨懨憂思表妹的情切切，
痴呆呆愁想侍女的意堅堅。
他只說木石的前盟托生死，
並不念金玉的姻緣在夢裡傳。

---

[1] 乖張　性情執拗，不講情理。
[2] 歪纏　無理糾纏。

暗思量說：「自從表妹身辭世，
也無個夢警見芳顏。
只使我掩衿偷拭相思淚，
閉戶愁看碧落天。
我不免今夜孤眠於外榻，
耐性兒夢中必定見嬋娟³。」
想畢時，頻呼侍女移衾枕⁴，
臥繡榻，翠被香熏反側到更闌⁵。
睡不著的痴郎忙坐起，
倚繡枕，眼含血淚意流連。
半晌發呆頻轉目，
呼侍女，屏後輕出小丫鬟。
嫣紅妊紫嬌難比，
燕朱鄭紫態無端。
蓮步輕移侍榻左，
嬌姿豔豔俏眼纏綿。
這寶玉神魂飄蕩情切切，
睜眼睛加細打量小丫鬟。
殘妝頭上烏雲偏挽，
翠帶身邊紅襖披肩。
西子⁶的風流，明妃⁷的度態，

---

3 嬋(ㄔㄢˊ)娟 美女、美人。
4 衾(ㄑㄧㄣ)枕 被子與枕頭。
5 更闌 更漏已殘。指夜已深。
6 西子 見《傷春葬花》第五回注「西子」條。
7 明妃 見《雙玉埋紅》注「明妃」條。

傾國的舉動，飛燕[8]的容顏。

近前來，亭亭玉樹臨風立，

最消魂，纖纖玉手捧定茶盤。

痴公子看罷佳人心迷亂，

意綿綿頭也不回，眼都瞪圓。

說：「細瞧這侍兒好似晴雯樣，

俏龐兒俏到個十分妙不可言。

一雙眼兩道春山[9]秀且麗，

兩隻手十指蔥尖[10]軟又綿。

看起來，月殿的仙姬不如斯美，

這就是一團的造化[11]，偏在女兒跟前。」

痴公子痴情大作迷心腑，

他把那五兒當作了去世的丫鬟。

低問道說：「奶奶和襲姐安歇了否？

你看看這等寒天，你連衣服也不穿。

倘然凍出些兒病，

這嬌娜的身子怎耐病纏？」

這寶玉一壁裡說著輕伸手，

向床頭取過了皮衣遞給丫鬟。

說：「暫且披衣在床頭上坐，

趁無人，咱倆對面敘敘心田。」

痴公子把五兒當作晴雯樣的侍婢，

---

8 飛燕　指趙飛燕，原名宜主，是西漢漢成帝的第二任皇后。

9 春山　見《雙玉聽琴》第一回注「眉蹙春山」條。

10 蔥尖　見《石頭記》第三回注「春蔥」條。

11 造化　見《石頭記》第二回注「造化」條。

他把那素手輕攜，笑眼兒綿纏。

侍兒羞躲低聲語，

紅怯怯的香腮帶怒顏。

說：「快些撒手，好好兒的坐，

是怎麼了？攬臂攜肩的這等憨纏！

倘若是被人知道，那時怎樣？

倒鬧得彼此敢怒而不敢言。

再者呢，你是個爺們，奴是個侍女，

哪有個無上無下的這等刁鑽[12]。

總說罷，奴家非比別人者，

憑爺們說時惱，笑時怒，往死裡熬煎。

不過是浮來暫去的在此應役，

哪有個千里長蓬不散的席筵！」

一席話，說的個寶玉無言痴痴的坐，

呆獸獸，喪氣低頭滿臉的羞慚。

侍兒移步歸屏後，

公子和衣[13]臥榻邊。

正所謂：候芳魂侍妾五兒承錯愛，

到後來，還宿債俏娘迎女返真元。

恰遇著景物和融春氣象，

驅斑管感嘆閒情解晝眠。

---

12 刁鑽　奸詐、狡猾。

13 和衣　多指睡覺時，穿著衣服，不解衣物。

作品導讀

　　賈府的奴僕們是分等級的，老婆子們固然比小丫鬟矮了一截，而在丫鬟當中，眾多的小丫頭們又是處在最底層的。平兒、晴雯、鴛鴦、花襲人等是屬於大丫鬟；而柳五兒、小紅則是小丫頭。後人對柳五兒的評論為：「繼晴雯而興者，有柳五兒，然已在平王東遷、康王南渡之後矣。雖曰英雄，其如無用武地何！況臥榻之側，眈眈者已有人也。吁嗟乎！當年渡口，桃花作意引來；此日門中，人面不知何處。五兒得毋有撫景神傷乎？爰有眼淚別灑洊。」

　　《思玉戲鬟》(全一回)，作者不詳，現存有清鈔本等。開端有詩篇，言前轍(讀音類似「ㄢ」韻)。內容主要是根據《紅樓夢》第一百零九回〈候芳魂五兒承錯愛　　還孽債迎女返真元〉部分情節改編而成，敷演賈寶玉婚後，仍思念林黛玉及晴雯，誤將柳五兒當作死去的晴雯之故事。

　　《紅樓夢》中對於小丫鬟柳五兒的描述不多，小說第一百零九回描寫賈寶玉在外間睡著，本想等候林黛玉來入夢，竟一夜安眠。第二天，賈寶玉仍打算在外間睡，薛寶釵命麝月、柳五兒照料賈寶玉。由於賈寶玉「忽然想起那年襲人不在家時晴雯麝月兩個人伏侍，夜間麝月出去，晴雯要唬他，因為沒穿衣服著了涼，後來還是從這個病上死的。想到這裡，一心移在晴雯身上去了。忽又想起鳳姐說五兒給晴雯脫了個影兒，因又將想晴雯的心腸移在五兒身上。自己假裝睡著，偷偷的看那五兒，越瞧越像晴雯，不覺呆性復發。」由於柳五兒的外貌和晴雯非常的相像，以致賈寶玉趁眾人睡著時，藉口要漱口，要求柳五兒倒茶與拿漱盂，故意與柳五兒接近。正因為晴雯病重時，柳五兒也去看晴雯，因此賈寶玉還暗示性地轉述晴雯曾對他說「早知擔了個虛名，也就打正經主意了」的話，甚至還情

不自禁地拉了柳五兒的手。只是柳五兒一想到晴雯的悲慘遭遇，對於賈寶玉的暗示與親密動作，不僅無動於衷，反而教訓了賈寶玉一頓。

　　而《思玉戲鬟》則寫道：「嫣紅妃紫嬌難比／燕朱鄭紫態無端／蓮步輕移侍榻左／嬌姿豔豔俏眼纏綿」、「殘妝頭上烏雲偏挽／翠帶身邊紅襖披肩／西子的風流，明妃的度態／傾國的舉動，飛燕的容顏／近前來，亭亭玉樹臨風立／最消魂，纖纖玉手捧定茶盤。」從曲文中，可以看出子弟書作家深入刻畫柳五兒的外貌是「嫣紅妃紫嬌難比／燕朱鄭紫態無端」、「殘妝頭上烏雲偏挽／翠帶身邊紅襖披肩／西子的風流，明妃的度態／傾國的舉動，飛燕的容顏。」；動作是「蓮步輕移侍榻左／嬌姿豔豔俏眼纏綿」、「亭亭玉樹臨風立」、「纖纖玉手捧定茶盤」。此外，子弟書作家描寫賈寶玉痴看柳五兒時，「說：『細瞧這侍兒好似晴雯樣／俏龐兒俏到個十分妙不可言／一雙眼兩道春山秀且麗／兩隻手十指蔥尖軟又綿／看起來，月殿的仙姬不如斯美／這就是一團的造化，偏在女兒跟前。』」曲文不僅以「一雙眼兩道春山秀且麗／兩隻手十指蔥尖軟又綿」兩句深入描繪柳五兒的眼、眉以及手，而且以「細瞧這侍兒好似晴雯樣／俏龐兒俏到個十分妙不可言」、「看起來，月殿的仙姬不如斯美」等句形容柳五兒的外貌美到極點。

　　小說描寫柳五兒指責賈寶玉說道：「二爺有什麼話只管說，別拉拉扯扯的」、「你別混說了，看人家聽見這是什麼意思。怨不得人家說你專在女孩兒身上用工夫，你自己放著二奶奶和襲人姐姐都是仙人兒似的，只愛和別人胡纏。明兒再說這些話，我回了二奶奶，看你什麼臉見人。」而《思玉戲鬟》則寫道：「侍兒羞躲低聲語／紅怯怯的香腮帶怒顏／說：『快些撒手，好好兒的坐／是怎麼了？攬臂攜肩的這等憨纏／倘若是被人知道，那時怎樣／倒鬧得彼此敢怒而不

敢言／再者呢，你是個爺們，奴是個侍女／哪有個無上無下的這等刁鑽／總說罷，奴家非比別人者／憑爺們說時惱，笑時怒，往死裡熬煎／不過是浮來暫去的在此應役／哪有個千里長蓬不散的席筵！』」子弟書作家以「侍兒羞躲低聲語／紅怯怯的香腮帶怒顏」刻畫柳五兒生氣時的表情與動作；以「是怎麼了？攬臂攜肩的這等憨纏」生動描繪賈寶玉親近柳五兒的舉止，而小說則以「二爺有什麼話只管說，別拉拉扯扯的」簡單帶過。又曲文最後寫「正所謂：候芳魂侍妾五兒承錯愛／到後來，還宿債俏娘迎女返真元／恰遇著景物和融春氣象／驅斑管感嘆閒情解晝眠。」子弟書作家在曲文結尾，不僅透露個人感觸，而且表達其創作旨趣。

《紅樓夢》子弟書總表

子弟書名稱	回數／回目	詩篇數目	詩篇韻轍	正文韻轍
1、《會玉摔玉》	第一回〈會玉〉	1	人辰	人辰
	第二回〈摔玉〉	1	人辰	人辰
2、《傷春葬花》	第一回〈傷春〉	1	言前	言前
	第二回〈埋花〉	1	言前	言前
	第三回〈調禽〉	1	言前	言前
	第四回〈謔鵑〉	1	言前	言前
	第五回〈擲帕〉	1	言前	言前
3、《雙玉埋紅》		1	油求	油求
4、《黛玉埋花》		1	油求	油求
5、《二玉論心》 (詩篇首句為「流」字開頭)	第一回	1	人辰	人辰
	第二回	1	人辰	人辰
6、《二玉論心》 (詩篇首句為「本」字開頭)	第一回	1	人辰	人辰
	第二回	1	人辰	人辰
7、《海棠結社》	第一回	1	人辰	人辰
	第二回	X	X	人辰
8、《全悲秋》	第一回	5	中東	中東
	第二回	X	X	中東
	第三回	X	X	中東
	第四回	X	X	中東
	第五回	X	X	中東

子弟書名稱	回數／回目	詩篇數目	詩篇韻轍	正文韻轍
9、《探病》	第一回	1	中東	中東
	第二回	X	X	中東
10、《石頭記》	第一回	1	中東	中東
	第二回	1	中東	中東
	第三回	1	中東	中東
	第四回	1	中東	中東
11、《露淚緣》	第一回〈鳳謀〉	1	言前	言前
	第二回〈傻泄〉	1	梭坡	梭坡
	第三回〈痴對〉	1	一七	一七
	第四回〈神傷〉	1	江陽	江陽
	第五回〈焚稿〉	1	人辰	人辰
	第六回〈誤喜〉	1	油求	油求
	第七回〈鵑啼〉	1	灰堆	灰堆
	第八回〈婚詫〉	1	遙條	遙條
	第九回〈訣婢〉	1	懷來	懷來
	第十回〈哭玉〉	1	發花	發花
	第十一回〈閨諷〉	1	姑蘇	姑蘇
	第十二回〈餘情〉	1	乜斜	乜斜
	第十三回〈證緣〉	1	中東	中東
12、《一入榮國府》	第一回〈探親〉	1	人辰	人辰
	第二回〈求助〉	X	X	梭坡
	第三回〈借屏〉	X	X	梭坡
	第四回〈贈銀〉	X	X	梭坡
13、《二入榮國府》	第一回	1	人辰	人辰
	第二回	X	X	人辰
	第三回	X	X	人辰
	第四回	X	X	人辰

子弟書名稱	回數／回目	詩篇數目	詩篇韻轍	正文韻轍
	第五回	X	X	人辰
	第六回	X	X	人辰
	第七回	X	X	人辰
	第八回	X	X	人辰
	第九回	X	X	人辰
	第十回	X	X	人辰
	第十一回	X	X	人辰
	第十二回	X	X	人辰
14、《兩宴大觀園》		1	中東	中東
15、《議宴陳園》	第一回	1	言前	言前
	第二回	1	江陽	江陽
16、《三宣牙牌令》		1	發花	發花
17、《品茶櫳翠庵》		1	言前	言前
18、《醉臥怡紅院》		1	人辰	中東
19、《過繼巧姐兒》		1	一七	一七
20、《鳳姐兒送行》		1	遙條	遙條
21、《晴雯撕扇》		1	中東	中東
22、《遣晴雯》	第一回〈追囊〉	1	人辰	人辰
	第二回〈遣雯〉	1	人辰	人辰
23、《探雯換襖》	第一回〈探病〉	1	中東	中東
	第二回〈離魂〉	1	言前	言前
24、《晴雯齎恨》		1	言前	言前
25、《芙蓉誄》	第一回〈補呢〉	1	中東	中東
	第二回〈讒害〉	1	中東	中東
	第三回〈慟別〉	1	中東	中東
	第四回〈贈指〉	1	中東	中東
	第五回〈遇嫂〉	1	中東	中東

子弟書名稱	回數／回目	詩篇數目	詩篇韻轍	正文韻轍
	第六回〈誄祭〉	1	中東	中東
26、《寶釵代綉》		3	中東、江陽、一七	一七
27、《寶釵產玉》	第一回	1	中東	中東
	第二回	X	X	中東
28、《玉香花語》	第一回	1	言前	言前
	第二回	X	X	言前
	第三回	1	江陽	江陽
	第四回	X	X	江陽
29、《椿齡畫薔》		1	一七	一七
30、《湘雲醉酒》		1	發花	發花
31、《雙玉聽琴》	第一回	1	人辰	人辰
	第二回	X	X	人辰
32、《思玉戲鬟》		1	言前	言前

備註：

1.「X」代表「無」。

2.《醉臥怡紅院》的詩篇與正文，使用韻轍不同，情況特殊。

3.《全悲秋》第一回有五首詩篇，情況特殊。

4.《寶釵代綉》有三首詩篇，情況特殊。

國家圖書館出版品預行編目(CIP)資料

《紅樓夢》子弟書賞讀 / 林均珈編著. -- 初版. -- 臺北市：萬卷樓,

2011.10

　面；　公分

ISBN 978-957-739-725-6(平裝)

857.49　　　　　　　　　　　　　　　100018349

《紅樓夢》子弟書賞讀

ISBN 978-957-739-725-6

2012 年 1 月初版 平裝　　　　　　　　定價：新台幣 660 元

編　　著	林均珈	出　版　者	萬卷樓圖書股份有限公司
發 行 人	陳滿銘	編輯部地址	106 臺北市羅斯福路二段 41
總 編 輯	陳滿銘		號 9 樓之 4
副總編輯	張晏瑞	電話	02-23216565
助理編輯	游依玲	傳真	02-23218698
封面設計	果實文化設計工作室	電郵	wanjuan@seed.net.tw
		發行所地址	106 臺北市羅斯福路二段 41
			號 6 樓之 3
		電話	02-23216565
		傳真	02-23944113
		印　刷　者	百通科技股份有限公司

網路書店　　www.wanjuan.com.tw

劃撥帳號　　15624015